JN329506

Wicked Intentions
by Elizabeth Hoyt

聖女は罪深き夜に

エリザベス・ホイト
川村ともみ[訳]

ライムブックス

WICKED INTENTIONS
by Elizabeth Hoyt

This edition published by arrangement with
Grand Central Publishing, New York,USA
through Tuttle-Mori Agency, Inc.,Tokyo.

聖女は罪深き夜に

主要登場人物

テンペランス・デューズ……未亡人。弟と孤児院を経営
ケール卿ラザルス・ハンティントン……貴族
ウィンター・メークピース……テンペランスの弟
コンコード……テンペランスの兄
エイサ……テンペランスの兄
サイレンス……テンペランスの妹
ウィリアム……サイレンスの夫。船長
ゴドリック・セントジョン……ラザルスの友人
レディ・ケール……ラザルスの母親
レディ・ヘロ・バッテン……公爵の妹
ミッキー・オコーナー……盗賊団の首領
マザー・ハーツイーズ……酒場の女主人

1

昔々、今では忘却の彼方《かなた》に去ったあるところに、誰からも恐れられ、誰からも愛されない強い王がおりました。その名は〝偏屈王《キング・ロックドハート》〟といいました。

『偏屈王』

一七三七年二月
ロンドン

真夜中のセントジャイルズで外をほっつき歩く女はかなり分別に欠けるか、かなりせっぱ詰まっているかのどちらかだ。というか、わたしの場合、そのどちらにもあてはまるわね。テンペランス・デューズは自嘲《じちょう》気味に思った。

「こんな夜には、セントジャイルズの亡霊が出るって言いますよね」メイドのネル・ジョーンズが狭い路地に溜《た》まった汚水をよけながら、ぺちゃくちゃしゃべっていた。

テンペランスは疑わしげな目をネルに向けた。ネルは旅芸人の一座に三年間身を置いていたせいか、ときとしてものごとを大げさに語る癖があった。

「セントジャイルズに霊なんて出ないわよ」テンペランスはきっぱりと言った。わざわざ怪談を始めなくても、寒い冬の夜は充分ぞっとする。

「あら、出ますってば」ネルは抱っこしている赤ん坊を胸元に引きあげた。「黒い仮面をつけて、道化師のまだらの服を着て、おっかない剣を持ち歩いているんです」

テンペランスは眉をひそめた。「道化師のまだらの服？　なんだか亡霊らしくないわね」

「道化師を演じていた役者が死後、亡霊と化してこの世に舞い戻り、人々につきまとっているという話なら、それらしく聞こえませんか？」

「舞台を酷評された恨みで？」

ネルは鼻を鳴らした。「醜い顔になったからだそうですよ」

「仮面をつけているのに、どうして醜い顔だとわかるの？」

路地の曲がり角にたどりつこうかというとき、テンペランスは前方に明かりが見えた気がした。角灯を掲げ、もう一方の手に持った古いピストルを握り直す。ピストルはずっしりと重く、腕が痛かった。袋に入れて持ち運んでもよかったが、それでは防犯にならない。とはいえ、弾は一発しかこめておらず、実を言えば使い方もよくわからなかった。

それでもピストルを持っていれば、他人の目には脅威に映る。単なるこけおどしであっても、ないよりはましだ。暗い夜で、不気味なうなりをあげる風が排泄物《はいせつぶつ》や腐りかけた肉の匂《にお》いを運んできた。セントジャイルズではありがちな騒音があたりに響いている。言い争う声、うめき声や笑い声、身の毛がよだつような奇怪な叫び声もときおりあがった。ここは人一倍勇敢な女性でさえ、一目散に逃げだしたくなる界隈《かいわい》だ。

ネルの話を聞かずしても。

「ぞっとするほど醜くなったんですよ」ネルはテンペランスの疑問を無視して話を続けた。「唇もまぶたもすっかり焼けただれているらしいんです、うんと昔に起きた火事で焼け死んだみたいに。それで、黄ばんだ大きな歯を見せてにやりと笑って、おなかからはらわたを引っぱりだしに来るんだとか」

テンペランスは鼻に皺《しわ》を寄せた。「ネル!」

「だってそういう噂《うわさ》なんですよ」ネルはしれっと言った。「人間のはらわたを抜いて、おもちゃにしてから夜の闇《やみ》に姿を消すっていう」

テンペランスは身を震わせた。「どうしてそんなことをするの?」

「嫉妬《しっと》でしょう」ネルは当然だと言わんばかりだった。「生きている人間をやっかんでいるんですよ」

「とにかく、わたしは霊の存在なんて信じないわ」テンペランスは息を吸い、ネルと連れ立って角を曲がり、荒れ果てた小さな中庭に出た。向かい側に佇《たたず》むふたつの人影が見えたが、こちらが近づいていくと、向こうのふたりは足早に立ち去った。テンペランスは息を吐いた。

「やれやれね。夜の外出はどうも好きになれない」

ネルは赤ん坊の背中をやさしく叩《たた》いた。「孤児院《うち》まであと一キロもありませんよ。赤ちゃんをベッドに寝かせて、乳母は朝になってから呼び寄せればいいでしょう」

テンペランスは唇を噛《か》み、また別の路地にすばやく折れた。

「この子は朝まで持ちこたえられるかしら？」

そう尋ねてみたものの、いつもなら遠慮なく意見を言うネルから返事はなかった。テンペランスは行く手に目を凝らし、歩みを速めた。赤ん坊は生後数週間といったところだが、死んだ母親の腕から助けだして以来、泣き声ひとつあげていない。順調に生育している乳幼児はたいていやかましいものだ。不謹慎かもしれないけれど、危険を冒してネルと町に出てきた今夜の行動は無駄足に終わる可能性もある。

でも、ほかにどうすればよかったというの？　保護が必要な赤ん坊がいると〈恵まれない赤子と捨て子のための家〉に一報が入ったとき、外はまだ明るかった。救出に向かうのを朝まで待っていたら、赤ん坊は放置されたまま夜のうちに息を引き取るか、物乞《ものご》いに小道具として売り飛ばされていたかもしれない。それは苦い経験からわかっていた。それにしてもぞっとする話だ。物乞いに買い取られた子供たちは、ともすれば道行く人の同情を買うために哀れを誘う姿に変貌《へんぼう》させられる。片目をつぶされたり、手か脚を一本折られたり、ひねられたりするのはよくある話だ。そう、やはり選択の余地はない。赤ん坊を朝までほうっておくわけにはいかなかった。

それでも無事に帰宅できたら御の字だ。

ふたりは今、狭い路地にいた。左右の家屋は道側へかしぐように立っている。並んで歩くと壁に体がこすれるほどで、ネルはテンペランスの後ろにさがった。痩《や》せた猫が身をくねらせて通り過ぎたかと思うと、すぐ近くで叫び声があがった。

テンペランスは思わずよろめいた。

「前に誰かがいます」ネルがかすれた声でささやいた。

何者かが取っ組みあう物音が聞こえ、いきなり甲高い悲鳴が響いた。

テンペランスは唾《つば》をのみこんだ。脇道《わきみち》はない。引き返すか、このまま進むか——引き返せば二〇分は余分に歩くはめになる。

そう頭で計算して決心がついた。今夜は冷えこみが激しく、冷えは赤ん坊の体に障《さわ》る。

「わたしにぴったりくっついていて」テンペランスはネルに小声で言った。

「犬にたかるノミ並みに、ですね」ネルがぼそりと応《こた》えた。

テンペランスは肩を怒らせ、体の前でピストルをしっかりと握った。狙《ねら》いを定めて撃つだけ。弟のウィンターからはそう聞いていた。それならさして難しいはずはない。角灯の明かりで前方を照らし、形のいびつな中庭に足を踏みだした。無言劇の舞台のような光景が浮かびあがり、テンペランスは一瞬立ちすくんだ。

男が地面に倒れ、頭から血を流していた。しかし、彼女が凍りついたのはそのせいではなかった。流血沙汰《ざた》や、ひいては人の死でさえ、セントジャイルズでは日常茶飯事だ。足がすくんでしまったのは、ふたり目の男のせいだった。その男は地面に伸びた男の上に身をかがめ、猛禽《もうきん》が羽を広げるように黒いマントを両脇に垂らしていた。手には黒檀《こくたん》の長いステッキを持っている。握りには銀細工が施され、髪もそれと同じく銀色だ。まっすぐに垂らした長い銀髪が角灯の明かりのなかできらめいている。顔は大部分が闇に紛れていたが、黒い三角帽のつばの下で目が光っていた。その見知らぬ男の視線をテンペランスはひしひしと感じた。まるで体に触れられているような錯覚さえ覚えたほどだ。

「主よ、悪《あ》しき者からお守りください」ネルが初めて怯《おび》えた声を出してつぶやいた。「さあ、ここを離れましょう。一刻も早く！」

そうして急《せ》きたてられ、テンペランスは石畳に靴音を響かせて走り、中庭を横切った。別の小道に駆けこみ、男たちがいた中庭をあとにした。

「あの人は誰なの、ネル？」テンペランスは息を切らしつつ、悪臭の漂う路地を進んだ。

「ねえ？」

ふいに広い通りに出た。緊張がいくらかほどけ、両側から迫る壁もなくなり、ほっとひと息ついた。

ネルが口のなかのいやな味を吐き捨てるかのように唾を吐いた。

テンペランスは興味を引かれ、ネルに目を向けた。

「さっきの男性を知っているような口ぶりだったわね」

「知りあいというわけじゃありません」ネルは答えた。「見かけたことがあるだけです。ケール卿ですよ。あの人にはかかわらないのがいちばんです」

「なぜ？」

ネルは口を一文字に結び、首を振った。「あなたのお耳に入れるべきことじゃありません」

謎めいた返事だったが、テンペランスはとくに追及はせず、そのまま受け流した。比較的治安のよい通りに出ていた。何軒かの店先では戸口に明かりの灯《とも》った角灯がぶらさげられている。もうひとつ角を曲がってメイデン通りに出ると、孤児院が視界に入ってきた。このあたりのご多分にもれず、孤児院も安普請《やすぶしん》だった。煉瓦《れんが》造りの高い建物で、いくつもない窓は幅も狭く、玄関先に門標もない。一五年、曲がりなりにも続いてきた孤児院は、一度たりとも宣伝を必要としなかった。

捨て子も孤児も、セントジャイルズ界隈ではめずらしくもなんともないからである。

「無事に帰宅できたわね」戸口にたどりついたところで、テンペランスは言った。すり減った石段に角灯をおろし、腰から紐《ひも》でぶらさげた大きな鉄製の鍵《かぎ》を取りだした。「熱いお茶が飲みたいわ」

「あたしは赤ちゃんをベッドに寝かせてきますね」ネルが言った。ふたりはみすぼらしい玄関のなかに入った。掃除こそ行き届いているものの、漆喰《しっくい》がはがれ落ちた跡や、たわんだ床板は隠しきれない。

「ありがとう」テンペランスがマントを脱ぎ、釘《くぎ》にかけていると、奥の戸口に背の高い男性が現われた。

「姉さん」

テンペランスは息をのんで振り返った。「あら！　ウィンター、あなただったのね。帰ってきているとは知らなかったわ」

「そうらしいね」弟はそっけなく言った。そしてメイドにうなずいた。「こんばんは、ネル」

「旦那《だんな》さま」ネルはお辞儀をし、そわそわと姉弟に視線を走らせた。「あの子を、いえ、子供たちの様子を見てきますね」

ネルが二階へ退散してしまい、非難がましい態度のウィンターにテンペランスはひとりで相対するはめになった。

それでも堂々と胸を張って、弟の横をすり抜けた。孤児院は両隣の家に挟まれ、ウナギの寝床のような造りだ。小さな玄関を入ると部屋がひとつある。普段は食堂として使われており、たまに大事な来客があるとそこに通した。一階の奥には調理場があり、テンペランスが今入っていったのはそこだった。子供たちは全員、五時ちょうどに夕食をとったが、弟とも彼女も夕食は食べそびれていた。

「お茶をいれようと思っていたの」テンペランスはそう言って、火をかきおこしに行った。孤児院で飼っている〝煤《スート》〟と名づけた雄の黒猫が暖炉の前で起きあがり、伸びをしてから鼠《ねずみ》を探しに歩き去った。「昨日の牛肉料理が少し残っているし、今朝市場で買ってきた新鮮な赤カブもあるわ」

後ろでウィンターがため息をついた。「姉さん」

テンペランスはあわててケトルを探した。

「パンは少し干からびているけど、なんなら焼いてあげましょうか」

うんともすんとも返事がなかったので、ようやく後ろを振り向き、避けられないことに向きあった。

思ったよりもまずい事態のようだ。ウィンターのやつれた面長の顔はただひたすらに悲しげで、そんな顔を見るたびにテンペランスはいたたまれない気持ちになった。弟を悩ませるのはいやだった。

「出発したときはまだ明るかったの」彼女は小声で言った。

ウィンターはまたもやため息をつき、黒く丸い帽子を脱いで、テーブルについた。

「ぼくが帰るまで待てなかったのかい、姉さん？」

テンペランスは弟を見た。まだ二五歳だが、その倍も老けた印象を醸《かも》していた。疲れた顔には皺《しわ》が刻まれ、広い肩はサイズの合わない黒いマントのなかですぼまり、長い手足は痩せ細っている。ウィンターは五年前から孤児院付属の小さな学校で子供たちに勉強を教えていた。

昨年に父が亡くなり、ウィンターの仕事は激増した。きょうだいのうち、長男のコンコードはビール醸造の家業を引き継いだ。次男のエイサは昔から孤児院に無関心で、なにをしているのか実体はよくわからないが、とにかく家業には関係のない独自の商売をしているようだった。テンペランスのふたりの姉妹は、姉のベリティも妹のサイレンスも結婚している。そういうわけで、孤児院の運営はウィンターに託されていた。九年前に夫と死別して以来テンペランスも手伝ってはいたものの、弟は男性ひとりの手に余る分量の仕事を担っているのが実情だ。テンペランスとしては弟の体が心配だった。しかし、父親が創設した孤児院と付属の学校を継続させるのは子としての義務であるという信念をウィンターは抱いていた。体を壊してしまえば、信念もへったくれもないだろうが。

テンペランスは裏口の横の瓶《かめ》からケトルに水をくんだ。

「あなたの帰りを待っていたら日が暮れて、赤ん坊を助けられなかったかもしれない」ケトルを火にかけ、ウィンターに目をやる。「それに、あなたには片づけないといけない仕事がたくさんあったんじゃない？」

「姉を亡くしたら、ぼくの仕事が減ると思うのか？」

テンペランスは後ろめたくなって目をそらした。

弟は声をやわらげた。「仮に今夜、姉さんの身になにか起きたとして、そうなったときにぼくが一生感じる悲しみは考慮に入れないでの話だよ」

「ネルは赤ちゃんの母親と知りあいだったの――一五歳にもならない若いお母さんだったのよ」テンペランスはパンを取りだし、何枚か薄く切り分けた。「それにピストルだって持っていったしね」

「ふうん」ウィンターが彼女の背後で言った。「じゃあ、面倒に巻きこまれたらピストルを使った？」

「もちろんよ」テンペランスは断言した。

「で、発砲に失敗したら？」

彼女は鼻に皺を寄せた。父は、議論するときは論点を絞って話しあえ、と息子たちをしつけていた。そのせいで苛々《いらいら》させられることがままあった。
切ったパンを焼こうと炉端に運んだ。「とにかくなにも起きなかったわ」
「今夜のところは、だろう」ウィンターがふたたびため息をついた。「姉さん、もう二度とばかなまねはしないと約束してくれないとだめだ」
「そうねえ」テンペランスはあいまいにつぶやき、パンを火であぶることに専念した。「今
日、学校はどうだったの？」

話をそらされても不服そうにはせず、ウィンターは答えた。
「いい一日だったんじゃないかな。サミュエル家の坊ずはめずらしくラテン語の授業をすっ
ぽかさなかった。それに、誰にもお仕置きをせずにすんだよ」

テンペランスは同情して弟をちらりと見た。ウィンターはてのひらに鞭《むち》を打ちつける体罰
を忌み嫌っていた。ましてや尻を杖《つえ》で叩くなど、もってのほかだ。だからやむをえず子供を
懲らしめた日には、むっつりと押し黙って帰ってくるのが常だった。

「よかったわね」彼女は相槌《あいづち》を打つにとどめた。

ウィンターが椅子に座ったまま体の向きを変えた。
「昼食をとりに戻ったけど、姉さんはいなかったね」

テンペランスは炉火であぶったパンをテーブルに運んだ。
「メアリー・ファウンドを新しい受け入れ先に連れていかないといけなかったの。今度のと

ころではうまくやっていけそうよ。女主人はとても親切な方みたいだったわ。五ポンドでメイド見習いとして引き取ってくれたしね」

「うまくいけばその女主人がなにがしか仕込んでくれて、われわれは二度とメアリー・ファウンドに会うこともないってわけだ」

テンペランスは小さなティーポットに湯を注ぎ、テーブルに運んだ。

「ずいぶん皮肉っぽい言い方をするのね」

ウィンターは額に手を走らせた。「これは失礼。皮肉は悪習だ。口を慎むようにする」

彼女は椅子に座ると、黙って弟に紅茶を出し、待った。姉が深夜の冒険に繰りだしたことだけではなく、ほかにも弟を悩ませていることがあるようだ。

しばらくしてウィンターが言った。

「昼食をとっていたときに、ミスター・ウェッジが訪ねてきた」

ウェッジはこの建物の大家だ。テンペランスはティーポットに手を置いたまま、ひと呼吸置いてから口を開いた。「なんて言われたの？」

「あと二週間だけ猶予をくれるそうだ。それを過ぎたら、強制的に立ち退かされる」

「そんな」

彼女は自分の皿にのった少しばかりの牛肉に視線を落とした。筋だらけで、どこの部位かもわからない硬い肉だったが、この食事を心待ちにしていた。ところが急に食欲は失《う》せてしまった。孤児院の家賃は滞っていた。先月は全額を支払うことができず、今月に至ってはまだまったく支払えずにいた。赤カブは買わなければよかったかもしれない、と暗い気持ちで思い返した。でも、ここ一週間、子供たちはスープとパンしか食べていない。

「せめてギルピン卿が遺《のこ》産を遺してくれたらよかったのにね」

スタンリー・ギルピン卿は父の親友で、孤児院の後援者だった。引退した劇場主で、南海会社に投資してひと財産築いたのち、株価が大暴落する前に資金を引きあげるだけの才覚を備えた人物だった。生前のギルピン卿は気前よく援助してくれたが、半年前に突然亡くなり、それ以降、孤児院の台所事情が苦しくなったのだ。蓄えを切り崩してなんとかしのいできたものの、ここにきて、もはやにっちもさっちもいかなくなっていた。

「今にして思えば、ギルピン卿は並外れて太っ腹だったってことだろう」ウィンターが言った。「貧しい子供たちの施設に喜んで資金を提供しようという新たな紳士がいまだに見つからないんだから」

テンペランスはフォークで牛肉をつついた。「わたしたちはどうすればいいの？」

「必要なものは神が与えてくださるさ」ウィンターは食べかけの料理を横に押しやり、椅子から立ちあがった。「もしも神が助けてくださらないのなら、ぼくは個人的に生徒を取って、夜は家庭教師でもやるよ」

「今だってあなたは働きすぎよ」彼女は反対した。「寝る時間もほとんどないでしょうに」

ウィンターは肩をすくめた。「罪のない孤児たちが路頭に迷うことになったら、ぼくはどの面さげて生きていけばいい？」

テンペランスは皿に目を落とした。その問いに返せる答えはない。

「さあ、来てくれ」弟が手を差しだしてほほえんだ。

ウィンターが笑顔を見せることはめったになく、とても貴重な光景だった。内側から輝くように顔がぱっと明るくなり、片方の頰にえくぼができて、少年みたいな表情になる。実際の年齢に少しは近づくようだった。

ウィンターがにっこりすると、誰しも笑みを返さずにはいられない。テンペランスもつられてほほえみ、彼の手に自分の手を重ねた。「どこに行くの？」

「うちの子たちの様子を見に行こう」ウィンターは蠟燭《ろうそく》を取り、テンペランスを階段にいざなった。「気づいていたかい、寝ているときの子供たちはまさに天使みたいだって？」

テンペランスは笑い、弟と連れ立って狭い木の階段を二階へあがった。細い廊下があり、三つの扉が並んでいる。ウィンターが高く掲げた燭台《しょくだい》の明かりを頼りに、最初の扉のなかをのぞいた。壁際に六つの小さな子供用ベッドが並んでいる。ここでは年少の子供たちがひとつのベッドに二、三人ずつ寝ていた。入り口の脇に置かれた大人用のベッドにネルが横たわり、すでに眠っていた。

ウィンターはネルの近くのベッドに歩いていった。そこにはふたりの赤ん坊が横になっていた。ひとりは薔薇色《ばらいろ》の頰をした赤毛の男児で、自分のこぶしを吸いながら眠っていた。隣にはその男児の半分ほどの体格の女児がいた。眠っているときでさえ頰は青白く、まぶたが落ちくぼんでいる。頭のてっぺんで細い黒髪が小さな渦を巻いていた。

「この子かい、今夜助けだした赤ん坊は？」ウィンターが小声で尋ねた。

テンペランスはうなずいた。すくすくと育っている男児の横にいると、赤ん坊はことさら弱々しく見えた。

ウィンターは黙って赤ん坊の手にそっと指を触れ、ややあってこう言った。

「メアリー・ホープという名前はどうだろう？」

テンペランスは喉に詰まった硬いものをのみ下した。「ぴったりね」

ウィンターはうなずき、小さな赤ん坊の手をもう一度撫《な》でてから部屋を出た。次の扉の向こうは少年たちの寝室だった。四つのベッドを分けあっている一三人全員が九歳未満だ。孤児たちは九歳で奉公に出される決まりになっているからだ。少年たちは手足を投げだし、顔を紅潮させて眠っていた。ウィンターはほほえみ、入り口にいちばん近い三人の少年に毛布をかけてやり、ベッドから飛びだしている脚を毛布のなかに押しこんだ。

テンペランスはため息をついた。「この子たちが昼どきに路地裏で一時間も鼠を追いかけまわしていたなんて誰も思わないわよね」

「まあね」部屋を出て、ウィンターはそっと扉を閉めた。「子供はあっというまに大人になる」

「ほんとにそう」テンペランスが最後の扉を開けたとたん――ここは少女たちの寝室だ――小さな顔が枕《まくら》から起きあがった。

「赤ちゃんを連れてきたんですか？」メアリー・ウィットサンがかすれた声でささやいた。

孤児のなかでいちばん年長の少女で、三歳だった九年前の聖霊降臨日《ウイットサンデー》の朝に引き取られてきたのが、その名のゆえんだった。メアリーはまだ幼いものの、テンペランスはやむをえず、ほかの子供たちの世話を頼むことがときどきあった。今夜もそうであったように。

「ええ」テンペランスもささやき声で応えた。「ネルと一緒に赤ちゃんを無事に連れ帰ったわ」

「よかった」メアリーは大きなあくびをした。

「子供たちの面倒をよく見てくれたわね」テンペランスは声をひそめて言った。「さあ、もう寝なさい。すぐにまた一日が始まるわ」

メアリーは眠たげにうなずき、目を閉じた。

ウィンターは戸口の脇の小さなテーブルから新たに燭台を手に取り、先に立って少女たちの部屋を出た。「姉さんの親切な助言に従って、ぼくも休むことにするよ」

自分の蠟燭から火をつけ、燭台をテンペランスに手渡した。

「ぐっすり眠るといいわ」彼女は言った。「わたしは寝る前にもう一杯お茶を飲むわね」

「あまり夜ふかしするなよ」ウィンターは赤ん坊にしたように指で姉の頬に触れ、階段のほうに体を向けた。

弟がゆっくりと階段をのぼっていく姿を見送りながら、テンペランスは顔をしかめた。もう真夜中過ぎだ。弟はいつも五時前に起きだし、本を読んだり、後援者になってくれそうな人たちに手紙を書いたり、その日の授業の準備をしたりする。朝食の席では朝の礼拝を取り仕切り、それがすんだら校長としての仕事に急いで出かけ、午前中いっぱい働き、質素な昼食をとる昼休みを挟んでまた仕事に戻り、日が暮れるまで働く。夜は少女たちの勉強を見てやり、年長の子供たちに聖書を読み聞かせる。テンペランスがいくら心配を訴えても、ウィンターはただ眉をあげ、ぼくがやらなかったら誰がやるのかと聞き返すだけだった。

テンペランスは頭を振った。彼女の一日も六時には始まるのでそろそろ床につかないといけないが、夜ひとりになれるひとときは大切な時間だ。一杯の紅茶を飲むためなら、睡眠時間を三〇分くらい削ったってかまわない。

彼女は蠟燭を持って階下に戻った。いつものように玄関の戸締まりを確認し、調理場へ向かう。風がびゅーびゅー鳴り、鎧戸《よろいど》が揺れ、裏口の扉がかたかた鳴っていた。そこの施錠も確認して、扉に閂《かんぬき》が差してあるのを確かめ、ひと安心した。その拍子に体がぶるっと震えた。こんな夜にもう外に出ている必要がなくてよかった。そう思いながらティーポットをすすぎ、新たに湯を注いだ。自分だけのために茶葉を入れ替えるのはとんでもない贅沢《ぜいたく》だ。じきにこんなこともできなくなるだろうけれど、とにかく今夜は楽しむことにしよう。

調理場の奥には小さな部屋がある。本来の用途がなんであれ、小さな暖炉もついているので、テンペランスはそこを自分専用の居間として使っていた。詰め物の入った椅子が一脚あり、かなり傷んでいるが、キルトを背にかけて難を隠していた。小型のテーブルと足台もそろっているので、暖かな炉端でひとりくつろぐにはこと足りた。

鼻歌を歌いながら、ティーポットとカップ、砂糖の小さな鉢、それに燭台を古い木のトレーにのせた。さらに牛乳があればよかったが、今朝の残りは子供たちの明日の朝食にまわすことになっている。実を言えば、砂糖も慎むべき贅沢だ。テンペランスは砂糖の鉢を見つめ、唇を噛んだ。やっぱり砂糖は戻さないといけない。今、使うのはもったいない。一瞬ためらったあと鉢をトレーからおろしたが、せっかく我慢しても、いいことをしたという晴れやかな気分にはなれなかった。ただ気が滅入《めい》るだけだ。トレーを持ちあげ、両手がふさがっていたので、居間の扉を背中で押し開けた。

だから振り返るまで、先客がいるとは思いもしなかった。

彼女専用の椅子に、呪文《じゅもん》で呼びだされた悪魔よろしくケール卿がどっかりと座っていた。黒いマントの肩に銀髪が広がり、三角帽を片方の膝にのせ、右手で長い黒檀のステッキの握りを撫でている。これだけ近いと、先ほどは髪のせいで老けて見えていたのだとわかる。はっとするほど青い目のまわりに皺はほとんどなく、口元も引きしまっている。三五歳より上ということはないだろう。

テンペランスが部屋に入っていくと、彼が頭を傾けて口を開いた。深く、よどみない、甘く危険な声だった。

「こんばんは、ミセス・デューズ」

彼女はそこはかとなく自信を漂わせて佇《たたず》んでいた。セントジャイルズという掃き溜めに住むこの立派な女性は、こちらを見て目を見開きはしたものの、逃げだすそぶりは見せなかった。それどころか、狭い居間で見知らぬ男に出くわしても、胆《きも》をつぶしもしないようだ。興味深い。

「わたしはラザルス・ハンティントンだ」

「知っているわ。ケール卿でしょう？　ここでなにをしているの？」

ラザルスは首をかしげて、目の前の女性をしげしげと見た。わたしが何者か知っている。なのに、怖《お》じ気《け》づきもしない？　よし、合格だ。「提案があってここに来た」

彼女は戸口に目を走らせはしたが、なおも怯える様子はない。

「訪ねる相手をお間違えでしょう。もう夜も遅いわ。どうかお帰りください」

恐怖もなし、身分の高い相手にへつらうこともなし。実に興味深い女性だ。

「誤解しないでくれ、法に触れる行為を提案しようというわけではない」ラザルスはゆっくりと話した。「むしろ堅気の行ないだ。それに近いというか、まあ、そんなところだが」

ミセス・デューズはため息をつき、トレーを見おろした。少しして視線をあげ、また彼を見る。「お茶を一杯いかが？」

ラザルスは失笑しそうになった。お茶はいかがだって？　女性からこれほど退屈な申し出を受けたのはいつ以来だろう？　もう思いだせないほどはるか昔だ。

そうは思ったものの、まじめくさって答えた。「いや、けっこう」

彼女はうなずいた。「じゃあ、わたしだけいただいてもいいかしら？」

どうぞ、とラザルスは手を振って促した。

トレーを粗末なテーブルに置き、足台に腰をおろして紅茶をカップに注《つ》ぐミセス・デューズを観察した。みごとなほど単色でまとめられた装いだった。ドレス、胴着《ボディス》、長靴下、靴は黒。簡素な襟元にたくしこまれた肩掛け、エプロン、帽子——レースもフリルもなし——は白で統一されている。ほかの色に邪魔されないせいか、ふっくらしたつやのある赤い唇がことさら目立って見えた。尼僧のような衣装をまとっていても、口元には快楽主義者を思わせる色香を漂わせている。

その対比は魅惑的であり、刺激的でもあった。

「きみは清教徒なのか？」

美しい唇が引き結ばれた。「違うわ」

「そうか」英国国教会の信徒であるとも言わなかったな、とラザルスは気づいた。たぶん非国教徒のどこかの宗派に属しているのだろう。しかし、こちらの目的に差し障りがない限り、信仰心は問題ではない。

彼女は紅茶をひと口飲んで言った。「どうしてわたしの名前を知っているの？」

ラザルスは肩をすくめた。「ミセス・デューズとその弟は、善き行ないでつとに有名だ」

「そう？」そっけない口調だった。「セントジャイルズの外側でわたしたちを知っている人がいるとはね」

一見、冷静そうだが、取り澄ました表情の陰で牙《きば》をむいていた。たしかに彼女の言うとおりだ。このひと月のあいだ、夜のセントジャイルズを歩きまわっていなかったら、ミセス・

デューズについて耳にすることはなかっただろう。足を棒にしても収穫はなく、だから自宅まで彼女のあとをつけ、細々と燃える暖炉の前にこうして座っているというわけだ。

「どうやってなかに入ったの？」

「たしか裏口の鍵がかかっていなかったんじゃないかな」

「いいえ、鍵はかかっていたわ」茶色の目がカップ越しに彼へ向けられた。瞳の色は不思議なほど明るく、黄金色と呼べそうだ。「なんのご用なの？」

「きみを雇いたいと思ってね、ミセス・デューズ」ラザルスは穏やかに言った。

彼女は体をこわばらせ、カップをトレーにおろした。「お断りします」

「どんな仕事かまだ聞いてもいないのに？」

「もう真夜中過ぎなのよ。昼間であっても、お遊びにつきあうつもりはないけれど。さあ、お引き取りください。さもなければ弟を呼ぶしかないわね」

ラザルスは身じろぎひとつしなかった。「ご亭主ではなく？」

「わたしは未亡人よ、とうにご存じでしょうけど」ミセス・デューズは暖炉のなかをのぞきこみ、話しあいを拒む姿勢を見せつけた。

ラザルスが脚を伸ばすと、ブーツは炉火のそばまで達した。

「そのとおり。たしかに知っている。知っているといえば、きみときみの弟がここの家賃を二カ月近く滞納していることも、だ」

彼女は黙りこくって、また紅茶を飲んだ。

「時間を割いてくれたら謝礼金ははずむ」ラザルスは声を落として言った。

ようやくミセス・デューズが彼に向き直った。淡い茶色の瞳に黄金の炎を宿していた。

「どんな女でもお金で買えると思っているの？」

ラザルスは顎を親指でこすりながら、その質問について考えた。

「ああ、そうだ。厳密には金とは限らないだろうが。それに女だけに限定もしない。どんな男でも、形はともあれ抱きこむことはできる。相手の弱みを突けばいいだけだ」

ミセス・デューズは独特な色合いの瞳で見つめるだけだった。

彼は片手を膝におろした。「たとえばきみの場合、家賃の肩代わりをちらつかせれば乗ってくると思っていたが、もしかしたら思い違いだったのかな。質素な服装や、お堅い未亡人だという評判にだまされていたのかもしれない。きみを口説くなら、こちらの身分や学識の高さを誇示するか、それとも肉体的な快楽を提供しようと申しでるほうがうまくいくんじゃないか」

「わたしにどんな仕事をさせたいのか、まだ聞いていなかったわね」

彼女は身動きひとつしなかったし、表情も変わらなかったが、語気は強められた。それを察知したのは、長年にわたる狩猟経験のなせるわざだ。内なる狩人《かりゅうど》が彼女の匂いをかぎとろうとするかのように、無意識のうちにラザルスの鼻孔が広がる。こちらの挙げたリストのどれに食いついてきたのだ？

「案内役を頼みたい」彼は目を伏せ、爪を調べるふりをした。「それだけだ」上目づかいに見ると、ミセス・デューズは官能的な唇をすぼめていた。

「なんの案内役？」

「セントジャイルズの町を案内してほしい」

「どうして案内してもらいたいの？」

おっと、ここは慎重にいかなくては。「セントジャイルズである人物を捜している。町の人たちに話を聞きたいが、わたしはこの界隈に不案内で、知りあいもいないから調査がいっこうにはかどらない。それに、わたしが相手では住民たちも口が重くなる。だから案内役を務めてほしい」

彼女は話を聞きながら目を細め、カップを指で叩いていた。「誰を捜しているの？」

ラザルスはゆっくりと首を振った。「案内役を引き受けてくれないなら、それは言えない」

「頼みたいのは案内役を務めることだけ？　ほかにはなにもないのね？」

ラザルスは彼女を見つめてうなずいた。

ミセス・デューズは体の向きを変え、まるで炎に相談するかのように炉のなかをのぞきこんだ。しばしのあいだ、炭がはじける音だけが部屋に響いた。ラザルスはステッキの銀の握りを撫でながら辛抱強く待った。

やがて彼女はしっかりと向き直った。

「あなたの言うとおりよ。わたしはお金に釣られたりしない。いくらかもらっても、立ち退きの時期を遅らせる当座しのぎにしかならないもの」

ラザルスは顎をあげ、彼女がなまめかしく唇を舐《な》めるさまを見つめた。なにか主張があるのだろう。みずみずしい女らしさに体が反応し、皮膚の下で鼓動が激しくなるのを感じた。

「では、なにがお望みだね、ミセス・デューズ？」

彼女はあたかも挑むようにラザルスの目をしっかりと見た。

「ロンドンに住む裕福な貴族の方たちを紹介してほしいの。孤児院の新しい後援者を見つけるために力になってちょうだい」

ラザルスは口をきつく結んだが、胸には勝利の念がこみあげた。お堅い未亡人が向こう見ずにも魔の手のなかに飛びこんできた。

「決まりだ」

2

ところで、王はとても誇り高き男でした。

というのも、取るに足りない小国に生まれたにもかかわらず、狡猾《こうかつ》さと大胆さを武器に周囲の大きな国々を果敢に攻め取り、やがては強大な大国を統治するまでにのしあがったからです。北には鉱物資源と宝石の豊かな山脈。東には黄金色の穀物畑と肥えた家畜の放牧場。南には天高く生い茂る広葉樹林の森。西には銀色の魚があまた泳ぐ海。都からどちらを目指そうと、ひと月歩いてもなお、王の土地から一歩たりとも出ることはないのです。

『偏屈王』

ふいに罠《わな》にとらわれた感覚に襲われ、テンペランスは息をのんだ。それでも目をそらしはしなかった。ケール卿はどことなく肉食動物を連想させる。肉食動物の前で恐怖心をあらわにするのはご法度だ。それだけはしてはならないと心して、静々とカップにお代わりを注いだ。手は震えず、とりあえずよしとした。

ひと口紅茶を飲み、せせこましい居間でくつろぐ風変わりな男性に目を向ける。胸をぐっと張って、テンペランスは言った。「取り決めについて詳しく話しあいましょう」

これはおもしろいとばかりに、彼は肉感的な口の端をつりあげた。

「たとえばどんなことを？」

テンペランスは唾をのみこんだ。こんな約束を交わした経験などもちろん皆無だけれど、孤児院を切り盛りするために肉屋や魚屋で値切ることなら日ごろからよくやっている。駆け引きは決して不得手ではないという自負心もあった。

彼女はカップを置いた。「生活費が必要なの」

「生活費？」ケール卿が黒い眉をつりあげた。

後援者候補を紹介してもらうという条件ですでに話がついているのに、今さら金銭を要求するのはずうずうしい気もする。けれども、資金繰りに困窮しているのは事実だ。

「そうよ」テンペランスは顎をあげた。「さっきあなたも言っていたように、ここの家賃は支払いが滞っている。子供たちにだって何日もまともな食事を食べさせてやれていないわ。牛肉や野菜やパンや紅茶や牛乳を買うお金が必要なの。ついでに言えば、ジョセフ・ティンボックスとジョセフ・スミスには新しい靴が必要で――」

「ジョセフ・ティンボックス？」

「幼いメアリーたちには新しいシュミーズが必要なの」テンペランスは彼の問いかけを無視して続けた。

ケール卿はサファイアを思わせる神秘的な瞳でしばらく彼女を見つめていたが、やがて椅子のなかで姿勢を変えて言った。「正確には何人の子供たちがここにいるんだ?」

「二七人」テンペランスは即答したあとで、今夜のことを思いだした。「いいえ、さっき連れ帰った赤ん坊のメアリー・ホープを加えたら二八人よ。しばらく乳母に預けている乳児もふたりいて、乳離れしたら、その子たちもここで暮らすことになっている。子供たちに加えて、わたしと弟のウィンターがいるわ。それにメイドのネル・ジョーンズも住みこみで働いている」

「それだけ大勢の子供たちがいて、大人はたったの三人か」

「そうなの」われ知らず話に熱が入り、テンペランスは身を乗りだしていた。「わかるでしょう、なぜ後援者が必要か。それなりの資金があれば、あとひとりかふたりメイドを雇えるし、料理人や用務員も雇えるかもしれない。昼食にも夕食にも肉を出せるし、男の子たち全員にまともな靴を履かせてやることもできる。年季奉公に出すお金もちゃんと払えるし、孤児院を巣立つ子供たちそれぞれに新しい服と靴を用意してやれる。きちんと支度をして、世間に送りだしてやれるわ」

ケール卿は眉をあげた。「先ほど取り決めた条件を変更したいのなら、孤児院の維持費を援助してもかまわない」

テンペランスは唇を尖《とが》らせた。この人のことはなにも知らない。彼が責任を持って後援者の座につくと、なにを根拠に信じられる? ひと月かふた月で見捨てられてしまわないと、どうしてわかるの？

それだけではない。考慮すべき大事な問題もある。

「後援者はそれなりに立派な方じゃないといけないの」

「ほう。なるほど」気を悪くさせてしまったかと思ったが、彼は皮肉めかした薄笑いを浮かべただけだった。「よくわかった。家賃や子供たちにかかる諸々《もろもろ》の費用は出そう。その代わり、明日の夜なんとか都合をつけて、セントジャイルズの道案内をお願いしたい」

そんなにすぐに？　そう思ったものの、テンペランスは言った。「もちろんいいわ」

「それから」ケール卿は危険なほどにやわらかな声音で言った。「もうけっこうだとこちらから断るまでは案内役を務めてもらいたい」

警戒心が芽生え、彼女は目を細めた。期間もあやふやなうえ、よく知りもしない人のために働くなんて愚の骨頂ではないだろうか。「人捜しにどれくらい時間がかかりそう？」

「さあ、どれくらいだろうな」

「でも、目安はあるでしょう？　ひと月たっても見つからなかったら、あきらめるつもりだとか」

彼は口の端にちらりと笑みを浮かべ、こちらを見つめるだけだった。テンペランスはそれを見て、この人のことをなにも知らないのだという思いを新たにした。実際、ネルから受けた不穏な警告以外にケール卿のことはなにひとつ知らない。小さな蜘蛛《くも》が背筋を這《は》いあがるような恐怖が一瞬胸をよぎる。

しかし、テンペランスは姿勢を正して思い直した。約束は約束だ。今さら撤回するようなみっともないまねはしない。孤児院と子供たちの前途がかかっているのだ。

「いいわ」彼女はゆっくりと話しはじめた。「期限は区切らずに協力します。ただし、あなたがいつ町に出て聞きこみをしたいのか、あらかじめ教えてもらわないとね。わたしはここの仕事があるから、代わりの人を見つけておかないといけないの」

「調査は主に夜だ」ケール卿はのんびりとした口調で言った。「仕事を誰かに頼むのなら、その分の費用もこちらで持とう」

「ずいぶん気前がいいのね」テンペランスはぼそりと言った。「でも外出するのが夜なら、子供たちはもうベッドに入っている。なにもなければ、わたしの手は空いているから大丈夫よ」

「そうか、それならよかった」

「孤児院の後援者になってくれそうな人たちには、いつごろ会わせてもらえるかしら？」少なくとも新しいドレスと靴だけは、なんとか調達するつもりだった。いつもの黒い仕事着姿で上流階級のお金持ちの前に出ていくわけにはいかない。

彼は肩をすくめた。「二週間後か、もっと先になるかもしれない。品行方正な連中が集まる会に招待を頼んでまわらないといけないからな」

「わかったわ」二週間後ということはあまり時間はないが、孤児院はすぐにでも助けが必要だ。のんびり構えている余裕はない。

ケール卿がうなずいた。「では、これで話はついたな」

「まだよ」

彼は帽子をかぶろうとした手をとめた。「冗談だろう？　わたしに気前がいいと言ったばかりじゃないか。まだほかになにかほしいのか？」

ケール卿の口元に浮かんでいたわずかばかりの笑みは消え、威圧するような顔つきになった。それでもテンペランスは唾をのみこみ、顎をあげた。「情報がほしいの」

彼は無言で眉をあげただけだった。

「あなたが捜しているのはなんという人なの？」

「名前は知らない」

テンペランスは眉をひそめた。「じゃあ、どんな人？　その人はセントジャイルズのどのあたりに出入りしているの？」

「それも知らない」

「そもそも男性なの、女性なの？」

ケール卿はにやりとした。深い皺が痩せた頬に刻まれた。「さあね」

彼女は苛立ちもあらわに息を吐いた。「じゃあ、どうやってその人を見つけろというの？」

「きみに見つけてもらおうというわけじゃない。聞きこみの手助けをしてほしいだけだ。セントジャイルズにも人の噂が集まる場所がいくつかあるだろう。そこに案内してくれれば、あとは自分でなんとかする」

「そういうことね」誰のところに町のゴシップが集まるか心あたりはある。テンペランスは立ちあがり、片手を差しだした。「条件をのむわ、ケール卿」

彼は差しだされた手をじっと見るだけで、握手をしようとはしなかった。一瞬、気まずい空気が流れた。男勝りな態度に思われただろうか。それともばかばかしいと思われたか。しかし結局、ケール卿も立ちあがった。手狭なため、頭をあげないと目を合わせることはできない。相手がどれだけ背の高い男性なのか、テンペランスはふいに気づかされた。

ケール卿が彼女の手を取った。どういうわけか顔をこわばらせ、そそくさと握手をすませる。そして、火傷《やけど》でもしたかのようにあわてて手を引っこめた。

テンペランスは狐《きつね》につままれたような気持ちになった。そんな彼女をよそに、ケール卿は帽子をかぶり、マントを肩に翻してうなずいた。

「明日の夜九時、裏口の外の路地で待っている。では」

それだけ言って立ち去った。

テンペランスは目をぱちくりさせていたが、やがて裏口の戸締まりをするために急いで調理場へ向かった。なかに入ると、猫のスートが炉端から身を起こした。

「ここの扉は鍵がかかっていたわ。それはたしかよ」彼女は猫につぶやいた。「あの人はどうやって入ったのかしらね？」

猫はあくびをして、気だるそうに伸びをしただけだった。

テンペランスはため息をつき、紅茶の道具を片づけに戻った。居間に入り、ケール卿が座っていた椅子に目をやる。すると座面の真ん中に小さな財布があった。彼女はそれを取りあげ、なかを開けた。金貨がてのひらにこぼれ落ちた。ミスター・ウェッジに家賃を払っても充分余るほどの金貨だった。

どうやら前払いをしてくれたらしい。

翌日の午後遅く、ラザルスが〈バシャムのコーヒーハウス〉を訪ねると、店内はひどく騒がしかった。肩までのかつらをかぶった年配の紳士たちが新聞をめぐって議論を闘わせている横をすり抜け、隅の席にひとりで座っている灰色のかつらの男性のほうに向かった。男性は半月形の眼鏡をかけて小冊子にじっと目を凝らしていた。

「そんなくだらないものを読んだら目がつぶれるぞ、セントジョン」そう言って、旧友の向かいに座った。

「ケール、きみか」ゴドリック・セントジョンはつぶやくように言い、小冊子を叩いた。「この本に書いてあることは一から一〇まで奇想天外というわけじゃない」

「ごく一部だけか。それならよかった」ラザルスは指を鳴らし、コーヒーのマグカップをぎっしりのせたトレーを持って店内を飛びまわる若者のひとりを呼びとめた。「ここにもひとつ」

前に向き直ると、セントジョンが眼鏡越しにこちらをじっと見ていた。くすんだ色の髪を束ねたかつらをかぶり、眼鏡をかけ、地味な服装をしているせいか、彼を年寄りだと勘違いする者もいるが、実際はラザルスと同じく三四歳だ。よく見れば灰色の瞳は澄み、顎はがっちりとたくましく、眉も黒々としていることに人は気づく。そしてさらに洞察力の鋭い者ならば、経帷子《きょうかたびら》のようにセントジョンを包む悲しみを察することだろう。

「きみに翻訳を見てもらおうと思ってね」ラザルスはそう言って上着のポケットから紙束を取りだし、友人に手渡した。

セントジョンは紙束にじっと目を落とした。

「カトゥルスの作品か？　バージェスをかりかりさせるんじゃないか」

ラザルスは鼻を鳴らした。「あいつは自分こそカトゥルスの最高権威だと思っている。古代ローマの詩歌に関する知識は、そこらの洟垂《はなた》れ小僧並みのくせに」

「まあ、そうだな」セントジョンは眼鏡の陰で眉をあげ、かすかにおもしろがるような表情を見せた。「どのみちきみは、これをネタにして論争をふっかけるんだろう」

「ああ」ラザルスは言った。「ちょっと目を通して、意見を聞かせてくれないか」

「いいとも」

隣のテーブルで怒号があがり、マグカップが床に落ちた。

ラザルスは顔をあげた。「政治か宗教に関する議論でもしているのかな」

「政治だ」セントジョンは激論を闘わせている紳士たちを醒《さ》めた目でちらりと見た。「新聞記事によれば、ウェークフィールドはまた新たにジン税の法案を通そうとしている」

「貴族のお仲間たちの運命はジンの売れ行きにかかっているということを、あの御仁も学んだものと思っていたがね」

セントジョンは肩をすくめた。「ウェークフィールドの主張は正論だ。貧しい庶民がジンでだめになったら、ロンドンの産業は傾く」

「ああ。余剰穀物をジン蒸留所に売るか腐らせるかの選択を迫られた裕福な領主は、私腹を肥やすよりロンドン市民の健康を優先させて当然だ、ってわけだからな。まったくおめでたい男だよ、ウェークフィールドは」

「理想主義者なのさ」

「理想主義のおめでたい男だ」ラザルスはゆっくりと言った。「理想論をぶちあげても敵を作るだけなのに。議会にジン税の法案を通させるより、塀に頭を打ちつけたほうがいい」

「ロンドンが荒廃していくのを傍観していろというのか?」セントジョンが尋ねた。

ラザルスは手を振った。「ほかに選択肢があるような言い草だな。はっきり言うが、そんなものはない。ウェークフィールド一派は世の中の流れを変えられるとしきりに信じたがっているが、それは思い違いもはなはだしいというものだ。いいか、ロンドン市民からジンを取りあげられる日が来るなら、その前に豚に羽が生えてウェストミンスター上空を飛ぶだろうよ」

「きみの辛口の批判には、いつもながらはらはらさせられる」

若い給仕がラザルスの前にコーヒーのマグカップを置いた。

「ご苦労さん」

ラザルスは給仕に一ペニーをほうってやった。給仕はその硬貨を器用に受けとめ、コーヒーが用意されるカウンターへ小走りで戻っていった。ラザルスは熱い液体をひと口飲み、マグカップをおろすと、拡大鏡で昆虫を観察するような目で見ているセントジョンと視線を合わせた。

「そうじろじろ見るな、顔に水疱《すいほう》があるわけじゃなし」

「いつかできても不思議じゃないぞ」セントジョンが言った。「きみは何人もの娼婦《しょうふ》と寝ているんだから」

「それは生理的欲求の――」

「だとしても無節操だ」セントジョンは穏やかな口調で遮った。「欲求を抑える努力もしないで」

「なぜそんな努力をしなくちゃいけない？」ラザルスは尋ねた。「狼《おおかみ》は獲物を追いながら己の喜びを嘆くか？　大空に舞いあがっては急降下して野兎《のうさぎ》を襲う鷹《たか》は？　あれは動物の本能だ。それと同様、わたしにもわたしの……生理的欲求がある」

「言うまでもなく、狼や鷹には良心もなければ、善悪を判断する能力もない」

「女たちには時間と引き換えにたっぷり金を払っている。わたしが生理的欲求を抱いても誰も困りはしない」

「そうかな？」セントジョンは静かに聞き返した。「きみ自身のためにならないんじゃないか」

ラザルスは上唇をゆがめた。「また同じ議論か。堂々めぐりだろう、どちらも相手を言い負かせないのだから」

「ぼくがこの口論に勝つのをあきらめるとしたら、きみを見限ったときだ」

ラザルスは傷だらけのテーブルを指でこつこつと叩きながら黙りこくった。いくら心配されようが、おとなしく聞き入れたりするものか。わたしの欲求はたしかに普通ではないが、さりとて病的なものでもない。

当然ながら、セントジョンは遠慮なく詮索《せんさく》してきた。

首を振り、身を乗りだして言う。「ゆうべ、きみは外出した」

「なんだ、占い師にでもなったのか？　それともゆうべうちの近所をうろついて、留守だと調べあげたのか？」

「どちらでもないよ」セントジョンは眼鏡をそっと額の上に押しあげた。「きみは前と同じ顔をしている。どことなく——」

「疲れた顔か？」

「いや、破れかぶれになっているように見える」

ラザルスはコーヒーをもうひと口飲んだ。時間稼ぎをしていると自分でもわかっていたが、結局たいした切り返しは思いつかなかった。「きみに芝居がかった台詞《せりふ》を吐く趣味があるとは知らなかった。〝破れかぶれ〟とはな、ずいぶん大げさな言いまわしだ」

「そうかな」セントジョンはぼんやりとマグカップのなかをのぞきこんだ。「きみはマリーが死んでからそういう顔をしている。ゆうべも彼女を殺した犯人を捜していたんだろう?」

「ああ」ラザルスは椅子の背にもたれ、半ば伏せた目で旧友を見た。「だからなんだ?」

「固執しすぎだ」セントジョンはさらりと言ったが、かえって重い響きを醸した。「彼女が死んで二カ月近くになるのに、毎晩犯人を捜しまわっている。なあ、ケール、いったいいつまでやれば気がすむんだ?」

「もしもクララが殺されたら、きみはいつあきらめがつく?」ケールは即座に言い返した。痛いところを突いたかどうかはわからないが、セントジョンの顎がぴくりと動いた。

「一生あきらめはつかない。でも、きみの場合とは話が違う」

「どう違う? きみたちは夫婦だが、マリーはわたしの愛人にすぎなかったからか?」

「そうじゃない」セントジョンは穏やかに言った。「ぼくはクララを愛しているからだ」

ラザルスは目をそらした。あえて否定してやりたくなるひねくれた気持ちもどこかにあったが、実際には無理だった。なぜならセントジョンの言ったことは間違っていないからだ。彼はたしかに妻のクララを愛している。

それに引き換え、わたしは誰かを愛したことなど一度もない。


「よくないですよ。こんなの絶対よくないですってば」その夜遅く、ネルは孤児院の調理場でそう繰り返した。

「あなたが反対だってことはもうわかっているわ」テンペランスはマントの紐を顎の下で結

びながらつぶやいた。

そう言われてもネルは引きさがらなかった。

「あの人が貞操を奪おうとしていたらどうするんです？　誘惑して捨てるつもりだったら？　いいえ、それどころじゃなくて、娼館に売り飛ばす魂胆だったら？　ああ、大変だわ！　とんでもない目に遭わされるかもしれないんですよ！」

ケール卿にとんでもない目に遭わされることを考えて、テンペランスは思わず体が震えそうになった。嫌悪のせいで悪寒が走るならまだしも、興味をそそられてしまったのだ。胸の奥にひそむみだらな一面が頭をもたげ、鼻をうごめかせ、またぞろ解き放たれたくてうずうずしはじめている。けれど、そんなことを許すわけにはいかない。たった一度、本能のままに行動し、許されない罪を犯した。それ以来、罪を償い、心の奥に棲《す》む悪魔を二度と解放してはならないと自分に言い聞かせて日々を送ってきたのだ。

テンペランスはフードをかぶった。「ケール卿がわたしをひどい目に遭わせるわけがないでしょう。それにピストルを持っていくから大丈夫よ」

ネルはうめいた。「あの人はほかの紳士たちとは違うんですよ」

テンペランスはピストルを忍ばせたやわらかな袋を手に取った。

「前にもそんなことを言っていたわね。ねえ、教えてちょうだい。ケール卿はどこがほかの紳士たちと違うの？」

ネルは唇を噛んで片足に重心をかけ、それからもう一方に重心を移し、最後に目をぎゅっとつぶって早口で言った。「ベッドでの趣味が変わってるんです」

テンペランスは続きを待ったが、それ以上の説明はなかった。しまいにため息をつき、〝ベッドでの趣味〟という言葉に反応してしまった自分を心のなかで戒めた。

「孤児院は閉鎖の危機にあるの。ケール卿が寝室でなにをしていようと、援助の申し出を断るわけにはいかないわ」

ネルが不安げに目を見開いた。「でも――」

テンペランスは裏口の扉を開けた。「いい、これだけは忘れないで。ウィンターに訊《き》かれたら、わたしは早めに寝たと言っておいて。なぜかとうるさく問いただされたら、女性特有のことだと伝えてちょうだい。それで質問はやむでしょう」

「くれぐれも気をつけてくださいね！」そう叫ぶネルの声を背に受けながら外に出て、扉を閉めた。

すぐそばを一陣の風が吹き抜けた。テンペランスは身を震わせ、マントの前をきつくかきあわせて路地のほうを向いた。すると男性のたくましい胸が目の前にぬっと現われた。

「まあ、驚いたわ！」

「こんばんは、ミセス・デューズ」ケール卿が不気味なほど物憂げな声で言った。マントが脚のあたりで風にあおられている。

「お願いだから、こういうまねはやめて」彼女はきつい口調で言った。

しかし、ケール卿はおもしろがっているような顔をするだけだった。「こういうまね？」

「追いはぎみたいにいきなり出てこないで、ということよ」テンペランスは彼をにらみつけた。彼の大きな口は端があがっていた。それを見て、どういうわけか笑みを返したくなったが、その衝動はきっぱりと抑えた。今夜のケール卿は三つ編みにした銀髪を黒い三角帽の下から垂らしている。そんな姿を見ていると下腹部が震え、寝室でどんなふうに変わっているのだろうかと考えずにいられなかった。

だがケール卿は後ろを向き、路地を大股《おおまた》で歩きはじめた。

「言っておくが、わたしは追いはぎではない」そう言って肩越しに振り返る。青い目がきらりと光ったことに、早足でついていくテンペランスは気づいた。「もし追いはぎだったら、きみはとっくに襲われて死んでいる」

「一緒に行動するのに励みになるようなことは言ってくれないのね」彼女は小声でぶつぶつ言った。

ケール卿が急に立ちどまった。テンペランスはまたしても彼にぶつかりそうになった。

「ついてきてるか？」

なんて人なの！「ええ」

彼は銀の握りがついたステッキを持った手を広げ、黒いマントの裾《すそ》を汚い地面に引きずって、大げさにお辞儀をした。「道案内をお願いしよう」

テンペランスは鼻を鳴らして前を向き、路地をすたすたと歩きはじめた。すぐ後ろに彼がついてきている気配を感じた。

「今夜はどこに案内してくれるのかな？」

これはただの想像？　それとも、彼の熱い息がうなじにかかっているの？

「どこがいいかしらね。どんな人を捜しているのか話してくれないから行き先に迷うわ」

そう言って説明を待ってみたが、返事はない。

彼女はため息をついた。「あなたは人捜しをしているとしか話してくれない。はっきり言わせてもらうけど、それだけではなんの足しにもならないわ」

「それでも、どこに行くかきみには心づもりがあるようだ」ケール卿がつぶやいた。

「ええ、あるわよ」路地の端まで来ると、テンペランスは崩れそうなアーチをくぐり、さらに細い路地へ入った。

「で、それは？」彼の声に楽しんでいる気配が漂った。

「ここよ」テンペランスは得意げに言った。乏しい手がかりをもとに情報源を思いついたことに自己満足を覚えていた。

窓のない建物の前にふたりは立っていた。蠟燭が描かれた木の看板が、雑貨店であることを示している。彼女は入り口の扉を押し開けた。ここは狭い店だ。片側にカウンターが伸び、店内のあちこちに品物がうずたかく積まれ、壁からも売り物がぶらさげられている。蠟燭、茶葉、ブリキのカップ、塩、小麦粉、紐、ラード、ナイフ、ぼろぼろの扇、新品の箒《ほうき》、ボタン、小さなスモモのタルトがひとつ、それに、もちろんジン。店の奥のカウンターの端で、ふたりの女がカップを片手に顔を寄せあってひそひそ話をしていた。カウンターのなかには黒い髪のミスター・ホッパーが立っている。店にちょうどいい寸法で成長がとまったのかと思えるほど小柄な男性だ。

許可なくジンを売るのは当然ながら違法行為だが、免許証の申請にはべらぼうな費用がかかり、それを賄える者はほとんどいない。執政官は闇取引の業者を法廷へ引っぱるためにプロのたれこみ屋の情報をあてにしているが、そもそも、セントジャイルズに足を踏み入れようと思う無謀なたれこみ屋などいない。最後にそれを試みた者は暴徒に襲われ、通りを引きまわされ、手ひどく殴られ、しまいには路傍に放置されて野垂れ死んだ。そういう哀れな男の例があるからだ。

「今夜はなにがご入り用ですかね、ミセス・デューズ?」ミスター・ホッパーが尋ねた。

「こんばんは、ミスター・ホッパー」テンペランスは応えた。「実は、友人がある人を捜しているの。あなたなら助けになってあげられるんじゃないかと思って」

ミスター・ホッパーはうさんくさそうにケール卿を横目で見たが、声だけは愛想がよかった。「なるほど。で、誰をお捜しなんです?」

「人殺しだ」ケール卿がそう答えたとたん、店に居あわせた全員の目が彼に注がれた。

テンペランスは息をのんだ。〝人殺し〟ですって?

ジンを飲んでいた者たちは無言のまま、こそこそと店を出ていった。

「二カ月ほど前、ある女がセントジャイルズの自宅で殺された」ケール卿は平然と続けた。「名前はマリー・ヒューム。彼女のことをなにか聞いていないか?」

ミスター・ホッパーは質問が終わる前から首を振っていた。「人殺しとのつきあいはない。こちらの紳士を連れて帰ってくれたらありがたいね、ミセス・デューズ」

彼女は唇を噛み、ケール卿をちらりと見た。

とくにむっとした様子はなかった。「帰る前にちょっと」彼は店主に話しかけた。

ミスター・ホッパーがしぶしぶ目を向ける。

ケール卿はにこやかに言った。「そのタルトをもらおう」

店主はふんと鼻を鳴らしてスモモのタルトを手渡し、代金の二ペンスをもらってポケットにしまうと、これ見よがしに背中を向けた。テンペランスは苛立ちを覚え、ため息をついた。また別の情報提供者を見つけなければいけない。

「あらかじめ教えてくれてもよかったでしょうに」彼女は店の外に出て文句を言った。その声が吹き戻されかねない強風をまともに顔に受け、背筋がぞくりとした。暖かな炉端にいられたらどんなによかったか。

一方、ケール卿は寒さなど感じてもいないようだった。「どんな違いがあった?」

「知っていれば、ここには案内しなかったわ」ぬかるみをよけながら、足を踏み鳴らすようにして足早に通りを渡る。

ケール卿は難なく彼女に追いついた。「なぜだ?」

「なぜならミスター・ホッパーはいい人なのに、あなたの訊き方はぶしつけだったから」怒りもあらわに言った。「だいたい、どうしてタルトなんて買ったの?」

ケール卿は肩をすくめた。「腹が空《す》いていた」そう言ってタルトにかぶりつく。彼が口の端についた紫色のシロップを舐め取るのを見て、テンペランスはつられてごくりと唾をのみこんだ。タルトは実においしそうだ。

「ひと口どうだい？」深みのある声で彼が勧めた。

テンペランスは首を振った。「けっこうよ。おなかは空いていないわ」

ケール卿は首をかしげ、またタルトを頬張って、彼女を見つめながら咀嚼《そしやく》した。

「嘘《うそ》をついているね。どうしてかな？」

「ばかなことを言わないで」テンペランスはぴしゃりと言って、また歩きはじめた。するといきなり彼が目の前に立ちはだかり、テンペランスは足をとめるしかなかった。さもなければ体ごとぶつかっていただろう。

「ただのスモモのタルトだ。贅沢なごちそうだの酒だの、人を堕落の道に誘う嗜好品《しこうひん》ではない。ひと口食べたって、どうということはないよ。味見してみればいい」

彼のちぎったタルトがひとかけら、口元に運ばれた。果物の甘い香りがして、その匂いから繊細な焼き菓子の味まで想像できる。テンペランスはいつしか唇を開いていた。スモモの酸味が舌を刺激し、シロップの甘みが口中に広がった。セントジャイルズの暗い町角で食べると、なおさら旨味《うまみ》が増すようだった。

「ほら」ケール卿がささやく。「なかなかいけるだろう？」

テンペランスはぱっと目を開け――いつのまに閉じていたのかしら――おののくように彼

を見つめた。

彼は唇の端をあげて言った。「さあ、次はどこへ行く？　それとも情報源はミスター・ホッパーだけしか知らないのかな」

彼女は顎をあげた。「いいえ。ほかにも心あたりはあるわ」

甘いスモモをまだ舌に残しながらケール卿の脇をまわりこみ、きびきびと歩きはじめた。このあたりはセントジャイルズでもとりわけ治安の悪い地域で、日中でもまず来ようとは思わない。ましてや夜間などもってのほかだが、今夜は大柄な男性が一緒なので話は別だった。

二〇分後、テンペランスはゆがんだ扉の前で足をとめた。道から階段を二段おりたところが入り口だ。

ケール卿が興味深げに目を細めて扉を見た。「ここはどういうところだ？」

「マザー・ハーツイーズの酒場よ」そう答えた瞬間、扉が開いた。

「さっさと出ておいき！」痩せぎすの背の高い女がわめいた。汚れて黒ずんだ革のコルセットをつけ、古びた赤い軍服のコートをはおっている。その下に黒と白の縦縞《たてじま》のペチコートがのぞいた。麻と毛を織りあわせた生地の裾は破れ、泥がこびりついていた。暖炉の薄明かりを背に受けた姿は、あたかも地獄の入り口に佇むかのような風情だ。「金のない客に酒は出せないよ。とっとと失せな！」

罵声《ばせい》を浴びせられているのは、これまた痩せこけた女だった。歯が黒ずみ、頬がただれていなければ、案外美人なのかもしれない。

その痛々しい姿の女は身を縮め、まるで殴打から身を守るように両手をあげた。

「明日、一ペンス半持ってきます。だから、どうかジンを飲ませてください」

「まずは金を稼いできな」マザー・ハーツイーズはそう言い捨てて、哀れな女を道端に突き飛ばした。そしてくるりと振り返り、関節が赤くなった大きなこぶしを腰にあて、物欲しげにケール卿を眺めまわした。「おや、ここでなにをしてるんだい、ミセス・デューズ？　このあたりはあんたの来るところじゃないだろうに」

「セントジャイルズにそれぞれの縄張りがあるとは知らなかったわ」テンペランスは毅然《きぜん》と言い返した。

酒場の女主人は小さな目をすばやくテンペランスに向けた。「そうかい？」

テンペランスは咳払《せきばら》いをして言った。「わたしの友人があなたに訊きたいことがあるの」

女主人は前歯の欠けた歯を見せて、ケール卿ににやりと笑いかけた。

「じゃあ、なかにお入り」

強欲なマザー・ハーツイーズの関心はあからさまにケール卿に向けられ、もはやテンペランスには見向きもしなかった。それでも彼は後ろにさがり、テンペランスを先に通した。彼女は戸口をくぐって、地下へと続く急な階段をおりていった。

正面に天井が低い横長の部屋があった。明かりは奥まったところで燃える暖炉の火だけで、室内は薄暗い。頭上の梁《はり》は煙で黒ずんでいた。部屋の片側にはふたつの樽《たる》の上に反り返った板が渡され、カウンターとしてしつらえられている。カウンターの向こうには片目の若い女給が立っていた。マザー・ハーツイーズはここで、その名のゆえんである安らぎ《ハーツイーズ》をもたらすジンを一杯一ペンス半で出している。山高帽をかぶった兵士の一団が隅のテーブルに陣取り、ほろ酔い気分で談笑していた。その横には人目を避けるように肩をすぼめた怪しげな男がふたり。ひとりは三角形の革の傷当てで、なくなった鼻の跡を隠している。部屋の向こう側ではトランプに興じる三人の船乗りたちのあいだで喧嘩《けんか》が起きていた。そのすぐ近くで、やけに大きなかつらをかぶった男がひとり、静かに煙草《たばこ》をくゆらしている。壁際には、土間に並んで座り、小さなブリキのカップを抱えている男女がいた。ここでひと晩寝るつもりなのかもしれない。ひとり五ペンスずつ別料金を女主人に支払えれば、の話だが。

「さて、おたくみたいな男前がいったいどんなご用かね？」マザー・ハーツイーズは船乗りたちの大声に負けまいと声を張りあげ、いかにも物欲しげな様子で指をこすりあわせた。

ケール卿はマントの内側から財布を取りだして開いた。にっこりして半クラウン銀貨をつまみあげ、女主人に握らせた。

「セントジャイルズで女が殺された事件に興味がある。マリー・ヒュームという女だ」

マザー・ハーツイーズの顔から笑みが消えた。思案するような顔で唇を尖らせる。

「その手の情報なら、もうちょっといただかないとね、旦那」

ケール卿が貴族だと知っているのだろうか、とテンペランスは訝《いぶか》った。それとも金づると見て、取り入ろうとしているだけなのか。

ケール卿はさらなる金の要求に眉をつりあげたが、黙ってもう一枚銀貨を取りだし、女主人にくれてやった。銀貨は最初の一枚とともにコルセットのなかにしまいこまれた。

「さあ、おかけになるといい、旦那」女主人はがたがたの木の椅子を勧めた。「殺された女のことだって?」

彼はもてなしを無視して言った。「年は三〇前後、金髪で美人だったが、ペニー硬貨大の生まれつきの痣《あざ》がここにある」そう言って、右目の目尻を指で叩く。「彼女を知っているか?」

「さてね、べっぴんさんならこのあたりにごろごろいるし、痣なんぞその気になればいくらでも隠せる。ほかに特徴は?」

「はらわたを引き抜かれて殺されていた」ケール卿は言った。

テンペランスは息をのんだ。ネルからの警告が脳裏によみがえる。なんてことに首を突っこんでしまったのかしら。

さすがのマザー・ハーツイーズも露骨な言いまわしに目を白黒させた。

「豚みたいにはらわたを抜かれたとはね」彼女はつぶやいた。「その事件なら覚えてるよ。殺されたのはかなりきれいな女だった、そうだろう?　タナー荘の小さな部屋で発見され、黒ずんだ血に蠅《はえ》がたかっていたって話だ」

仮にマザー・ハーツイーズがケール卿に衝撃を与えようとして言ったのだとしても、それは失敗に終わった。彼は依然として興味深げな表情で首をかしげていた。

「ああ、その事件だ」

女主人はさも悲しそうな顔を装って首を振った。

「おたくの役には立てないね、旦那。そのべっぴんとは知りあいじゃなかった」

ケール卿が手を差しだした。「それなら金を返してくれ」

「ちょっと待っておくれよ」女主人はあわてて言った。「あたしは事件のことは知らないけど、知っていそうな人なら心あたりがあるよ」

ケール卿は身じろぎひとつせず、獲物を見つけたというように目を細めた。

「それは誰なんだ?」

「マーサ・スワン」マザー・ハーツイーズはにやりと笑い、猫撫で声を出した。「殺された女が死ぬ前に最後に会った相手さ」


テンペランスは酒場の外の階段をのぼりながら、吹きつける風に思わず息をのんだ。ケール卿は後ろからついてきていたが、不気味なほど黙りこくっている。殺された女性は何者なのだろう? なぜ彼はその人が殺された事件について尋ねまわっているの? はらわたを引き抜かれていたという話を思いだし、テンペランスは背筋が凍るようだった。本当に、とんでもないことに首を突っこんでしまった。

「めずらしく静かだな、ミセス・デューズ」ケール卿が深みのある声で言った。

「めずらしくって、普段がどうだかあなたにわかるの? わたしのことを知りもしないのに」

背後で忍び笑いが聞こえた。「それはそうだ。それでもなんとなく思うんだよ、心を許せる相手と一緒にいるときのきみは、けっこうおしゃべりなんじゃないかと」

テンペランスはぴたりと足をとめて振り返った。頭にかっと血がのぼりそうになり、その衝動を抑えるために腕を組んだ。いや、むしろ安心感を得るためだったのかもしれない。

「これはどういうゲームなの?」

ケール卿もすでに立ちどまっていたが、ふたりの距離はあまりにも近すぎた。彼の三つ編みはほどけかけ、銀色の長い髪が風に舞って顔にかかっている。

「ゲームだって?」

「そう、ゲームよ」テンペランスは強がるように彼をにらみつけた。「最初に聞いた話では、セントジャイルズで人捜しをしているということだった。でもミスター・ホッパーの店に連れていったら、あなたは殺された女性のことを尋ね、今度はマザー・ハーツイーズの店ではらわたを引き抜かれて殺された女性のことを尋ねたわ」

ケール卿が肩をすくめると、マントの下で広い肩が動いた。

「嘘はついていない。人捜しをしているのは本当だ。殺人犯を捜しているのだから」

小雨まじりの風に冷えきった頰をなぶられ、テンペランスは身を震わせた。彼の目を見たかったが、あいにく帽子のつばに隠れていた。

「その女性はあなたとどういう関係だったの?」

ケール卿は官能的な口元をかすかにほころばせたが、返事はなかった。

「どうしてわたしなの?」テンペランスはつぶやいた。昨夜のうちに訊いておくべき質問だったと遅まきながら気づいた。「どういういきさつでわたしを見つけたの? なぜわたしを選んだの?」

「きみのことはあちこちで見かけていた」彼はゆっくりした口調で言った。「セントジャイルズで調査をしているときにね。きみはいつも急いでいる様子で、黒い服を着て、なんというか、とてもしっかりしているように見えた。ゆうべもたまたま見かけたから、家までつけてみたんだ」

テンペランスは目を見開いた。「それだけ? ただの思いつきでわたしを選んだの?」

「思いつきで行動する性分なんでね。それにしても寒そうだな。さあ、行くぞ」

そう言って、ケール卿はまた歩きはじめた。今度は彼が先に立ち、堂々とした足取りで進んでいった。

「どこへ行くの?」彼女は後ろから呼びかけた。「マーサ・スワンを捜しに行かないの?」

ケール卿が立ちどまって振り向いた。「あの女主人の話では、ハングマン横町に住んでいるらしい。どちらの方向かわかるか?」

「ええ。でも、ここから一キロ近くあるわ」テンペランスはそう言って、ふたりの背後のほうを手で示した。

彼がうなずく。「それならスワン嬢を訪ねるのはまたの機会にしよう。もう遅いから、きみはそろそろ家に帰る時間だ」

返事を待たずにケール卿はふたたび歩きはじめた。

テンペランスは従順な猟犬よろしく小走りでついていった。彼は質問に答えてくれたが、ある意味でその答えが新たな疑問を生む結果となった。セントジャイルズに住んでいる女性は大勢いる。たしかにその多くは娼婦か、不法行為に手を染めている女たちだ。だがケール卿が頼めば、喜んで案内役を務めたがる女が少なくとも一〇人はいるだろう。なぜわたしに白羽の矢を立てたのかしら？　テンペランスは眉をひそめ、急ぎ足で彼に歩調を合わせた。彼は赤の他人であり、なにやら暗い秘密を持っているようだけれど、路地を一緒に歩いているとなぜか安心できる。

「マザー・ハーツイーズのこと、信用できるかしら」冷たい風に息をのみ、途切れ途切れに言った。

「マーサ・スワンという女が本当に存在するのかと疑っているのか？」

「いいえ、たぶん実在すると思うわ」テンペランスはつぶやいた。「でも、その人が実際になにか知っているかどうかはまた別の問題よ」

「なぜきみはマザー・ハーツイーズのことを知っているんだ？」

「この界隈で知らない人はいないわ。ジンはセントジャイルズを蝕《むしば》む諸悪の根源だもの」

ケール卿が彼女に目を向けた。「そうなのか？」

「老いも若きもジンを飲んでいるわ。食事代わりにあおる人もいるのよ」彼女は一瞬ためらってから続けた。「でも、彼女のことを知っている理由はそれだけじゃない」

「聞かせてくれ」

テンペランスは手をあげてフードを引き、顔をぴったりと囲むようにかぶり直した。

「九年前、孤児院の仕事を手伝いはじめたころ、マザー・ハーツイーズから伝言が届いたの。三歳くらいの女の子を預かっている、とね。どこから連れてきたのか知らないけれど、彼女の子供じゃないのはたしかだった」

「それで？」

「その子を売りたいと言われたわ」声が震えた。それは恐ろしさのせいでも悲しみのせいでもなく、怒りのせいだった。当時の激しい憤りと、マザー・ハーツイーズのさもしい根性に対する侮蔑《ぶべつ》の念を思いだしたのだ。

「で、どうしたんだ？」ケール卿は声をひそめて尋ねたが、テンペランスの耳にははっきりと聞こえた。その声は骨の髄まで響くかのようだった。

「弟のウィンターと父はその女の子を引き取ることに反対だった。一度でもお金を出したらマザー・ハーツイーズはつけあがって、どんどん孤児を売りに来るに違いないと」

「きみの意見は？」

彼女は息を吸いこんだ。「マザー・ハーツイーズにお金を払うのはいやだったわ。でも、言い値で買ってくれないならほかをあたると言われたの。子供の幸せなど顧みないところに売り飛ばすとね」

「娼館に、ということか」

テンペランスはケール卿に目をやった。しかし、彼はあらぬほうを向いており、よそよそしい態度だった。広い通りに出ていたので、ふたりは並んで歩いていた。マザー・ハーツイーズの酒場へ向かうときに通った道ではない。彼は道に迷ったのだろうか。

テンペランスは行く手に視線を戻した。「ええ、おそらく娼館にね。はっきりそう言われたわけではないけれど。ねちねちとほのめかされただけだから」不愉快な話しあいを思いだし、彼女はうなだれた。あのころの自分はまだ世間知らずだった。あれほど腹黒い人間がこの世にいようとは思いもしなかった。

そんなことを考えていたので、テンペランスは足元に注意を払っておらず、なにかにつまずいてよろめいた。バランスを取ろうとして両手を突きだしたが、体は前へ泳いだ。このままでは地面に倒れてしまう。

そう思った瞬間、ケール卿に体を支えられた。痛いほどきつく肘をつかまれたが、とにかく転倒は免れた。顔をあげると、青い目を悪魔のように光らせた彼がこちらを見ていた。そして抱き寄せられた。友人同士とも、恋人同士ともつかない抱擁だった。

そのとたん、胸の奥に眠る欲望が一気にざわめいた。

吐息が触れんばかりに顔を寄せ、ケール卿がささやいた。

「それで、きみはその女の子を買ったわけか」

「そうよ」テンペランスは彼をにらみつけた。この紳士は人情のかけらもない。どうして根掘り葉掘り訊きたがるの？　これほど執拗《しつよう》に古傷を暴こうとするのはなぜ？　そもそも、どういうわけでその女性を殺した犯人を捜しているのだろう？　「向こうの言い値を払ったわ。夫から贈られた金の十字架を売って、女の子を買い取ったの。その子を初めて胸に抱いた日が聖霊降臨日《ウィットサンデー》だったから、メアリー・ウィットサンと名づけたのよ」

ケール卿が不思議そうに首をかしげた。

テンペランスは不覚にも泣きじゃくっていた。やりきれない感情をしまいこんでいた胸の奥から怒りと悲しみが噴きだしていた。体を震わせ、なんとか激昂《げっこう》を抑えようとする。

彼がなだめるようにテンペランスの体を揺すった。

「ウィンターは正しかったわ」彼女はあえぎながら言った。「その子は無事にうちの孤児院に引き取られたけれど、二カ月後、マザー・ハーツイーズがまた別の子供を連れてやってきたの。今度は男の子で、値は二倍につりあがっていた」

「それでどうしたんだ？」

「どうもしないわ」テンペランスは敗北の念に目を閉じた。「そんな大金はなかった。わたしたちは――わたしはなにもできなかった。とにかくお願いしたの。あの人の前にひざまずいて懇願したわ。でも、結局その男の子はどこかに売られてしまった」

彼女はケール卿のマントの縁を両手でつかみ、苦しい感情をぶつけるかのように揺さぶった。「まだ赤ん坊だったかわいい男の子が売り飛ばされてしまったのよ。わたしは無力で、あの子を助けてやれなかった！」

テンペランスは怒りに任せてわめいていた。すると、ふいにケール卿に唇を奪われた。容赦のない激しいキスだった。驚きで息がとまる。やわらかな唇にしっかりと唇が重ねられた。歯を立てられ、彼の熱い舌を味わった。胸に隠された不埒《ふらち》な一面が解き放たれ、暴走を始めた。彼女は荒々しいキスに夢中になり、あからさまにぶつけられた欲望を喜んで受け入れていた。

自制心はすっかり失われていた。

ケール卿が顔を引き、じっと見つめてくるまでは。彼の唇は濡《ぬ》れて赤みを帯びていたが、それ以外むさぼるようなキスの痕跡《こんせき》はなかった。

いっとき感情をほとばしらせたものの、この人にしてみれば壁に向かって用を足したようなものなのかもしれない。

テンペランスは彼の手を振りほどこうとした。けれども、肘をしっかりとつかまれたままだった。

「きみは情熱的な女性なんだな」ケール卿が彼女を見つめてつぶやく。「それに情に流されやすい」

「そんなことないわ」テンペランスは小声で言い返したが、相手の言葉に内心ぎょっとしていた。

「嘘だろう。なぜ嘘をつく？」彼はさも愉快そうに眉をあげた。そしていきなり手を離したので、テンペランスは後ろによろけた。「愛人だった」

「えっ？」

「殺された女のことだ。はらわたを引き抜かれた女のことだよ。彼女は三年前からわたしの愛人だった」

テンペランスはぽかんとして彼を見つめた。

ケール卿が首をかしげて言った。「それではまた明晩。おやすみ、ミセス・デューズ」

そう言い残して彼は歩き去り、夜の闇に姿を消した。

彼女はくらくらする頭で振り返った。二〇歩と離れていないところに孤児院の玄関があった。

ケール卿は道に迷うことなく、無事に家まで送り届けてくれたのだ。

3

偏屈王は丘の頂上に立つ壮麗な城に居を構えていました。城内には何百人もの衛兵や廷臣に加え、多くの従者や妾《めかけ》も住んでいました。王は昼も夜も人々に囲まれていましたが、心を許せる相手はひとりとしておりません。それどころか生きとし生けるもののうち、王が大切に思える相手は一羽の小さな青い鳥だけでした。その鳥は宝石がちりばめられた黄金の鳥籠《とりかご》に住み、ときおりさえずったり、鳴いたりして日々を送っていました。日暮れになると、王は鳥籠の格子のあいだから木の実を鳥にやっていたものです。

『偏屈王』

いつ来てもセントジャイルズには日があたらないみたい。サイレンス・ホリングブルックは翌朝そんなことを思った。看板がぶらさがり、屋根が張りだした二階屋の立ち並ぶ路地裏で顔をあげても、てのひらほどの空しか見えない。ここは人家が密集する地域だ。家屋は上に建て増しされ、仕切りで分けた部屋をまた仕切り、狭苦しい場所でひしめくように住民たちは暮らしている。サイレンスはぞっとし、自分はワッピング地区にまともな住まいがあってよかったと思った。セントジャイルズなんて人が住むところじゃない。兄も姉も〈恵まれない赤子と捨て子のための家〉をよそに移せばいいものを。けれど、セントジャイルズは父が孤児院を設立した場所だ。それにロンドンで誰よりも貧しい者たちが集まる場所でもある。

サイレンスはすり減った階段の前で足をとめ、分厚い木の扉を力強くノックした。以前は玄関に呼び鈴がついていた。しかし、去年のクリスマスに誰かに盗まれたままなので、来訪に気づいてもらうまで延々と扉を叩かなければならないときもあった。

だが、今日はすぐに扉が開いた。

視線をさげ、きれいな薔薇色の頬に利発そうな茶色の目をした少女を見おろした。黒髪を後ろにとかし、広い額をすっきりと出している。「おはよう、メアリー・ウィットサン」

メアリーはぴょこんとお辞儀をした。「おはようございます、ミセス・ホリングブルック」

サイレンスは狭い玄関のなかに入り、ショールを壁にかけた。「姉はいるかしら？」

「ええ、調理場に」

サイレンスはほほえんだ。「じゃあ、そこに行ってみるわ」

メアリーはまじめくさった顔でうなずき、階段をのぼっていった。

持参したバスケットを手に、サイレンスは調理場へ向かった。「おはよう！」部屋に入りながら大きな声で言う。

テンペランスが火にかけた大きな鍋《なべ》の前で振り返った。

「おはよう！　まあ、うれしい驚きね。あなたが今日来るとは思わなかったわ」

「もともとは来るつもりじゃなかったの」後ろめたさで頬が熱くなった。もう一週間以上、孤児院に顔を出していなかった。「でも今朝、市場で干し葡萄《ぶどう》を買ったから、少しお裾分けしようかと思って」

「あら、気が利くわね！　メアリー・ウィットサンが喜ぶわ」テンペランスは言った。「あの子は葡萄パンが好物だから」

「そう」サイレンスは古びたテーブルにバスケットを置いた。「あの子、この前会ったときより二センチか三センチ、背が伸びたんじゃない？」

「そうなの」テンペランスはこめかみの汗をエプロンでぬぐった。「それにきれいになったでしょう。もっとも、本人には言わないけどね。うぬぼれ屋にしたくないから」

サイレンスはバスケットにかけた覆いを取りながらにっこりした。

「自慢の秘蔵っ子って感じね」

「そんなふうに聞こえた？」テンペランスはどこかうわの空で聞き返した。湯気の立つ鍋にすでに向き直っていた。

「ええ」一瞬口ごもってから弁解がましく続ける。「そろそろ奉公に出す年ごろなんじゃない？」

「実はもうその年齢を過ぎているのよ」テンペランスはため息をついた。「でも、ここの手伝いをよくしてくれるから、まだ奉公先を探してもいないの」

サイレンスはバスケットの中身を黙って取りだし、意見は控えておいた。ここで預かっている子供に目をかけすぎると、あとあとつらい思いをするだけだという教訓はテンペランスのほうがよくわかっている。

「干し葡萄のほかにも差し入れがあるのね」テンペランスがテーブルに近づいてきた。

「手編みの靴下も持ってきたわ」サイレンスは三足の小さな靴下をおずおずと出した。どれひとつとして左右同じ寸法に仕上がらなかったが、少なくとも形はそろっている。「ウィリアムに一足編んだら、毛糸が少し余ったから」

「ああ、そうだったわ、うっかりしてた」テンペランスは両手を腰にあて、背中を反らした。「ホリングブルック船長がもうすぐ帰ってくるのよね」

夫の名前が姉の口から出ただけで、サイレンスの胸はじんわりと温かくなった。ウィリアムは商船〈フィンチ号〉の船長で、何カ月も航海に出ていたが、そろそろ西インド諸島から戻ってくることになっていた。

サイレンスはうつむいて言った。「もういつ帰ってきてもおかしくないわ。あの人が帰ってきたら、ウィンターと一緒にうちへ来てね。無事に帰還できたお祝いに夕食会を開きたいの」

なにも返事がないのでサイレンスは顔をあげた。姉は眉間《みけん》に皺を寄せ、テーブルの上に積まれたカブの山をじっと見ていた。

「どうかしたの？」サイレンスは尋ねた。

「えっ？」すばやく視線をあげたテンペランスの顔から皺は消えていた。「ううん、なんでもない。ぜひ夕食会に参加したいわ。ただ、今はここの仕事がとても忙しくて……」言葉を濁し、姉は広い調理場を見まわした。

「もっと人を雇ったほうがいいんじゃない？　ネルは働き者だけど、メイドがひとりでは足りないもの」

テンペランスが苦笑いした。「資金を提供してくれる後援者がいるなら雇うわよ。今月分と先月分の家賃は今日ようやく払えたの。また支払いが遅れるようなことがあったら、ミスター・ウェッジにここを追いだされるかもしれない」

「いくら必要なの？」サイレンスは椅子に腰をおろした。「食費の余りが一ポンド近くあるわ。それでなんとかなる？」

テンペランスはほほえんだ。「いいえ、わずかな足しにしかならないわ。ほんの一時しのぎね。それにホリングブルック船長のお金をもらうわけにはいかない。あなたたちが倹約に努めて、お金を貯《た》めているのは知っているもの」

サイレンスは顔を赤らめた。ウィリアムは申し分ない夫だが、商船の船長は稼ぎがいいわけではない。しかも妻帯者で、老母と婚期を逃した姉も養っているとなると、懐が寂しくて当然だ。

「コンコードはどうなの？」

テンペランスは首を振った。「ウィンターの話では、醸造所はお父さんが亡くなってから赤字続きなんですって。それにコンコードにも家庭があるから、まずは自分の家族を食べさせていかないとね」

サイレンスも首を振った。兄のコンコードがお金に困っているとは知らなかった。でも、男性というのは身内の女たちに仕事の話はしたがらないものだ。コンコードは妻のローズとのあいだに五人のかわいい子供たちがいる。そして目下、六人目が義姉のおなかにいる。

ふと顔をあげて言った。「エイサは？」

テンペランスが顔をしかめた。「あの人が昔から孤児院をばかにしていたことはあなたも知っているでしょう。ウィンターだって、今さら歩み寄りたいとは思わないでしょうよ」

サイレンスはカブを手元に引き寄せると、ナイフを取って葉の部分を切り落とした。

「ウィンターほど腰の低い人はいないわ」

「ええ、そうよ。でもね、誰より謙虚な人にだって、いくばくかの自尊心があるものよ。それにたとえウィンターが泣きついても、エイサが助けてくれる保証はないわ」

助けてくれるに決まっている、とサイレンスは言いたかったが、そんな確証はない。エイサはいつも家族と距離を置き、暮らしぶりもひた隠しにしていた。

「じゃあ、どうするの？」サイレンスはカブをさいの目に切りはじめたが、四角とは言いがたいふぞろいな形になった。さいの目切りは昔から苦手だ。

テンペランスは別のナイフを取りだしたが、手に持っただけで、すぐに使おうとはしなかった。「それなんだけど、実は考えがあるの」

「考え？」

た。

「兄弟たちには黙っていると約束してくれる？」

サイレンスは顔をあげた。「えっ？」

「ベリティにもね」ベリティはメークピース家の長女で、六人きょうだいのいちばん上だった。

サイレンスは目を丸くした。兄たちだけでなく姉にも秘密にしてほしいなんて、どんなことなのだろう？

テンペランスの表情は険しかった。知りたければ約束するしかない。

「わかったわ、約束する」

テンペランスはナイフをテーブルに置いた。そして身を乗りだし、声をひそめて言った。

「ある人と知りあって、ロンドンに住む裕福な人たちを紹介してもらえることになったの。そのなかから孤児院の新しい後援者を見つけるわ」

「ある人って、誰？」サイレンスは眉根を寄せた。

メークピース家は庶民の出だ。父はビールの醸造業で身を立て、父の死後は長男のコンコードが家業を引き継いだ。父は学問を重んじ、息子たちに宗教、哲学、それにギリシア語とラテン語もしっかり身につけさせた。そういう意味で兄たちはインテリと呼べるかもしれないが、生活のためにあくせく働いているのは事実だ。テンペランスの言う〝裕福な人たち〟とはそもそも住む世界が違う。

「顔が広いそのお友達というのは誰なの？」姉の目つきが変わった瞬間をサイレンスは見逃

さなかった。テンペランスはすばらしい人だ。だからこそ、ひと皮むけばとんでもない嘘つきであってもおかしくない。「姉さん、話してよ」

テンペランスは顎をあげて言った。「ケール卿という人よ」

サイレンスは眉をひそめた。

「貴族なの？　どういう経緯で貴族と知りあって、助けてもらうことになったの？」

「実はね、向こうが先にわたしを見つけたの」テンペランスは唇をすぼめ、どんどん高く積まれていく、さいの目に切ったカブの山をじっと見つめた。「カブが大好物だっていう人を誰か知ってる？」

「姉さん……」

テンペランスはカブにナイフを突き立てて持ちあげた。「たしかに食べ応えはあるけど、〝カブが大好き〟なんて誰かが言うのを最後に聞いたのはいつかしらね」

サイレンスはナイフを置いて待った。

火にかけた鍋のふたがかたかた鳴っていた。テンペランスのナイフが音をたててテーブルにおろされた。それから三〇秒ほどたってから、ようやく姉が沈黙を破った。

「おとといの夜、彼がわたしのあとをつけてうちまできたの」

「なんですって？」サイレンスは息をのんだ。

だが、姉はおかまいなしにまくしたてた。「たしかに聞こえは悪いわよね。でも、彼は別に質《たち》の悪い人じゃないの。セントジャイルズの人たちに話を聞きたいから、協力してくれないかと頼みに来ただけなのよ。だからわたしはその見返りに、お金持ちの知りあいを紹介してほしいとお願いしたの。お互いに損はしない取引だわ」

サイレンスは疑いの目で姉を見つめた。どうも話がうますぎる。

「そのケール卿という人は、膝の痩せ細った白髪のおじいさんだってわけ？」

テンペランスが一瞬たじろいだ。「たしかに髪に白いものはまじっていたわ」

「じゃあ、膝は？」

「わたしが紳士の膝をじろじろ見る女だなんて思わないで」

「ちょっと、姉さん……」

「わかった、わかったわよ。彼は若くて、そこそこハンサムよ」テンペランスは頬を赤らめ、投げやりな口調で言った。

「まあ」サイレンスは心配そうに姉を見つめた。テンペランスは二八歳の未亡人だが、ときとして浅はかな小娘のように軽率な行動に走るときがあった。「よく考えてみて。なぜケール卿はセントジャイルズの案内役に姉さんを選んだの？」

「それはわからないけど――」

「ウィンターに相談しないとだめよ。姉さんを誘いだすための作り話のような気がする。ケール卿は姉さんをだまそうとしているのかもしれないわ。いかがわしい世界に誘いこまれたらどうするの？」

テンペランスは鼻に皺を寄せた。そのしぐさのせいで、鼻の頭に煤《すす》の汚れがついているのが目立った。「それはないでしょう。あなた、最近わたしをちゃんと見た？」

貴族に誘惑されるなんてありえないと力説するかのように両腕を広げる。その姿を見て、サイレンスもさすがに認めざるをえなかった。髪も結いあげず、鼻に煤をつけて調理場に立っている姉は、たしかに女癖の悪い紳士をその気にさせる風貌ではない。

それでも思いやりのある答えを返した。「姉さんはとてもきれいだわ、自分でもちゃんとわかっているくせに」

「わたしがわかっているのは、そんなわけないってことよ」テンペランスは広げた腕をおろした。「家族のなかで容姿に恵まれているのは昔からあなただったわ。もしも邪《よこしま》な紳士にたぶらかされるとしたら、狙われるのはあなたよ」

サイレンスは厳しい顔で姉を見た。「はぐらかそうとしているのね」

テンペランスはため息をつき、椅子に座った。「お願いだから誰にも言わないで。もうケール卿からお金をもらって、滞納していた家賃を払ってしまったの」

「でも、いずれウィンターにばれるでしょう。兄さんには家賃をどうやって工面したと言ったの？」

「ベンジャミンからもらった指輪を売ったって」

「まあ、姉さん！」サイレンスは驚いて口に手をあてた。「兄さんに嘘をついたの？」

テンペランスは首を振った。「罪のない嘘よ。孤児院を続けていくにはケール卿が頼みの綱なの。ここが閉鎖に追いこまれたら、ウィンターがどんな思いをするか考えてみて」

サイレンスは目をそらした。三人の兄たちのなかで、ウィンターは誰よりも父親を敬愛し、父の始めた慈善事業に打ちこんできた。孤児院をつぶしてしまったら、やりきれない思いをするだろう。

「お願いよ、サイレンス」テンペランスがささやいた。「ウィンターのためなの」

「わかったわ」サイレンスはこくりとうなずいた。「兄さんたちには内緒にする――」

「よかった。ありがとう！」

「ただし」さらに続けた。「姉さんが危ない目に遭いそうになったら別よ」

「大丈夫。それは約束できるわ」

ラザルスは声なき悲鳴で目覚めた。目を見開き、横になったまま室内を見まわして、どこにいるのか思いだそうとした。すぐに自宅の寝室だと気づいた。壁は濃い茶色、家具はどっしりとした年代物で、ベッドには深緑色と茶色のカーテンがかかっている。以前は父がベッドの主だった。父から爵位を継承したあとも部屋の模様替えはせず、そのまま使っていた。全身の筋肉が少しずつほぐれてくるのを感じながら、ラザルスは窓に目をやった。空が白みはじめている。じきに夜が明けるだろう。悪夢を見たあと、また寝つけたためしはない。彼は裸のままベッドをおりて鏡台に向かい、冷たい水を顔にかけた。黄色のガウンをはおり、部屋の片隅に置いてある優美な桜材の机についた。寝室にあとから持ちこんだ家具はその机だけだった。父なら、だらしない格好で書きものをするなと怒っただろう。

そんなことが頭に浮かび、ラザルスはにやりとした。インク壺《つぼ》のふたを開け、やりかけの詩の翻訳に取りかかった。カトゥルスはこの一篇《いっぺん》のなかでレスビアをひどく傷つけている。ちょうどいい言葉はないものかとラザルスは頭を悩ませていた。ぴったりはまるとダイヤモンドの指輪のごとく燦然《さんぜん》と輝く最適な言葉を探しあてたい。翻訳というのは細部にまで注意を払わなければならない骨の折れる作業であり、いったん始めると何時間も没頭してしまうのが常だった。

少しして、近侍のスモールが部屋に入ってきた。ラザルスは顔をあげ、陽光が差しこんで部屋が明るくなっていることに気づいた。

「これは失礼しました」スモールが言った。「もうお目覚めになられていたとは気づきませんで」

「別にかまわない」ラザルスはそう言って、手元の作業に目を戻した。言葉が頭に浮かぶものの、うまく並べられずにいた。

「朝食をこちらに用意させましょうか?」

「ああ」

「そろそろトイレをお使いになられますか?」

だめだ! まとまらない。ラザルスはもどかしげにペンを投げだし、椅子の背にもたれた。するとスモールがすぐさま、蒸気の立ちのぼるタオルをラザルスの顔の下半分にかけた。近侍の動きはすみやかで無駄がなく、その手はまるで女性の手のようにきめ細かい。

ラザルスは目を閉じた。熱と湿気が肌にしみこむうちに緊張がほぐれていった。昨夜のミセス・デューズの淡い茶色の目が脳裏によみがえる。スモモのタルトを食べさせたとき、喜びにひたるようにまぶたを閉じたこと。どうして食べないのかと最初に尋ねたとき、むっとして目を細めたこと。感情の乏しい男にとって、気分の変わりやすい彼女はたまらなく魅力的だった。かっとなったときに発する熱はこちらにも感じられるほどだ。猫が暖炉のぬくもりを求めるように、ラザルスは彼女のそんなところに心引かれていた。ミセス・デューズの喜怒哀楽の変化の激しさは刺激的で、実に興味深い。しかし、ときとして彼女自身はそれを必死に隠そうとしていた。なぜなのか？　彼女のように感情豊かな女性とぜひとも一緒に過ごしてみたいものだとラザルスは思った。いろいろとちょっかいを出して、どんなときに頬を染めるのか、息をはずませるのか確かめたい。どんなときに笑うのだろう？　どんなときに怯えるんだ？　絶頂に達したときはどんな目をするのだろう？　自分を抑えようとするのか、それとも快感に負けてしまうのか？

そんなことを朝から考え、おかしなことに興奮を覚えた。相手の反応など気にしたことはなかったのに。女は欲望のはけ口だ。しかしミセス・デューズの場合、彼女自身に興味をそそられる。

スモールがタオルを取り去り、泡立てたせっけんをラザルスの顎に刷毛《はけ》で伸ばしていった。剃刀《かみそり》が頬にあたる最初の感触にひるまないよう、彼は目を閉じたままでいた。こっそりと椅子の肘掛けを握りしめる。人に体に触れさせるのはひどく苦痛だったが、だからこそ毎朝この儀式を許していた。根源的な恐怖と日々向きあい、それを克服することで、ある種の満足感を覚えるのだ。

近侍が左頬を終えると、ラザルスは身震いしそうになるのをこらえ、顔を傾けて右頬をさらした。他人に触れられることが子供のころからいやでたまらなかった。いや、そうとも言いきれない。鼻の下に剃刀をあてられ、ラザルスは思わずびくりとした。昔、まだ本当に幼かったころは、触れられても恐怖や苦痛を感じない相手がいた。

だが、それは過去のことであり、その人物もとうにこの世を去った。

顔からせっけんを拭《ふ》き取られ、ラザルスは目を開けた。「ご苦労だった」

主人に苦痛を与えているのを知っていたとしても、スモールの表情はひたすら穏やかだった。「今日はなにをお召しになりますか？」

「黒の絹のズボンと銀色の刺繍《ししゅう》のベストだ」

ラザルスは立ちあがり、ガウンを脱いで椅子に置いた。服を手渡され、スモールの手を借りずに自分で身につけた。ささいなことだが、よけいな我慢はしないに越したことはない。

「ステッキも」黒いビロードのリボンで髪を束ねさせながら、ラザルスは言った。

「承知しております」スモールが訝しげな目を窓に向けた。「こんなに早くからどなたかとお約束があるのですか？」

「母を訪問する」ラザルスは冷笑を浮かべた。「こういう用事は朝一番にすませてしまうに限るからな」

差しだされたステッキを手に取り、スモールの反応を待つことなく部屋をあとにした。

主寝室を出ると広間があり、色目の濃い壁に細かな文様の木彫りが施されている。ここは祖父の代からケール家が別邸としてロンドンに構えている屋敷だ。この界隈はもはや流行の地区ではなくなってしまったが、豪奢《ごうしゃ》な邸宅はいかにも権力のある資産家の住まいらしい佇まいだった。ラザルスは階段をおりながら薄紅色の手すりに手を滑らせた。手すりの石材はイタリアから取り寄せられ、彫り物が施され、磨きあげられて鏡のように輝いている。ひんやりとしたなめらかな石に触れれば、なにかしら胸に去来しても不思議ではないだろう。自尊心や郷愁といったものが。だが、今日もまたいつもと同じ心境だった。

なんの感情も浮かばない。

ラザルスは玄関広間におり立ち、マントと三角帽を執事から受け取った。外に出ると風が強く、人夫たちは震えながら待っていた。椅子型《セダンチェア》のかごは彼の背丈に合わせてあつらえられたもので、外側は黒と銀色の琺瑯《ほうろう》引き、内側にはクッションの利いた深紅のフラシ天が張られている。人夫が屋根を開けて押さえ、ラザルスは二本の棒のあいだを進み、なかに乗りこんだ。正面の扉が閉められて掛け金がかけられ、屋根もおろされた。ふたりの人夫がかごを持ちあげ、ロンドンの通りを走りはじめた。

どうして母に呼びだされたのだろう。ラザルスはぼんやりと考えた。金の無心か？　いや、それはない。小遣いはたっぷり渡しているし、母にも自分の財産がある。晩年になって、賭《か》けごとにはまったのだろうか？　まさかとばかりに彼は鼻を鳴らした。

かごがとまり、ラザルスは外におり立った。母に買い与えた屋敷はさほど大きくはないものの、しゃれた造りをしていた。ケール邸から追いだしたときは文句を言われたが――それは今も同じだ――あの母と同居するなどまっぴらごめんだった。

執事が出てきて、けばけばしい居間に通された。扉のコリント式の支柱の上部についた黄金色の渦巻き模様をにらみながら、ラザルスはゆうに半時間も待たされた。いっそ帰ってしまおうかとも思ったが、また後日呼びつけられてこの茶番を繰り返すのが関の山だ。それならさっさと片づけてしまったほうがいい。

母はいつもと同じ手順で居間に入ってきた。戸口で一瞬足をとめ、来訪者に己の美しさを見せつけて、畏怖《いふ》の念を抱かせようとするのだ。

ラザルスはあくびをした。

母は忍び笑いをもらしたが、笑みの裏にある怒りを隠そうともしなかった。

「礼儀を忘れてしまったのかしら？　それともレディが部屋に入ってきても立ちあがらないのが今どきの流行なの？」

ラザルスはわざと面倒くさそうに腰をあげ、ぞんざいに一礼した。「ご用件はなんです？」

もちろんこれは失敗だった。苛立ちを見せても、この面会を引き伸ばす理由を母に与えるだけだ。

「まあ、ラザルス、失礼な態度だこと」母は色鮮やかな長椅子に腰をおろし、ゆったりともたれた。「困った子ね。お茶とお菓子を用意させているの」あいまいに手を振って続ける。

「だからせめてお茶が運ばれてくるまでは、ここにいないといけませんよ」

「それは義務ですか？」ラザルスは声を荒らげはしなかったが、歯のあいだからしぼりだすように言葉を発した。

ためらうような表情を一瞬浮かべたものの、母はすぐにきっぱりと言った。

「ええ、そうですとも」

美しいが退屈きわまりない母親にさしあたりは譲歩することにして、ラザルスはまた椅子に座った。紅茶が来るのを待ちながら母をじっと見る。昔から紅茶は苦手だ。母は知らないのだろうか？　あるいは、いやがらせのつもりで用意させたのかもしれない。

若いころのレディ・ケールは評判の美女だった。そして今も、卵形の顔は非の打ちどころがなく、首はほっそりと優雅な線を描いている。ラザルスとよく似た青く澄んだ目は、目尻がわずかにあがっていた。額は白く、傷ひとつない。髪も彼と同じく若白髪だが、母は染めたりかつらをかぶったりしようとはせず、個性的な色を見せびらかしていた。白髪を際立たせるために紺色のドレスを好んで身につけ、レースと宝石で飾られた黒か紺の帽子を愛用している。

どうすれば人目を引くか、最善の方法を常に心得ているのだ。

「ああ、お茶が来たわ」ふたりのメイドがトレーを持って入ってくると、母は言った。どこかほっとしたような声だ。

メイドたちは茶器と菓子をテーブルにそっと並べ、静々とさがった。レディ・ケールは体を起こし、紅茶をカップに注いだ。カップの上で手がとまる。「お砂糖は？」

「けっこうです」

「そうよね」落ち着きを取り戻し、ラザルスにカップを手渡した。「思いだしたわ。砂糖もクリームもいらないのよね」

ラザルスは黒い眉をつりあげ、口もつけずにカップを脇に置いた。母はなんの駆け引きをしているのだろう？

息子が紅茶を飲む気がないことに気づいていないのか、レディ・ケールは自分のカップを手に取って、また長椅子にもたれた。「年増のミス・ターナーと一緒にいるところを人に見られたそうね。あなた、そちらの方面に興味があったの？」

ラザルスは驚いて目をしばたたき、そのあと笑いだした。

「息子の縁結びに乗りだす気にでもなったんですか？」

レディ・ケールは苛立たしげに眉間に皺を寄せた。「ラザルス――」

辛辣《しんらつ》な言葉とは裏腹に、彼は軽薄な口調でまくしたてた。

「おそらくえり抜きの娘たちを集め、あらかじめ吟味したうえで一列に並ばせて、わたしに審査させるのでしょうね。もちろん簡単にはいかないでしょう、社交界に広まっているわたしの性癖に関する噂を考えると。よほど金に目がくらんだ一家でなければ、嫁入り前の娘はわたしから遠ざけておきたいはずです」

「下品なことを言うのはおよしなさい」母はいかにも不快そうなしかめっ面でカップをおろ

した。

「最初は失礼で、次は下品ですか」ラザルスはゆっくりと言った。とうとう忍耐力も尽きてしまった。「実に不思議ですね、わたしと一緒にいることによく耐えられるものだ」

レディ・ケールが眉をひそめた。「わたしは別に――」

「金ですか?」

「そういうことでは――」

「ならば、息子に相談しなければならない差し迫った問題がほかになにか?」

「ラザルス――」

「事業に関する心配ごとですか?」彼は母の言葉を遮った。「地所や使用人に問題でも?」

レディ・ケールは黙ってラザルスをにらみつけた。

「なにもないのでしたら失礼します、レディ・ケール」彼は立ちあがり、母と目を合わせずにお辞儀をした。「ごきげんよう」

戸口まで進んだところで母の声がした。

「あなたは知らないのよ。どんなふうだったか知らないんだわ」

ラザルスは母親に背を向けたまま無言で部屋を出ると、後ろ手に扉を閉めた。

メアリー・ホープが元気にならない。

テンペランスが不安な思いで見守るなか、乳母のポリーがもう一度赤ん坊に乳を含ませようとした。赤ん坊は乳首のすぐそばで小さな口を開けていたが反応はなく、目も閉じていた。

ポリーが舌打ちして顔をあげた。その顔は悲しげだった。

「お乳を吸ってくれないんです。おっぱいに吸いつきもしないんですよ」

テンペランスは姿勢を戻したが、その拍子に背中が痛んで顔をしかめた。おそらく何時間もポリーと赤ん坊のほうに身をかがめていたせいだろう。ポリーは赤ん坊と一緒に古い肘掛け椅子に座っている。その椅子はこの狭い空間でいちばんましな調度品だった。ここはポリーのために借りた部屋だ。乳母たちは孤児院には住みこまず、任された赤ん坊を自宅で世話することになっていた。

乳母をずっと見張っているわけにはいかないので、信用できる女性を見つけることが不可欠だった。そしてポリーはいちばん頼りになる乳母だ。まだ二〇歳そこそこのポリーは黒い瞳の美人だが、実年齢の倍にも思えるほどしっかりしている。たまにしか帰ってこない船乗りの夫とのあいだに子供がふたりいて、夫が不在のあいだは女手ひとつで子育てをしていた。

ポリーの部屋には椅子のほかにテーブルがひとつとカーテンのかかったベッドがあり、壁には派手に着飾ったレディたちを描いた安っぽい版画がかかっていた。炉棚の上には円形の鏡が吊《つ》りさげられ、わずかばかりの光を反射している。彼女は部屋に最低限の身のまわりの品を持ちこみ、炉棚に置いていた。燭台、それぞれ塩と酢が入ったふたつの壺、ティーポット、ブリキのカップ。狭い部屋の片隅ではポリーの子供たちが遊んでいる。よちよち歩きの子と、はいはいを覚えはじめた子供だった。

テンペランスはメアリー・ホープに視線を戻した。この部屋はたしかにみすぼらしいけれど清潔だし、ポリー自身も身ぎれいにしている。生活態度もまじめだ。多くの乳母たちと違って、ポリーは酒を飲まない。預かる赤ん坊の面倒もしっかり見ているようだった。だからこそ、ポリーはなくてはならない存在なのだ。

「もう一度やってみてくれる？」テンペランスは頼んだ。

「はい。でも、吸ってくれるかどうか……」ポリーは赤ん坊を胸に抱いた。革のコルセットの紐をゆるめ、毛織のシュミーズをはだけさせて片方の乳房をあらわにする。

「お乳をしぼって、口のなかに垂らしてみたらどうかしら？」

ポリーがため息をついた。「それもやってみたんですけど、一、二滴しか飲んでくれないんです」

そう言って、実際にやってみせた。テンペランスが見守っていると、乳は赤ん坊の口の横を滴り落ちた。ほとんど喉を通っていないようだ。

ポリーの下の子がはいはいで近づいてきた。椅子につかまって立ちあがり、泣き声をあげている。

「ちょっとこの子を抱いていてもらえますか、うちの子にお乳をあげるので」

テンペランスは唾をのみこんだ。今にも壊れそうな乳児を抱くのは気が進まなかったが、メアリー・ホープを手渡されてしまった。抱いてみると、まるで鳥のような軽さだ。ポリーがわが子を膝に抱きあげるのが見えた。赤ん坊はすぐさま乳首をくわえ、満足げにごくごくと乳を飲んで、ポリーはふっくらした指で靴下をはいた子供の足の指を軽くつかんでいる。テンペランスは見るからに栄養が行き渡っている子供から、青白い頬をしたメアリー・ホープに視線を移した。メアリー・ホープはまぶたを開けていたが、テンペランスの肩の向こうをぼんやりと見ているだけだった。目のまわりには皺が刻まれ、ポリーの丸々とした健康的な赤ん坊とは大違いだ。

　認めたくない感情に胸をふさがれ、テンペランスは視線をそらした。この瀕死《ひんし》の赤ん坊に同情などしない、決してするものですか。惜しみなく愛情を注いで傷ついたことが過去にあった。だから今は思いを胸の奥にしまいこんでいた。

「さあ、これでご機嫌さんになったわね」ポリーが腕に抱いた子にやさしくささやいた。それから顔をあげてテンペランスを見る。「その子にもう一度お乳をあげてみましょうか？」

「ええ、お願い。でも、自分の子供の世話をおろそかにしないでね」テンペランスはほっとしてメアリー・ホープをポリーに返した。金をもらって預かっている赤ん坊に乳を飲ませるために、わが子にひもじい思いをさせる乳母がいると聞いたことがある。

「心配はいりません」ポリーがきっぱりと言った。「お乳はたっぷり出ますから」

　その言葉どおり、ポリーは自分の子に授乳を続けながら、もう片方の乳房も出してメアリー・ホープを抱き寄せた。

　テンペランスはうなずいた。「ありがとう、ポリー。今週分は少し多めに払うわね。それでなにか食べてちょうだい」

「はい、そうします」ポリーはメアリー・ホープのほうへ顔をうつむけたまま応えた。

テンペランスは一瞬ためらったが、結局そのまま部屋をあとにした。もっとなにかできることはあるだろうか？　下宿屋のなかを通り抜けながら考える。いい乳母を雇い、孤児院の乏しい資金のなかから特別手当も出した。

あとは神の手にゆだねるしかない。

外に出ると、セントジャイルズの町は日が暮れはじめていた。テンペランスは体を震わせた。売れ残りのアサリと、計量用の白目《ピューター》のカップを積んだバスケットを頭にのせた女が通り過ぎる。ウィンターは今夜は学校に残って仕事をすると言っていたが、いずれにしろ自分の食事は作らなければならないし、ケール卿と会う前に子供たちを寝かしつけなくては。

一軒の家の前を通り過ぎると同時に戸口で大きな影が動き、彼女は一瞬どきりとした。

ケール卿の深みのある声が耳に届いた。「こんばんは、ミセス・デューズ」

テンペランスは立ちどまり、両手を腰にあてて苛立ちをあらわにした。

「いったいここでなにをしているの？」

三角帽の下で彼の眉があがった。「きみを待っていた」

「あとをつけたのね！」

なじられても意に介さない様子で、ケール卿は首をかしげた。「ああ」

テンペランスは腹立ち紛れに息を吐き、また歩きはじめた。

「こんな子供じみた悪ふざけをするなんて、よほど時間を持て余しているのね」

ケール卿がくすりと笑った声が背後で聞こえた。あまりにも近く、彼のマントがドレスの裾をかすめた気がした。「きみには理解できないだろうな」

テンペランスは唇を奪われたことをふいに思いだした。あれは容赦のない、熱く激しいキスだった。どれほど鼓動が速くなったか、肌が汗ばんだか。この人は危険だ。わたし自身にとっても、必死に抑えている感情にとっても。思わず声が鋭くなった。

「わたしは退屈した貴族の気晴らしではないわ」

「そんなことをきみに言ったか？」ケール卿が穏やかに尋ねた。「誰に会いにあの家へ行ったんだ？」

「ポリーよ」

背後からは物音がまったく聞こえてこなかった。彼が亡霊であっても不思議でないほどだ。テンペランスは息を吸いこんだ。ほかの紳士だったら――とくに貴族だったら――こちらの辛辣な言葉に怒りを爆発させて立ち去っただろう。ケール卿がどんなゲームをしているのか知らないが、とにかく辛抱強い男性なのは間違いない。

それに孤児院は依然として後援者を必要としている。

「ポリーはうちで雇っている乳母なの」テンペランスは静かに言った。「ほら、わたしたちが初めて顔を合わせた夜、わたしは孤児院に赤ちゃんを連れて帰ったのよ。体が弱っていたその子をポリーに預けたの、お乳をやってもらうために。赤ちゃんにはメアリー・ホープという名前をつけたわ」

「なんだかきみは……」ケール卿は彼女の声から心情を推しはかろうとするかのように言葉を濁した。「悲しそうだね」

「メアリー・ホープがお乳を吸わないの。ポリーが母乳を口のなかに垂らしても、ろくに飲みこみもしないのよ」

「ならば死ぬだろうな」彼はそっけなく言った。

テンペランスは足をとめて振り返った。「そうよ！　栄養をとれなければメアリー・ホープは死んでしまうわ。そんな話を聞いても、あなたは気にもとめないのね。どうしてなの？」

「なぜきみはそんなに気にするんだ？」ケール卿も足をとめた。またしてもふたりの距離は近すぎた。彼のマントが風にあおられ、まるで生き物のようにテンペランスのドレスの裾に巻きつく。「赤の他人の子供になぜ肩入れする？　孤児院に連れ帰ったとき、その子はすでに死にかけていたんだろう？」

「それがわたしの仕事だからよ」彼女は毅然として言い返した。「朝が来たらベッドから起きるのも、食事をするのも、睡眠をとるのも、すべて子供たちを養うため。孤児院を運営していくためよ」

「それだけか？　その赤ん坊に愛情をかけているんじゃないのか？」

「違うわ、もちろん」テンペランスは前に向き直り、また歩きはじめた。「子供たちのことは……大事に思っているわ、言うまでもなく。でも、死にかけている子に愛情をかけるなんて愚かよ。そのくらいわきまえているわ」

「ずいぶん献身的なんだな」ケール卿はからかうように言った。「かわいそうな子供たちのために身を捧《ささ》げている。なあ、ミセス・デューズ、きみはまるで聖人だ。あとは後光と血まみれのてのひらがあれば完璧《かんぺき》だよ」

きつい言葉で応酬しそうになったが、彼女はしっかりと口を閉じた。

「それでも」ケール卿がすぐ後ろでつぶやく。「きみがその赤ん坊を愛さずにいられるかどうかは疑問だな。きみには無理じゃないのか？」

テンペランスは苛立たしさのあまり歩みを速めた。「人の気持ちを読む達人気取り？」

「そんなつもりはまったくない」彼はつぶやいた。「わたし自身は感情がほとんどわかない。脚のない男がダンスの得意な人に魅了されるようなものだ」

テンペランスは思いをめぐらせながら角を曲がった。ふたりは今や孤児院から遠ざかっていた。「感情がわかないの？」

「ああ」

彼女は足をとめ、顔をあげて不思議そうにケール卿を見つめた。

「それならどうしてわざわざ時間を割いて、交際していた女性を殺した犯人を捜しているの？」

ケール卿は皮肉っぽく口元をゆがめた。「別に理由はない。単なる思いつきだ」

「嘘をついているのはどっちかしら」テンペランスはつぶやいた。

彼がむっとしたように顎をあげた。「おや、こちらは孤児院の方角じゃないな」

話をそらされて、なぜかテンペランスはがっかりした。本当に感情が欠如しているなら、どうして単なる思いつきで何カ月も殺人犯を捜しまわるのだろう。ケール卿は認めようとしないけれど、なんらかの感情を抱いているのではないかしら。それとも本人の言うとおり、思いやりなどない人なの？

ケール卿は黙ったまま、彼女の返答を待っているようだ。テンペランスはため息をついて言った。

「ハングマン横町にお連れするわ、マーサ・スワンの住まいがあるらしいから」

「いったん孤児院に戻らなくていいのか？　きみの弟が心配するんじゃないか？」

「一時間以内に帰ってこられたら、ほかの乳母の様子を見に行っていたと言うわ」テンペランスはそう言って、また歩きはじめた。

「ほう、弟に嘘をつくのか？」

今度は彼の言葉を無視した。日はすっかり暮れて、通りは閑散としている。略奪者たちが姿を現わすころあいだ。ピストルを持ってきてよかったとテンペランスは思った。ドレスの下にぶらさげた袋のなかに忍ばせてきたのだ。半時間後、ふたりはハングマン横町に入った。追いはぎや盗賊やすりが集まる界隈だ。ここがどれほど危険な地区か、ケール卿はわかっているのだろうか？　横目で見ると、彼はまるでこん棒を握るようにステッキを握り直し、捕食動物のごとき身のこなしで歩いていた。

視線に気づいて彼が言う。「なかなかすてきなところだな」

テンペランスは鼻を鳴らしたが、ケール卿がいかにも強面《こわもて》に見えたので内心ほっとした。

「ここよ」

靴の絵が描《か》いてある古い看板を指差した。マザー・ハーツイーズの話によれば、マーサ・スワンは靴修理店の二階に住んでいる。建物のなかは暗く、前の通りには人っ子ひとりいなかった。テンペランスはマントを体に引き寄せ、ドレスの下のピストルを確かめた。孤児院に寄って角灯を取ってくればよかったと悔やんだが、今さら遅い。

ケール卿が進みでて、ステッキで扉を叩いた。ノックの音があたりに響いたが、なかからはなんの反応もなかった。

「彼女がすりか娼婦なら、出かけているのかも」テンペランスは言った。

「たぶんな。だが、せっかくここまで来たのだから、なかの様子くらいは見ておきたい」

テンペランスは眉をひそめた。反対しようとした矢先、ケール卿の肩の向こうの暗がりでなにかが動いた。はっとして悲鳴をあげそうになる。三つの人影が路地から現われ、こちらへ走ってきた。

明らかに悪意を感じる。

ケール卿に警告する必要はなかった。彼は鋭い目でテンペランスを見た。「逃げろ！」

建物の近くで彼女に背を向け、ケール卿は向かってくる三人の男たちに相対した。男たちは広がりながら近づいてきた。外側のふたりはケール卿の両側にまわり、中央の男がナイフを掲げた。ケール卿は男の手首をステッキで叩いて最初の一撃をかわし、ステッキから短剣を引き抜いた。すると男たちはいっせいに殴りかかってきた。

三対一では、たとえ武器を持っていてもケール卿に勝ち目はない。

こちらにはピストルがある。テンペランスはドレスの裾をたくしあげ、手探りで袋を捜した。袋からピストルを取りだし、裾をおろす。

顔をあげると、ケール卿がうなり声をもらし、殴られたのか体が反転していた。男のひとりは足元をふらつかせて離れたが、残るふたりはケール卿に迫っていた。テンペランスはピストルを構えたものの、取っ組みあっている三人は接近しすぎていた。発砲すればケール卿に弾があたってしまうかもしれない。

とはいえ発砲しなければ、彼が殺されてしまう。

様子をうかがっていると、ひとりの男がケール卿の体の側面に短剣を突きだして牽制《けんせい》した。

そして、もうひとりが体の逆側にナイフを振りかざした。もう待てない。

テンペランスは引き金を引いた。

4

年に一度、国民に向けて演説を行なう習わしがありました。ところが、王はペンよりも剣を扱うことに長《た》けていましたので、予行演習が欠かせません。ある朝、王は壮大な城のバルコニーをゆっくりと歩きながら、鳥籠のなかの鳥を相手に熱弁を振るっていました。

「みなの者よ。余はそなたたちの王であることを誇りに思う。そして、そなたたちが余の統治のもとで暮らすことに誇りを抱いているのを知っている。そればかりか、余がそなたたち民に愛されている王であることも知っている」

しかし演説の練習中に、あろうことか邪魔が入ったのです。しかもくすくす笑う声で……。

『偏屈王』

背後で銃声がした。それを聞いたとたん、ラザルスの胸に憤怒《ふんぬ》がわき起こった。小さな聖人を痛めつける権利はこの連中にはない。あるはずがないのだ、彼女はわたしのものなのだから。

その怒りを右側から襲いかかってきた男にぶつけ、短剣を腹にずぶりと突き刺した。男の目が驚いたように見開かれたかと思うと、左側からもうひとりの男が走り寄ってきた。短剣はそのままにしてラザルスは向きを変え、左から来た男の手首にステッキを打ちつけた。男はナイフを落とし、苦しげなうめき声をあげて手首を押さえた。自分が武器を失って無防備になったことに気づいたらしく、男は悔しそうに毒づいて走り去った。ラザルスは残るひとりに向き直ったが、相手はすでに姿を消していた。ふいに静かな夜が戻った。

そしてようやくラザルスは小さな聖人を振り返った。彼のミセス・デューズを。

彼女は無傷だった。殺されていなかった。ありがたいことに。

「なぜ逃げなかった？」穏やかな声で尋ねる。

小憎らしいことに、ミセス・デューズは聖人らしい威厳を漂わせて顎をあげた。いたって冷静で着衣の乱れもない。ただし、赤い唇は誘うように魅力的だった。

「あなたを置いて逃げられるわけがないでしょう」

「そんなことはない」ラザルスは彼女に近づきながら言った。「逃げることはできたし、逃げるべきだった。わたしは逃げろと命じたはずだ」

ラザルスの怒りにも動じることなく、ミセス・デューズはピストルを古びた袋に押しこんだ。「あなたの言いなりにはならないわ」

「なんだって？」ラザルスは興奮した老女のように唾を飛ばして早口で言った。みっともない反応に内心失笑しながらも、自分に従うよう説得するべきだと気づいた。「いいか、きみは——」

ミセス・デューズの腕をつかむ。しかし、その手は振りほどかれてしまった。そのとたん、肩に焼けつくような激痛が走った。「くそっ！」

彼女が眉をひそめた。「どうしたの？」

こちらが気遣えば遠ざかり、弱さを見せれば戻ってくる。臍曲《へそま》がりな女だ。

「なんでもない」

「じゃあ、なぜ痛そうに叫んだの？」

ラザルスはマントの下を確かめていた目をあげて言った。「ナイフで怪我《けが》をした」熱い血が上着に染みこんでいくのが感じられる。

ミセス・デューズが青ざめて息をのんだ。「まあ、大変。なんでもないことないじゃないの！　どうしてちゃんと教えてくれないの？　腰をおろしたほうが——」

「そこにいるのは誰？」

振り返ると、靴修理店の玄関先から腰の曲がった小柄な女がこちらをうかがっていた。女は目を細め、首をかしげた。「銃声が聞こえたようだけど」

ラザルスが女のほうに歩いていくと、女は家のなかに引っこもうとした。そうはさせるか。彼は女の横にまわりこみ、すばやく扉を閉めて逃がすまいとした。

「われわれはマーサ・スワンに会いに来た」

その名前を聞いて、女が身を縮めた。「おまえさんは誰なんだい?」そう叫び、通りの左右に目を凝らした。どうやら女は目が見えないか、それに近いらしかった。「あたしはいっさい関係ない――」

ミセス・デューズが女の手を取った。「ご迷惑をかけるつもりはありません。マーサ・スワンがここに住んでいると聞いて来たんです」

手を握られて、女は少し落ち着いたようだった。「ああ、マーサはここに住んでたよ」

ミセス・デューズが失望の表情を浮かべた。

「じゃあ、もう出ていってしまったんですか?」

「死んだんだよ」女はまた首を左右に振った。「今朝、死んでるのが見つかったばかりだ」

「どんな死に方だった?」ラザルスは目を細めた。腕は血だらけになっていたが、この情報は必要だ。

「腹を切り裂かれたと聞いたよ」女が声をひそめた。「上から下までぱっくりと。はらわたが引っぱりだされて、あたりに散らばってたって」

「まあ」ミセス・デューズが息をのんだ。その拍子に手を握っていた力がゆるんだのだろう、女はすばやく向きを変えて扉を開け、家のなかに入ってしまった。

「待って!」ミセス・デューズは叫んだ。

「ほうっておけ」ラザルスは言った。「必要なことはわかった」

反論しようとするようにミセス・デューズが口を開けた。しかし、なにも言わずに唇を引き結んだ。怒りを爆発させるだろうかとラザルスは見守ったが、彼女はただにらみつけてくるだけだった。

「きみはいつか殻を破る」彼はつぶやいた。「そのときにそばにいられるよう祈るよ」

「なんの話かわからないわ」

「いや、わかっているはずだ」ラザルスは向きを変え、刺し殺した男の胸をブーツの足で踏みつけて、痛みにうめきながら死体から短剣を引き抜いた。死んだ男は仰向けに倒れている。近くの窓辺からもれる明かりに、見開いたうつろな目が照らしだされた。以前は鼻があった場所に革の傷当てがついていた。この男は、自分が死体となって今日という日を終えることを予想しただろうか？　きっと考えもしなかっただろう。

いや、自分を殺そうとした者の死を悼むのは愚か者だけだ。

ラザルスは男の上着で刃の汚れをぬぐい、ステッキに仕込んである鞘《さや》に短剣をおさめてから、ミセス・デューズをちらりと見た。心配そうに目を見開いて、彼の動きを見守っている。

「ここは物騒だ。きみを家に送り届けたほうがいいだろう」

彼女はうなずき、並んで歩きはじめた。ラザルスは右手にしっかりとステッキを持ち、足早に歩いた。逃げた男たちが仮に戻ってきたとき、今度は簡単に襲えると思われたくない——あるいはこのあたりをうろつくほかの悪人どもに、いいカモだと思われたくなかった。月は雲に隠れ、漆黒の闇夜になっている。ところどころで通りにもれてくる明かりと直感だけを頼りに道を選んだ。ミセス・デューズは彼のかたわらにぴったりと寄り添い、足手まといになることもなくついてくる。実にあっぱれだ。乱闘にひるみもせず、怪我のことを聞いても取り乱さなかった。それどころか、先を見越して武器さえ持参していた。結果的に役には立たなかったとしても。

「護身用に銃を持ち歩くなら、撃ち方を練習しないとだめだ」ラザルスは言った。隣で彼女が身をこわばらせるのを感じた。

「ちゃんと撃てたわ」

「的を外した」

ミセス・デューズが彼に顔を向けた。暗闇のなかでも、怒っていることはわかった。

「宙に向かって発砲したのよ！」

「なんだって？」ラザルスは足をとめ、彼女の腕をつかんだ。

ミセス・デューズはまたもや手を振りほどこうとしたが、彼の怪我のことを思いだしたのか、苛立たしげに口を引き結ぶにとどめた。「あなたにあたるといけないから空に向けて撃ったの」

「あきれたな」不安が胸にこみあげ、鼓動が速くなった。なんて愚かなことを。

「あきれた？」

「次は――次があるとして――襲撃者を狙って撃て。失敗してもかまわない」

「でも――」

ラザルスは彼女の腕を揺さぶった。「いいか、わたしがあの連中を撃退できなかったら、きみはあいつらになにをされたと思う？」

ミセス・デューズは耳を疑うように頭を傾けた。

「それよりは、あなたが弾にあたって死んだほうがいいってこと？」

「そうだ」彼女の腕を放し、路地を進みつづけた。肩はずきずきと痛みはじめ、濡れた血でシャツが冷たくなってきた。

ミセス・デューズは相変わらず歩調を合わせてついてきた。

「あなたって理解に苦しむ人だわ」

「理解されないことのほうが多いよ」

「わたしの命があなたの命より価値があるわけないのに」

「きみはわたしの命に価値があると思うのか？　いったいなぜ？」

その質問が彼女を黙らせたようだった。少なくともしばらくのあいだは。路地を抜け、広い通りに出た。

「それにしても変だわ」ミセス・デューズがつぶやいた。

「なにが？」ラザルスは前を向いたままで、周囲への警戒を怠らなかった。

「マーサ・スワンがあなたの交際相手と同じ手段で殺されたことよ」

「同一犯の仕業ならおかしな話ではない」すばやく視線が向けられたのを感じた。

「同じ人が犯人だと思うの？」

ラザルスは肩をすくめた。その拍子に肩が悲鳴をあげ、危うくあえぎ声がもれそうになった。「わからないが、あんな手段で女性を手にかけるやつがセントジャイルズに何人もいるとしたら、そちらのほうが奇妙だ」

彼女はしばらく物思いにふけっているようだった。数分後、ゆっくりと口を開いた。

「メイドのネル・ジョーンズから聞いた話なんだけど、セントジャイルズに出没する亡霊は、襲った相手のはらわたを抜き取るんですって」

肩の痛みに耐えながらも、ラザルスは思わず笑ってしまった。

「その亡霊とやらを自分の目で見たことはあるのかい、ミセス・デューズ？」

「いいえ、でも――」

「それなら、その亡霊は子供たちを怖がらせるための作り話だろう。わたしが捜している人殺しは生身の人間だ」

それからふたりは無言のまま歩を進め、ようやく孤児院の裏口が見えてきた。

ラザルスは安堵感《あんどかん》とともにめまいを覚え、うめき声をもらした。

「さあ、到着だ。家のなかに入ったら戸締まりを忘れるな」

「いいえ、だめよ」ミセス・デューズが彼の無傷なほうの腕をつかんだ。

一瞬、ラザルスは凍りついた。じかに肌に触れられたわけではない。それでもいつもなら嫌みを言ったり、怒ってはねつけたりするのだが、彼女に対してはどう反応すればいいのかわからなかった。

その場に立ち尽くしていると、ミセス・デューズは袋をおろし、マントの下から鍵を取りだして裏口の扉を開けた。「怪我の手当てをしないとね」

「その必要はない」そっけなく言う。

「いいから入って」気づくとラザルスは古びた調理場のなかにいた。この前の晩は、ここを通り抜けて小さな居間に入りこんだのだ。あのときは誰もおらず、暖炉の燃えさしの明かりだけで室内は薄暗かった。今は炉火が明々と燃え、子供たちが集まっていた。

そして大人の男性もひとりいた。

「おかえりなさい！」いちばん年長の少女が声を張りあげた。

それと同時に、男性が訝しげな顔でテーブルの前から立ちあがった。「姉さん？」

「ウィンター、帰りが早かったのね」ミセス・デューズがあわてたように言った。「ただいま、メアリー・ウィットサン。無事に帰ってきたわ。でも、あいにくこちらの紳士はそうじゃないの。お湯を鉢にたっぷり入れてくれる？ ジョセフ・ティンボックス、ぼろ布を入れた袋を持ってきて。メアリー・イブニング、テーブルの上を少しきれいにしてちょうだい。あなたはここに座って」

最後の命令はラザルスに下されたものだった。彼は分別を働かせ、指示された椅子におとなしく腰をおろした。ミセス・デューズの弟が鋭い視線を向けてくる。相手をだませるとは思わなかったが、とりあえず怪我をして体の自由が利かず、弱っているふりをした。

調理場のなかは暑かった。漆喰の天井は低く、炉で燃え立つ炎の熱を照り返している。子供たちは食事の準備をしている最中だったようだ。年長の少女が火の番をしている炉火には大きな鍋がかけられ、テーブルにはパン生地がのっていた。子供たちはみな忙しく立ち働いているが、片足立ちしている少年だけはぐったりした黒猫を腕に抱えてラザルスをじろじろ見ていた。

ラザルスが眉をつりあげてみせると、少年はあわててミセス・デューズのスカートの陰に黒猫とともに隠れた。

「こちらの紳士はどなたかな、姉さん?」ウィンター・メークピースがやんわりと尋ねた。

「ケール卿よ」ミセス・デューズはそう言いながら、メアリー・イブニングという少女が小麦粉の鉢をテーブルからどけるのを手伝っていた。その少女もスカートの陰に隠れるようにミセス・デューズにへばりつき、彼女の動きをそっくりまねている。「怪我をしているの」

「ほう?」ウィンターの視線がさらに鋭くなった。「いったいなぜ?」

ミセス・デューズは一瞬ためらった。おそらくラザルスしか気づかないわずかな間を空けて、ちらりと彼を見た。

ラザルスはにやりとした。彼女がどんな説明をするのか大いに興味をそそられるところだ。だから助け船を出すつもりはない。

ミセス・デューズは唇を尖らせた。

「ケール卿は暴漢に襲われたの、ここから五〇〇メートルくらい離れたところで」

「へえ」ウィンターは首をかしげ、さらなる説明を待った。

「それで手当てをするためにうちへお連れしたのよ」彼女はにっこりとほほえんだ。

しかし魅力的な笑顔でごまかそうとする手口に、彼女の弟は慣れていた。ウィンターは眉をつりあげて尋ねた。「姉さんはたまたまケール卿と出会ったのか？」

「いえ、たまたまというわけでは……」

ミセス・デューズは神に愛されているに違いない。用事を言いつけられていた少年がぼろ布の袋を手にして戻ってきたので、これ以上の説明はしなくてすんだ。

「あら、ジョセフ・ティンボックス、よく持ってきてくれたわね。ありがとう」袋を受け取り、メアリー・ウィットサンが運んできた湯の入った鉢の横に置く。そして断固たるまなざしをラザルスに向けた。「脱いで」

ラザルスは彼女の弟のしぐさをまねて眉をつりあげた。「なんだって？」

ミセス・デューズの頬が愛らしく薔薇色に染まった。そんなことに喜んだら罰があたるかもしれないが。

「上に着ているものを脱いでもらわないと」彼女は歯を食いしばりながら言った。

ラザルスは笑みを押し殺し、帽子を脱いで、マントのボタンを外した。刺すような痛みが肩に走り、思わず悪態をつきそうになった。

「わたしに手伝わせて」ミセス・デューズがいつのまにか隣にいて、上着とベストを脱ぐのに手を貸してくれた。彼女がそばにいると心が乱れたが、同時になぜか心地よさも感じていた。服を脱ぐあいだ、ラザルスは知らず知らずのうちに彼女に身を寄せていた。首筋のやわらかな曲線と、ほのかなラベンダーの香りに引きつけられたのだろう。

しぶしぶながら両腕をあげ、シャツを頭から脱がされて上半身裸になった。顔をあげると、興味津々といった顔の子供たちに囲まれていた。ミセス・デューズのスカートの陰に隠れていた少年さえ、前に出てきている。

少年は黒猫の上半身を抱えているので、後ろ足は伸びきって垂れさがっていた。死んでいるように見えるが、猫はごろごろと喉を鳴らしている。

「こいつの名前はスートっていうんだよ」

「それはおもしろいな」ラザルスは応えたが、実は猫は苦手だった。

「メアリー・ウィットサン」ウィンターが言った。「子供たちを食堂に連れていってくれないか。詩編の暗唱を聞いてやってくれ」

「わかりました」少女はそう言って、年下の子供たちを調理場から連れだした。

ミセス・デューズが咳払いをした。「ウィンター、子供たちの様子を見てやったほうがいいんじゃないかしら。ここはわたしひとりで大丈夫だから」

弟は温かみのかけらもない笑みを向けた。

「メアリー・ウィットサンは自分でちゃんとできる。心配はいらないよ、姉さん」

ウィンターは姉の向かいの席に座り直したが、彼女が背中を向けて戸棚のなかの探しものを始めると、ラザルスに視線を投げかけた。そのまなざしの意味を読み取るのは簡単だった。ウィンター・メークピースはおそらくラザルスより一〇歳は年下で、上品な修道士のような風貌をしている。しかし、ひとたび姉が傷つけられようものなら、どんな手を使ってでもラザルスを地獄へ送りこむだろう。

テンペランスは軟膏《なんこう》の瓶を両手で抱えて戸棚から振り返った。ケール卿の傷を見ても、ひるまないようにした。血が肩から腰までべっとりとついて、白い肌を真っ赤に染めていた。シャツを脱がせたときに傷口がさらに開いてしまい、新たな血が胸を伝い落ちている。呆然《ぼうぜん》と血の筋に目を走らせ、驚くほどたくましい胸でとめた。黒い胸毛がうっすらと生え、茶色の乳首を覆っている。続いて、臍からズボンのウエストバンドのなかに続く黒い茂みへと視線をさげていった。

まあ、わたしったら、なにをしているの？

あわてて後ろを向き、なにをしている途中だったか思いだそうとした。軟膏の瓶が手のなかにある。彼は怪我をしている。そうだ。傷口をきれいにして手当てをしなくては。

唾をのみこみ、急いで軟膏をテーブルに持っていくと、ウィンターがケール卿をにらみつけている光景が目に飛びこんできた。テンペランスはふたりの男性をすばやく交互に見た。ウィンターはなに食わぬ表情を顔に張りつけている。ケール卿のほうは口の端をあげて彼女に視線を投げ、いたずらっぽく目を輝かせていた。裸の上半身をじろじろ眺めていたのを見られたのかしら？

もう、いいかげんにしなさい。テンペランスは心のなかで自分を叱《しか》った。うぶな小娘じゃあるまいし、どぎまぎしている場合ではないでしょう。

彼女は気を落ち着けようと息を吸い、ケール卿の魅力的な胸からなんとか目をそらした。

「ワインはいかが？　傷の手当てはかなり痛いかもしれないから」

「もらおう。卒倒したくはないからな」素直な言葉だが、口調は皮肉めいていた。

テンペランスは視線で彼をたしなめた。ウィンターが席を立ち、ワインを取りに行った。特別なときのために大事にしまってあるワインを。まあ、調理場で紳士の怪我の手当てをするのは特別といえば特別だろうが。

彼女は袋のなかから比較的きれいな布を探しだし、湯で湿らせた。それから意を決してケール卿を振り返った。ウィンターはすでにテーブルに戻り、ワインのコルクを抜いていた。グラスにワインを注ぎ、ケール卿に手渡す。彼がひと口飲んでから、テンペランスは傷のまわりの血にそっと布を押しあてた。肌は温かくなめらかだった。肌に指を触れると、ケール卿が体をこわばらせ、いきなりワイングラスをテーブルに置いた。テンペランスは彼の顔をちらりと見た。ケール卿は生気のない目でじっと前を見据えている。

「痛かった？」彼女は不安になって尋ねた。まだ傷には触れていないが、人一倍痛みに敏感な人もいる。ひょっとしたら、先ほどの卒倒したくないという言葉は冗談ではなかったのかもしれない。

しばらく沈黙が続いたあと、ケール卿が目をしばたたいた。「いや。痛くはない」

その声は冷ややかで、目からは楽しげな気配がすっかり消えていた。なにかがおかしい。それがなんなのかはわからないけれど。

彼女は傷に注意を戻した。ケール卿はわたしを突き飛ばしたい衝動を必死に抑えているのではないか。そんなおかしな考えが頭に浮かんだ。乱暴な反応を警戒しつつ、傷口に布を押しあてる。ところが彼は痛みを覚えながらも、まるでくつろいでいるような様子でもあった。奇妙なことだ。

テンペランスは布をどけて、きれいになった傷口を調べた。傷の長さは数センチだが、深さはそこそこあるようだ。いまだに出血しており、傷口はぱっくりと開いている。

「縫わなくてはいけないわ」そう言って目をあげた。

ケール卿はすぐそばにいた。ふたりの顔は何センチも離れていない。彼の口元の筋肉がぴくりと動いた。落ち着き払った表情とは裏腹の、あたかも意思に反したような動きだ。青い瞳の奥でうごめくものがあった。彼はなにかに苦しんでいる？

テンペランスは驚いて息をのんだ。

「救急箱を取ってくる」ウィンターがテーブルの向かい側から言った。

彼女は顔をあげた。弟はもう立ちあがっていた。その表情は穏やかだ。ケール卿の目に浮かんだ苦痛の色に気づかなかったのかしら？　あるいは、わたしたちが交わした視線に？

いや、それはないだろう。

テンペランスは息を吐きだし、なにを探すともなく布の袋のなかをかきまわした。両手が震えている。小さな切り傷なら幾度となく縫った経験はあった。すり傷や打ち身の手当て、熱を出した子供の看病もしている。しかし、ケール卿の目に表われたような苦痛を相手に与えたことなど一度もなかった。手当てを続けられるか、もう自信がない。

「いいからやってくれ」ケール卿がつぶやいた。

テンペランスはぎょっとして彼を見た。心を読まれたの？

ケール卿は用心深そうな顔で彼女を見つめている。

「さっさと縫ってくれ。そうしたら帰る」

テンペランスは調理場のなかにさっと視線を走らせた。ウィンターはまだ戸棚で救急箱を探している。彼女はケール卿に目を戻した。「あなたに痛い思いをさせたくないの」

彼の大きな口の端があがったが、顔をしかめたのか、笑みを浮かべたのかはわからなかった。「断言してもいい。きみがなにをしようと痛みが増すことは決してない」

彼女はケール卿を見つめ、彼の言う〝痛み〟は肩の傷とは無関係なのだと悟った。それなら、なにに関係があるのだろう？

「足りないものはないと思う」ウィンターが救急箱をテーブルにのせた。「姉さん？」

「えっ？」テンペランスは顔をあげ、状況がよくのみこめないながらも、とりあえずほほえんだ。「ああ、ありがとう」

ウィンターは訝しげな目で姉とケール卿を交互に見たが、なにも言わずにもとの席へ戻った。

彼女は安堵のため息をもらした。今、ウィンターにあれこれ訊かれるのはごめんだ。救急箱にしている小さなブリキの箱を開けた。大きな針、縫合用の糸、先の細い毛抜き、はさみ、そのほかにもしょっちゅう転ぶ子供たちの手当てに使う道具がいろいろと入っている。ほっとしたことに、手の震えはおさまっていた。

針に糸を通し、ケール卿の肩に向き直って傷口の縁をつまみあわせ、最初のひと針を縫った。子供の場合、縫合するときに体を押さえていなければならないことがよくある。悲鳴をあげたり、泣いたり、興奮して暴れだしたりする子もいるが、どうやらケール卿は気概のある男性のようだ。針が皮膚を貫くと息を吸いこむが、それ以外は痛がるそぶりをまったく見せなかった。それどころか、傷口の洗浄をしたときよりも落ち着いた様子だった。

とにかく今はよけいなことを考えている場合ではない。テンペランスはさらに身をかがめ、小さくきれいな縫い目になるよう心を配った。縫い方がお粗末だと醜い傷跡が残ってしまうからだ。

最後のひと針を縫い、糸を切ると、ほっとして息を吐きだした。

「さあ、これでほとんど終わりよ」ケール卿に告げるとともに、自分に言い聞かせるようにつぶやく。

軟膏の瓶を開けるあいだも、ケール卿は無言のまま、彫像のようにじっと椅子に座っていた。しかし、軟膏を傷口に塗りこむと——指一本でそっと——彼は身を震わせた。テンペランスははっとして手を引っこめ、すばやく彼の顔を見た。

額が汗で光っている。「続けてくれ」

彼女はためらったものの、包帯も巻かずにほうっておくわけにはいかない。唇を噛み、できるだけ手早く軟膏を塗ったが、ケール卿の呼吸が速まるのがわかった。大きな布を取りだし、折りたたんで傷口にあてる。そして肩から胸に包帯を巻いていった。この作業のためにはさらに体を寄せ、彼の上半身を両腕で包みこむようにしなければならない。ケール卿はいったん息を吸ってからとめているようで、そばに寄るなとばかりに顔をそむけている。苦痛に耐える様子を目のあたりにしたら、彼の近くにいるときに起きる体の反応が鈍くなって当然だ。けれども、そうはならなかった。肌のぬくもりや脈打つ首筋、さらには男性的な香りがあいまって、テンペランスの奥に眠る悪魔の欲望を目覚めさせようとしている。包帯の端を結ぶころには、またもや手が震えていた。

目をそらしたとたん、ケール卿が椅子から腰をあげた。「ありがとう、ミセス・デューズ」

テンペランスは驚いて彼を見つめた。「でも、シャツが――」

「雑巾《ぞうきん》にでもしてくれ」ケール卿は顔をゆがめ、裸の肩にマントをはおって三角帽を取りあげた。「ベストも上着も。あらためて礼を言う。それでは、ミスター・メークピース」

彼はテンペランスとウィンターに短くうなずき、大股で裏口に向かった。

まさか暗い夜道を自宅まで歩いて帰るつもり？　彼女は背筋を伸ばした。

「あなたは怪我をしているのよ。それに連れもいない。今夜はここに泊まっていったらどう？」

ケール卿がくるりと振り返った。黒いマントの裾を翻し、ステッキの先で帽子の縁に触れる。ステッキの銀の握りが枝にとまった鷹の形に彫られていることに、テンペランスは初めて気づいた。「お気遣いはありがたいが大丈夫だ。ひとりで帰れる」

そう言い残し、彼は立ち去った。

テンペランスは思わずため息をついた。なぜだか失望感を覚えていた。

だが、それもウィンターが椅子をきしませて、ゆっくりと体の向きを変えるまでの話だった。

「説明してもらわないとな、姉さん。悪名高きケール卿と知りあいになったいきさつについて」


自分は人づきあいには向かない、夜が似つかわしい男だ。

ラザルスはそんなことを思いながらセントジャイルズの陰気な闇夜のなか、足早にメイデン通りを離れて、ミセス・デューズの汚れなき孤児院に背を向けた。鷹を鳩舎《きゅうしゃ》に入れてはならないのと同じく、わたしもあの場所にいるべき人間ではない。通りの真ん中を流れる汚水を飛び越え、さらに細い路地に折れて西へ向かう。彼女はどう思っただろう、同じ種族に触れられることさえ耐えられない倒錯した獣《けだもの》のことを？　前方の戸口で人影が動くのを見て取るや、ラザルスは猛然と駆けだした。ひと暴れできるならちょうどいい。しかし人影は戸口を離れ、逃げるようにして夜の闇に消えてしまった。

ラザルスは速度をゆるめた。気晴らしの機会を逃したことに毒づきながら、また路地を進んでいく。脇腹を生温かい液体が伝い落ちるのを感じた。走ったせいで傷口が開いてしまったのだろう。だが、気晴らしを求めたのは怪我のせいではない。

ミセス・デューズの白い華奢《きゃしゃ》な手が肌に触れてから、下腹部が硬くなっていた。触られて精神的な苦痛を味わったものの、官能的な欲望も激しく疼《うず》いている。それは冷たい夜気のなかに出ても消えなかった。ラザルスはにやりとした。あの聖人は自分がどんな影響を与えたかを知ったら、間違いなく眉をひそめるだろう。そうした欲望をわたしがどうやって発散させるか、教えてやったら仰天するはずだ。ズボンにまで血が染みこんでいなければ、おとなしく要求に従う女を見つけていたところだ。その女を手近な部屋に連れこんで……。

最後の愛人の姿が脳裏に浮かんだ。マリーは体を引き裂かれ、屑肉《くずにく》の塊のような姿で死んだ。ここセントジャイルズの、彼が囲っていた部屋で彼女は殺された。どうしてもこの町に住みたいというマリー自身の希望だった。当時は——もう二年前だ——自分にとって不便な場所だということくらいしか、この町について思うところはなかった。しかし今となっては、セントジャイルズの土地柄がマリー殺しの鍵を握っているのは明らかだ。ミセス・デューズに火をつけられた欲望を鎮める時間を割こうと思わないのは、怪我のせいばかりではない。自分は狙われている。革の傷当てを鼻につけていた男は、ゆうべマザー・ハーツイーズの店に来ていた。単に物取りが目的だった可能性も考えられるが、真相はそうではないとラザルスは思った。

マリー殺しについて、かぎまわられたくない者がいるのだ。

「ケール卿のことを知っているの？」テンペランスは弟をまじまじと見つめた。

ウィンターが眉をあげた。

「ぼくは一介の校長にすぎないが、町の噂くらいは耳に入ってくるよ」

「そう」彼女は手元を見おろし、機械的に手を動かして針とはさみを片づけた。頭のなかは真っ白になっていた。自分以外は誰もがケール卿の噂を知っているのだ。

ウィンターがため息をつき、椅子から立ちあがった。戸棚に行って、グラスをふたつ取りだす。その華奢なグラスは母の形見で、もともとは六脚セットだった。彼はグラスをテーブルに運び、慎重な手つきで赤ワインを注いだ。

そして片方のグラスを手に席へ戻り、ひと口飲んだ。ワインが喉を流れるあいだ、ウィンターは目を閉じていた。首をのけぞらせると、口元に皺が深く刻まれた。

「このワインはひどい代物だ。ケール卿が壁にぶちまけなかったのは驚きだな」

テンペランスもグラスに手を伸ばし、味見してみた。甘く酸味のある液体がおなかのなかに広がっていく。たしかに安物のワインだが、とくにひどいとは思わなかった。日ごろは誰よりも禁欲的なウィンターが、ことワインに関してはうるさいのが昔から不思議だ。

「どこで悪名高きケール卿と出会ったのか教えてくれないか？」目をつぶったまま、ウィンターが静かに尋ねた。

彼女はため息をついた。「おとといの晩に彼がわたしを訪ねてきたの」

ウィンターが目を開けた。「ここに？」

「ええ」テンペランスは鼻に皺を寄せ、ワインのグラスをそっとテーブルに置いた。

「ぼくはなぜその訪問のことを知らないのかな？」

彼女は弟の視線を避けて肩をすくめた。「彼が来たとき、あなたは寝ていたわ」そう言って息を詰める。どうやってケール卿がここに来たか、説明しないといけないだろうか。

しかし、ウィンターは別のことが気になったようだ。

「どうしてぼくを起こさなかったんだ？」

「あなたに反対されると思ったから」テンペランスはため息をつき、ケール卿が座っていた椅子に腰をおろした。座面はもう冷たくなっていた。いずれは弟にこの話をしなければならないとわかっていたものの、切りだす勇気がなくて先延ばしにしていたのだ。「ケール卿がなぜ悪名高いのか、わたしは知らないわ。でも、彼とかかわったらあなたがいやがるのはわかっていた」

「だからぼくに嘘をついたんだね」

「ええ、そうよ」テンペランスは罪悪感を無視して顎をあげた。「わたしたち、取引をしたの。彼は孤児院の後援者探しを手伝ってくれることになった。その見返りとして、わたしは彼の愛人を殺した犯人を捜すのに協力しているの」

「本気でそんな取引を？」

彼女は深く息を吸いこんだ。「彼にもらったお金で、もう家賃を払ってしまったもの」

沈黙が流れた。テンペランスは唾をのみこみ、ウィンターの傷ついた顔を見るのが怖くて目を伏せた。弟のためにしていることなのよ、と自分に言い聞かせる。弟と孤児院のために。

少しして、ウィンターが重いため息をついた。「姉さんは自分がどんなことに首を突っこんだのかわかっていない」

「保護者ぶるのはやめて」彼女は目をあげた。「わかっているわ、たとえあなたが死ぬほど働いてもいずれ孤児院は閉鎖されるだろうって。そんな事態になるのを黙って見ていられないのよ。わたしだって力になれるし、それに――」

「ケール卿は倒錯した性癖で悪名高いんだ」核心を突いた言葉がテンペランスの熱弁を遮った。

彼女は口を閉じて目を見開いた。善良で貞淑な女性なら、そういう言葉に嫌悪を抱いただろう。しかしテンペランスは興奮を覚えた。胸の奥にひそむ禁断の欲望が頭をもたげる。ああ、なんてことかしら。

ウィンターが話を続けていた。

「気をつけてくれよ、姉さん。ぼくには姉さんをとめられないし、とめようとも思わない。でも姉さんに危険が及ぶようなら、コンコードに相談するからね」

テンペランスは息を吸いこんだが、なにも言い返さなかった。

普段は穏やかで温かみのあるウィンターの目は険しく、決然とした色をはらんでいた。

「いいかい、これだけは言っておく。コンコードなら姉さんをとめるはずだ」

5

さて、王のバルコニーの下には石造りのテラスがあり、城の内部につながる扉がついていました。その扉の内側で、身分の低い小柄なメイドが暖炉の前でひざまずいておりました。メグという名のそのメイドは城内の暖炉を掃除するのが日課でした。汚れ仕事ではありますが、メグは働き者なので、毎日楽しく勤めに励んでいました。とはいえ、メグは取るに足りないメイドです。城の住民はひとりとしてメグに目をとめません。それゆえ、ほかの人たちの話を小耳に挟むことも少なくなかったのです。

そして王が階上《うえ》のバルコニーから、自分がいかに愛されているかを宣言するや、思わず笑い声をたててしまいました。すぐさま手で口を押さえましたが、ときすでに遅く……。

『偏屈王』

二日後の朝、まぶたを開けたサイレンスは、この世でなによりすばらしい光景に出迎えられた。愛《いと》しい夫、ウィリアムの顔が目に飛びこんできたのだ。彼はまだ眠っていた。ふっくらした唇をわずかに開き、きれいな緑色の目は閉じていた。日焼けした顔に、目尻の細かい皺がくっきりと浮かんでいる。刈りたての頭からナイトキャップが脱げかけていた。顎にうっすら生えた赤い無精ひげが朝の陽光に輝いている。白髪まじりの赤い胸毛が白いナイトシャツの襟元からのぞき、たくましい首筋と好対照を成していた。それを見て、サイレンスの体の奥が疼いた。ナイトシャツの襟を開き、首のつけ根にキスをして、清潔な素肌に舌を這わせたい。

そんなみだらなことを考えてしまい、サイレンスは顔を赤らめた。ウィリアムは夫婦の営みについて、夜、蠟燭を消してから行なうことを好む。彼はまったくもって正しい。夫がベッドで熱心に励んでくれたおかげですっかり満たされたというのに、その翌朝に朝の光のなかでまた愛を交わしたいと思うのは好色な女だけだろう。

サイレンスはウィリアムを起こさないように気をつけてベッドをおりた。戸棚の上に置いておいた水差しの水で体を拭き、手早く着替えると、物音をたてずに隣の部屋へ移った。

ウィリアムがふたりのために見つけたこの住まいはあまり広くはないが、設備は整っていた。小さな寝室のほかに暖炉のついた居間があり、そこで料理を作ることができる。結婚してからこの二年のあいだに、サイレンスは居間に少しずつ手を加え、居心地のいい空間に変えていった。薄紅色の子羊を抱いた羊飼いの娘の置き物を炉棚に飾り、その隣にはアーティチョークの形をしたふた付きの瓶――そこに小銭をしまっていた――を並べて、自分で縫ったカーテンを窓にかけた。実際のところ、カーテンは形がいびつで、真ん中でぴったりと閉じなかった。けれども、生地の色は桃色がかった橙色《だいだいいろ》で、ゆったりと紅茶でも飲みたくなる優雅な気分にさせてくれるのだった。

サイレンスにとっては自慢の住まいだ。

鼻歌を歌いながら暖炉の火をおこし、紅茶をいれるために水をくんだケトルを火にかける。ウィリアムがあくびをしながら寝室から出てきたころには、熱い紅茶と温めたパンとバターを小さなテーブルに並べ終えていた。

「おはよう」ウィリアムが食卓について言った。

「おはよう、わたしの旦那さま」サイレンスは無精ひげの生えた頰にキスをして、夫に紅茶を注いだ。「よく眠れた？」

「ああ、ぐっすりと」彼はそう答えてパンをちぎった。パンはほとんど焦げていなかった。黒焦げになった部分は、あらかじめこそげ落としておいたのだ。「揺れないベッドで寝るのは最高だね」

ウィリアムがにっこり笑うと白い歯がのぞいた。ハンサムな夫を見て、サイレンスは息をのんだ。

ふと手元に目をやると、いつのまにかパンを握りつぶしていた。あわててパンを皿に戻す。

「今日はどうするの？」

「〈フィンチ号〉の荷揚げを見張らなくてはいけない。そうしないと積荷の半分は浮浪児たちに盗まれてしまうからな」

「そうよね」

サイレンスは紅茶をひと口飲んで、失望を隠そうとした。何カ月も海に出ていてようやく帰ってきたのだから、今日くらいは一緒に過ごせるかもしれないと思っていたのに。しかし、それはばかげた望みだ。ウィリアムは商船の船長で、人の上に立つ立場にある。当然、船に対する責任がなにより優先される。

そうとわかっていても、寂しさを完全に抑えることはできなかった。

それを見て取ったのか、ウィリアムがめずらしくやさしさを示し、彼女の手を取った。「本当なら荷揚げはゆうべのうちに始めなくてはいけなかったんだ。こんなに若くてきれいな奥さんがいなかったらそうしていたよ」

サイレンスは頰がほてるのを感じた。「そうなの?」

「ああ」彼はまじめな顔でうなずいたが、緑色の目はいたずらっぽく輝いていた。「きみの誘惑に負けてしまった」

「まあ、ウィリアムったら」サイレンスは思わず満面の笑みを浮かべた。結婚してもう二年になるが、その大半は夫が航海に出ていたので、帰ってくるたびにまた一から新婚生活を始めるようなものだった。それもいつか変わってしまうのかしら? そうなりませんように。

ウィリアムが彼女の手をぎゅっと握った。

「仕事をすませたら、すぐに公園か縁日に連れていってあげるよ。遊園地に行くのもいいな」

「本当に？」

「ああ、約束する。かわいい奥さんと一日一緒に過ごすのを楽しみにしているよ」

サイレンスは夫の目を見つめてほほえんだ。幸せで胸が躍るようだった。

「だったら、朝食をちゃんと食べていかないとね」

ウィリアムは笑い声をあげ、パンを食べて紅茶を飲んだ。それから着替えをすませると、威厳を漂わせる白髪のかつらをかぶった。サイレンスの頬にキスをして、彼は出かけていった。

サイレンスはため息をもらし、部屋のなかを見まわした。一日夫と外でぶらぶらするなら、その前にすませておくべき雑用がいろいろある。彼女は腕まくりして家事に取りかかった。

二時間後、ウィリアムの白い靴下に開いた穴を繕いながら、白い糸を切らしていたからといって黄色の糸でかがってよかっただろうか、とサイレンスは思い悩んでいた。すると廊下を駆けてくる足音が聞こえた。眉をひそめて顔をあげる。

扉をどんどん叩く音が響くころには、サイレンスは椅子から立ちあがっていた。急いで駆け寄り、掛け金を外して扉を引き開けた。ウィリアムが戸口に立っていた。こんな夫を見るのは初めてだ。日焼けした顔は青ざめ、目はうつろだった。

「どうしたの？」彼女は叫んだ。心臓が喉までせりあがってきたかのようだった。「なにがあったの？」

「〈フィンチ号〉が……」ウィリアムはよろよろと部屋のなかに入ってきたが、両手をだらりと両脇に垂らしたまま、その場で立ち尽くした。途方に暮れたように目を見開いて言う。

「おれはもうだめだ」


「上手よ、メアリー・ウィットサン」テンペランスは少女が慎重に針を運ぶ様子を見守っていた。ふたりは調理場の片隅に並んで座り、そのまわりではほかの子供たちが夕食の準備をしていた。メアリー・ウィットサンは刺繍が得意だった。時間のあるときに針仕事を教えてやるのをテンペランスも楽しみにしていたが、残念ながらそういう暇はめったになかった。

「奉公先は仕立屋がいいかもしれないわね。どうかしら？」

メアリー・ウィットサンは頭をさらに低く垂れて、縁飾りを刺繍しているエプロンのほうに身をかがめた。「ここであなたのお手伝いをするほうがいいです」

少女の言葉を聞いて、テンペランスはいつものように胸が苦しくなった。髪を撫でてやろうと手をあげかけ、すんでのところで思いとどまる。こぶしを握り、手を引っこめた。ぬか喜びさせるのはよくない。

「あなたもわかっているでしょう、それはできないの」テンペランスはきっぱりと言った。「どの子もずっとそばに置いていたら、孤児院はあっというまにいっぱいになってしまうわ」

メアリー・ウィットサンはうなずいた。うつむいているので顔は隠れているが、肩が震えていた。

テンペランスはなすすべもなく、その様子を見守った。特定の子供をひいきするのはよくないとわかっているものの、彼女はメアリー・ウィットサンをいちばんかわいがっていた。夫のベンジャミンが亡くなったあと、テンペランスは孤児院の仕事を手伝うようになり、ほどなくメアリー・ウィットサンを施設に引き取った。ここに連れ帰った日、まだ幼子だったメアリー・ウィットサンが膝に這いあがってきた。その温かくやわらかな感触に、テンペランスは安らぎを覚えたものだ。当時の彼女には抱きしめてやれる相手が必要だった。それ以来、どれほど自分の気持ちに抗《あらが》おうとも、メアリー・ウィットサンが特別な存在であることは変わらなかった。

「思いもよらない知らせですよ！」

ネルが叫びながら、息を切らして調理場に入ってきた。

テンペランスは顔をあげ、眉をあげてメイドを見た。

「思いもよらないのなら、話してくれないとわからないわね」

一度読んでたたみ直したとおぼしき手紙を、ネルは差しだした。

「ケール卿が今夜、あなたを音楽会にお連れしたいそうです！」

「なんですって？」テンペランスは受け取った手紙を開いた。暴漢に襲われて負傷した晩以来、ケール卿から連絡はなかった。怪我の具合が心配でたまらなかったが、見舞いの便りを出していいものか迷っていたのだ。「いったい……」優雅な筆跡の手紙に目を通すうちに、言いかけた言葉は途切れた。

彼は今日の午後四時に迎えに来るという。テンペランスは炉棚の古い時計を見やった。針は正午過ぎを差している。いつのまにか調理場のなかは静まり返り、子供たちの視線が彼女に集まっていた。

「ああ、困ったわ」テンペランスは呆然として、手紙をくしゃくしゃに丸めていた。「着ていく服がない」よそゆきのドレスを調達するまで、あと一週間は余裕があると思っていたのに！

ネルが目をしばたたき、召集命令を受けた兵隊よろしく背筋を伸ばして言った。

「メアリー・イブニング、調理場はあなたが仕切って。メアリー・ウィットサンとメアリー・セントポールとメアリー・リトルはわたしと一緒に来てちょうだい。それからあなたは」テンペランスに指を突きつける。「ご自分の居間に行ってドレスを脱いでください」

ネルは小さな助手たちを引き連れて調理場を出ていった。

テンペランスは手のなかの紙に視線をおろし、慎重に皺を伸ばした。ケール卿の力強い筆致が目に飛びこんできた。今夜、彼に会う。上品な催し物へ一緒に出かけ、彼の腕に寄りかかる。ああ、どうしよう。今夜のことを思っただけで頬が上気した。心のなかは不安と戸惑いでいっぱいだったが、わくわくする気持ちもわずかにあった。

燭台を手に取って、小さな居間へ急いだ。すばやくショールを外し、ドレスと靴も脱ぐ。ネルが少女たちを連れて戻ってくるころには、シュミーズとコルセットだけの姿で立っていた。

「五年以上前に手に入れたものなんですけど」ネルは包みを抱えて居間に入ってきた。「お金に困ったときも、これだけはどうしても手放せなかったんですよ」

彼女は包みを椅子に置いて開いた。光沢のある赤い絹がするすると広がる。テンペランスは思わず目をみはった。みごとなドレスだ。色鮮やかで、大胆すぎるほど華やかだった。

「こんなの着られないわ」ネルの気持ちを考えるまもなく、つい口を滑らせた。

しかしネルはむっとするでもなく、両手を腰にあてただけだった。

「じゃあ、ほかになにを着るんです、ミセス・デューズ？ そんなので出かけるわけにはいかないでしょう」

〝そんなの〟呼ばわりされた普段着の黒いドレスは肘掛け椅子の背にかかっていた。手持ちの服は三着あるが、どれも黒の実用的なものばかりだ。

「それはそうだけど――」赤いドレスを頭からかぶせられ、声はかき消された。もがきながら袖《そで》に腕を通し、ボディスに体を入れて、四苦八苦しながら顔を出す。ネルが後ろにまわり、背中のホックをとめていった。

メアリー・ウィットサンがテンペランスを眺めながら首をかしげた。

「色はきれいですけど、ボディスが体に合ってませんね」

テンペランスは視線をさげ、かつてないほど胸元があらわになっていることに気づいた。襟がかなり深くくれている。「いやだわ、こんなのだめよ――」

「ええ、もちろんだめです」ネルはテンペランスのまわりを歩きながら、つぶさに観察した。

「このままではね」ボディスのたるみをつまみ、テンペランスの小ぶりな胸の前へ生地を引つぱる。手を離すと、絹地がだらりと垂れさがった。「襟ぐりを詰めないと」

「こっちはどうですか？」

メアリー・ウィットサンが尋ねた。腰をかがめてドレスの裾をじっと見ている。あいにく裾は床から何センチもあがっていた。

ネルがうめいた。「そっちもだめね。さあ、お嬢さんたち、忙しい午後になるわよ」

実際、夕方までネルと助手たちは針仕事に追われ、ドレスの裾をおろしたり、生地を切ったり、針を動かしたりと、手を休める暇もなかった。

約四時間後、テンペランスは調理場に立ち、最後の点検を受けていた。すでに入浴をすませ、髪も洗ってネルにきちんと整えてもらい、赤紫色のリボンを結んだ。深紅のドレスは炉の火明かりを受けて輝いている。テンペランスは襟ぐりを引っぱりあげようとした。彼女の好みからすると、まだ深くくれすぎている。

「やめてくださいってば」ネルが手を振った。「縫い目がほどけてしまいますよ」

テンペランスはぴたりと手をとめた。襟がゆるくなって胸があらわになったりしたら大変だ。

「ドレスに合う靴がなくて残念」メアリー・ウィットサンが言った。

テンペランスは裾を脇に寄せ、留め金のついた頑丈な作りの黒い靴を見た。

「そうね、でもこれで行くしかないわ。ネルがドレスの裾に襞《ひだ》飾りをつけてくれたから、ほとんど見えないでしょうし」その襞飾りは黒い絹で、父の上質な上着についていたものだった。

「その飾り、すてきですね」メアリー・ウィットサンが言う。

テンペランスは唇を震わせた。「ありがとう」

たまらなく不安だった。ケール卿と取引した時点で想定できた事態が、今さらながら胸に重くのしかかっていた。これから貴族社会の輪に入っていこうとしているのだ。きらびやかで優雅で、同じ人間とは思えない華やかな人たちの輪に。そんな人々に、わたしはつまらない人間だと思われないかしら？

思われるに決まっている。

でも、いいわ。とにかくケール卿は生身の人間だもの。そう思い直し、テンペランスはぐっと胸を張った。上流階級の人たちにどう思われようとかまわないでしょう？　孤児院を救うために音楽会に出席するのよ。ウィンターやネル、そしてメアリー・ウィットサンを始めとする子供たちのために。みんなのためなら、たった一夜気まずい思いをすることくらいなんでもないはずだわ。

テンペランスは自分を見つめる子供たちにほほえみかけた。

「ありがとう。みんなのおかげで――」

「誰か来たよ！」ひとりの少年が玄関に駆けていった。

「ジョセフ・ティンボックス」テンペランスはそのあとを追って玄関広間に出た。「走ってはだめよ。そんなに急がなくても――」

しかし、ジョセフ・ティンボックスはすでに掛け金を外し、扉を開けていた。玄関先に立っていたのはケール卿ではなく、サイレンスだった。

テンペランスはぴたりと足をとめた。妹は青ざめた顔で帽子もかぶっていない。きれいな赤褐色の髪は風に乱れたままで、はしばみ色の瞳には絶望の色がにじんでいる。サイレンスはテンペランスの華やかなドレスに目もくれなかった。

「姉さん」

「どうしたの？」テンペランスは小声で尋ねた。

サイレンスはすがりつくように戸枠に手をかけた。

「ウィリアムの船の積荷が盗まれたの」

ラザルスの馬車がメイデン通りの外れにとまったのは四時過ぎのことだった。馬車が通れないほど道幅が狭いので、彼は御者と従僕には待つように命じて、孤児院の玄関までひとりで歩いた。まだ日没前だったが、それでも黒檀のステッキをしっかりと握りしめていた。視界の隅で赤と黒の怪しげな人影が動き、彼はそちらに振り向いた。するとその人影――男だろうか？――は立ち去った。

ふた晩休養を取ったものの、肩の傷はさらに悪化しているようだった。鈍痛に絶えず悩まされ、今朝方は傷口を見たスモールに〝夜はベッドで静養されたほうがよろしいのでは〟と勧められたほどだ。一瞬迷ったが、ラザルスはその提案を退けた。孤児院の後援者が見つかるかもしれない集まりにミセス・デューズを案内しなくてはいけない。それに、なぜか彼女にまた会いたくてたまらなかった。まったくおかしなものだ。音楽会に招待されていたことは忘れかけていたが、今朝ふと思いだして、ミセス・デューズを連れていける数少ない機会だと気づいたのだった。

彼に招待状が届く集まりは、そのほとんどが音楽会ほど健全な趣旨のものではない。ラザルスはステッキの握りで孤児院の玄関扉を叩いた。すぐに扉を開けたのは鼻ぺちゃの少女で、その鼻にも、頬にもそばかすが散っていた。彼女は無言のまま後ろにさがり、ラザルスは狭い玄関広間に足を踏み入れた。少女と彼のほかには誰もいなかった。

ラザルスは眉をあげて少女を見た。「ミセス・デューズはどこかな?」

少女は彼の存在に驚いて口が利けなくなったのか、ただじっと視線を返してくるだけだった。

ラザルスはため息をついた。「きみの名前は?」

少女はうんともすんとも言わずに親指をしゃぶり、またもや気まずい沈黙が流れた。やがて靴音が近づいてきた。

「メアリー・セントポール、調理場に戻って、わたしが出かけたあとしっかり戸締まりをするようネルに伝えてね」ミセス・デューズが言った。

背後から調理場の明かりに照らされ、こちらに歩いてくる姿はまるで後光が差しているようだった。地味な普段着とは打って変わって、はっとするほど鮮やかな赤いドレスをまとっている。深くくれた丸い襟ぐりの胸元はきめが細かく、肌が抜けるように白い。

案の定、下腹部が反応した。

ラザルスは一礼した。「ミセス・デューズ」

「あら」たった今気づいたというように視線を向けられて、彼のなかで虚栄心が頭をもたげた。

ラザルスは背筋を伸ばし、ゆっくりと肘を差しだした。レディに腕を貸すことは礼儀にかなった当然の行為とされている。とはいえ、他人に体を触られるのが苦手な彼にしてみれば苦痛をもたらす行為でしかなく、できるだけ避けて通ってきた。ところが今は、テンペランスと体を触れあわせたいと思った。彼女の手が袖に置かれ、硬い生地越しでさえ、その感触にはっとする。痛みによるものなのか、別の感覚によるものなのかはわからないが。

なかなか興味深いことだ。

「行こうか?」ラザルスは促した。

しかし、ミセス・デューズは後ろ髪を引かれるように調理場のほうをちらりと振り返った。

「ええ……そうね、そうしましょう」彼女はようやくラザルスの顔をまともに見た。頬をほんのりと赤く染めている。「今夜はよろしくね」

ラザルスはうなずき、ミセス・デューズをエスコートして玄関の外へ出た。底冷えのする夜で、彼女はショールを肩にかけていた。ごわごわした灰色のショールはどうやら日ごろ身につけているもののようで、華やかな絹のドレスに合わせるとなおさらみすぼらしく見えた。

ラザルスは眉をひそめ、このドレスはどうしたのだろうと思いをめぐらした。手持ちの衣装なのだとしたら、晴れの席のために用意していたのだろうか？　それとも今夜のために身銭を切ったのか？

ミセス・デューズが咳払いをした。「お手紙によれば、音楽会に出席するとのことだけど」

馬車に戻ると、すでに踏み台が用意されていた。ラザルスは手袋をはめた手で彼女の手を取り、なかに乗りこませた。

体が触れあわなくなってほっとしたのか、あるいはその逆なのか、自分でもよくわからなかった。

「主催者はレディ・ベッキンホール、ロンドン社交界の大立者だ。間違いなく今夜は金持ちの客が大勢集まる」

クッションの利いた座席にミセス・デューズが腰をおろすのを待ち、ラザルスは天井に頭をぶつけながらその向かいの席についた。

彼女は眉根を寄せ、膝の上に視線を落とした。

「まるでわたしが強欲な人間みたいな言い方ね」

「そうか？」ラザルスは頭を傾け、ミセス・デューズをじっと見た。今夜の彼女はそわそわしているようだが、社交の場に出ていくせいではないだろう。ならば、どうして動転しているのだ？「そんなつもりで言ったわけじゃない」

彼女は薄暗い窓の外に目を向けた。窓に映る自分の顔を見ているのかもしれない。

「いいえ、実際にそうなんだと思うわ。でも、それもこれも孤児院のためよ」

「わかっている」奇妙なことに、ラザルスは一瞬彼女に愛おしさを覚えた。小さな聖人に。

やがてミセス・デューズが見つめ返してきた。「レディ・ベッキンホールとはどういうお知りあいなの？」

ラザルスは口元をゆがめた。「母の親友だ」

「あなたのお母さまの？」

白い額を押しあげるように眉がつりあがっていた。

「父親から生まれたとでも思っていたのか？」

「もちろんそうじゃないけど」ミセス・デューズは胸元に手をあげ、少ししてまたおろした。

「では、お母さまはご存命なのね？」

彼は返事代わりに頭を傾けた。

「ごきょうだいはいるの？」

大きな茶色の目を思いだした。年齢よりも大人びた瞳。触れられても決して痛みを覚えなかった手。

ラザルスは目をしばたたき、思い出を振り払った。「いない」

ミセス・デューズが首をかしげ、疑わしそうに彼を見つめた。

彼は無理にほほえんだ。「本当だ。母親のほかに家族はいない」

彼女はうなずいた。「わたしには男きょうだいが三人と女きょうだいがふたりいるわ」

「子だくさんの一家ってわけか」そっけなく言う。

ミセス・デューズはむっとしたように唇を尖らせたが、先を続けた。

「ひとりは妹で、サイレンスというのよ」

大家族に静けさ《サイレンス》、か。ラザルスは眉をあげたが、茶々を入れないだけの分別はあった。

彼女がわずかに身を乗りだし、その拍子にショールが象牙色《ぞうげいろ》の肩から滑り落ちた。わざとそうなるように体を動かしたのだろうか。

「サイレンスはウィリアム・ホリングブルックという商船の船長と結婚しているの。義弟の船は最近港に戻ってきたのだけど、ゆうべ積荷がすべて盗まれてしまったんですって」

ミセス・デューズはそこで言葉を切り、反応を待つかのように、不思議な魅力を持つ明るい茶色の目で彼を見つめた。

この状況が普通で、自分が普通の男なのだとしたら、普通というのはいかなるものだろうか。ラザルスはふとそんなことを思った。「なんだって?」

ミセス・デューズが首を振った。どうやら彼の返答は的外れだったようだ。

「たとえ一部でも積荷が戻ってこなかったら、義理の弟は破産する。妹の人生もめちゃくちゃになるわ」

ラザルスはステッキの握りについた鷹の彫り物を親指で撫でた。

「なぜだ? きみの義弟は船に投資していたのか?」

「いいえ。でも、義弟も盗みに加担したのではないかと疑われて、船主から責任を追及されそうになっているの」

彼はその話をじっくりと考えてみた。

「船の積荷が丸ごと盗まれたなんて話は聞いたことがない」

「そうなのよ。一部が紛失するのはめずらしくないようだけれど、すべてなくなるなんて
……」ミセス・デューズは肩をすくめ、疲れたのか座席の背もたれに寄りかかった。

ラザルスは彼女を見つめた。なぜ心配ごとを打ち明けられたのかわからないが、彼女が話してくれたことがうれしかった。そんな自分の愚かしさに口をゆがめる。

いきなりミセス・デューズが顔をあげた。「ごめんなさい、こんな暗い話をして」

「いや、別にかまわない」

彼女はふいにほほえみ、唇を震わせて言った。

「今夜誘ってくれたお礼をまだ言っていなかったわ」

ラザルスは肩をすくめた。「取引の一環だ」

「それでも、あなたのご親切に感謝しています」

「よしてくれ」そっけなく言う。「親切なんて柄じゃない」

ミセス・デューズは体をこわばらせ、顔をそむけた。

しまった。彼女の目を見つめたいし、また悩みを打ち明けてほしいのに。

ラザルスは咳払いをした。「きつい言い方をするつもりはなかった」

まだそっぽを向いたままだったが、ミセス・デューズはわずかに口元をほころばせた。

「わたしに謝ろうとしているの、ケール卿？」

「だとしたら？」穏やかに尋ねる。「敬意を表し、ひざまずくことを許してくれるのか？」

彼女はまつげを伏せた。「そんなことはしてもらわなくてけっこうよ」

「そうか？」ラザルスはさりげなく訊いた。「では、きみの足元にひざまずきたいと思うのは自分の欲求からかな」

ミセス・デューズの首筋にじわじわと赤みが差した。

「あるいはひょっとして」声を落として言う。「きみのほうこそ、わたしの前にひざまずきたいんじゃないか？」

彼女は侮辱を受けたとばかりに息をのみ、目を見開いてラザルスを見た。予想どおりの反応だ。紳士にあるまじき無礼な質問だったのだから当然だろう。しかし、彼女の呼吸が浅くなり、息を吸うたびに胸元が大きく上下しているのは辱められたせいではない。本能を揺さぶられたからだ。

ラザルスは体のほてりを感じて目を伏せた。こんなふうに狩りをしたことは何度もある。獲物を見つけ、様子をうかがって飛びかかり、しっかりとつかまえる。だが、今回はいつになく熱が入った。

「いけないわ……そんな話」声が震えているが、それは怒りのためではないようだ。

上目遣いに彼女を見つめる。「なぜいけないんだ？　こういうことをきみと話すのは楽しい。きみは楽しくないのか？」

ミセス・デューズは唾をのみこんだ。角灯に照らされ、喉の動きがはっきりと見て取れた。

「やめて」

「きみもきっと好きなはずだ。わたしと同じことが頭に浮かんでいるのだろう。どんな光景か話してもいいかな?」

彼女は喉元に手をあて、無言のままうつろな目で彼を見ていた。

ラザルスはゆっくりと視線をおろし、深い襟ぐりからのぞく胸のふくらみでとめた。

「ドレスを着たきみが、輝く深紅の裾を広げてわたしの前にひざまずいている。きみの前に立つ自分の姿も見える。きみはわたしを見あげている。今のように薄茶色の目を半ば閉じ、赤い唇は濡れている。自分で舐めたからなのか、わたしが舌を這わせたからなのかはわからない」

「もうやめて」ミセス・デューズがうめくようにささやいた。

「きみの手を取り、ズボンの前に持ってくる自分が見える」ラザルスの下腹部は硬くなっていた。己の言葉と、それに対する彼女の反応で痛いほど疼いている。「きみの細くひんやりとした指がボタンをひとつずつ外していき、わたしはきみの結いあげられた髪を撫でている。わたしの目には――」

馬車がとまった。

ラザルスはそっと息を吸い、カーテンを少し開けて外を見た。レディ・ベッキンホールの邸宅が煌々《こうこう》と照らしだされていた。

彼はカーテンから手を離し、向かいに座るミセス・デューズを見た。目を見開いて、頰を赤らめている。賭けてもいい、輝くばかりの赤いドレスの下で体は熱く濡れているはずだ。ラザルスはにやりとしたが、ふざけた気持ちではなかった。

「着いたよ。馬車からおりようか」彼女が白い歯でふっくらした下唇を嚙み、われに返っていくさまを見守る。「それともこのまま馬車を走らせろと御者に命じようか?」

6

偏屈王は護衛を呼びつけ、無遠慮にも演説を笑った不届き者を連れてこいと命じました。たちまちメグは、煤だらけの薄汚れた格好のまま王の面前に引っ立てられたのです。

「その方、名はなんという？」王は怒鳴り声をあげて尋ねました。

「恐れながら、メグと申します」

王はメグをにらみつけました。「それで、余の演説のどこがおかしかったのだ？」

騒動を聞きつけて集まってきたほかの衛兵や廷臣たちはみな、小柄なメイドが王の足元にひれ伏し、命乞いをするものと思っていました。

しかし、メグは煤で汚れた鼻の頭をこすり、すでに困った事態に陥っているのだから、本当のことを言ったほうがいいと心を決めました。「国民に愛されていると思っていらっしゃることです、陛下」


『偏屈王』

彼は誘惑そのものだ。

テンペランスはケール卿を見つめながら、鼓動が速くなり、太腿のあいだが疼いていることに気づいた。この九年のあいだ男性とのかかわりを避けてきたのは、ひとえに罪深い欲望のせいだった。それでも今こうして、これまでに出会ったどんな男性とも比べものにならないほど魅力的な人と向かいあって座っている。彼はどうすればテンペランスの不埒な思いを目覚めさせることができるのか、どうからかったり興奮させたりすれば彼女が熱くなるのか、よくわかっている。そして恐ろしいことに、彼の誘惑に屈してしまいたいと心のどこかで願っている自分がいる。青い瞳の誘惑に身を任せたい。彼の前にひざまずき、どこよりも男らしい部分に手を触れてみたい。許されぬ行ないに走り、子作りとはなんの関係もなく、彼を口に含んでみたいと。

情欲を満たすだけの行為をしてみたいと。

だめよ。

テンペランスは魅惑的な目から視線をそらし、震える息を吸った。「おろして」

ケール卿はすぐには動こうとしなかった。まばたきひとつせず、サファイア色の瞳で見つめるばかりで、テンペランスのあらわな肌は焼けつくようだった。馬車からおろしてもらえず、どこかに連れこまれ、あの深みのある声でみだらなことを命じられたらと思うと、息もできなかった。

やがてケール卿がため息をついた。「わかった」

彼は腰をあげ、馬車の扉を開けて先におりると、テンペランスに手を貸そうとした。差しだされた手に震える手を重ねる。ぎゅっと握られ、手袋越しでもぬくもりが伝わってきた。ケール卿はしばらくそのまま彼女の手を握りしめていた。足が地面に着くとさすがに放したが、今度は腕を差しだされた。テンペランスは気を落ち着かせようと息を吸い、彼の腕に手をかけた。触れた瞬間、彼が身震いしたのがわかった。ふたりのまわりでは、黄金色の紋章が描かれた何台もの馬車から、しゃれた装いの貴婦人たちがおりてくる。ネルが直してくれた深紅のドレスが急に古びて、わざとらしいデザインに見えてきた。髪に結んだリボンも野暮ったいだけだ。ふいに不安に襲われ、テンペランスは唾をのみこんだ。ここは自分が来る場所ではない。まるで孔雀《くじゃく》の群れに紛れた一羽の雀《すずめ》だ。

ケール卿が身をかがめ、顔を近づけてきた。「準備はいいか？」

彼女は顎をあげた。「ええ、もちろんよ」

「ライオンの巣穴に入るときも勇敢であれ、だ」彼がつぶやく。

レディ・ベッキンホールの邸宅は白い大理石と金とクリスタルがあしらわれ、まばゆいばかりに輝いていた。テンペランスはぼうっとしたまま灰色のくたびれたショールを従僕に預け、従僕が顔をしかめて二本の指でショールをつまんだことにも気づかなかった。まるでおとぎばなしのお城のなかに迷いこんだみたいだ。ケール卿に導かれて階段をのぼり、大理石の手すりを指でなぞる。白い大理石を美しく保つために、いったい何人の使用人が四つんばいになって掃除をするのだろう？

最上段まであがり、色とりどりの羽根飾りをつけた招待客について部屋へ入った。室内の壁はすべて鏡張りで、華やかなドレスをまとった無数の貴婦人たちが、これまた無数の堂々たる紳士にエスコートされているように見える。ひとりきりだったら、逃げ帰っていたかもしれない。だがテンペランスは、温かくてたくましい腕につかまっていた。

「しっかりするんだ」ケール卿がつぶやく。

「だってドレスが」彼女はささやいた。

「きみのドレスは問題ない」彼も声をひそめて言った。「そうでなければ連れてこなかった。気おくれする必要などないんだ。きみはここに居並ぶ貴婦人たちに負けず劣らず話し方も上品で、頭の回転も速い。それにきみには彼女たちにないものがある。世の中を渡るすべを身につけているんだからな」

「それは別に自慢するようなことじゃないわ」

ケール卿がちらりと視線を向けてきた。「自慢するべきだ。さあ、顔をしっかりあげて」

足を踏みだすと、ひとりの洗練された貴婦人が振り返り、ゆっくりとこちらに歩いてきた。濃紺のドレスを着ている。近づくにつれ、最初はスカート部分に花柄の刺繡が施されているように見えたものが、実は刺繡ではなく生地に縫いつけられたルビーとエメラルドだとわかった。

まあ、驚いた。

「ラザルス」女性が気だるげな口調で言った。「ここであなたに会えるとは思わなかったわ」このうえなく美しく、まるで人間をおもちゃにして気晴らしでもしようかと地上におりてきた女神のようだった。髪に二本のピンを差している。ダイヤモンドとエメラルドとルビーを鳥の形にあしらった髪飾りだ。繊細な針金の先に小さなダイヤモンドがついていて、頭を動かすたびにそれが揺れた。

テンペランスはぽかんと見とれないようにするだけで精いっぱいだった。だが、ケール卿は平然としている。無礼なほどなおざりに会釈をしただけだ。

女性の美しい唇がきつく引き結ばれ、目がテンペランスに向けられた。

「どなたかしら……こちらは？」

「ミセス・デューズです」ケール卿はそっけなく言った。

わたしのことを紹介する気はないのね、とテンペランスは気づいた。

女性もそれに気づいたようだ。身をこわばらせて言う。

「夜の女性をレディ・ベッキンホールのお宅に連れてきたのなら……」

ケール卿が眉をつりあげた。「想像でものを言うと、品位を落とすことになりますよ。はっきり申しあげますが、ミセス・デューズはおそらくここにいる誰よりも立派な女性です」

女性が目を細めた。「口に気をつけなさい、ラザルス。調子に乗っていると痛い目に遭うわよ」

「そうでしょうか」

「この人とはどういう関係なの？」

露骨に会話から閉めだされ、テンペランスは頬が熱くなった。まるで意思疎通のできない犬か猫みたいな扱われようだ。

「友人です」彼女は口を開いた。

「なんですって？」女性はテンペランスが言葉を話せることに仰天したとばかりに目を白黒させた。

「ケール卿の友人だと申しあげたんです」テンペランスはきっぱりと言った。「それで、あなたは……？」

「ラザルス、これは悪ふざけのつもりなのね」女性は彼に向き直り、テンペランスのことは歯牙《しが》にもかけなかった。おそらくメイドにもこんな態度を取るのだろう。

「悪ふざけではありません」ケール卿は薄笑いを浮かべた。「誰よりも喜んでくださるものと思っていたんですがね。今夜の集まりに立派なレディをエスコートしてきたんですから」

「立派ですって！」その言葉にうんざりしたかのように、女性はまぶたを閉じた。ややあって、サファイア色の目をぱっと開いた。「その人を追いだしなさい。身分の釣りあう相手を紹介してあげるから。今日も何人か独身の――」

しかし、ケール卿はすでにテンペランスを連れて立ち去りかけていた。

「ラザルス！」女性が不満げに後ろから呼びかけてきた。「わたしはあなたの母親なんですよ」

ケール卿は身をこわばらせて振り返り、口元に冷笑を浮かべた。

「そうらしいですね。では、失礼」

そして彼はぞんざいなお辞儀をした。ケール卿が背を向けかけたとき、女性の顔色が一瞬変わった。うぶな娘のような無防備な表情だった。傷ついたのだろうか？　だがすぐに気を取り直したのか、またもや冷ややかな顔つきに戻った。テンペランスはケール卿に連れられて、女性のもとから歩き去った。

彼を横目で見る。自分の頬がほてっているのがわかった。

「今の方はあなたのお母さまだったの？」

「そうだ。残念なことに」ケール卿は優雅に結んだ手で口元を隠し、あくびをした。

「まあ」敵意に満ちた様子から、親子だとは思いもしなかった。彼は母親を憎んでいるのだろうか。ふとほかのことも思いだし、テンペランスは顔をしかめた。「あの方は本気で思ったのかしら、わたしがあなたの――」

「ああ」ケール卿はそっけなく言った。彼女を見やり、声をやわらげて続ける。「心配しなくていい。ほかの者たちはひと目見るだけで、きみがわたしの魔の手に落ちるような女性ではないとわかるさ」

からかわれているのかしら？　よくわからず、テンペランスは思わず目をそらした。そのときだった。足をおろした拍子になにかが引っかかり、生地が裂ける音がした。

「いやだ、どうしよう」

「なんだ？」

彼女はさりげなくドレスを見おろした。「裾を破いてしまったみたい」ケール卿に顔を向ける。「ほころびを直せるような場所はないかしら」

彼はうなずき、化粧室の場所を従僕に尋ねた。化粧室は廊下のすぐ先にあった。テンペランスは慎重に裾をたくしあげ、そこへ向かった。なかに入り――明るい部屋で、休憩用の椅子もちゃんとあった――あたりを見まわしたが、誰もいなかった。途方に暮れて立ち尽くす。こういうところにはメイドが控えていて、レディたちの世話をするものじゃないの？

肩をすくめ、とりあえず椅子に腰をおろして裾の状態を確かめることにした。

「お手伝いしましょうか？」

メイドが来たのかと思って顔をあげると、化粧室に入ってきたのは若い貴婦人だった。色白で背が高く、女王のように背筋がしゃんと伸びて、髪はきれいな赤毛だ。身にまとっているドレスは豪華だった。やわらかな灰色がかった緑色で、銀糸でふんだんに刺繍が施されている。

テンペランスは目をぱちくりさせた。

相手の女性が穏やかな表情になった。「おせっかいを焼くつもりはないけれど……」

「いえ、違うんです」あわてて言う。「てっきりメイドが来たのかと……その、まさかご婦人が声をかけてくださるとは思ってもいなくて。実は裾が破れてしまったんです」

女性はまっすぐな鼻筋に皺を寄せた。「それはお困りでしょう」肩越しに後ろを見やる。「レディ・キッチンがヒステリーの発作かなにかを起こしたようなの。きっとメイドはみんな、そちらにかかりきりね」

「そうですか」テンペランスは裾につけた黒い襞飾りにちらりと目を戻した。無残にも垂れさがっている。

気づくと女性が目の前にひざまずいていた。銀糸刺繍の入った緑色のドレスの裾が光り輝く雲のように広がっている。

「あの、どうか、そんなことはなさらないで」言葉が口をついて出た。この女性は見るからに上流階級の貴婦人だ。ビール醸造業者の娘を相手にしているとわかったら、彼女はどうするだろう？

「大丈夫よ」女性は静かに言った。「ピンが何本かあるから……」

手際よく裾を裏返し、襞飾りをピンでとめて裾を戻した。ピンは完全に隠れている。

「まあ！　なんてきれいな仕上がりなの」テンペランスは感嘆の声をあげた。

女性は立ちあがり、はにかんだようにほほえんだ。

「前に身につけたのよ。こういう社交の場では女性同士で助けあうべきだものね」

テンペランスも笑みを返した。ここへ来てから初めて自信が戻ってきた。

「ご親切にありがとうございます。あの――」

いきなり扉が開き、数名の貴婦人がおろおろするメイドたちを従えて化粧室に入ってきた。ヒステリーの発作を起こしたレディ・キッチンが運ばれてきたらしい。混乱に巻きこまれ、テンペランスは新しくできた友達と離ればなれになってしまった。化粧室の外の廊下に出たときには、どこにも姿が見えなかった。

それでも見ず知らずの他人から受けた親切に心が温かくなり、足取りも軽くケール卿のもとに戻った。彼は壁にもたれ、皮肉な目でほかの招待客をじろじろと眺めていた。

テンペランスに気づくと、体をまっすぐに起こした。「なんとかなったか?」

彼女はにっこりした。「ええ、大丈夫よ」

返事の代わりにケール卿は口もとをほころばせた。「では、獲物を見つけに行こう」

部屋の奥まで歩いていくと、美しく彩色を施されたピアノに向かって金色の椅子が並んでいた。席についている人はまだ誰もいなかった。ケール卿は三人の紳士のところへテンペランスを連れていった。

「ケール」ふたりが近づいていくと、肩まで垂れた白髪のかつらをかぶった年配の紳士がうなずいた。「こういう集まりがきみの好みだとは意外だな」

「まあね。わたしの好みは幅が広いんだ」ケール卿は口の端をあげて言った。「ミセス・デューズを紹介させてくれ。ミセス・デューズ、こちらはヘンリー・イーストン卿だ」

「どうぞよろしく」テンペランスは精いっぱい礼儀正しくお辞儀をし、相手の紳士も頭をさげた。

「そしてこちらはクリストファー・ランバート船長とミスター・ゴドリック・セントジョン。諸君、ミセス・デューズは実に立派な女性で、弟のミスター・ウィンター・メークピースとともに孤児院を運営している。イーストエンドにある〈恵まれない赤子と捨て子のための家〉という、きわめて人道的な慈善施設だ」

「ほう？」ヘンリー卿がふさふさした眉をあげ、興味深げにテンペランスを見た。ランバート船長も彼女に視線を向けてきた。一方、背が高く灰色のかつらをかぶったセントジョンは半月形の眼鏡の上で眉をつりあげ、ケール卿に目をやった。

ケール卿とミスター・セントジョンはどういう間柄なのだろう？

やがてヘンリー卿が尋ねた。「何人の子供たちを施設で預かっているのかね、ミセス・デューズ？」

孤児院のために、この三人の紳士のうち誰かひとりをつかまえなくては。そう意気ごんで、テンペランスは愛敬《あいきょう》たっぷりにほほえんだ。

「どういうつもりなんだ、ケール？」セントジョンが声をひそめて言った。

キリスト教精神に訴えてランバートとイーストンから孤児院への支援を取りつけようとしている聖人から目を離さずに、ラザルスは答えた。「なんのことかな」

セントジョンは小さく鼻を鳴らし、ラザルスだけに聞こえるよう体の向きを変えた。

「彼女はたしかに立派な女性のようだ。つまり、きみはなんらかの目的のために彼女を利用しているか、純真な女性を凌辱《りょうじょく》するところまで堕落したかのどちらかだ」

「傷つくことを言ってくれるね」ラザルスは気だるい口ぶりで言い、指先を胸にあてた。皮肉めかした顔をしているのは自分でもわかっている。遊び疲れた男の顔と言ってもいいかもしれない。しかしおかしなことに、心の奥では胸をえぐられたような思いが疼いていた。

セントジョンがさらに身を寄せてきた。「彼女になにを求めているんだ？」

ラザルスは目を細めた。「なぜそんなことを訊く？　騎士道精神を発揮して、卑劣漢のわたしから彼女を奪うつもりか？」

セントジョンは首をかしげた。いつもは穏やかな灰色の目が御影石《みかげいし》のような鋭さを帯びている。「必要とあらば」

「ほしいものをきみに取られて、わたしが平気でいられると思うか？」

「ミセス・デューズをおもちゃ扱いだな。こらえ性のない子供みたいに、癇癪《かんしゃく》を起こして壊してしまうかもしれないというわけだ」

ラザルスは薄笑いを浮かべた。「ああ、そうしたくなれば」

「おいおい」セントジョンはつぶやいた。「きみはそんなに人情味のない男じゃない。そういうふりをしたがるわりにはね」

「そうかな」

ラザルスの顔にもはや笑みは浮かんでいなかった。孤児院のことを熱心に語るミセス・デューズをちらりと見る。馬車のなかで、ほんのわずかでも黙認する合図を送っていたら、今ごろ彼女は愛らしく清らかな口に彼のものを受け入れていたかもしれない。聖人が身を持ち崩すのは悪魔のせいではなかったか？　ラザルスはセントジョンに視線を戻した。この世でただひとり、友と呼べる男に。部屋のなかは不快なほど暑くなっていた。そして、刺すような鋭い痛みが肩から腕に走りはじめた。

「言うまでもないが、わたしに人情味を期待するのはやめたほうがいい」

セントジョンが眉をつりあげた。「きみが純真な女性を傷つけるのを黙って見過ごすことはできない。手を差し伸べるべきだと感じたら、ぼくは彼女をきみから引き離すぞ」

ふいに怒りが全身を駆け抜け、ラザルスは知らぬまに歯をむきだしにしていた。目も殺気立っていたに違いない。セントジョンがあとずさりした。「ケール？」

「たとえ冗談でもそんなことはやめてくれ。きみは自分の奥さんのことだけ心配していればいい。ミセス・デューズとどうつきあおうと、わたしの勝手だ」

セントジョンはラザルスとミセス・デューズを交互に見やった。

「それに関して彼女に発言権はないのか？」

「ああ、ない」ラザルスはうなるように言った。われながら、まるで骨を見張る犬のような声音だ。

セントジョンがまた眉をあげた。「きみの意図を彼女は知っているのか？」

「そのうちわかるさ」そう言い捨てるとラザルスは向きを変え、ミセス・デューズの腕を取って会話を遮った。「すまない、諸君。彼女にいい席を確保したいのでね」

「そうか」ヘンリー卿はぶつぶつ言ったが、ラザルスはすでにミセス・デューズをふたりの男性のもとから連れ去っていた。

「どういうつもりなの？」彼女はラザルスとふたりになっても、ちっともうれしそうではなかった。「孤児院で買う月々の野菜の量について話しはじめたところだったのに」

「最高に興味深い話題だ、間違いなく」ラザルスは腰をおろして少し休憩したかった。いまいましい肩の傷のせいだ。

ミセス・デューズが眉根を寄せた。「わたし、あの人たちを退屈させてしまったの？　だからあなたは割って入ったの？」

彼はにやりとした。「いいや。彼らは子供たちに服を着せ、食事をさせることについて語るきみの話に、ひと晩じゅうでも耳を傾けるだろう」

「あら、そう。それならなぜわたしをあの人たちから引き離したの？」

「なぜなら、もっと知りたいという欲求を買い手に植えつけるのが鉄則だからさ」ラザルスはミセス・デューズの黒髪越しに耳元でささやいた。子供じみた赤紫色のリボンが、つややかな髪に巻きついている。ふと、リボンを引っぱってほどきたくなった。彼女の髪が肩に落ちるさまを見てみたい。

ミセス・デューズが横を向き、視線をあげた。すぐそばにいたので、薄茶色の瞳に浮かぶ黄金色の斑点《はんてん》まで見て取れた。「そうやって、あなたは今までに相当たくさんの品物を売ってきたんでしょうね、ケール卿？」

この信心深くお行儀のいい女性が彼をからかっている。怖くないのだろうか？　わたしの胸の奥底でうごめく闇に気づかないのか？

「品物というより……アイディアをね」ラザルスはゆっくりと言った。

ミセス・デューズが首をかしげた。瞳に好奇の色を浮かべている。

「売り物はアイディアなの?」

「ある意味ではそうだ」ラザルスは前方の端の座席にミセス・デューズを連れていった。「わたしは哲学や科学を研究する団体にあちこち所属している」彼女を座らせ、上着の裾を広げて隣に腰をおろす。「人は異論を唱えるとき、指摘した論点を事実上、相手に売っている。わかりづらい言い方かもしれないが」

別の種類の売り物については触れなかった。ベッドの相手をそそのかして、普通とは言えない行為に誘いこむことについては。

「いいえ、なんとなくわかるわ」興味をそそられたのか、彼女は目を輝かせた。「あなたがアイディア商人だとは知らなかった。毎日そういうことをしているの? 博学な紳士方を相手に議論を闘わせているの?」

「あとはギリシア語とラテン語で書かれたものを翻訳している」

「たとえばどんなもの?」

「主に詩だ」ラザルスはちらりとミセス・デューズを見た。本気で知りたがっているのか? そう訝しんだものの、彼女の顔は好奇心に満ちていた。「詩を書いているの?」

「いや、訳しているだけだ。書くのと訳すのとでは全然違う」

「そう? いくらか似ているんじゃないかしら」

「どんなところが?」

ミセス・デューズは肩をすくめた。

「詩人は歩格や韻や適切な言葉選びに頭を悩ませるものでしょう?」

「そうらしいね」

彼女はラザルスの目を見て、にっこりした。その笑顔に彼は思わずはっとした。

「翻訳家もそういうことに心を砕くものじゃないの?」

ラザルスは目をみはった。まったく身分の違う教養もない女性にどうしてわかるのだろう? わたしが翻訳に見いだす情熱を、なぜ簡単に言いあてられるのだ? 「そのとおりだ」

「あなたは詩人の魂をうまく隠しているのね。言われなければ想像もしなかったわ」

明らかにからかっている。

「まあな」ラザルスは長い脚を前に伸ばした。「でも、わたしについてきみが知らないことはたくさんある」

「そうなの?」ミセス・デューズの視線が彼の肩の向こうにそれた。部屋の隅でレディ・ベッキンホールと話している母を見ているのだろう。「たとえばどんなこと?」

「砂糖菓子のマジパンに目がないこと」

ミセス・デューズは小声でくすくすと笑った。その声は聞こえたというより胸に染み入るようで、無邪気な笑い声に心が温まる気がした。いつもの彼女なら感情をあらわにせず、喜びさえ押し隠そうとするのに。

「そういえばマジパンなんて、しばらく食べていないわ」ミセス・デューズがつぶやいた。

ラザルスはふと、彼女が食べるところを見たいがためにマジパンの詰めあわせを買ってやりたくなった。おそらく赤い唇は砂糖だらけになり、彼女はそれをきれいに舐め取らなければならない。そう思っただけで下腹部が張りつめた。

「あなたのことをもっと教えて。本当のことを」ミセス・デューズは薄茶色の目に神秘的な表情を浮かべて彼を見つめた。「生まれたのはどこ？」

「シュロップシャーだ」視線をそらして母のほうを見ると、レディ・ベッキンホールになにか話しかけていた。首を傾けた拍子に、髪につけた宝石がきらりと光る。「一族の領地がシュルーズベリーの近くにある。そこの屋敷でわたしは生まれた。先祖代々受け継がれた建物で。生まれつき病弱な赤ん坊だったそうだ。一週間生きられるかどうかもわからなかったが、父はわたしを乳母に預けた」

「ご両親はさぞ心配なさったでしょうね」

「いいや」ラザルスはにべもなく否定した。それは骨身に染みてわかっていることだった。「五年間、わたしは乳母に預けられっぱなしだった。そのあいだ両親が会いに来たのは年に一度きり、イースターのときだけだ。なぜ覚えているかといえば、そのたびに父が恐ろしくてたまらなかったからだ」

なぜこんな話をしているのだろう。どちらかといえば情けない話だというのに。

「お母さまは？」ミセス・デューズが穏やかな口調で訊いた。

ラザルスは彼女をちらりと見た。「もちろん父と一緒に来た」

「そうではなくて」まるでなにかの謎を解こうとするかのように、ミセス・デューズは眉根を寄せた。「お母さまはやさしかったのでしょう?」

彼は目を丸くした。やさしいだって? もう一度、母に目を向ける。ちょうど席につこうとしているところだった。身のこなしは優雅だ。たしかに上品だが、とにかく気位が高い。息子に対してはもちろん、誰かにやさしさを示すかどうかなど考えるだけ無駄だ。

「いいや」込み入った英国の通貨制度を外国人に説明するかのように、ラザルスは辛抱強く言った。「父も母も愛情を表に出すことはなかった。跡取り息子がちゃんと食事と住むところを与えられているか確認しに来ただけだ」

「そんな」彼女が小声で言う。「じゃあ、乳母は? 乳母にはやさしくしてもらった?」

そう訊かれたとたん、ラザルスの胸に痛みが波のごとく押し寄せた。衝撃があまりに大きく、波が去ったあとに肩がずきずきしたほどだった。

「覚えていない」彼は嘘をついた。

さらに質問しようとミセス・デューズが口を開いたが、もうたくさんだった。

「きみはどうなんだ? どんなふうに育てられた?」

彼女は唇を尖らせた。話題が変わったことに不満げではあったが、ため息まじりに話しはじめた。「わたしはロンドンで生まれたわ。孤児院の近くで。父はビール醸造業を営んでいた。きょうだいは六人で、上からベリティ、家業を継いだコンコード、エイサ、わたし、ウインター、末っ子のサイレンス。わたしが幼いころ、父はスタンリー・ギルピン卿と知りあった。ギルピン卿の支援を受けて、孤児院を設立したの」

「美談だな」ラザルスはミセス・デューズの顔を見つめながら言った。彼女の話は何度も語っている内容を機械的に復唱しただけのようだった。「だが、それだけではきみのことはなにもわからない」

ミセス・デューズは驚いた顔をした。「でも、これ以上話すことなんてないわ」

「そうかな」彼はつぶやいた。まわりの席が埋まりはじめていたが、この会話をすぐに切りあげるつもりはなかった。「子供のころも孤児院で働いていたのか？　学校には通った？　結婚した男とはいつ、どこで出会った？」

「子供のころはほとんどの時間を孤児院で過ごしていたわ」彼女はぽつりぽつりと話しだした。「勉強は母に教わっていたの、わたしが一三歳のときに母が亡くなるまで。そのあとは長女のベリティが母親代わりになって、みんなを育ててくれた。男のきょうだいはもちろんみんな学校に通ったけど、女の子まで通わせる余裕はなかったの。それでも、うぬぼれかもしれないけれど、わたしたちはきちんと教育を受けたほうだと思うわ」

「間違いなくそうだろう」ラザルスは言った。「きみの育ちはわかったが、故ミスター・デューズのことには触れなかったね。そもそも、これまで一度もきみが夫について話すのを聞いた覚えがない」

ミセス・デューズは青ざめた顔で目をそらした。興味深い反応だ。

「夫のベンジャミンは父の弟子だったの」彼女は静かに語りはじめた。「聖職者を目指して勉強していたけれど、結局その道には進まず、セントジャイルズの孤児を助けるために父のもとで働くことになった。わたしは一七のときに彼と出会って、すぐに結婚したの」

「聖人そのものと言える人物だったようだな」その言葉には皮肉がこめられていた。

しかし、ミセス・デューズはまじめな顔で続けた。

「ええ、まさにそうだった。来る日も来る日も朝から晩まで働いていたわ。どんなときもやさしく、辛抱強く子供たちに接していた。いいえ、子供たちだけでなく、まわりのみんなに親切だった。あの人が自分の上着を脱いで、物乞いにあげるのを見たこともあったわ」

ラザルスは歯をきしらせ、彼女に身を寄せてささやいた。

「教えてくれ。きみは亡き聖人を追悼して、部屋に祭壇をこしらえているのか？」

「なんてことを言うの？」ミセス・デューズは傷ついたような顔を彼に向けた。

その顔を見ても、もっといじめてやりたいという衝動を覚えただけだった。彼女をあおって、気持ちを踏みにじってやりたい。

「祭壇の前で恭しくひざまずくのか？　ひとり寝の寂しい夜、亡き夫の思い出に慰められているのか？　それとも心を満たすために、あまり崇高とは言えない別の手段に訴えないといけないのかい？」

「よくもそんなことを」失礼なことをほのめかされ、彼女は目に火花を散らした。

自分の言葉が怒りを引き起こしたのを見て、ラザルスのすさんだ心は狂喜した。ミセス・デューズが椅子から腰を浮かせたが、彼はしっかりと腕をつかんで押しとどめた。

「騒ぐんじゃない」なだめるように言う。「まもなく演奏が始まる。今ここから飛びだして、ランバートとヘンリーにうまく働きかけた努力を無にしたくはないだろう？　彼らに気まぐれな女だと思われてしまうぞ」

「いやな人」彼女は口をぎゅっと引き結び、ほんのわずかでもラザルスの姿が目に入るのは我慢ならないとばかりに顔をそむけた。

それでも、もう席を立とうとはしなかった。これでいい。彼女に嫌われるのは別にかまわない。ミセス・デューズがなんらかの感情を自分に抱いてくれていれば、そして彼女をそばに引きとめておければ、それでいいのだ。


よくもあんなことが言えたものだわ。

テンペランスは怒りをあらわにしないように必死でこらえ、膝の上で強く結んだ手に視線を落とした。どうしてケール卿はわたしとベンジャミンのことを中傷してきたのだろう？　あたりさわりのない会話をしていただけなのに。彼は頭がどうかしているの？　それとも思いやりや同情心のある男性が妬《ねた》ましくて、難癖をつけずにはいられないのかしら？

まだ肘をつかまれていた。熱い手でしっかりと。彼女が思わず身震いすると、ケール卿はさらに力をこめた。「妙な考えは起こすな」

テンペランスは言い返さなかった。実のところ、彼が愛されずに育ったことを思って、怒りは消えかけていた。

もちろん、それを本人に言うつもりはないけれど。

ケール卿から目をそらし、客たちが席につく様子を眺める。レディ・ケールは、後ろ髪を袋で包んだかつらをかぶった端整な顔立ちの紳士の隣に座っていた。その紳士は明らかに彼女より若いが、なにかと親身に世話を焼いていた。恋人同士なのだろうか？　貴族の倫理観はよくわからない。視線をさまよわせると、ヘンリー卿が妻とおぼしきふくよかなレディと並んで座っていた。感じのよさそうな女性だ。

銀色のものが視界の隅をよぎり、テンペランスはその動きを目で追おうとして首をめぐらせた。とたんにはっと息をのむ。化粧室で出会った若い女性が座席の列のほうにゆっくりと向かっていた。どうやら連れはいないようだ。淡い緑色と銀色のドレスは、明るい赤毛とすらりとした白い首筋をこれ以上ないほど引き立たせていた。座席へと近づく姿に周囲の目が注がれていたが、彼女自身はそれに気づく様子もなく腰をおろした。

「あの人は誰？」ケール卿を無視していたことも忘れて、テンペランスは小声で尋ねた。

「あの人とは？」物憂げな声が返ってきた。

どうしてわからないの？　大半があのレディに見とれているのに。

「銀色と緑色のドレスを着た女性よ」

ケール卿は首をまわして確認すると、過剰に身を寄せてきた。彼の体からは熱が発散されているようだった。「ああ、彼女はレディ・ヘロ、ウェークフィールド公爵の妹だ」

「公爵の妹さん？」テンペランスは息をのんだ。なんてこと！　助けてもらったときに身分を知らなくてつくづくよかった。

何年も前のことだが、国王の馬車をひと目見ようと三時間も町角に立ち、行列が来るのを待っていたことがあった。でも結局、おそらく国王のかつらと思えるものがちらりと見えただけだった。それに引き換え、レディ・ヘロはここに、同じ部屋にいる。

「そうだよ」ケール卿はおもしろがっているようだ。「それに公爵令嬢でもある。覚えておくといい」

テンペランスは振り返り、なにか言い返してやろうと口を開いたが、ケール卿が温かな指を彼女の口にあてた。「しいっ。もう始まる」

たしかにそのとおりだった。豪華な白いかつらをかぶり、金の縁取りがついた上着を着た紳士がピアノの前に座った。楽譜をめくる係の若い男性が、そのかたわらに立つ。

レディ・ベッキンホールが最前列の席で立ちあがり、なにかを発表していた。おそらくピアニストを紹介しているのだろうが、テンペランスはろくに注意を払っていなかった。ピアノの前の紳士に目が釘づけになっていたのだ。彼は静かに座っているだけで、レディ・ベッキンホールに手を差し向けられてもにこりともしなかった。ただそっけなくうなずいて、彼女が着席するのを待った。鍵盤《けんばん》をじっと見つめ、背後でまだぺちゃくちゃしゃべっている観客のことなど眼中にないようだ。そして、いきなり演奏を始めた。

テンペランスは息をのみ、わずかに身を乗りだした。知らない曲だったが、美しい和音と流れるような調べに高揚感を覚えた。目をつぶり、胸のなかに広がる甘いうねりを味わう。思わず涙がこみあげ、目頭が熱くなった。こんなふうに音楽を聴くのは久しぶりだ。

本当に、ずいぶん長いあいだ音楽から遠ざかっていた。

全身でピアノの音色に聴き入り、心は自由に音の波間を漂った。やがて演奏が終わった。そこで初めてテンペランスはまぶたを開け、ため息をもらした。

「気に入ったのか」深みのある声が隣から聞こえた。

目をしばたたいてケール卿を見て初めて、手を握られていることに気づいた。からみあった指に視線をおろし、テンペランスは戸惑った。自分から彼の手を握ったのかしら。それとも向こうが手を伸ばしてきたの？　思いだせない。

ケール卿がそっと手を引っぱった。「おいで。少し歩こう」

「えっ？　でも……」

ピアノのほうをちらりと見た。しかし、ピアニストはすでに立ち去ったあとだった。客たちも立ちあがったり、すでに席を離れはじめたりしている。音楽に感動したように見受けられる人はひとりもいなかった。

テンペランスはケール卿を振り返った。

彼の青い目には意志が宿り、高く張った頬は紅潮していた。「さあ、おいで」

テンペランスは立ちあがり、黙ってついていった。どこに連れていかれるのか見当もつかなかったが、やがてケール卿はひとつの部屋の扉を開け、なかに彼女を通した。暖炉に火の入った小さな居間だった。

彼女は眉をひそめた。「ここはいったい――」

ケール卿が扉を閉めた。振り向くと、彼はこちらに近づいてきた。「さっきの演奏が気に入ったようだな」

テンペランスは戸惑いながら彼を見た。「ええ、あたりまえでしょう」

「あたりまえということはない」サファイア色の瞳が炉の明かりに輝いている。「客のほとんどはピアノなどろくに聴いていなかった。もとから聴く気のない者もいたくらいだ。でも、きみは……夢中になっていた」

彼がどんどん近づいてくるので、テンペランスは思わず一歩後ろにさがった。すると長椅子にぶつかった。

それでもケール卿はさらに距離を詰めてきた。彼の体から熱が感じられる。

「きみが耳にしたものはいったいなんなんだ？　さっきの音楽でなにを感じた？」

「わ……わからないわ」彼女は口ごもった。なにが訊きたいの？

ケール卿はテンペランスの肩を押さえた。

「いや、きみはわかっている。話してごらん。どんな気持ちになったか」

「自由を感じたわ」彼女はささやいた。鼓動が激しくなる。「生きている感じがした」

「それから？」彼は顔を傾け、テンペランスをしげしげと見つめた。

「そんなのわからないわ！」彼女はケール卿の胸に両手をあてて押しのけようとした。彼は身をこわばらせたものの、びくともしなかった。「音楽をどう説明しろというの？　そんなの無理よ。胸を打たれる人もいれば、そうでない人もいる、ただそれだけのことでしょう」

「では、きみは音楽に胸を打たれる少数派のひとりなんだな」

「ねえ、なにが知りたいの？　わたしになにを求めているの？」テンペランスはささやき声で尋ねた。

「すべてだ」

唇が重ねられた。言葉で手に入れられなかったものを体から引きだそうとするかのように、ケール卿は熱く、激しくキスをした。テンペランスは彼の腕にしがみついた。音楽に酔いしれたすぐあとにこんなふうに襲われたら、抵抗などできはしない。

キスを味わいたくて、自分から口を開いた。今だけは罪悪感を覚えずにケール卿の唇を感じたい。舌が口のなかに差し入れられた。テンペランスはあえぎ、彼の舌をとらえて吸った。ワインと彼の味がする。上着を脱がせ、シャツをはぎ取って、なめらかな肌にもう一度触れたかった。乳首に口をつけ、舌を這わせてみたい。

なんてこと。正気を失ってしまったのだろうか。落ち着きも倫理観もなくしている。それでもテンペランスはかまわなかった。もう一度自由になり、頭のなかを空っぽにして、いやな思い出も忘れて、ただ感じてみたかった。やましさも汚れもない、新たな自分に生まれ変わりたい。そう思いつつ、ケール卿の腕に手を走らせる。ぎゅっとつかみ、筋肉の硬さを確かめながら肩まで手をあげて――。

「くそっ！」彼が唇を離して苦痛のうめきをあげた。

「まあ！」テンペランスは肩の傷のことを忘れていた。「ごめんなさい。痛い思いをさせてしまったわ」

なにをするつもりか自分でもわからないまま、ケール卿のほうに手を伸ばした。単に慰めてあげたかったのかもしれない。

だが、彼は首を振った。鼻の下に汗が噴きでている。「気にすることはない」

ケール卿は寄りかかっていた長椅子から体を起こしたが、足もとがふらついた。

「腰をおろさないとだめよ」テンペランスは言った。

「大騒ぎしないでくれ」彼は苛立ったようにつぶやいたが、声は弱々しかった。上着の肩に黒い染みが浮いている。

テンペランスはぞっとした。ケール卿の顔はひどく赤らみ、体もやけに熱い。彼女は唾をのみこみ、声がうわずらないように気をつけた。経験から言って、紳士というのは決して弱音を吐こうとしないものだ。「なんだか……疲れたわ。もうおいとましたいの。あなたはかまわない？」

ほっとしたことに、テンペランスの見えすいた策にケール卿は文句を言わなかった。ただ背筋をしゃんと伸ばし、腕を差しだした。そして彼女をエスコートして音楽室に戻った。のんびりすぎるほどの歩調で招待客たちのあいだをすり抜け、ときおり足をとめてほかの紳士たちと軽口を叩きあい、最後に女主人に挨拶《あいさつ》をして、早めに帰ることを詫《わ》びた。そのあいだじゅう、テンペランスは不安でたまらなかった。ケール卿の額はすでに汗でじっとり濡れている。預けていたショールを受け取るころには、彼はテンペランスにぐったりと寄りかかっていた。意識があるのかどうかもよくわからない。

「屋敷へ戻るよう御者に伝えて」ケール卿に手を貸して馬車に乗りこませた従僕に、テンペランスは告げた。「急いでもらって」

「かしこまりました」従僕はそう言って馬車の扉を閉めた。

「劇的な展開だな、ミセス・デューズ」ケール卿が気だるそうに言った。座席の背に頭をもたせかけて目を閉じる。「孤児院に帰らなくていいのか?」

「一刻も早くあなたを家に帰すのが最優先でしょう」

「心配しすぎだ」

「そうよ」馬車が角を曲がって大きく揺れ、彼女は足を踏んばった。「すごく心配しているんだから」

そう言って唇を噛む。軽い言葉でかわしたものの、ただやみくもに心配しているわけではなかった。傷が炎症を起こしているのかもしれない。

菌に感染して命を落とすこともあるのだ。

7

メグの言葉に一同は息をのみました。

「たわけ！」王は怒鳴り声をあげました。「余は民に愛されている。みな、余にそう申しておる」

メグは肩をすくめました。「あいにくですけど、陛下、みんな嘘をついているんです。陛下は恐れられてはいても、愛されてはいません」

王は目を細めてメグをにらみつけました。「余は民に愛されていると証明してみせよう。その暁にはおまえの生首を取って、城の門に飾ってやろうではないか。それまで地下牢《ろう》に入っていろ」

王が手をひと振りすると、メグは地下牢へ連れ去られました。

『偏屈王』

病菌に感染すると数日で――患部の壊死《えし》が急激に進めば、数時間で死に至ることもある。ロンドンの暗い通りを馬車に揺られながら、テンペランスの頭にいやでも恐ろしい考えが浮かんだ。そういえば、ケール卿がどこに住んでいるのかさえ知らない。馬車に長く乗らなくてはいけないのだろうか、それともほんの数分で着くのか。レディ・ベッキンホールの屋敷に残って手当てをしてもらうべきだと主張したほうがよかったのかもしれない。彼は明らかに、負傷したことを伏せておきたがっていたけれど。

「やけに静かだな、ミセス・デューズ」ケール卿が向かいの席からゆっくりと言った。「きみが静かだと不安になる。そのきまじめな頭のなかで、どんなことをたくらんでいるんだ？」

「どれくらいでお宅に着くのかしらと思っていただけよ」

彼は首をめぐらし、夜の明かりがきらめく窓の外をちらりと見た。そして、すぐにまた目を閉じた。

「今、どこなのかわからない。おそらくバース（ロンドン近郊にある温泉保養地）に向かう途中かな。いや、心配しなくていい、うちの御者はくそまじめな男だ。ちゃんと家まで送り届けてくれる」

「当然だわ」

「きみはダンスも好きか？」ケール卿が出し抜けに尋ねた。

うわごとなの？「ダンスはしません」

「それはそうだな」彼はつぶやいた。「聖人がそんなことをするわけがない。ピアノのように上品な芸術でさえ、きみが楽しむとは驚きだった」

「子供のころ、うちに小型《スピネット》のピアノがあったの」テンペランスはうわの空で応えた。もう家の近くまで来ているんじゃないかしら？

「きみも弾いていたのか?」

「ええ」ふいになめらかでひんやりした鍵盤の感触が思いだされ、音楽を奏でる純粋な喜びが胸によみがえった。あのころは汚れを知らなかった。今となっては遠い昔のことだ。

ケール卿が物憂げに少しだけ目を開けた。「でも、もう今は弾いていないんだな?」

「夫が亡くなったあと、売ってしまったの」どうせまたベンジャミンについて嫌みを言われるのだろう、とテンペランスは身構えた。

「なぜ?」

ごく普通の質問に拍子抜けして、ケール卿に目をやった。重たげなまぶたを開いてこちらを見ている。ほの暗い馬車のなかでさえ、彼の青い瞳は輝いていた。

「なぜって、なにが?」

「なぜ楽器を売ったんだ、大事にしていたんだろう? 音楽のささやかな喜びに心を惑わされるのが怖かったのか? それともほかに理由が?」

テンペランスは膝の上で両手をぎゅっと握りあわせたが、穏やかな声で半分だけ本当のことを答えた。「孤児院のためにお金が必要だったのよ」

「それもあっただろう。だが、スピネットを売った本当の理由は違うんじゃないか? きみは自分を罰するのを楽しんでいるんだ」

「ひどいことを言うのね」頬がほてり、テンペランスは顔をそむけた。薄暗い馬車のなかで顔色がわかりませんようにと願った。

「言いがかりだと否定はしないんだな」馬車が大きく揺れ、ケール卿はうめいた。テンペランスはすぐさま彼を見たが、鋭い視線にぶつかって息をのんだ。相手は衰弱しているというのに、まるで捕食動物に見入られたように身動きが取れない。

「どんな罪を思いだして自分を罰するんだ？」ケール卿が小声で尋ねる。「子供のころ、どこかの女性のボンネットがほしくてたまらなくなったこと？　砂糖菓子をむさぼったこと？　通りでぶつかってきた荒くれ男に思わずよろめいたこと？」

思いがけず激しい怒りがこみあげて、テンペランスは身震いした。言い返したくなる衝動をかろうじて抑え、深呼吸をして膝の上で結んだ手をじっと見つめる。今、口を開くのは愚かというものだろう。ついよけいなことまで暴露してしまうのが落ちだ。ただでさえ、ひた隠しにしてきた恥ずべき行ないを見透かされそうなのだから。

「あるいは」ケール卿は腹が立つほど穏やかな声で言った。「それよりもっと重大な罪かもしれないな」

昔、ある男性の姿を見かけるたびに胸をときめかせたものだった。彼がふっと笑みを浮かべると、耐えがたいほど鼓動が速まった。そんなときめきが消えてしまったあとも、当時の感情や欲望が記憶となって、いつまでもくすぶっていた。

彼女は顔をあげた。いたずらっぽい青い目を見て、顎をこわばらせる。ケール卿の口元には官能的な笑みがうっすらと浮かんでいた。ただの興味本位でいたぶっているの？　わたしが苦しむのを見て楽しんでいるの？

馬車がとまり、彼が視線をそらした。

「着いたようだ。道中おつきあいをどうも。御者にはきみを家まで送り届けるよう申しつけておく。それでは」

テンペランスはここでケール卿と別れ、このまま帰途につきたい気持ちに駆られた。彼は檻《おり》のなかの猿を棒でつつく子供のように彼女をからかい、いやがらせをしている。それでもケール卿が座席から立ちあがり、馬車の出入り口にぶつかるようにして足元をふらつかせるのを見て、彼女はさっと腰をあげた。

「あなたって本当にいやな人ね、ケール卿」食いしばった歯のあいだからそう言って、彼の腕を取った。

「それはすでに聞いた」

「まだ話は終わっていないの」彼がぐったりと寄りかかってきて、テンペランスは思わずよろめいた。若い従僕が馬車の扉を開け、すぐにもう一方の腕を取って主人を馬車からおろした。「あなたはありえないほど無礼な男性で、わたしの見る限り、倫理観も持ちあわせていなければ礼儀作法もわきまえていないわ」

「おい、頼むからもうやめてくれ」ケール卿がうめいた。「そんなにお世辞を言われたら、うぬぼれてしまう」

「それに」彼の言葉を無視して続ける。「知りあったときから、あなたはわたしに対してひどい態度だった。知りあったときというのは、あなたがわが家に不法侵入したときよ。忘れているといけないから、一応言っておきますけど」

ケール卿は通りに立ち、あっけに取られてふたりを見ている従僕の肩に手を置いて息を切らしていた。「この批判になにか結論はあるのか？　それとも、単に憂さを晴らしているだけか？」

「結論ならあるわ」テンペランスは屋敷に続く階段のところまで、彼に手を貸して歩いていった。「あなたはわたしをぞんざいに扱うし、性格もゆがんでいるけれど、それでもお医者さまが来るまではわたしが付き添います」

「犠牲的精神にあふれたお気持ちはありがたいが、助けはいらない。ベッドとブランデーがあれば大丈夫だろう。看病はけっこうだ」

「本当に？」自邸の階段をふらふらとのぼる意固地な男性を、テンペランスはじっと見た。赤らんだ顔に汗が滴り、こめかみの髪は張りついて、抱きかかえた彼女に体をぶつけてくるほど大きく震えている。

テンペランスは傷のあるほうの肩をすばやく肘で突いた。

「おい！」ケール卿は体をふたつに折り、息を詰まらせた。

「お医者さまを呼んでちょうだい」別の従僕と玄関へ出迎えに出て目を丸くしている執事にテンペランスは命じた。「ケール卿は具合がお悪いの。それから、あなたたちふたりで」従僕たちに顎をしゃくってみせる。「ケール卿に手を貸して寝室へお連れして」

「きみは」ケール卿があえぎながら言った。「小うるさい仕切り屋なんだな」

「お礼の言葉はけっこうよ」彼女は愛想よく応えた。「わたしはキリスト教徒としての義務を果たしているだけですから」

その言葉を聞いてケール卿が発したのは笑い声だったのかもしれないし、痛みによるうめき声だったのかもしれない。とにかくもう文句は出てこなかった。彼は従僕たちに支えられて階段をのぼり、自室にあがっていった。

テンペランスはその後ろをついていった。ケール卿がきちんと世話を受けるか見届けるのが目的だったが、それでも住まいの様子に目を奪われずにはいられなかった。階段は大理石で、ベッキンホール邸の階段よりもはるかに豪華であり、優美な曲線を描いて階上へ続いている。壁には巨大な肖像画がずらりとかけられていた。絵のなかの鎧姿の男性たちや、美しい宝石を身につけた気位の高そうな女性たちは、屋敷のなかまで押しかけてきたテンペランスを非難がましい目で睨《ね》めつけているようだった。階段には深紅の高級絨毯《じゅうたん》が敷かれ、足音をかき消している。階上の広間にあがると、等身大の大理石の彫像が壁際のくぼみに並び、不気味な気配を醸していた。進んでいくうちに、ひとつの部屋の両開きの扉が開いた。年かさの痩せた使用人が心配そうに佇む横を一同は通り抜け、室内に入っていった。

従僕たちに支えられ、ケール卿が部屋の真ん中にある大きなベッドに連れていかれるのを確認してから、テンペランスは戸口にいた使用人を振り返った。「あなたがケール卿の身のまわりのお世話をしているの？」

「ええ、そうです」彼は主人とテンペランスを交互に見た。「スモールと申します」

「そう」テンペランスは従僕ふたりのほうを向いた。「お湯を持ってきてくださる？　できるだけ熱いのを。きれいなタオルもお願いね。それから、強いお酒もひと瓶」

従僕たちは足早に部屋から出ていった。

「ほうっておいてくれ！」ケール卿の苛立った声がベッドから聞こえた。

テンペランスが振り返ると、スモールが主人のそばからあとずさりしていた。ケール卿はベッドの片側に腰をおろしてうなだれている。ベッドを囲む刺繍の入った緑色と茶色のカーテンのほうに体が傾いていた。

「ですが、旦那さま……」哀れな近侍は食いさがった。

テンペランスはため息をついた。なんて腹立たしい紳士なの！

決意を秘めてベッドにつかつかと歩いていった。「肩の傷は悪化しているわ。スモールとわたしに手伝わせなくてはだめよ」

ケール卿は頭を振り、獣のように目の端でテンペランスをにらみつけた。

「きみには世話を許す。だが、スモールは出ていかせる。見物人がいたほうが楽しいというなら話は別だが」

「憎まれ口を叩かないの」テンペランスは穏やかな口調で言い、彼の無傷なほうの腕をあげて上着の袖から抜いた。右肩の染みを見て、思わず顔をしかめる。「悪いけど、たぶん痛い思いをさせることになるわ」

ケール卿は目を閉じていたが、不敵な笑みを浮かべた。

「人に触られると痛いのはいつものことだ。それにきみに痛めつけられれば、少なくともきみにとっては格好の気晴らしになるだろう」

「よくもそんなひどいことを」彼女はどういうわけか傷ついた。「痛がるあなたを見ても楽しくなんてないわよ」

慎重に上着の袖を右腕からも引き抜いた。苦心もむなしく、ケール卿が苦悶《くもん》の声をもらす。

「ごめんなさい」テンペランスがささやく横で、スモールがベストのボタンを手際よく外していた。ケール卿は近侍を出ていかせると言ったのを忘れてしまったようだと、彼女はほっとした。服を脱がせるのは、ふたりがかりでも大変な作業のはずだ。

「謝らなくていい」ケール卿がつぶやいた。「痛みは昔からの友達だ。理性を失いそうになったら教えてくれる」

まるでうわごとを言っているようだった。彼の肩をじっと見ながら、テンペランスは顔をしかめた。傷口から滲出液《しんしゅつえき》が染みだしており、おそらく膿《うみ》が固まってシャツが肩に張りついている。顔をあげると近侍と目が合った。心配そうな表情から察するに、彼も難題に気づいたらしい。

そのとき、ふたりの従僕が湯とタオルを持って戻ってきた。そのあとからずんぐりした執事も入ってくる。

「そこに置いて」テンペランスはベッドの横のテーブルを指し示した。「お医者さまを呼びに行かせた？」

「はい、手配いたしました」執事が朗々たる声で答えた。

スモールが咳払いをした。テンペランスが目を向けると、彼は声をひそめて言った。

「医者が来るのを待たないほうがいいですよ。七時を過ぎたらあてになりませんから」

彼女はベッドの横のテーブルに置かれた趣味のいい金時計をちらりと見た。もう八時近い。

「どうしてあてにならないの？」

「酒飲みなんだ」ケール卿が力ない声で言った。「それに手も震えている。あんなやぶ医者はごめんだよ」

「そう。じゃあ、ほかに診てもらえそうなお医者さまはいないの？」まったく！　ケール卿はお金持ちだ。面倒を見てくれる人はいくらでもいるだろうに。

「問いあわせてみます」執事はそう言い残して部屋を出ていった。

テンペランスはきれいなタオルを一枚手に取り、熱湯に近い湯にひたして絞ってから、ケール卿の肩にそっとのせた。

熱した火かき棒を押しあてられたかのように、彼は肩をびくりとさせた。

「かんべんしてくれ。骨についたまま肉を焼くつもりか？」

「まさか」テンペランスは答えた。「傷に張りついているシャツをはがしやすくしないといけないのよ。シャツを脱がせたとき、縫合した傷口が開かないように」

ケール卿が口汚く毒づいた。

それを無視して続ける。「さっき言っていたことは本当なの？」

「なんのことだ？」

「〝人に触られると痛いのはいつものことだ〟と言ったでしょう」彼が弱っているのにつけこんでしつこく質問するなんて最低だ。だが、テンペランスは知りたくてたまらなかった。

ケール卿は目を閉じた。「ああ、本当だ」

テンペランスは目を丸くして彼を、裕福な貴族の紳士を見つめた。誰かに触れられると痛いだなんて、いったいどういうことだろう？　それとも、彼の言う〝痛み〟は単なる肉体的な痛みではないのかしら？

首を振ってスモールを見た。「来てくれる人は誰かいる？　ケール卿のご親戚《しんせき》とか、ご友人は？」

近侍は目をそらし、口のなかでもごもごと言った。

「それは……あの、どうでしょうか……」

「はっきり言ってやれ、スモール」ケール卿が低い声で言う。目は閉じたままだったが、耳は澄ましていたらしい。

スモールがはっと息をのんで言った。「どなたもおられません」

テンペランスは眉をひそめ、タオルを湯ですすいでからまた肩に広げた。

「お母さまとは仲たがいしているのだろうけど――」

「いないと言ったらいない」

彼女はため息をついた。「誰かいるはずよ」

どちらの男性も無言のままだった。奇妙なことに近侍のほうがばつが悪そうで、ケール卿はただうんざりしているだけのようだ。

「じゃあ、ほら」テンペランスは彼の肩に広げたタオルを見つめたまま切りだした。頬がほてるのがわかる。「し……親しい女性を呼んだら？」

ケール卿が小さく笑ってまぶたを開けた。生気があるとは言えない目の色だ。「スモール、メイドは別として、わが家に女性が足を踏み入れたのを最後に見たのはいつだ？」

「見たことは一度もございません」近侍は靴に目を落としていた。

「この一〇年でうちの敷居をまたいだ最初のレディはきみだよ、ミセス・デューズ」ケール卿は気だるい口調で言った。「母にここから出ていってもらった日以来だ。だからきみは得意になってても不思議じゃない、そうだろう？」


ミセス・デューズが赤面するのをラザルスは見ていた。じわじわと赤みが差していく。その様子に、体が弱っているにもかかわらず下腹部が反応し、単なる性欲ではない欲求を覚えた。一瞬胸が疼き、違う人生を送れたら、違う人間になれたらどんなにいいだろう、と奇妙な憧《あこが》れを抱いた。ミセス・デューズのような女性にふさわしい男になれたら、と。

彼女がラザルスの肩からタオルを取り、湯にひたして絞ってから、また肩にのせた。熱いタオルの刺すような痛みに、彼は物思いから覚めた。頭が痛い。体が熱くて全身がだるい。このまま横になって眠ってしまいたい。もし二度と目が覚めなくても……まあ、そうなったところで世間は別に困らないはずだ。

しかし、ミセス・デューズはほうっておいてはくれなかった。

「世話を頼める人は誰もいないの？」

彼女の手がラザルスの手に触れた。たまたまだったのか意図的だったのかわからないが、そのとたんおなじみの激しい痛みを覚えた。彼は意志の力だけを頼りに手をじっとさせていた。もしかしたら何度も繰り返されるうちに、ミセス・デューズに触れられたときの痛みに慣れてきたのかもしれない。しょっちゅう叩かれるうちにひるまなくなる犬のように。もしかしたら痛みでさえも好きになるのかもしれない。

そんなことを思って笑ってしまった。あるいは少なくとも笑おうとした。蛙《かえる》の鳴き声のようにしか聞こえなかったが。「誓って言うが、誰もいない。母とは最低限の会話しかしない。友人と呼べる男はひとりだけいるが、彼とは仲たがいしたばかり――」

「それは誰？」

その質問は無視した。よりによって今夜、セントジョンを呼び寄せたりするものか。

「親しい女性はいないのかときみは訊いたが、たとえ新しい愛人をもう作っていたとしても、病床に呼びつけようとは思わない。そういうレディたちには、その、ほかの用途がある。さっきも言ったように、彼女たちを家に招き入れたりもしない」

話を聞きながら、ミセス・デューズは口をきつく結んでいた。

ラザルスは冷笑するような目で彼女を見た。

「きみはわたしを煮るなり焼くなり好きにしてもいいというわけだ」

「わかったわ」ミセス・デューズは顔をしかめて彼を見おろし、肩のタオルを外してシャツを調べた。

傷口に張りついた生地が引っぱられ、ラザルスは思わず声をもらした。

「もうはがれるわ」彼女はスモールにつぶやいた。まるで近侍とふたりで赤ん坊の世話を焼いているような様子だった。

スモールはうなずき、ミセス・デューズと力を合わせてシャツを脱がしに——激痛をもたらす作業にかかった。ようやくそれがすむと、ラザルスは息を切らしていた。傷が炎症を起こしているのは見なくてもわかる。傷口はずきずきと脈打ち、熱を持っていた。

「医者が来ました」従僕が戸口から声をかけてきた。

その後ろにやぶ医者が体をふらつかせて立っていた。薄汚れた灰色のかつらは剃《そ》りあげた頭の後方にずりさがっている。「急を聞いて、馳《は》せ参じました」

「それはどうも」ラザルスはつぶやいた。

医者は酔っ払い特有の慎重な足取りでベッドに近づいてきた。「どうされましたかな?」

「この傷なんです、なんとかしてもらえませんか?」ミセス・デューズが言ったが、医者は彼女の横を素通りして傷をしげしげと見た。

安いワインの匂いがラザルスの顔に吹きかけられた。

医者が上体を起こした。「おまえさんはなにをしたんだね?」

いきなり話しかけられて、ミセス・デューズは目をぱちくりさせた。

「なにって……その……」

医者は彼女が手にしていたタオルをひったくった。

「自然治癒の流れを邪魔しおったわけか！」

「でも、膿が――」

「これはボーヌム・エト・ラウダービレだ。どういう意味かおわかりかね？」

ミセス・デューズはかぶりを振った。

「健全な膿」ラザルスはつぶやいた。

「おっしゃるとおり。膿の分泌作用が健全だということだ」医者は勢い余って引っくり返りそうなほど大声で叫んだ。「膿は傷を癒《いや》すこともよく知られておる。だから無理に取り除いてはならない」

「でも、彼は発熱しているのよ」彼女もおとなしく引きさがりはしなかった。

ラザルスは目をつぶった。治療法などどうでもいいから、さっさとすませてほしい。そのあとで勝手に議論でもなんでもすればいい。

「少し血を抜こう。そうすれば熱はさがる」医者はきっぱりと言った。

ラザルスは目を開けて、医者が鞄《かばん》のなかを探る様子を見た。医者はメスを取りだして向き直った。鋭い器具を握る手は麻痺《まひ》しているようにおぼつかない。ラザルスは呪《のろ》いの言葉を吐き、体に力が入らないながらも、なんとかベッドから立ちあがろうとした。血を抜くのはかまわない。だが、酔っ払いに刃物を使わせるのは自殺行為に等しい。

くそっ、部屋がまわっている。「この医者を帰せ」

ミセス・デューズは唇を噛んだ。「でも……」

「こいつの手にゆだねられるなんてごめんだ。いっそライオンの群れにほうりこんでくれ」

「さあ、始めますよ」医者はなだめるような口調になっていた。

ミセス・デューズがラザルスの目を見た。彼女も不安そうで、どうしたらいいのか迷っている。

「頼む」体が無性にだるくて熱っぽい。この状態で我を通すことは難しい。こうなったらミセス・デューズに託すしかない。「酔いどれのやぶ医者の手にかかるくらいなら、きみの手当てで死んだほうがましだ」

それを聞いたとたん、ミセス・デューズはうなずいた。ラザルスはほっとしてベッドに腰をおろした。彼女は医者の腕を取り、ごくやさしく、それでいて有無を言わせぬ態度で部屋から追いだした。医者を執事にゆだねると、ベッドに戻ってきた。

「あなたの判断が正しいといいのだけど」彼女は小声で言った。「わたしはなんの訓練も受けたことがないのよ。ただ子供たちの世話を焼いてきた経験から身についた技術があるだけで」

黄金の斑点の浮かぶ瞳を見つめるうちに、ラザルスはふと思った。この女性に命を預けてもかまわない、と。

彼はベッドに仰向けになり、おもしろがるように口元をゆがめた。

「きみに全幅の信頼を置くよ」

いつもの皮肉な調子で言ったものの、自分でも驚いたことにそれは本心だった。


テンペランスはケール卿の傷ついた肩を見おろした。信頼していると言われ、背中に汗が噴きだした。最後に彼女を信頼してくれた男性のことは手ひどく裏切ってしまった。でも、今は過去を振り返っている場合ではない。テンペランスは自らを奮い立たせた。傷は赤くふくれていた。傷口は腫《は》れあがり、周囲も炎症を起こして赤くなっている。

「従僕にもっとお湯を持ってきてもらって」テンペランスは近侍に命じて、またタオルを絞った。今度は直接傷にそれをのせた。熱で炎症がおさまることもある。

触れられてケール卿は体をこわばらせたものの、ひどく痛がるそぶりは見せなかった。

「どうして人に触れられると痛みを覚えるの？」テンペランスは静かに尋ねた。

「その質問は、なぜ鳥は空に魅せられるのかと訊くようなものだ」彼はもごもごと答えた。

「そういう体質なんだよ」

「あなたがほかの人の体に触れるときはどうなの？」

ケール卿は肩をすくめた。「自分が触れるぶんには痛くない」

「昔からそうだったの？」彼女は顔をしかめてタオルを見つめ、傷にしっかりと押しあてた。医者が唱えていた原理とは反するが、傷の治し方については母の教えに従ってきた。健全であろうがそうでなかろうが、膿はよしとしない。

ケール卿が息をのみ、目を閉じた。「ああ」

テンペランスはすばやく彼の顔を見やってからタオルを取り去り、傷から染みでた滲出液を拭き取った。「自分以外の誰に触れられても痛みを覚えるのね」

聞いた話を持ちだしただけだったが、彼女としては質問のつもりだった。この話題が出たときにケール卿がためらったように見えたのが気になったからだ。

タオルをぬるくなった湯ですすぎ、また傷の上にのせるあいだも、彼は無言のままだった。きっと応えてくれないのだろう。

そう思った矢先、ケール卿がささやくような声で言った。

「いや、違う。アネリスだけは別だった」

はじかれたように顔をあげ、テンペランスは彼を見つめた。嫉妬にも似た感情が胸にわいていた。「誰なの、アネリスって?」

「もう死んだ」

「えっ?」

ケール卿はため息をついた。「アネリスは妹だ。五つ下の。外見は父親似で、さえない茶色の髪をした不器量な少女だった。よくこっそりわたしのあとをついてきたものだ。だからわたしはあの子に言った……」

彼の声が途中で小さくなって途切れた。スモールが湯を張った鉢を新しいものに交換した。

テンペランスはその湯でタオルをすすいだ。湯はかなり熱く、両手が真っ赤になった。熱いタオルを傷にしっかりと押しあてたが、ケール卿は気づきもしないようだった。

「妹さんになんて言ったの？」

「うん？」彼は目を開けずにつぶやいた。

彼女は身を乗りだし、ケール卿のすっと通った鼻と、しっかり結ばれた口元を見つめた。これほど皮肉屋で意地の悪い男性が、傷が化膿《かのう》したくらいで心がくじけるわけはない。不安に駆られ、胃がきゅっと締めつけられた。「ケール卿！」

「なんだ？」彼はまぶたを薄く開け、苛立ったようにつぶやいた。

テンペランスは唾をのみこんだ。「アネリスになんて言ったの？」

ケール卿は枕にのせた頭を振った。「あの子はしょっちゅうわたしのあとをついてきた。自分では気づかれてないつもりで、わたしの様子をこっそりうかがっていた。でも、もちろんわたしは気づいていた。それにアネリスはよくわたしの手を握った。何度やめろと言っても聞かなかった。でも、妹に触れられて痛みを覚えたことは一度も……一度たりとも……」

テンペランスは手を伸ばし、平常心の彼にならば決してするはずのないことをした。額にかかった美しい銀色の髪をそっと後ろにかきあげた。絹のようにしなやかな髪だった。

「それで、妹さんになんて言ったの？」

サファイア色の目がいきなり開いた。怪我をする前に会ったときと同じように、穏やかで澄んだ瞳の色だった。「あっちへ行けと邪険に言った。そして妹はそのとおりにした。それからほどなくして妹は熱病にかかり、命を落とした。あの子は五歳でわたしは一〇歳だった。どうかわたしを買いかぶらないでくれ。わたしにはいいところなどひとつもないんだ」

テンペランスは彼の目をじっと見つめ、反論したくなった。はるか昔に妹を亡くした少年を慰めてやりたくなった。だが、かがみこんでいた上体を起こし、彼の髪から手を離した。

「お酒で傷口を消毒するわ。かなり痛いと思う」

ケール卿は甘いと言ってもいい笑みを浮かべた。「だろうな」

テンペランスはスモールの手も借りて、そのぞっとするような作業をなんとかやり遂げた。傷口にブランデーをかけて膿を洗い流し、乾かしてから、また包帯を巻く。ようやく終えるころには、ケール卿はシーツの下で息を荒らげ、意識を失ったらしかった。スモールは髪を振り乱し、着衣も乱れている。そしてテンペランスは眠気と闘っていた。

「とにかく終わったわね」スモールと一緒に汚れたタオルを集めながら、彼女は疲れた声でささやいた。

「ありがとうございました」小柄な近侍は言った。ベッドで眠る主人を心配そうにちらりと見やる。「あなたがおられなかったら、わたしどもはいったいどうしていたものやら」

「彼はけっこう手のかかる人ね」

「まったくです」スモールはしみじみと言った。「メイドに部屋を用意させましょうか?」

「いいえ、わたしは家に帰らないと」テンペランスはケール卿をじっと見た。顔はまだ紅潮している。額を拭いてあげたのに、またもや玉の汗が噴きだしていた。

「お言葉ですが」スモールが切りだした。「旦那さまは夜のあいだにあなたのお世話が必要になるかもしれませんし、いずれにせよ、若い女性がひとりでお帰りになるにはもう遅すぎる時刻です」

「それもそうね」口実ができたことに感謝して、彼女はもごもごとつぶやいた。

「軽食でも作らせましょう」

「ありがとう」テンペランスの返事を聞き、近侍はそっと部屋を出ていった。彼女はベッドの横に置いた椅子に腰をおろし、頬杖をついて、近侍が食事を持って戻ってくるまで目を休めることにした。

いつのまに眠ってしまったのか、目を覚ますと暖炉の火は消えかけていた。室内を照らすのは、ベッドの横のテーブルに置かれた弱々しく燃える一本の蠟燭だけだった。軽く伸びをして、テンペランスは顔をしかめた。おかしな姿勢で居眠りをしたせいで首と肩が凝っている。ふとベッドに視線をさまよわせた。きらりと光る青い瞳に見つめられていることに気づいても、別に驚きはしなかった。

「どんな感じの男だったんだ?」ケール卿が小声で尋ねた。「きみの模範的なご亭主は?」

答えるのを拒むべきだとテンペランスはわかっていた。立ち入りすぎた質問なのだから。けれども夜もふけた今、どういうわけか答えてもかまわないと思った。

「背が高い人だったわ。髪は黒くて」ささやき声で言い、亡くなって何年もたつ夫の顔を思いだそうとした。かつては見飽きた顔も、今となっては記憶もおぼろだ。目を閉じて意識を集中させる。ベンジャミンがどんな人だったか、少しでも忘れてしまうのはよくないことに思えた。「目はきれいな濃い茶色だった。子供のころに転んでついた傷跡が顎に残っていた。話をするときに指を伸ばして手を動かす癖があって、そのしぐさが優雅に見えたものだったわ。とても知的で、礼儀正しくて、親切な人だった」

「やけに堅苦しい男だったようだな」

「そんなことないわ」

「ご亭主は笑わせてくれたか？」眠気のせいか、あるいは痛みのせいだろうか、ざらついた声でケール卿は尋ねた。「顔を赤らめるようなことを耳元でささやいてくれたか？　触れられると背筋がぞくぞくしたか？」

あまりにもぶしつけな質問に、テンペランスは息をのんだ。

しかし、彼はかまわずに続けた。とても深みのある声になっていた。

「ご亭主に見つめられると濡れたか？」

「やめて！」テンペランスは叫んだ。部屋に声が響き渡る。「お願いだから、やめてちょうだい」

ケール卿はなにも言わず、ただ彼女を見ていた。濡れたことを――亡夫を思いだしてではなく自分に見つめられたせいだと――知っているかのような訳知り顔のまなざしで。

テンペランスは息を吸った。「善良なすばらしい人だったわ。わたしはあの人の妻としてふさわしくなかった」

ケール卿は目を閉じた。眠ったように見えたが、少ししてつぶやいた。

「わたしは独身だが、配偶者にふさわしくあらねばならないのだとしたら、結婚なんて考えただけでぞっとする」

テンペランスは彼から視線をそらした。この話題のせいで胸が苦しくなり、気分がひどく沈みこんだ。

「夢中だったのか、自分にはふさわしくない亭主に？」

まだまどろみから覚めきっていないせいか、薄闇のなかで親密な雰囲気に包まれているせいかわからないが、彼女は正直に答えた。「いいえ。愛してはいたけれど夢中にはならなかったわ」

いきなり部屋が明るくなった。話をしているうちに、いつしか夜明けが訪れていたのだ。

「新しい一日の始まりね」

「ああ、そうだな」ケール卿の満足げな声に、テンペランスは体が震えた。

8

ああ、なんということでしょうか！　哀れなメグには不運な展開となってしまいました。王の住む城の地下牢は快適な場所ではありません。壁には悪臭を放つ汚水が滴り、鼠や害虫が廊下を走りまわっています。明かりもなく、暖を取るものもなく、囚人の悲しげな泣き声がどこからか聞こえてきました。状況はすこぶる絶望的に見えますが、メグの人生はもともと順調だったわけではありません。だからメグは、あらん限りの勇気を振りしぼり、危機に立ち向かうことに決めたのです。

そして、なにがあろうとも真実だけを話そうと心に誓いました。

『偏屈王』

ロンドンの空が白みはじめるなか、テンペランスはケール卿の馬車で家路についた。途中でうとうとしてしまい、メイデン通りの外れで馬車がとまったときにようやく目を覚ました。看病で疲れ果てていたので、朝帰りをしたらどうなるかということには考えが及ばなかった。玄関に入り、大きな岩が頭に落ちてきたような衝撃を受けるまでは。

「どこに行ってた？」長兄のコンコードが非難がましい声で尋ねた。

岩に例えたのは大げさだったかもしれないが、帰宅したとたん兄に出くわした驚きは大きかった。玄関広間を占拠するように立ちはだかる兄の怒りは手に取るようにわかった。

「それは……あの……」テンペランスは口ごもった。

コンコードが顔をしかめた。いかめしい鼻の上で、ふさふさした白髪まじりの茶色の眉が一直線につながる。「ウィンターから例の貴族のことは聞いている。その男に無理やり引きとめられていたのなら、償いを求めるつもりだ」

「そいつの顔をぶん殴ってやろうというわけさ」二番目の兄のエイサが、コンコードの背後から言った。

次兄の姿を見て、テンペランスは目をぱちくりさせた。エイサとはもう何カ月も会っていなかった。ということは、これはまずい展開だ。エイサとコンコードはめったに意見が一致しない。それどころか、何年ものあいだ最小限の言葉しか交わそうとしなかった。そのふたりが孤児院の狭い玄関広間で顔をそろえ、ケール卿に対する怒りで結束している。さらに言うなら、妹に対する不満で。コンコードのほうがエイサより背が高く、白いものがまじりはじめた茶色の髪をひとつに束ねていた。ふたりの弟と同じく、彼も髪粉はつけていない。

エイサの髪は深みのある金色がかった茶色で、ライオンを連想させる色合いだった。身長はコンコードより低いものの、肩幅は広い。シャツと上着の胸には染みがついていて、毎日なんらかの肉体労働に携わっていることをうかがわせる。それでも家族はひとりとして、エイサがどうやって生計を立てているのか知らなかった。尋ねても、彼はあいまいに言葉を濁すだけだ。もし堅気の商売ではなかったら困るので、コンコードもウィンターも問いつめるのが怖いのだろう、とテンペランスは思っていた。

「無理やり引きとめられたわけじゃないわ」彼女は言った。

コンコードが眉をひそめた。「だったら、その男の家で朝までなにをしていたんだ？」

「ケール卿は具合が悪かったの。だから看病をしていただけよ」

「具合が悪かった？　どんなふうに？」エイサが尋ねた。

テンペランスは兄たちの背後の調理場のほうに目をやった。ウィンターはどこにいるの？

「炎症を起こしていたの」言葉を選んで言う。

エイサの緑色の目が鋭くなった。「どこが？」

「肩の傷よ」

兄たちは顔を見あわせた。

「なぜ傷を負った？」コンコードが重々しい声で訊いた。

テンペランスは顔をしかめた。「数日前の晩、ケール卿は暴漢たちに襲われたの。そのうちのひとりに肩を切られたのよ」

ふたりの兄は黙りこみ、彼女をまじまじと見つめたが、やがてコンコードが目を細めて言った。「おまえが一緒にいるときに、その貴族は賊に襲われたのか」

「彼が悪いわけじゃないわ」テンペランスは反論した。

「それでも同じことだ。いいか――」コンコードは威圧的な口調で話しはじめた。

幸い、エイサが割って入ってくれた。「こいつは死にそうな顔をしているよ、兄貴。続きは調理場で聞こう」

コンコードは弟をにらみつけた。意固地になって拒むかもしれない、とテンペランスは思った。しかし、コンコードは口を尖らせながらもこう言った。「いいだろう」

くるりと後ろを向き、コンコードは大股で廊下を歩いていった。エイサが先に行けとテンペランスに合図した。彼女は息を吸いこんだ。こういう事態に直面するのは、せめて睡眠不足でないときだったらよかったのに。

午前八時をまわったところで、朝の調理場はいつもならにぎやかな時間帯だが、今日はテーブルについているのはウィンターだけだった。

テンペランスは戸口で足をとめ、弟を見つめた。「どうして学校に行かないの?」

ウィンターが彼女に目を向けた。濃い茶色の目は曇っている。

「今日は休校にした。ひと晩じゅう、姉さんを捜していたから」

「まあ、そうだったの。ごめんなさい、ウィンター」罪悪感に駆られ、わずかばかりの気力も吹き飛ばされた。テンペランスは調理場に入り、椅子に腰をおろした。「彼を置いて帰るわけにいかなかったの。助けてあげられるのはわたしだけで」

コンコードが不服そうに鼻を鳴らした。

「貴族なのに?　屋敷にはご主人さまに仕える使用人が大勢いるんじゃないのか?」

「もちろん使用人はいるわ。でも、き――」"気遣ってくれる人はいなかった"と言いかけたが、すんでのところでその言葉をのみこんだ。「責任を持って看病にあたれる人はいなかったの」

エイサは考え深げな目でテンペランスを見ていた。本当はなにを言おうとしたのかわかっているような顔だった。

コンコードのほうは顎を引いただけだった。悩んでいるときの兄の癖だ。

「そもそも、どうしてその男とつきあいはじめたんだ？」

頭に鈍痛を覚えながら、テンペランスはウィンターを見つめた。ケール卿と親交を結んだもっともらしい理由を考えだそうとしたが、嘘をつく気力もなかった。

「ゆうべ音楽会に連れていってもらったの。後援者になってもらえそうな人と知りあいになるために。孤児院を続けていくにはお金が必要なのよ」

ふたたびウィンターに視線を向けると、弟は目をつぶっていた。エイサは口を一文字に結び、コンコードは眉間に皺を寄せている。室内に重苦しい沈黙が広がった。

やがてコンコードが口を開いた。「困っていることをなぜ知らせてくれなかった？」

「それを聞いたら兄さんは助けようとするとわかっていたからだよ。たとえそんな余裕はなくても」ウィンターが淡々と言った。

「おれにはどうして言ってこなかった？」エイサが尋ねた。

ウィンターは押し黙ったまま次兄を見た。コンコードに助けを求めようかとテンペランスと話したことはあったが、エイサのところに行こうという話は一度も出なかった。

「エイサ兄さんは孤児院に興味を示したことがなかったじゃない」テンペランスは静かに言った。「父さんがここの話をしても、いつもばかにしていたわ。そんな兄さんが助けてくれるかどうかなんて、ウィンターにもわたしにもわかるわけがないでしょう」

「そうか、でもおまえたちにどう思われていようが、おれは助けたさ。ただ、今はちょっと懐が寂しいんでね。あと三カ月したら、たぶん――」

「三カ月も待てない」ウィンターが言う。

エイサは結んだ髪を揺らして頭を振った。そして暖炉のほうに歩いていき、いつものように自ら家族の輪を外れた。

コンコードがウィンターに向き直った。「おまえはテンペランスとその貴族のつきあいを認めていたのか？」

「認めたくはなかった」ウィンターがぼそりと言う。

「それでも、姉が孤児院のために娼婦よろしく身を売るのを許したわけだ」

テンペランスは息をのんだ。まるで兄に平手打ちされたような気がした。ウィンターが立ちあがってコンコードに激しく言い返し、エイサもなにか叫んでいる。だが彼女の耳にはくぐもった怒号が聞こえるだけで、兄弟がなにを言っているのかわからなかった。コンコードはわたしが娼婦みたいなことをしていると本気で思ってるの？　罪深き行ないが実は顔に書いてあって、みんなにはそれが見えるのかもしれない。もしかして、ケール卿が思わせぶりなことを言うのもそのせい？　わたしが簡単に道を踏み外す女だと、彼はひと目で見抜いたの？

彼女は震える手で口を覆った。

「もうたくさんだ！」エイサが怒鳴り、言い争う兄弟を黙らせた。「ウィンターの責任がどうであれ、テンペランスは今にも倒れそうだ。話しあいを続ける前に、まずは彼女を休ませよう。どのみち、もうテンペランスがそのケール卿とやらに会うことはないんだから」

「賛成だ」ウィンターはコンコードのほうを見ようともしなかった。

「ああ、当然だ。そんな男に二度と会わせることはない」コンコードも苦々しい声で言った。

すばらしい――三人兄弟の意見がめずらしく一致した。テンペランスは罪悪感で胸が苦しくなったが、こう言った。「いやよ」

「なんだって？」エイサが彼女をじっと見た。

テンペランスは椅子から腰をあげ、ふらつかないようテーブルにしっかりと手をついた。弱っているそぶりは見せたくない。

「ケール卿に会うことはやめないわ。孤児院の後援者探しもあきらめない」

「姉さん」ウィンターが警告するようにつぶやく。

「絶対にいやよ」彼女は首を振った。「コンコード兄さんが思っているように、わたしの評判にもう傷がついているのなら、今さら世間体を気にしても無意味だわ。孤児院を続けていくには後援者が必要なの。ケール卿に反感を持つのも、わたしの品行に目くじらを立てるのもどうぞご自由に。でも、孤児院の現状を否定することはできないはずよ。もっと言えば、ここが抱える問題を解決する方策はあなたたちにはない、そうでしょう？」

ウィンターの疲れた顔からエイサの鋭い目に視線を移し、最後にコンコードの不満げな顔を見た。

「そうよね？」テンペランスは穏やかに返事を促した。

コンコードが調理場からぷいと出ていった。

彼女は軽くめまいを覚え、息を吐きだした。「あれが答えのようね。じゃあ、悪いけど、わたしは休ませてもらうわ」

くるりと後ろを向き、堂々と部屋を出ていこうとしたが、戸口をふさぐ人物がいた。

「あの、すみません」ポリーが小声で言う。

乳母が毛布にくるまれたものを抱えているのを見て、テンペランスははっとした。やめて。これ以上の重荷には耐えられない。今は無理よ。

「なんてこと」彼女は息をついた。「とうとう……？」

「いえ、違います」ポリーはあわてて言った。「そういうことじゃないんです」

毛布の端をめくった。すると、真っ青な瞳が好奇心いっぱいにテンペランスを見つめた。

安堵の念がどっとわき起こり、ポリーの言葉もろくに聞こえなかった。

「報告に来たんです。メアリー・ホープがようやくお乳を飲みはじめました」

牛肉を焦がしてしまった。

その夜、サイレンスは煙をあげる肉を布で仰ぎ、鼻をつく匂いを散らそうとした。ああ、わたしったら、大ばか者だわ。ちゃんと見ていなくてはいけなかったのに。ウィリアムと自分の将来を憂えて、つい注意が散漫になってしまった。彼女は唇を噛んだ。とはいえ、自分たちが巻きこまれた騒動について考えずにいるのは難しい。

扉が開き、ウィリアムが帰ってきた。サイレンスは期待をこめて目をあげたが、積荷は取り戻せなかったのだとひと目でわかった。心労で皺が刻まれ、日焼けしているにもかかわらず、ウィリアムの顔は青ざめていた。シャツは皺くちゃで、首巻き《クラバット》は不安で引っぱっていたせいか横に曲がっている。ここ数日で何歳も年をとってしまったかのようだ。

サイレンスは夫に駆け寄り、マントと帽子を受け取って玄関脇の壁にかけた。「座る?」

「ああ」ウィリアムはぼんやりと答えた。かつらをかぶっていることを忘れて、頭に手を走らせる。普段なら決して妻の前では口にしない呪いの言葉を吐き、かつらを外してテーブルにほうった。

彼女はかつらを手に取り、ドレッサーの上に慎重にのせた。「なにかわかった?」

「役に立ちそうなことはなにも」ウィリアムがぼそりと言う。「船の見張りをしていたふたりの船乗りがいなくなった。死んだのか、賄賂《わいろ》をもらって逃げたのかはわからないが」

「残念ね」サイレンスは夫のかたわらにぼんやりと立っていたが、焦げた肉の匂いがして、夕食のことを思いだした。

急いで皿をテーブルに並べた。少なくともパンは今朝買ってきたばかりだし、茹《ゆ》でたニンジンはおいしそうだ。ウィリアムの好物のピクルスを出して、エールをコップに注いでから牛肉を食卓に運んだ。肉を切り分け、びくびくしながら彼の皿に盛りつける。しかし、夫は肉の焼け具合に気づきもしないようだった。表面が焼け焦げているのに、なかはまだ赤い。サイレンスはため息をついた。わたしは料理が下手すぎる。

「ミッキー・オコーナーだった」ウィリアムが出し抜けにつぶやいた。

彼女は顔をあげた。「えっ？」

「盗みの黒幕はミッキー・オコーナーだったんだ」

「よかったじゃない！　犯人がわかったのなら、判事に知らせればいいんでしょう？」

ウィリアムは笑った。自暴自棄な感じの笑い方だった。

「チャーミング・ミッキーに手を出そうと思う判事なんてロンドンにはいないよ」

「どうして？」サイレンスは尋ねた。どういうことかさっぱりわからなかった。「その人が名うての泥棒なら、裁くのが判事の仕事じゃないの？」

「ほとんどの判事は犯罪者に金で操られている」ウィリアムは料理にじっと視線を向けた。「貧しくて袖の下をよこせない者だけを逮捕するんだ。賄賂を受け取らない判事でもオコーナーのことは恐れている。命をかけてまで逮捕しようとは思わないさ」

「その人はどういう人なの？　なぜ判事たちに怖がられているの？」

ウィリアムは皿を横に押しのけた。「チャーミング・ミッキー・オコーナーは埠《ふ》頭《とう》を縄張りとする盗賊のなかでロンドン一、力を持った男だ。夜の運び屋たち、つまり夜盗たちを牛耳っている。ロンドンの埠頭につける船はすべてミッキーに賄賂を払っているんだ。それを〝十分の一税（教会が収穫物の一割を教区民から徴収した税）〟とミッキーは呼んでいる」

「罰あたりだわ」サイレンスは衝撃を受けてささやいた。

ウィリアムが目を閉じてうなずく。「ああ。噂によれば、ミッキーはセントジャイルズのあばら屋に住んでいるらしい。家のなかには王侯貴族の城のような調度品が並んでいるそうだ」

「そんなろくでなしに魅力的《チャーミング》なんてあだ名がついているの？」彼女は首を振った。

「相当な男前で、女たちにはもてるらしいよ」ウィリアムは静かに言った。「チャーミング・ミッキーに逆らった男は姿を消すか、テムズ川に浮かぶかのどちらかだ。首に縄を巻かれてね」

「だから野放しにされているのね？」

「ああ」

サイレンスは自分の皿に目を落とした。もう食欲は失せていた。

「わたしたち、どうなるの？」

「さあな。おれも盗みに一枚嚙んでるんじゃないかと船主たちに言われてる」

「そんな！」ウィリアムほど正直な人はほかにいない。「なぜあなたが責められるの？」

彼は疲れた顔で目を閉じた。「埠頭に船をつけた夜、見張りをふたり置いただけで、おれはさっさと船をおりた。だから賄賂をもらって盗みに加担したに違いないと疑われているんだ」

サイレンスはテーブルの下でこぶしを握った。ウィリアムは自分のもとへ帰るために急いで船を離れたのだ。それを思うと罪悪感で胸が締めつけられた。

「生贄《いけにえ》が必要なんだろう」彼は重苦しい声で言った。「船主たちはおれを窃盗罪で訴えるつもりでいる」

「ああ、なんてこと」

「すまない」ウィリアムはようやく悲しげな緑色の目を開けた。「とんだ災難を招いてしまった」

「なにを言うの」彼女は夫の手に手を重ねた。「あなたのせいじゃないわ」

ウィリアムがまた笑った。そのひどくしわがれた笑い声がだんだん耳障りになってきた。

「もっと見張りをつけるべきだったし、船に残って積荷の安全を確保するべきだった。おれのせいじゃないとしたら、いったい誰のせいだというんだ?」

「そのチャーミング・ミッキーという人のせいよ」サイレンスはふいにかっとなって言った。「正直者からものを盗んで生きている強欲な男のせいだわ」

ウィリアムは首を振り、彼女の手の下から手を引いて立ちあがった。

「そうかもしれない。でも、あの男に補償を求めることはできないんだ。他人のことには無関心な男なんだから」

彼はその場に佇み、サイレンスを見つめた。そのとき初めて、夫の顔に底知れぬ絶望感が浮かんでいることに彼女は気づいた。「おれたちはもう終わりだ」

そう言い捨てると、ウィリアムは寝室に閉じこもった。

サイレンスは失敗した料理を見つめた。古い皿も、焦げた肉も、茹ですぎたニンジンもすべて床に払い落としてしまいたかった。泣き叫び、髪を掻《か》きむしって、自分の悲しみを世間に知らしめたい。けれど、実際にはなにひとつしなかった。そんなことをしても愛する男性の助けにはならない。ウィリアムの話が正しいのなら、自分たちを救ってくれそうな知りあいは誰もいない。夫婦ふたりでなんとかするしかないのだ。チャーミング・ミッキーから積荷を取り返す方法が見つからなければ、ウィリアムは獄死するか、泥棒として吊《つる》し首になるしかない。

サイレンスは肩を怒らせて胸を張った。そんなこと、決して許すものですか。

傷が回復するまで一週間かかった。少なくとも、ミセス・デューズに会いに行けるほど元気になったのは一週間後のことだった。その数日前からベッドを離れていたが、弱った姿をまた彼女にさらすつもりはなかった。だから焦らずにじっくり時間をかけ、スモールにしつこく勧められたパン粥《がゆ》も我慢して食べた。別の医者が呼び寄せられたが、またしても血を抜いたほうがいいと言いはじめたので、怒鳴りつけてやった。医者はあわてて逃げだしたが、体に悪い薬の瓶は置き忘れていった。後日代金を請求されてもかまうものかとばかりに、その酒瓶は捨ててしまった。

残りの監禁生活を、ラザルスはミセス・デューズと会えないもどかしさを抱えて過ごした。傷口から菌が侵入したように、あの女性は彼の血のなかに忍びこんでいた。日がな一日、ふたりで交わした会話を思い返しては、こちらが暴言を吐いたときに薄茶色の瞳に浮かんだ傷ついた表情を思いだした。ミセス・デューズを苦しめると、なぜか自分のなかにやさしい気持ちが芽生えた。心の傷を癒してやり、そのあとまた彼女を傷つけ、さらに深く癒してやりたいと思うのだ。ミセス・デューズの思いやりや機知に富んだ言葉、辛辣な物言いが頭から離れなかった。夜に見る夢はもっとわかりやすい。体調がすぐれないにもかかわらず、毎朝目覚めると、下腹部は彼女を求めて張りつめていた。

もしかしたら、医者に血を抜いてもらうべきだったのかもしれない。そうすれば毒素を取り除けるだけでなく、ミセス・デューズのことも心と体から追いだせたのではないだろうか。

彼女に協力を仰ぐのはあきらめようか、会うのはやめようかとも考えたが、その考えはすぐに消え去った。ようやくスモールから外出許可が出た夜、ラザルスは孤児院の裏手の路地にふらりと立ち寄った。

会いに行くとは知らせていない。もう会ってくれないのではないかと、柄にもなく不安を覚えた。暗く寒い夜で、マントの裾が風にあおられている。悪臭の漂う路地で、ラザルスは逡巡《しゅんじゅん》した。調理場に通じる裏口の扉に手をあてる。そうすれば、なかにいる女性を感じることができるかのように。

ばかばかしい。

またこっそり忍びこもうかとも思ったが、分別をわきまえて扉を叩いた。扉はすぐに開いた。ラザルスは黄金色の星がきらめく薄茶色の瞳を見おろした。まさか彼が裏口に現われるとは考えてもいなかったらしく、ミセス・デューズはぎょっとしていた。そもそも来客があるなどと思っていなかったのだろう。おろされた髪は湿っていて、調理場の熱気のなかでカールしていた。

「髪を洗っていたんだね」ラザルスは言った。ごく日常的な行為を思い浮かべ、下腹部が刺激されたばかりか、せつなさに胸が締めつけられた。

「ええ」彼女の頰がほんのりと染まった。

「きれいな髪だ」それはお世辞ではなかった。豊かな髪は腰に届くほど長く、美しく波打っている。自慢の髪に違いない。

「まあ」ミセス・デューズは目を伏せたかと思うと、肩越しに後ろをちらりと見た。「ちょっとお入りになる？」

そのそわそわした様子にラザルスは唇がほころんだが、穏やかな口調でこう言うにとどめた。「ありがとう」

今夜の調理場は蒸し暑かった。黒ずんだ鍋の下の火には灰がかぶせられている。いつもミセス・デューズの助手を務めるメアリー・ウィットサンが、テーブルの上の湯を張った鉢の向こうから怪訝《けげん》そうな目でラザルスを見た。その隣には幼い少年が立っている。淡い金髪に赤ら顔のぽっちゃりした娘が片隅で椅子に座り、赤ん坊に乳を飲ませていた。ラザルスが入っていくと、娘は顔をあげ、むきだしの乳房にさりげなくスカーフをかけた。

「乳母のポリーよ」ミセス・デューズが落ち着かない口調で言った。「メアリー・ホープと自分の子供たちを連れて泊まりに来たの」

「隣でお通夜をやっているから、こちらに泊まらせてもらったほうがいいと思って」ポリーが言う。「騒がしくなるときもあるでしょう、お通夜って」

「はじめまして」ラザルスは頭を傾けて挨拶し、足を蹴《け》りあげている赤ん坊に目をやった。「この子は元気になったんだね?」

「ええ、すごく元気です」

「それはよかった」

ラザルスは壁に寄りかかり、ミセス・デューズと少女がテーブルの上を片づける様子を見守った。ふたりが背中を向けた隙《すき》に、少年がそっと近づいてきた。顔にはそばかすが散り、いかにもいたずら小僧といった風貌だ。

「太いね、そのステッキ」少年が言った。

「剣が仕込んである」ラザルスは本当のことを教えてやった。ステッキの握りをひねり、鋭い剣を引き抜いてみせる。

「わあ!」少年は感嘆の声をあげた。「それで人を殺したことはある?」

「数えきれないくらいな」ラザルスはもったいぶって言った。鼻のない男の生気を失った目がふと頭に浮かんだが、すぐさま振り払った。「まずはらわたを抜き、それから首を切り落とす方法が好きだ」

「うひゃあ！」少年は言った。

その奇妙な言葉は尊敬のしるしと受け取ることにした。

「ケール卿！」どうやら最後のやりとりをミセス・デューズに聞かれてしまったようだ。

「なんだ？」ラザルスはとぼけて目を見開いた。

少年はラザルスの意図をくんで、くすくす笑った。

ミセス・デューズがため息をつく。

ポリーが赤ん坊をスカーフの下から抱き起こした。「服を直すあいだ、ちょっとだけ抱っこしていてもらえますか？」

眠ってしまった赤ん坊を差しだされて、ミセス・デューズはあとずさりした。

「メアリー・ウィットサンに頼んで」

少女はなんのためらいもなく赤ん坊を受け取った。彼女もポリーもミセス・デューズの振る舞いをなんとも思わなかったようだが、ラザルスは不思議に感じた。

ポリーが着衣の乱れを直して立ちあがる。

「さあ、メアリー・ホープを預かるわ。そろそろ寝かせなくちゃね」

そう言いながら、赤ん坊を連れて調理場を出ていった。

ミセス・デューズはメアリー・ウィットサンにうなずいた。

「外出するとミスター・メークピースに伝えてきて。それから、ジョセフ・ティンボックスも連れていってちょうだい」

子供たちは素直に部屋をあとにした。

「前は弟に断ったりしなかっただろう」ラザルスは炉端に近づき、火にかけられた鍋のなかをちらりと見た。わずかに残ったスープが煮立っていた。

「どうしてわかるの？」背後からミセス・デューズが尋ねた。

振り返ると、彼女は美しい髪に櫛《くし》を通していた。

「なかに招き入れてくれたことは一度もなかったからだ」

ミセス・デューズは口を開けたが、そのときウィンター・メークピースが勢いよく部屋に駆けこんできた。ラザルスを見ても驚きはしなかったが、喜んでもいないようだ。

「忘れずにピストルを持っていってくれ」彼は姉に言った。

ミセス・デューズは弟の視線を避けてうなずいた。「髪をまとめてくるわ」

そう言い残し、部屋を出ていった。

そのとたん、ウィンターが近づいてきた。「いいか、姉を無傷で帰すんだぞ」

若造から命令されて、ラザルスは眉をつりあげた。

「わたしと行動をともにするあいだ、きみのお姉さんはすり傷ひとつ負ったことはない」

ウィンターは不愉快そうに鼻を鳴らした。「そうか。じゃあ、くれぐれも幸運が続くようにしてくれ。夜が明ける前には姉を送り届けるように」

ラザルスは首をかしげた。だらだらと連れまわすつもりはない。

そのときミセス・デューズが戻ってきた。白い帽子の下に髪をしっかりとたくしこんでいる。彼女は鋭い目でラザルスと弟を交互に見た。ウィンターの顔から敵意が消えていることをラザルスは願うばかりだった。

「準備ができたわ」彼女はマントを手に取った。

ラザルスはすっと近づき、みすぼらしいマントをいったん取りあげてから着せかけた。彼女は戸惑うような顔でラザルスを見あげ、袖を通した。彼は裏口の扉を開けた。

「気をつけろよ」ウィンターがふたりの背中に呼びかけた。

霧の夜だった。空気中の汚れがまじった水滴で、すぐに顔が湿ってきた。ラザルスはマントの前をかきあわせた。「わたしのそばから離れるな。きみの髪一本でもなくして帰したら、きみの弟にはらわたを抜かれるか、四つ裂きにされる」

「弟はわたしが心配なのよ」

「なるほど」ラザルスはあたりに目を走らせてからミセス・デューズを見おろした。「わたしも同じ気持ちだ。このあいだの襲撃は行きずりの犯行じゃない」

彼女が目を見開いた。「それはたしかなの？」

ラザルスは肩をすくめ、歩きはじめた。「暴漢のひとりはマザー・ハーツイーズの店で見かけたやつだった。偶然にしてはできすぎている」

ミセス・デューズが急に立ちどまったので、彼も足をとめた。

「それって、誰かがあなたを殺そうとしているということじゃない！」

「そうだ」ラザルスはためらったが、やがてゆっくりと切りだした。「これで二度目だ。きみと最初に会った夜にも襲われたんだが、あのときはただの追いはぎだと思っていた」

「あなたが、ひざまずいて見ていた男の人ね！」

「ああ。あの夜は追いはぎだと思ったが、今は違う見方をしている。あの男が狙っていたのは財布ではなくて、わたしの命だったんだろう」

「なんてこと」ミセス・デューズは思案にふけるように爪先に目を落とした。「鼻のない男の人がマザー・ハーツイーズの店にいたのなら、当然、殺人犯もあそこにいたということよね」

ラザルスは首をかしげ、彼女を見つめた。

ミセス・デューズが顔をあげ、恐れを知らない目で見返してきた。

「それならあの店にもう一度行って、女主人が鼻のない男を知っているか確かめるべきよ」

「ああ、知っているといいんだが」ラザルスはまた歩きだした。「言っておくが、ことは予断を許さない状況になってきた。以前はセントジャイルズの日常的な危険に対処するだけでよかった。ところが、われわれは冷酷な殺人犯の注意を引いてしまったようだ」横目で彼女を見る。「犯人捜しに協力するのをやめたいのなら、それはそれでけっこうだ。そうなっても、きみとの約束は守るよ」

フードをかぶっているので横顔はほとんど見えなかったが、それでもミセス・デューズが唇をつんと尖らせたのはわかった。「わたしだって約束は破らないわ」

ラザルスは彼女のほうに身をかがめて見おろした。

「だったら、わたしのそばから離れないほうがいい」

不服そうな声をもらして、ミセス・デューズは目をあげた。眉根を寄せて彼を見つめる。

「わたしたちが知りあった夜、あなたは誰と話をした？　つまり、あなたが最初に襲われた夜に」

「マリーの隣人の娼婦だ」ラザルスは口元をゆがめた。「もっとも、用件を伝えたとたんに門前払いを食わされたがね」

「どうもわからないわ」

「なにが？」

「なんらかのつながりがあるはずでしょう、マザー・ハーツイーズの酒場とその娼婦には。どういうつながりなのかしら？」

彼は肩をすくめた。「単なる地域的なつながりにすぎないのかもしれない。殺人犯はわたしがマリーの隣人に話を聞こうとしたのを知り、マザー・ハーツイーズに質問したことも知った」

ミセス・デューズは首を振った。「それだけですぐに震えあがって行動に走るなんておかしいわ。話を聞いてまわっているとわかっただけで、殺し屋を送りこんだりするかしら。きっとあなたはなにかを見つけたんだと思う」

彼女は問いかけるような目でラザルスを見た。

「仮にそうだとしても、なにを見つけたのか自分でもわからない」彼は苦笑いを浮かべた。

それからはふたりとも黙ったまま、マザー・ハーツイーズの酒場まで歩いた。ラザルスは警戒を怠らなかったが、あとをつけてくる者はおらず、骨と皮だけの犬にしばらくつきまとわれただけだった。

酒場の入り口をくぐり抜けると、むっとする熱気と匂いに襲われた。ラザルスはミセス・デューズの腕を取り、混雑した店内をざっと見まわした。奥の暖炉で火が燃え盛り、長いテーブルに陣取った船乗りの一団が酔っ払って歌っている。片目の女給はテーブルを足早にまわりながら、誰とも目を合わせようとはせず、とりわけラザルスの視線を避けているように見えた。マザー・ハーツイーズの姿はどこにもない。

ミセス・デューズが彼の袖を引き、店内の騒音に負けまいと背伸びをして耳元で叫んだ。

「お金を少し出してくれない？」

ラザルスは彼女の顔を見て、片方の眉をあげた。そして財布を取りだし、銀貨を何枚かてのひらにのせてやった。ミセス・デューズはうなずき、なにも言わずに歩きだすと、酔客でごった返す店内を縫うようにして女給のほうへ向かった。ラザルスも急いであとに続き、船乗りが彼女の手をつかもうとするとにらみつけた。

暖炉の近くまで来て、ミセス・デューズはようやく女給を呼びとめた。女給はしぶしぶといった様子で振り向いたが、銀貨を一枚握らせると少しだけ関心を示した。なにごとかささやき、女給は足早に立ち去った。

ミセス・デューズがラザルスを振り返った。

「マザー・ハーツイーズは奥の部屋にいるそうよ」

彼はカーテンで仕切られた戸口に目をやった。「では、行こう」

カーテンをめくり、扉を開けた。その向こうには薄暗くて短い廊下があった。若い男が壁にもたれ、ナイフの鋭い刃先で爪の掃除をしている。

ラザルスたちが廊下に入っていっても、その男は目をあげもしなかった。

「関係者以外立ち入り禁止だ。店のなかに戻りな」

「マザー・ハーツイーズに話がある」ラザルスは落ち着いた声で言った。

男は体こそさほど大きくないものの、動きは俊敏そうだった。ところが男が返事をするより早く、背後の扉を開いてマザー・ハーツイーズ本人が姿を現わした。続いて若い娘がヒールの高いサンダルの足元をよろめかせながら廊下に出てきた。娘は用心棒には見下したような視線をちらりと向けただけだったが、ラザルスに目をとめたとたん歩みをゆるめた。彼は体を横に向けて娘を通してやった。娘はにやりと笑って礼を言い、片目をつぶってみせた。ラザルスさえ興味を示せば、すぐにでも酒場の隅で内緒話に応じてくれそうな気配だ。ミセス・デューズを見やると、案の定、澄ました顔で口を尖らせていた。

「ミセス・デューズ」マザー・ハーツイーズが戸口から声をあげた。「孤児院の切り盛りで忙しいんじゃないのかい？　セントジャイルズのこっち側に、この二週間で二度もおいでになるとは。ケール卿まで連れて。それにしても、おたくがまた来るとはね、ケール卿」

ラザルスはにっこりした。「マーサ・スワンの家で殺されたとでも思ったか?」

女主人は小首をかしげ、媚《こび》を売るようにほほえんだが、不気味な笑みにしか見えなかった。

「騒動に巻きこまれたって噂は聞いてるよ。マーサ・スワンも哀れなもんだ! まったく、このあたりは道もうかうか歩けやしない」

「マーサがはらわたを引き抜かれ、マリー・ヒュームと同じ死に方をしたというのは、なにやら意味ありげだと思わないか?」

マザー・ハーツイーズは骨張ってはいるものの、男顔負けの幅を誇る肩をすくめた。

「セントジャイルズじゃ、悲惨な末路をたどる娘はごまんといるよ」

ラザルスは年老いた女主人をしげしげと見た。なんらかの駆け引きをしているのは明らかだ。金目当てか、なにかしらの利益を守るためか。あるいは、もっと邪悪な意図があってのことかもしれない。「とにかくわたしを襲った男は、あんたに話を聞きに来た夜、この店にいた。鼻に革の傷当てをつけていた男だ」

マザー・ハーツイーズはうなずいた。「ああ、その男なら見たことがある」

「誰があの男を雇って、わたしを始末させようとしたか知っているか?」

「おたくを始末させようとしただって?」女主人は咳払いをして、床に敷いた薄汚い藁《わら》に痰《たん》を吐きだした。「いいかい、客がうちの店を出たあとでなにをしようが、あたしには関係ない。ひょっとして、その男はおたくが財布から金を出し入れするのを見て、いいカモだと目をつけたのかもしれないよ」

「あの男に仲間はいたか？　飲み友達がいるんじゃないか？」

「さあね」女主人はまた肩をすくめ、背中を向けた。「もういいかね、あたしも暇じゃないんだよ」

そう言い捨てて扉を閉めた。初めて来た晩、マザー・ハーツイーズはラザルスからしきりに金をせびろうとしたが、今夜は金のことは匂わせもしなかった。怯えているのか？　誰かに警告されたのだろうか？

そんなことを考えていると、背後でミセス・デューズがため息をもらした。

「ここはもうおしまいね。彼女はこれ以上なにも話してくれないでしょう」

ずっと壁に寄りかかっていた若い男が咳払いをした。ラザルスはそちらに目を向けたが、男が見ていたのはミセス・デューズだった。「マリー・ヒュームのことを知りたいのか？」

男はほとんど口を動かさず、言葉も聞き取りづらかった。それでも彼女は黙ってうなずき、ラザルスが渡してやった銀貨の残りを男に握らせた。

「ランニングマン・コートヤードにある館《やかた》を知ってるか？」

ミセス・デューズは体をこわばらせたが、またうなずいた。

「そこのトミー・ペットを訪ねるといい。どこで名前を聞いたかは絶対に誰にもしゃべるな。いいな？」

「わかったわ」彼女は後ろを向き、ふたりは廊下をあとにした。

階段をのぼり、冷たい夜気のなかに出るまでラザルスは待った。

「ランニングマン・コートヤードへの道順はわかるのか？」

ミセス・デューズは不愉快そうに口を結んでから言った。「ええ」

彼は暗い通りの端から端までざっと目を走らせた。

「さっきの男とは知りあいか？　信用できるのか？」

「わからないわ。初めて会ったんだもの」彼女はマントの前をかきあわせた。「罠だと思うの？」

「あるいは無駄足に終わるか」ラザルスは眉をひそめた。「マザー・ハーツイーズがあの男に命じて、さっきの情報をわれわれに与えたのかもしれない」

「どうしてそんなことを？」

「わかったら苦労はないよ」彼はふうっと息を吐いた。「問題はそこだ。誰が事件にからんでいるのかさっぱりわからない。そのうえ、わたしはここの住人でもない」

「そうね。手がかりになるかわからないけど、さっきの男の人はマザー・ハーツイーズに話を聞かれたくないみたいで、びくびくしていたでしょう？　あれは演技ではなかったと思うわ」

ラザルスは思わず口元をほころばせた。帽子を脱ぎ、深々と一礼する。

「そうとなれば、道案内をよろしく」

ミセス・デューズもつられてほほえみそうになった。だがすぐさま笑みを消し、靴音を石畳の道に響かせながら、きびきびと歩きはじめた。ラザルスは周囲に目を配りつつ、彼女の後ろをぴったりついていった。建物の角に霧が漂っている。通りを照らすのは角灯の薄暗い明かりだけだ。待ち伏せするにはもってこいの夜だな、とラザルスは思った。

「先週あなたのお宅から帰ったら、兄たちが待ち構えていたの」彼女がいきなり話しはじめた。前を向いているので表情は読み取れない。

「なにか言われたのか?」

「ええ、あなたと行動をともにするのはよくないとお説教をされたわ」

「それでも、きみはここにいる」ふたりは角を曲がり、広い通りに出た。「わたしは喜んだほうがいいのかな」

「別に」ミセス・デューズはぽつりと言った。「わたしは孤児院のために動いているだけで、他意はないわ」

「ああ、もちろんそうだろう」

通りの先で三人連れの男たちが足元をよろめかせて戸口に現われた。全員が明らかに酔っ払っている。ラザルスは手を伸ばしてミセス・デューズを引き寄せ、彼女が驚いてあげた悲鳴は無視した。暗がりで立ちどまり、姿が隠れるようマントで彼女を包みこむ。

顔をうつむけ、耳元で言った。

「徳の高い人間は悲しいかな、嘘をつこうとしてもうまくいかないものだ」

ミセス・デューズが口を開けた。その目は怒りに燃えている。しかし、ちょうどそのとき酔っ払いの三人が横を通りかかった。

「しいっ」ラザルスはささやいた。これだけ接近していると、彼女が洗髪に使った甘いハーブの香りがする。抱き寄せて腰を密着させ、やわらかな耳を舐めてみたい衝動に駆られた。だが、男たちが通り過ぎると体を離した。

即座にミセス・デューズは後ろに飛びのき、顔をあげて彼をにらんだ。

「わたしは好きこのんであなたと一緒にいるわけじゃないの。孤児院と子供たちのためにこうしているだけよ」

「ご立派なことだ。まさに聖人だな」ラザルスはつい嫌みな笑みを浮かべた。「ところで、ランニングマン・コートヤードにはなにがあるのか教えてくれるか？」

「ホワイトサイド夫人の館よ」ミセス・デューズはつぶやき、くるりと彼に背を向けてさっさと歩きはじめた。

ラザルスは仰天し、思わず眉をつりあげた。そして案内人に追いつくべく先を急いだ。これはかなり興味深い展開だ。

ホワイトサイド夫人といえば、セントジャイルズ随一の悪名高い娼館の経営者ではないか。

9

翌朝早く、メグは四人のがっしりとした看守に叩き起こされました。急きたてられて螺旋《らせん》階段をのぼり、王の部屋にまたもや連れ戻されました。王は黄金の玉座にどっかりと腰かけ、黒いひげと髪を朝の陽光に輝かせていました。王の御前には何十人もの衛兵が整列し、直立不動の姿勢で立っています。

「来たか！」王が大声で言いました。「さあ、余が民に愛されていることをおまえに証明してみせよう」そして衛兵たちのほうを向きました。「おまえたちは余を慕っておるか？」

「はい、陛下！」衛兵たちは声をそろえて力の限り叫びました。

王はメグを見て、にたりと笑いました。「どうだ？　さあ、愚かなことを申したと認めるがよい。そうすれば命だけは助けてやろう」

『偏屈王』

テンペランスは歩きながら、頬がほてっていることに気づいていた。セントジャイルズの娼館のことはたいてい知っている——孤児の多くはそういうところの出身だ——けれど、日が暮れてから足を踏み入れたことは一度もなかった。しかもホワイトサイド夫人の館は、顧客に提供する娯楽がほかよりも過激なことで知られている。

「ああ」ケール卿が背後でつぶやいた。「そこなら聞いたことがある」

彼女は唇を嚙んだ。「だったら、今夜はもうわたしがつきあう必要はないわね」

いきなり体をつかまれ、テンペランスは息をのんだ。ケール卿が言った。「約束は破らないと誓っただろう」

テンペランスは当惑して顔をしかめた。「ええ、破らないわ。でも——」

「では、案内してくれ」

彼女はマントをかきあわせ、道案内を続けた。今夜の風は肌を刺すように冷たく、頰が凍りつくようだ。ケール卿のことをどう考えたらいいのか、もはやわからなくなっていた。からかわれ、キスをされ、なにより恥ずべき秘密を探られた。そうかと思うと温かな体を盾にして守ってくれた。首筋から漂ってきた彼の香りとたくましい腕を思いだし、テンペランスは体が震えた。

ふたりが狭い路地を折れると、頭上で看板が揺れた。風に吹かれて、きしむような音をたてている。笑い声がいきなり近くで聞こえ、やがて遠ざかっていった。マント姿の痩せた女がバスケットになにかを入れて運んでいた。テンペランスたちの目を避けるように足早に通り過ぎる。路地の道幅が急に広くなり、中庭に出た。上階が張りだした建物に囲まれているせいで、四角い空間は狭苦しく感じられた。鎧戸の奥から明かりがもれ、くぐもった奇妙な物音が聞こえてくる。短い笑い声、ぼそぼそとつぶやく声、一定の調子でなにかを叩くような音、うめき声。

テンペランスは身震いした。「ここがホワイトサイド夫人の館よ」

「わたしのそばを離れるな」ケール卿はそうささやき、ステッキをあげて建物にひとつしかない扉をノックした。

扉が開いて、大柄の用心棒がぬっと現われた。平べったい顔には水疱の跡がついている。幅の狭い小さな目は無表情だった。「少年か娘か、どっちが希望だ？」

「どちらでもない」ケール卿はさらりとかわした。「トミー・ペットと話がしたい」

用心棒は扉を閉めようとした。

ケール卿はステッキを戸口に突き立て、もう片方の手で扉を押さえた。閉まりかけた扉がとまり、用心棒はかすかに驚いた顔を見せた。

「頼むよ」ケール卿が冷ややかな笑みを浮かべて言う。

「ジャッキー」用心棒の背後からざらざらした低い声が聞こえた。「お客さまを通してさしあげて」

用心棒が脇にさがった。ケール卿はテンペランスの手を引いてすばやく敷居をまたいだ。テンペランスは彼の肩越しにあたりに視線を走らせた。

四角い玄関広間は狭く、すぐ目の前に階段がある。玄関の右手にある扉が開いていて、こぢんまりした居間が見えた。戸口のところに、リボンをあしらったピンクのサテンのドレスを着た女が立っていた。背丈は頭がかろうじてケール卿の腰に届こうかというほどで、体つきはずんぐりとしている。眉は手入れもされず、ぼさぼさだった。

女が賢そうな目をケール卿に向けた。「ケール卿ですね。いつおいでになるかと前々から思っておりました」

彼は一礼した。「ホワイトサイド夫人ですか？」

極端に背の低い女は首をのけぞらせ、男並みに低い声で笑った。

「まさか。わたしはあの方に雇われているだけですよ。パンジーと呼んでください」

ケール卿はうなずいた。「トミー・ペットと少々話をさせてもらえるとありがたい」

「理由をうかがってもよろしいかしら？」

「こちらの訊きたいことを彼が知っているらしいのでね」

パンジーは唇を尖らせ、小首をかしげた。「いいでしょう。ジャッキー、トミーの手が空いているか見てきてちょうだい」

用心棒はのしのしと歩き去った。パンジーが背後の居間のほうへ手を振った。

「おかけになりませんか？」

「それはどうも」

小さな居間に入ると、ケール卿は古ぼけたビロード張りの長椅子に腰をおろし、テンペランスの手を引いて隣に座らせた。向かい側には紫色とピンク色の派手な生地が張られた、幅広の低い椅子があった。その椅子にパンジーが後ろ向きにひょいと飛びのる。ヒールの高いサンダルを履いた足が床から浮き、ぶらぶらした。

ずんぐりした手を肘掛けに置いて、パンジーはにこやかにケール卿を見た。

「トミーとの用事がすんだら、しばらく遊んでいかれたらよろしいでしょう。特別価格でご案内しますよ」

「いや、けっこう」彼は抑揚のない声で断った。

パンジーが首をかしげる。「うちはあなたさまのような、その、一風変わったことをお求めの紳士にうってつけのご奉仕を専門にしていますの。それにもちろん、同伴のお友達もご参加いただけますよ」

パンジーに顎で指し示され、テンペランスは目を見開いた。ケール卿がいったいどんな〝一風変わったことをお求め〟なのか、かいもく見当もつかない。だが、一緒に楽しんだらどうかと勧められただけで不愉快になって当然だということはわかった。自分の気持ちをはかりかねていると、美しい少年が現われた。華奢な体つきで、やわらかなそうな金髪の巻き毛を肩に垂らしている。少年は部屋の敷居をまたいだところで足をとめ、不安そうにケール卿を見た。

パンジーが少年にほほえみかけた。「トミー、こちらはケール卿よ。たしか――」

彼女がなにを言おうとしたのであれ、トミーが部屋から逃げだしたので、話はそこで途切れてしまった。ケール卿はすぐに腰をあげ、無言であとを追った。玄関広間からふたりがもみあうような物音が聞こえてくる。どすんと鈍い音がして、罵《のの》り声もあがった。やがてケール卿がトミーの襟首をつかんで居間に戻ってきた。

「わかった！　わかったよ！」少年は息を切らして言った。「あんたの勝ちだ。放してくれたらしゃべるよ」

「それは怪しいな」ケール卿がゆっくりと言う。「話を聞くあいだ、きみから手を離さないほうがよさそうだ」

パンジーはことのなりゆきをじっと見守っていた。目を細めはしたものの、驚いた様子はない。やがて体をもぞもぞさせて言った。「トミーの夜はまだ終わっていませんの、ケール卿。それを頭の片隅に置いたうえで、この子を扱ってくださらない？　痣でもできたら、値をさげないといけないわ」

「こちらの知りたいことを話してくれるなら、おたくの従業員を痛めつけたりしませんよ」ケール卿は言った。

「なにを訊きたいんです？」パンジーが穏やかに尋ねた。

「マリー・ヒュームのことだ。彼女の死についてなにを知っている？」

トミーはセントジャイルズの娼館で働く身にしては嘘をつくのが下手だった。目をそらし、唇を舐めて言う。「なにも知らないよ」

テンペランスはため息をついた。彼女の目から見ても、トミーがその事件に関してなにか知っているのは明らかだった。

ケール卿はトミーの体を揺すった。「もう一度だけチャンスをやる」

パンジーが眉をつりあげた。「申し訳ないけれど、トミーの時間を無駄にされるとわたしの収入に響くんですのよ、ケール卿」

ケール卿は上着のポケットから小さな財布を取りだし、パンジーにほうった。彼女はそれを器用に受けとめ、中身を確かめたあと懐に入れた。

そしてトミーにうなずいた。

「これなら充分だわ。さあ、こちらの紳士に話しておあげなさい、坊や」

ケール卿に襟首をつかまれたまま、トミーは力なくうなだれた。

「ほんとになにも知らないよ。見つけたときにはもう死んでたんだ」

それを聞いて、テンペランスはすばやくケール卿を見た。マリーの遺体を発見したのはマーサ・スワンではなくトミーだったという話を聞いても、彼は驚きを顔に出さなかった。

「彼女が死んでいるのを最初に見つけたのはきみだったのか?」ケール卿が尋ねた。

少年は困惑した表情でケール卿を見やった。「ほかには誰もいなかったよ、あんたがそういうことを訊いてるなら」

「発見したのはいつだ?」

トミーが顔をしかめた。「ええと――一カ月以上前になるかな」

「何曜日だった?」

「土曜日」少年はパンジーにちらりと視線を向けた。「ぼくの休みは土曜の午前中だから」

「何時ごろマリーの部屋に行った？」

トミーは肩をすくめた。

「九時くらい。ひょっとしたら一〇時だったかも。とにかく正午前だったよ」

ケール卿がまた少年の体を揺さぶった。「そのときのことを話せ」

トミーは唇を舐め、許可を求めるようにパンジーを見た。彼女がうなずく。

ため息まじりに、トミーは語りはじめた。「マリーの部屋は建物の裏側の二階だった。階段をのぼっていったときは誰もいなかったよ。玄関先を掃除していた家政婦は別だけど。マリーの部屋の扉をノックしようとしたら、手を触れただけで扉が開いた。鍵がかかっていなかったんだ。だからぼくはなかに入った。居間はきれいに片づいていた。マリーは身のまわりの物を整頓《せいとん》するのが好きだったんだ。でも寝室は……」

少年は言葉を切り、床に視線を落とした。

「部屋じゅう血の海だった。壁も床も血だらけで、天井にも血が飛んでた。ほんとにひどかったよ、あんなにたくさんの血を見るのは生まれて初めてだった。マットレスも血で黒ずんでいて、マリーは……」

「マリーはどうなっていたんだ？」ケール卿の声は穏やかだったが、それはやさしさや哀れみからではないとテンペランスにはわかった。

「ぱっくり切り裂かれてた」トミーは言った。「喉から股まで。おなかのなかが見えたよ、灰色の蛇みたいだった」

少年の顔からは血の気が引いていた。

「思わずその場で吐いちゃった。我慢できなかったんだ。匂いが強烈で」

「それからどうした？」ケール卿が尋ねる。

「もちろん逃げだしたさ」トミーはそう言ったが、また目をそらした。

ケール卿がふたたび少年の体を揺さぶった。

「家捜ししようとは思わなかったのか？　マリーは宝石を持っていた。ダイヤモンドの髪飾りや真珠のイヤリングを。小粒のダイヤをちりばめた靴につける留め金やガーネットの指輪もあったはずだ」

「家捜しなんて思いつきも――」トミーは言いかけたが、激しく体を揺すられて言葉に詰まった。

「トミー、いい子だから」パンジーがため息をついて言った。「ケール卿に正直に答えて差しあげなさい。さもなければおまえを首にするよ」

少年はすねたような顔でうなだれた。「だってマリーにはもういらないものだよ。死んじゃったんだから。それに、残しておいたら大家に盗まれるのが落ちさ。マリーのものをもらう権利は誰よりもぼくにあるのに」

「どうして？」テンペランスは尋ねた。

トミーが顔をあげ、初めてそこにいるのに気づいたというようにテンペランスをまじまじと見た。「どうしてかって？　ぼくはマリーの弟だからだよ」

テンペランスはケール卿に目をやった。無表情だったが、驚きのあまりか凍りついていた。彼女はトミーに注意を戻した。「あなたはマリー・ヒュームの弟さんなのね」

「そうだよ。言わなかったっけ？」少年は興奮したようにまくしたてた。「母親が同じだったんだ。マリーのほうがぼくより一〇歳以上も年上だったけど」

テンペランスは眉をひそめた。ケール卿とパンジーがすばやく目配せを交わしたからだ。なにかがおかしい。ここにいる全員が知っていることを自分だけ知らないような気がした。

「じゃあ、彼女のことはよく知っていたのね？」

トミーは気まずそうに肩をすくめた。「ああ、よく知ってたと思うよ」

「ケール卿とあなた以外で、マリーを訪ねてくる人はほかにいた？」

「さあね。ぼくは週に一度しか会わなかったから」

テンペランスは身を乗りだした。「でも、お互いの生活のことは話に出たでしょう？　毎日どんなふうに暮らしていたか、お姉さんはあなたに話したはずよ、違う？」

少年は自分の爪先をじっと見ていた。「たいていは金を借りに行ってただけだから」

家族愛の希薄さに彼女は驚き、目をしばたたいた。嘘をつくのがこれほど下手でなかったら、情報をもらすのがいやではぐらかしているだけだと思ったところだ。

「誰がマリーを殺したと思う？」ケール卿が出し抜けに尋ねた。

トミーは目を見開いた。「マリーはベッドに縛りつけられてた。腕は上に伸ばされて、大股開きで。顔には頭巾をかぶせられてた。誰に殺されたのか、ぼくはすぐにぴんと来たよ」

ケール卿は少年をじっと見た。「誰なのか言ってみろ」

トミーがいびつな笑みを浮かべ、きれいな顔が台なしになった。

「もちろんあんただよ、ケール卿。そうやって姉さんといいことをするのが好きだったんだろう？」


ラザルスは目の前の美少年を凝視した。よもやこんなふうに逆襲されようとは思ってもいなかった。少年の襟首を押さえていた手を離しながら、ミセス・デューズのほうは見ないようにした。トミーが暴露したことを聞いて、彼女はどう思っただろう？　どう思うもなにも、恐怖と嫌悪以外にどんな感情を抱くというんだ？

「もう行っていいぞ」ラザルスは少年を解放した。

トミーは拍子抜けしたような顔をした。てっきりこちらが反論するか、血相を変えて否定してくると思っていたのだろう。

こいつを相手にそんなことをしても始まらない。

トミーがパンジーをちらっと見た。彼女が無表情な顔でうなずくと、トミーは居間から出ていった。

扉が閉まるなり、パンジーはラザルスのほうを見た。「これでもういいかしら？」

「いや」彼は小さな暖炉のところまで歩き、炎を見つめて考えをまとめようとした。調査が袋小路に入りこんでしまった。あの少年――なんとマリーの弟だった――に犯人の心あたりがないのなら、これからどうすればいいのか。無意識のうちにステッキを握る手に力がこもった。考えをめぐらすうちに、ラザルスはふとあることに気づいた。今しがた話に聞いたような方法でマリーを縛ったことはない。つまり、自分と性癖を同じくする男がほかにも、少なくともひとりはいるということだ。

パンジーに向き直って言った。

「先ほどの話によると、ここはわたしのような男たちの要望に応えてくれる場所らしいな」

彼女は黒い眉をあげた。

「ええ、そうですとも。どんな子たちをそろえているか、ご覧になりますか？」

ミセス・デューズが鋭く息をのんだ気配にラザルスは気づいた。依然として彼女のほうには目を向けていなかったものの、部屋の隅に立ち尽くしていることはわかっていた。おそらく嫌悪感で体をこわばらせているのだろう。

ラザルスは首を振った。「いや、けっこう。ほしいのは情報だ」

パンジーが大きな頭を傾けた。金の匂いを抜け目なくかぎつけ、黒い瞳を輝かせている。

「どんな情報でしょう？」

「緊縛と頭巾の使用を好む男性客の名前を知りたい」

彼女は思案するような目でラザルスを見つめ、少しして首を振った。

「お客さまの名前を明かすわけにはまいりませんわ」

彼はポケットから財布を取りだした。先ほどくれてやったものよりも大きな財布で、それをパンジーの手もとのテーブルにほうった。「五〇ポンド入っている」

パンジーが眉をあげた。財布を取りあげ、膝の上に中身を空けて、硬貨を一枚ずつ数えた。それが終わると、考えこむようにそのまま手をとめていた。やがて硬貨を財布に戻し、懐にしまいこんだ。

彼女は椅子の背にゆったりともたれてラザルスを見た。

「紳士のなかには、ほかのお客さまの営みを見て楽しむ方々がおられますの」

ラザルスは眉を片方あげて待った。

「ひょっとすると、あなたさまも楽しんでみたいんじゃありません?」

彼はうなずいた。鼓動が速くなってくる。

パンジーは大声をあげた。「ジャッキー!」

用心棒が戸口に現われた。

彼女は手を振って合図を送った。「こちらの紳士をのぞき窓にご案内してちょうだい。六号室がいちばん興味深いはずですわ、ケール卿」

ジャッキーが無言で後ろを向いた。ラザルスは大股でミセス・デューズのところに向かい、手首をつかんだ。

ミセス・デューズは手を引こうとしたが、ラザルスはそのまま彼女を戸口まで連れていった。「なにをするの? わたしはどんな営みも見物する気はないわ」

「きみをひとりにはできない」彼はうなるようにつぶやいた。嘘ではないが、それだけでもなかった。心の奥にひそむものを見てもらいたいという気持ちもあった。真実の姿を見せられて、ミセス・デューズは不快に思うかもしれない。それはわかっている。しかし、彼女がどんな反応をするのか知りたかった。赤裸々に秘密をさらし、彼女の判定を仰ぎたい。どうしても。

ジャッキーに案内されるまま、ふたりは狭い木の階段をのぼり、薄暗い二階の広間にあがった。廊下には扉が並び、それぞれに荒い細工で部屋番号が彫りこまれている。しかしジャッキーはどの部屋にも入ろうとせず、廊下をいちばん奥まで進んで、番号のない扉の前へとふたりを連れていった。

鍵を開け、なかに入るよう手で示す。「突きあたりまで行って角を曲がれ。時間は一時間。それ以上はだめだ」

それだけ言うと、ジャッキーは扉を閉めて出ていった。

ミセス・デューズが抗議を始めた。彼女の体が震えていることにラザルスは気づいた。身をかがめ、耳元でささやく。

「落ち着け。扉に鍵はかけられていないのだから、いつでも好きなときにここから出ていける」

「それならすぐに出ましょう」彼女は声をひそめながらも語気を強めて言った。

「だめだ」鼓動が速まり、ミセス・デューズの手首を握る手にさらに力がこもった。

ふたりは天井が低く暗い通路にいた。ラザルスは片手で壁を探りながら、ジャッキーの指示に従って突きあたりまで歩いた。通路はそこでいきなり横に折れた。目を細めて先を見る。最初は真っ暗だったが、目が慣れてくると、片側の壁にごく小さな光の点が一定間隔で並んでいることに気づいた。いちばん手前の点に近づいてみて、それがのぞき穴だとわかった。穴の下には〝九〟と番号が振られているのが、部屋からもれる光で見て取れた。

ミセス・デューズが彼の手首を強く引いた。「お願いだから、もう出ましょう」

ラザルスはのぞき穴のなかをちらりと見て、彼女を引き寄せた。

「だめだ。いいからちょっと見てごらん」

ミセス・デューズは首を振ったものの、さほど抵抗するでもなく、促されるまま壁に近づいた。穴のなかの光景を目にしたとたん、全身に緊張が走ったのが傍目《はため》にもわかった。彼女は壁に向きあう形で立ち、ラザルスはその背後にまわった。

顔をさげて、彼女の耳元に口を寄せる。「なにが見える？」

ミセス・デューズは身を震わせたが、答えようとはしなかった。

もちろん、室内の様子は返事を聞かなくてもわかっている。男と女がいた。男は全裸で、女はまだシュミーズ姿だった。女が男の足元にひざまずき、男のものを口に含んでいた。

「こういうのは好きか？」ラザルスはささやいた。「興奮するか？」

ミセス・デューズの震えを体に感じた。まるで鷹の爪が届く範囲にいる野兎のようだ。彼女は一見するとお堅い女性だ。しかしいくら本人が隠そうとも、官能を内に秘めている。理屈では説明できないが、そうに違いないと彼は確信していた。その内なる官能を探ってみたい、白日のもとにさらし、堪能《たんのう》してみたい。瞳に浮かぶ黄金色の斑点と同じく、それもまた彼女の一部だ。彼女の胸にひそむ欲望を、心ゆくまで味わってみたい。

「おいで。ほかになにが鑑賞できるか見てみよう」ラザルスはミセス・デューズの手を取った。今度はほとんど抵抗されることもなく、二番目の穴に彼女を連れていった。ひと目見て、空室だとわかった。

だが、次はもちろん空室ではなかった。

「見てごらん」彼はミセス・デューズを前に立たせて、後ろから壁に押しあてた。「どんな眺めだ？」

彼女は首を振ったが、それでもささやき声で答えた。

「男性が……女性を抱いているわ、後ろから」

「牝馬《ひんば》にのしかかる種馬みたいだろう」ラザルスは声をひそめて言い、体を彼女に強く押しつけた。

ミセス・デューズがこくりとうなずく。

「好きか、こういうのは？」

これには答えがなかった。

ラザルスは彼女の手を引いて、次の穴を確認しに行った。パンジーに勧められた場所だ。穴の向こうの光景を見るなり、彼は大きく息をのんだ。横を向き、無言のまま穴の前にミセス・デューズを引き寄せる。目にしたものを彼女が理解したのがわかった。動きをとめ、こちらの手をぎゅっと握りしめてきたからだ。

彼はミセス・デューズの背後にまわり、のしかかるように立って、彼女の体を壁に密着させた。後ろから包みこんだ体は温かく、やわらかだった。

「今度はどんな眺めだ？」耳元に息を吹きかけるようにして言う。

ミセス・デューズが首を振った。ラザルスは彼女の両手を取り、横に大きく広げて壁につけさせると、その上に自分の手を重ねた。下腹部がふくらみ、ズボンの前が窮屈になる。

「教えてくれ」

静まり返った暗い通路に、彼女が唾をのみこむ音が響いた。「きれいな女性がいるわ。赤毛で、色白の」

「それから？」

「その女性は裸で、ベッドに縛られている」

「どんなふうに？」ラザルスはミセス・デューズの首筋に口をつけた。これだけ接近していると、その香りは濃厚だった。女性らしい芳香があたりに漂う。できることなら彼女の地味な帽子を取り、髪からピンを引き抜いて、豊かな髪に顔をうずめてみたかった。「どんなふうに縛られているのか教えてくれ」

「手は両方とも頭の上にまわされて、ベッドの上のほうでひとつに縛られているわ」かすれた低い声がなまめかしい。「脚は大きく開いて、足首をベッドの支柱にくくりつけられている。一糸まとわぬ姿で、あの……あそこを……」彼女は息をのみ、口をつぐんだ。

「陰部のことかな？」ラザルスはミセス・デューズの頬まで口をあげて、ゆっくりと言った。その言葉を発した瞬間、あたかも彼女のそこを求めるかのように下腹部が脈打った。

「ええ、そこよ。すっかりさらけだしている」首筋を舐められ、ミセス・デューズは甘いあえぎをもらした。

「それから？」

「それから……ああ！」気を鎮めようとするように息を吸う。「スカーフで目隠しをされているわ」

「男のほうはどうだ？」

「背が高い人よ、黒髪の。服は全部着こんでいる。かつらもまだかぶったまま」

ラザルスは首筋に唇をつけたままほほえみ、ミセス・デューズのヒップに下腹部を押しつけた。今すぐドレスの裾をまくりあげ、しっとりと濡れた部分を探ってもよかったが、そんなことをしたら彼女はわれに返ってしまうかもしれない。

「その男はなにをしている？」彼はミセス・デューズの耳をそっと嚙んだ。

彼女が息をのむ。「女性の脚のあいだにひざまずいて——まあ！」

ラザルスは小さく笑った。「秘められた部分を崇《あが》めている、違うかい？　舌を這わせ、唇をつけ、薄紅色の花びらのあいだを舐め、蜜《みつ》を味わっている」

ミセス・デューズがうめき声をもらし、体を押しつけてきた——逃げようとしてではなく。硬くなったものに臀部をこすりつけられ、ラザルスの胸に勝利の喜びがこみあげた。

彼はミセス・デューズの耳を舐め、繊細な輪郭を舌でなぞった。

「ああいうことをされたいか？　脚のあいだに口をつけられ、舌で蕾《つぼみ》をなぶってもらいたいか？　お望みなら舐めてやってもいい。身悶《みもだ》えするまで、じっくりと味わってやろう。ただし、いくら身悶えしても放してはやらない。体を押さえ、腿を大きく開かせ、秘めた部分をさらけださせる。そこを舌で愛撫《あいぶ》して、何度も何度も昇天させてやろう」

ミセス・デューズがもがき、体をよじった。ラザルスは顔をうつむけ、激しく唇を奪った。唇を開かせて、彼女のなかに身を沈めたいという願望を表わすように荒々しく舌を差し入れる。このままではズボンのなかで果ててしまいそうだったが、それでもかまわなかった。とうとう彼女の体から力が抜けた。どんな蜜よりも甘美な降伏だ。

ラザルスはミセス・デューズの脚のあいだに脚をねじこみ、押しあげるようにして、膝にまたがる姿勢を取らせた。そしてドレスのスカートをつかみ、引っぱりあげた。全身がひとつの目標を目指していた。ふたりがどこにいるのかということは、もはやどうでもよくなっていた。彼女が何者なのかも、自分が何者で過去にどんな行ないをしてきたかも、どうでもよかった。ただひたすら、彼女の体の奥のしっとりしたぬくもりに包まれたかった。今すぐに。

しかし、ミセス・デューズの指がラザルスの髪にもぐりこんだかと思うと、いきなり強く引っぱられた。不意を突かれて、彼は痛みに叫んだ。

鷹の前からあわてて逃げだす野兎よろしく、ミセス・デューズは暗い通路を一目散に駆けだした。

彼に魔法をかけられてしまった。

テンペランスは息を切らして通路の角を曲がった。混乱と恐怖で呼吸が苦しい。理性が頭から吹き飛んでしまいそうだ。

どうしてケール卿に気づかれたのだろう？　恥ずべき欲望がはっきりと顔に出ていて、世の男性たちにばれてしまっているの？　それともあの人は魔法使いで、女の性的な弱みを見抜くことができるの？　実際、わたしはすっかり弱みをさらしてしまった。彼にのしかかられて脚は震え、体の奥はみだらな欲望で濡れていた。淫靡《いんび》なのぞき穴に目を凝らし、その向こうの光景を口に出して、なんと高ぶってしまった。不謹慎な言葉を耳元でささやかれ、お尻に彼のものをこすりつけられて、もう我慢ができなくなった。娼館の狭苦しい通路で、彼に後ろから奪われたくなったのだ。

とうに理性を失っていたのだろう。

通路の出入り口の扉は鍵がかかっていなかった。手を触れるとすぐに開き、テンペランスは階段を駆けおりた。ケール卿のブーツの足音がすぐ後ろに迫っている。玄関広間にたどりついたとき、つまずいたような物音と罵りの声が聞こえた。よかった！　彼がもたつけば、こちらには何秒かでも余裕が生まれる。テンペランスは娼館の玄関扉を開け、夜道に飛びだした。

風に吹きつけられて、思わず息をのんだ。四本脚のみすぼらしい動物が、行く手の小道を走り去っていく。彼女は屋根のついた細い小道へと折れた。足音が古い石壁に響く。どちらに向かっているのかもわからないまま、ただやみくもに走った。心臓は恐怖で早鐘を打っている。ケール卿につかまったら、またもや唇を奪われてしまうだろう。体をぴったりとつけられて。そうなれば彼女もキスを味わい、彼の愛撫を体に感じて、一瞬たりとも離れられなくなる。誘惑に負け、罪深い性癖におぼれてしまう。

そうなるわけにはいかない。

だから自分の名前を呼ぶケール卿の声が聞こえたとき、テンペランスは歩をゆるめ、足音を忍ばせて走った。小道をたどっていくと、やがて小さな中庭に出た。背後をちらりとうかがい、すばやく横切る。胸が焼けるように熱くなったが、思いきり息を吸いたいのをこらえてゆっくりと呼吸し、ふたたび背後に目をやった。中庭には誰もいなかった。ケール卿の声も遠ざかっている。うまくまけたのかもしれない。

テンペランスはこっそりと路地を進み、脇道に折れて、また別の小道に入った。空には月が浮かんでおり、いくばくかの明るさはあった。それでもあわてて走りまわったせいで、自分が今どこにいるのかさっぱりわからない。左右どちらの建物も暗かった。またもや恐怖が胸にこみあげ、駆け足で通りを横切った。一軒の家の前の暗がりで足をとめ、背後に目を凝らす。ケール卿の姿は見えない。ひょっとして、あとを追うのをあきらめたのだろうか？

でも、それにしては——。

からしかたない。

「まったく！」耳元で彼の声がした。

テンペランスは大きな悲鳴をあげた。はしたないが、心臓がとまりそうなほど驚いたのだ

ケール卿は彼女の両腕をつかんで体ごと揺さぶり、怒りもあらわに言った。

「無鉄砲なまねはするな。きみの弟に無事に帰すと約束したんだ。それなのに、きみはセントジャイルズでいちばん物騒な地区に迷いこんだ」

テンペランスは口をぽかんと開けてケール卿を見あげた。この人は心配して怒っているの？　さっきの続きをしようとして追いかけてきたのではなく、わたしの身を案じてくれているの？　そうだと気づいて、彼女は笑いださずにいられなかった。笑い声は風に乗り、高々と舞いあがるようだった。

彼は眉をひそめ、テンペランスを見おろした。「おい、笑いごとじゃないぞ」

そう言われても、笑いはとまらなかった。

ケール卿はため息をつき、また彼女の体を揺さぶったが、今度はさほど怒りはこもっていなかった。彼はテンペランスを自分のほうに引き寄せはじめた。彼の魅力に屈してしまうのではないかという不安がよみがえり、彼女はわれに返った。ケール卿の胸に手をあて、ささやかな抵抗を試みる。

すると、彼はテンペランスを乱暴な手つきで自分の背後に押しやった。

急な動きに彼女はよろめいたが、なんとか体勢を立て直して顔をあげた。こん棒を手にし

た男たちが通りを歩いてくるのが目に入る。ケール卿がステッキから短剣を引き抜いた。そして右手に短剣、左手にステッキを握って、ためらうことなく男たちのほうへ向かった。

「逃げろ！」ケール卿はテンペランスに怒鳴り、男たちに切りこんでいった。

いきなり攻撃を仕掛けられ、男たちは虚を突かれた。ふたりはいったん離れ、ひとりはその場であたふたしている。しかし、残るふたりはケールに迫ってきた。テンペランスはドレスの下の腰にくくりつけてある袋からピストルを出そうと、スカートの裾をめくった。

短い悲鳴が聞こえ、彼女はピストルを探る手をとめた。目をあげると、男のひとりが顔を血だらけにして退散していくところだった。ケール卿はマントの裾を翻して優雅に体の向きを変え、もうひとりの男に短剣で突きかかった。

「テンペランス！　言うことを聞け。逃げるんだ！」

突然、太い腕が首に巻きつけられ、彼女は息をのんだ。

「剣を捨てろ」耳元で粗野な声がした。「さもないと女の首をへし折るぞ」

ケール卿が振り返る。目を細め、状況を見て取った。しかし次の瞬間、テンペランスをとらえた男がうめき声をあげてよろめいた。男は地面に倒れ、彼女はすばやく男から離れた。

はっとして顔をあげると、そこには……。

亡霊がいた。音もなく、目の前を通り過ぎていく。彼――それ？――がそこにいることに、実際に刺されるまで襲撃者たちは気づきもしなかった。夢を見ているのだろうか、とテンペランスは思った。知らぬまにわたしは殺されてしまったの？　ケール卿のすぐそばで物音もたてずに戦っている幻のような人物は、これまで見たこともないような姿形をしていた。

背は高く痩せていて、黒と赤のまだら模様のチュニックを着ている。ズボン、膝上までのブーツ、それにつばの広い帽子はすべて黒だった。顔の上半分を覆う仮面も黒で、鼻は長く、目のまわりには深い皺が刻まれ、頬骨は突きでていた。片手にきらびやかな剣、もう一方の手には短剣を持ち、目にもとまらぬ速さで石畳の上を飛び跳ねながら、ふたつの武器を使いこなしている。

ケール卿と謎の男性は背中合わせに立ち、どちらも正確な剣さばきを披露していた。ケール卿は左手のステッキでこん棒の一撃を阻止し、右手の短剣で鋭い突きをお見舞いした。残りの者たちが狂犬の群れのように、ふたりの男性のまわりをぐるぐるまわる。しかし道化師の扮装《ふんそう》をした男とケール卿は、これまでもずっと一緒に戦ってきたかのように息の合った動きを見せた。敵が防御を突破しようとしても、どこにも穴はなかった。謎の男性がひとりの男の胸を斜めに切りつけ、同時にケール卿が短剣で腿を刺す。悲鳴があがり、男たちは観念したのか一目散に逃げだした。テンペランスを後ろからつかまえた男もよろめきながら起きあがり、仲間のあとを追った。

静寂が訪れ、ぜいぜいと荒い息遣いが聞こえた。テンペランスが両手で握ったピストルが激しく震えていた。

謎の男性がブーツの足音を石畳に響かせ、優雅な身のこなしで体を反転させた。帽子を取って深々とお辞儀をすると、深紅の羽根飾りをはためかせて帽子を頭に戻す。

そして彼も立ち去った。

テンペランスはケール卿を見つめた。「怪我はない？　あの人は誰だったの？」

「わからない」ケール卿は首を振った。結んでいた銀色の髪が戦いでほつれ、黒いマントの上に広がっている。「だが、セントジャイルズの亡霊は単なる噂ではなかったようだな」

10

メグは首を振りました。「陛下、それは愛ではありません」

「なんだと？」王の形相が変わりました。「愛ではないのなら、なんなのだ？」

「服従です」メグは言いました。「衛兵たちは服従心から、陛下の聞きたいことを言っているだけです」

おやまあ！ ピンが一本落ちても、玉座の間にその音が響いたことでしょう。小さな青い鳥がさえずり、王はため息をつきました。

「この娘を地下牢に戻せ」王は衛兵に命じました。そしてメグに向かって、こうつけ加えました。「次に余の前に出るときは、きちんと体を清めておくように」

メグはお辞儀をしました。「お言葉ですが、陛下、それには水とせっけんと布が必要です」

王は手を振った。「用意させよう」

そして、メグはまた衛兵たちに引っ立てられていきました。

「前から知ってましたよ、セントジャイルズの亡霊は実在するんだって」その夜遅く、ネルが声を張りあげた。

テンペランスはメイドを振り返ってまじまじと見つめた。調理場のテーブルの向かい側に座っているウィンターも、同時にネルのほうを見た。

ふたりの視線を集めて、ネルは顔を赤らめた。

「だからあたしは知ってたんですよ！　目は真っ赤に充血してたでしょう？」

テンペランスはネルの興奮ぶりに苦笑をもらした。男たちに襲われたあとケール卿に家まで送り届けてもらうと、すぐにウィンターとネルから質問攻めに遭った。一五分ほど前から弟に厳しく問いただされ、ときどきネルに横槍《よこやり》を入れられていた。

「目まではよくわからなかったわ」それは本当だった。「長くて曲がった鼻の上に黒い仮面をつけていたから」

ウィンターが鼻を鳴らした。

テンペランスは弟をちらりと見た。

「赤と黒のまだら模様の服を着ていたのよ、道化師みたいな」

それを聞いて、ウィンターは眉をあげた。

「舞台衣装みたいな格好だったのかい？　そいつは頭がどうかしているようだな」

「きっと気のふれた役者ですよ」ネルがどこか楽しげに身を震わせた。

「そのわりにはみごとな戦いぶりだったわ」テンペランスは訝しげに言った。

「そいつも追いはぎで、芝居がかったことが好きなだけかもしれない」ウィンターがそっけなく言う。

「あるいはやっぱり亡霊で、命を奪われた復讐《ふくしゅう》をしにセントジャイルズへ舞い戻ってきたのかも」ネルが言った。

テンペランスは首を振った。「亡霊ではないわ。今夜わたしが遭遇した男性は、背が高くて痩せた生身の人間だった」にやりとしてつけ加える。「そういえば、あなたの背格好によく似ていたわ、ウィンター」

ネルが笑いを噛み殺した。

ウィンターはため息をついただけだった。

「まあ、誰であれ、彼は命の恩人よ」テンペランスはあわてて言った。

「だからこそ、二度とケール卿に会わないのがいちばんだ」ウィンターが切り返す。

攻撃材料を与えてしまったと気づき、テンペランスは顔をしかめた。せめてこんなに疲れ果てていなかったら！　こめかみをさすって言う。

「ウィンター、悪いけど、話しあいは明日にしてくれない？」

弟は姉を見つめた。濃い茶色の目を悲しげに曇らせたが、うなずいて椅子から立ちあがった。「今夜のところは勘弁してあげるよ。でも、ひと晩寝てもぼくの気は変わらない。あの男につきあって、姉さんは危ない目に遭わされた。孤児院の仕事をおろそかにし、子供たちの世話も怠った。ぼくは姉さんが人の道を踏み外すんじゃないかと心配なんだ。だからケール卿とは金輪際、会わないでくれ」

そう言い終えると、ウィンターは挨拶代わりにうなずいて調理場を出ていった。

テンペランスはテーブルに肘をつき、頭を抱えた。

しばらく沈黙が流れたあと、ネルが咳払いをした。

「ベッドに入る前にお茶を一杯飲むと、気持ちが落ち着きますよ」

こみあげていた涙を、テンペランスはまばたきでこらえた。「ありがとう」

ウィンターと激しく言いあったことは一度もなかった。コンコードとエイサは相手の立場に立ってものごとを考えるのが苦手で、ときに激昂することもあったが、ウィンターは決して声を荒らげたりしない。思慮深く、ささいなことでは怒らないのだ。そんな弟を今夜は怒らせてしまったと思うと、テンペランスはひどく落ちこんだ。

ネルがティーポットとカップをふたつテーブルに置き、向かい側に座った。湯気の立つ紅茶をカップに注ぐ。

「ミスター・メークピースは本気であんな……いえ、その、なんていうか……」雇主に気を遣ったものの、遠まわしな言い方が思いつかなかったらしく言葉を濁した。

テンペランスは無理に笑みを浮かべた。「いいえ、本気だったわ」

「でも――」

「それに言っていることも間違っていない」彼女はテーブルの上に手を伸ばし、紅茶がたっぷり注がれたカップを引き寄せた。「ウィンターの反対を押しきってケール卿とイーストエンドの町をうろうろするべきじゃなかったのよ。わたしは自分の務めをおろそかにしているわ」

ネルは黙ってもうひとつのカップに紅茶を注ぎ、砂糖の大きな塊を入れてかきまぜた。ひと口飲み、カップをそっとテーブルに戻して、紅茶を見つめたまま言う。「ケール卿って……すてきな男性ですよね、すごく魅力的で」

テンペランスはネルを見た。

ネルが唇を嚙んだ。「あの髪のせいだと思うんですよ。長くて、豊かで、つややかで。しかも銀髪でしょう！　とっても印象的だわ」

「わたしは目が好きよ」テンペランスは白状した。

「そうなんですか？」

テーブルの上に紅茶が少しこぼれていた。テンペランスはそこに指をのせて円を描いた。

「あんなに真っ青な目は見たことがないわ。それに、まつげは髪と違って黒いの」

「鼻の形もすてきですよね」ネルがしみじみと言う。

「唇は横に長くて、両端がきゅっとあがっているのよ。気づいていた？」

ネルはため息で答えた。

テンペランスは唇を嚙んだ。

「張りがあって、それでいてやわらかくて。思わず息をのんでしまう」

よけいなことまでしゃべりすぎたかもしれないと気づき、あわてて紅茶を飲む。カップをテーブルにおろすと、ネルが思案げな顔でこちらを見ていた。

「なんとなく、あの方はあなたを特別だと思っているような気がします……気遣っているというか」

テンペランスはまたテーブルに目を落とした。こぼれた紅茶の輪は乾いていた。

「どうしてそう思うの？　彼としゃべったことさえないのに」

「ええ。でも、子供たちやポリーから話は聞いてますから。ポリーが言ってましたよ、あの方があなたを見るまなざしにうっとりしたって」

どういうまなざしで見られていたのかしら？　ネルはただの情欲を気遣いとはき違えているだけなんじゃない？　そもそも、それがどうして気になるの？

テンペランスは頭を振り、テーブルに両のてのひらをつけた。

「彼には変わった欲求があるの。たとえ変わっていないとしても、自分の衝動に身を任せたら、わたしはどんな女になってしまうことか」

「普通の女じゃないですか」ネルは穏やかに言った。

テンペランスは黙りこみ、スカーフで目隠しをされた赤毛の女性の姿を思いだした。あの光景にどれほど興奮したかということも。衝動を抑えるのはもう飽き飽きだ。そこへいくと、ケール卿は衝動をまったく抑えようとしない。自分の欲望に抗わず、楽しもうとしているらしい。

ネルが咳払いをした。「昔の友達に、寝室でちょっとした冒険をするのが好きな人がいました」

「そうなの？」ネルが古い交友関係を話題にすることはめったになかった。

ネルはうなずいた。「ほかの点ではいたって普通の紳士でした。時計の盤面を作る仕事をしていて。でも、寝室では相手の女性を縛るのが好きだったんです」

テンペランスはテーブルに置いた両手のあいだの隙間を見つめ、そこから目をそらさないようにしていたが、それでも頬がほてってきた。こういう話題は気まずくてたまらない。けれど、ケール卿とそんなことをするのを思い浮かべたら……もう、やめなさい！

「その人は……」テンペランスは口ごもってから唇を舐めた。「あなたに痛い思いをさせたの？」

「まさか、それはありませんよ」ネルが言った。「たしかに相手を痛めつけて喜ぶ紳士もいますけど、わたしがつきあってた紳士はそういう人じゃありませんでした。ただわたしの体の自由を奪って、なおいっそう楽しんでいるようでした」

「まあ」テンペランスは小声で言った。

こんなことは考えるべきではない。胸にくすぶる恥ずべき欲望を刺激するだけだ。しかし、反抗心がむくむくと頭をもたげていた。ケール卿と肌を合わせたいと思うだけでもいけないの？　スカーフで目を隠したらどんな感じなのか想像するのも？　縛られて、秘めやかな部分を無防備にさらしたら、まずなにをされるのだろうと思い描くのも？　罪悪感など忘れて衝動に身をゆだねたらどうなるか、空想をめぐらすのも？

テンペランスは体の震えを抑えた。「あなたはケール卿を好ましくない男性だと思っているんじゃなかったの？」

「ご本人がどういう方なのかは知りません」ネルは言葉を選んで言った。「あたしが知っているのは、セントジャイルズで夜の商売をする女たちのあいだでささやかれている噂だけです」

テンペランスは眉をひそめた。「そもそも、そういう女性たちのあいだで噂になること自体、充分好ましくないわよね」

「たしかにそうですね」ネルはため息をついた。「独身なら、男性も禁欲を貫くべきでしょう。衝動を覚えても娼館など訪ねるべきではありません」

テンペランスはぎこちなくうなずいた。もちろんそうだ。婚外交渉は罪深き行為なのだから。

「ただ、ここだけの話」ネルは声をひそめた。「あたしは別にいいんじゃないかと思いますけど」

テンペランスははじかれたように顔をあげた。「どういう意味？」

ネルが肩をすくめる。「ほら、ベッドでのお楽しみのことですよ。あたしに言わせれば、男性はみんな、女性だってたいていの人はあれが好きなんです、夫婦同士でなくてもね。でも、それのどこがいけないんですか？」

テンペランスは返事もできず、ただ目を白黒させていた。

ネルは身を乗りだして言った。

「たとえひとときでも、ベッドで歓《よろこ》びが得られるなら、どうして目くじらを立てなきゃいけないんです？」


翌朝、ゴドリック・セントジョンが自宅の書斎でキケロの演説とにらめっこしていると、戸口でモールダーが咳払いをした。「ご主人さま、ケール卿がお越しです」

居留守を使ってもよかったが、いまいましいことにケールは執事のすぐ後ろにいた。セントジョンは歯を食いしばり、ペンを置いて手ぶりで友人を招き入れた。

ケールはヒナギクの大きな花束を手にぶらりと書斎に入ってきた。

「ゆうべセントジャイルズで誰に会ったか話しても、きみは信じないだろうな」

「娼婦か？」セントジョンは意地悪く尋ねた。

「違う。いや、違うこともないか」ケールは顎をかいた。「少なくともあの女たちは娼婦のようだった。だが、そんなのは別にめずらしくない。そうではなくて、かの悪名高きセントジャイルズの亡霊と知りあったのさ」

「ほう、それで？」セントジョンは机の上の書類をせっせと整頓した。

ふたたび目をあげると、ケールが物思わしげに彼を見ていた。花束をテーブルに置いて言う。「道化師のようなチュニックを着て、深紅の羽根飾りがついた帽子をかぶり、黒い仮面で顔を半分隠していた。それから、長剣と短剣をこれ見よがしに振りまわしていたよ。いや、わざとらしいほど仰々しく、と言ったほうがいいな」

セントジョンは鼻を鳴らした。「まるで自分は他人の派手な振る舞いをとやかく言える立場にあるみたいな言い草じゃないか」

その言葉をケールは受け流した。「深紅の羽根飾りはやりすぎだろう」

セントジョンはため息をついた。「それで、亡霊はなにをしていたんだ?」

「聞きたいか? 窮地を救ってくれたんだ」

「なんだって?」

「ゆうべ暴漢たちに襲われた。そこで思いがけず、亡霊が加勢してくれたというわけだ」

「ミセス・デューズも一緒だったのか?」セントジョンは静かに尋ねた。

ケールは振り返り、無言でセントジョンを見た。

「おい!」セントジョンは机を押すようにして椅子を引いた。「なぜあのご婦人につきまとう? きみは彼女を危険にさらしているんだぞ」

「そう思っているのはきみだけじゃない。わたしにとっても不本意な状況だ。もう二度と護衛なしで彼女を夜の町には連れださない。それは決めた」ケールは首を振った。「ただ、どうやって彼女と調査を続けるかは、まだ決めかねている」

「彼女にはかかわるな」

ケールはふてくされたように口元をゆがめた。「それは無理だ」

「なぜ？」セントジョンは首をかしげた。「きみ好みの女性というわけでもないのに」

「わたし好みというのはどんな女性だ？」

セントジョンは目をそらした。ケールがどんな女性を好むか、ふたりともよくわかっていた。

「娼婦か？」ケールが静かに尋ねた。「宝石で言いなりになる女たちか」

セントジョンは困惑顔で友人を見た。

ケールは部屋のなかをゆっくりと歩きはじめた。「自分好みの女性に飽きたのかもしれない。違う種類の女性とつきあってみたくなった」

セントジョンは椅子から身を乗りだした。声を落とし、熱のこもった口調で言う。

「それなら、なぜ彼女なんだ？　同じ身分のレディは大勢いる。知的で、気の利いた会話ができて、美人で、きみの訪問を歓迎する女性たちだ」

「そして彼女たちは、わたしの年収と家柄を頭のなかで査定する」ケールはかすかに悲しげな表情でほほえんだ。「もしかしたら、そのどちらも気にしない女性を求めているのかもしれない。わたしを見るときに、ただの男としか見ない女性を」

セントジョンは目を丸くした。

「彼女にはなにかある」ケールは声をひそめたまま言った。「あの女性はまわりの者全員を気遣っている。自分のことは二の次にして。だから、わたしが彼女を気遣ってやりたい」

「きみは彼女を傷つけてしまう」セントジョンは言った。

「そうか？　きみがいくら言い張ろうと、ミセス・デューズはいやいやわたしにつきあっているわけではない。はっきり言ってくれ、ゴドリック。なぜきみは彼女のことでそんなに気をもむんだ？」

セントジョンは黙りこんだ。長年胸に抱える悲しみがこみあげていた。

「きみは彼女とクララを重ねあわせている、そうなんだろう？」ケールが静かに言う。

「ばかを言うな」セントジョンは目の奥がちくちくと痛んだ。「きみはそうなのか。彼女を見てクララを思いだすのか？」

「いいや」ケールはヒナギクの花束に指先でそっと触れた。「クララは昔からきみのものだった。最初からずっと。わたしは彼女を親しい友人としか思っていなかった。ミセス・デューズに対する気持ちはそれとは違う」

セントジョンは机の上で握りあわせた手をじっと見ていた。「すまなかった」

「なにが？」

「嫉妬から、きみにつっかかってしまったんだと思う」セントジョンは目を閉じた。「きみには健康で気丈な女性がいるから」

「いや、謝らないといけないのはこちらだ。きみは大変な重荷を背負っているのに」

なにも言葉にならず、セントジョンはただうなだれた。

「言わなくてもわかっているだろうが、彼女の病気を治すことができるのなら、わたしは命を差しだしてもいいと思っている」ケールがささやいた。

友人の足音が遠ざかり、書斎の扉が静かに閉まる音がセントジョンの耳に聞こえた。

息を吸い、目を開ける。その目は濡れていた。苛立たしげに袖で涙をぬぐい、椅子から立ちあがって、ケールが持ってきた花のところに向かった。ざっと二〇本以上はある、白と黄色のみずみずしいヒナギク。

セントジョンはその花束を手に取り、書斎を出た。

ヒナギクはクララの好きな花だった。


サイレンスが出かけたのは、その日の午後遅くになってからだった。チャーミング・ミッキーが夜中に活動する泥棒なら、きっと午前中は虫の居どころが悪いに違いない。会うなら向こうの機嫌がいいときがよかった。

狭い通りを足早に歩き、ロンドンのこのあたりをうろつく人たちとは目を合わせないようにした。ほとんどは、繁華街で一日物を売り歩いてきて家路につく行商人だ。しおれた野菜をのせた手押し車を押したり、パイや果物を売り切って空になったトレーを運んだりしている。そういう人々は怖くない。怖いのはそれ以外の人たちだ。狡猾そうな目をした小柄な男たち。派手なドレス姿で戸口や路地の入り口に立ち、男が通るたびに裾をちらりとあげて誘いかける女たち。そういう面々には近づかないようにして道を急いだ。

自分が身につけてきた地味な毛織のドレスと控えめなレースの帽子は、通りを行き交う人々の衣服よりはるかに高級なことにサイレンスは気づいた。今日の面会のためにこぎれいな服装をして来たのだ。目立ちたくはないが、いい印象は与えたかった。けれど、そのせいで町角に立つ娼婦たちの目を引いてしまった。マントの前をしっかりとかきあわせ、うつむきかげんで歩みを速めた。

夫に内緒でこんな行動に出て本当によかったのだろうか？　そんな迷いがふと頭をよぎる。でも、ほかにどんな道があった？　ウィリアムが牢屋に入れられるのを黙って見ているわけにはいかない。できることはこれしかないのだ。それにあらかじめ相談しても、どうせ反対されるに決まっている。

最後の角を曲がりながら、サイレンスは息を吸いこんだ。尋ねあてた建物は古い造りだった。背が高くて幅は狭く、正面の煉瓦は崩れかけている。靴修理の店と下宿屋のあいだに立ち、隣近所と同じくこれといった特徴はない。がっしりした大男がふたり玄関先に立ち、向かいの通りをもうひとりの大男がぶらぶらと歩いていることを除けば。サイレンスは胸を張り、顎をあげて堂々と玄関に歩いていった。

愛しいウィリアムの顔を思い浮かべながら、見張りの男たちに目を向ける。

「ミスター・オコーナーに会わせてください」

ひとりは完全にサイレンスを無視して、なにも聞こえなかったかのような態度を取った。しかし、深緑色のぴちぴちの上着を着て、鼻のつぶれたもうひとりの男は興味を引かれたようだった。

無遠慮に彼女の全身を眺めまわしたが、悪意はないらしい。

「あんたじゃ、お眼鏡にかなわないな」

「そうでしょうね」サイレンスは露骨な値踏みに困惑したが、それを顔に出さないように努めた。「でも、とにかく彼に話があるの」

「それは無理だ」つぶれた鼻の男は言った。

もうひとりが初めて口を開いた。前歯が一本もない。「どんだけだ？」

彼女は目をぱちくりさせた。「なんですって？」

つぶれた鼻の男が相棒に頭を傾けた。「おれたちにいくら払えるのかって、こいつは訊いてるんだよ」

「ああ」サイレンスはドレスのスリットに手を差し入れて、腰にさげた小さな財布を取りだした。財布の口を開け、ふたりの男に目をやる。「ひとり二ペンスずつでどうかしら？」

歯抜け男が鼻を鳴らした。「せめて半クラウン（二シリング六ペンスに相当する額）はもらわないとな」

「半クラウンだと？　頭がどうかしたのか、バート？」

「いいや、ハリー」歯抜けのバートが言う。「半クラウンが妥当な金額なんじゃねえか」

「彼女がサフォーク伯爵夫人ならな」ハリーと呼ばれた男が声を荒らげた。「おまえの目には伯爵夫人に見えるってのか？」

「なんだと？」バートが熱くなりだした。

「ねえ、ちょっと！」サイレンスは大きな声で割って入った。ふたりの男が今にも殴りあいを始めるのではないかとはらはらした。

ハリーとバートは同時に顔を向けてきたが、返事をしたのはハリーのほうだった。

「なんだ？」

「ひとり一シリングならどう？」

バートがまた鼻を鳴らし、その申し出をあからさまに嘲《あざけ》った。だが、ハリーはもっと寛大だった。「ひとり一シリングなら悪くない」

このお人よしめとバートはぶつくさ言ったものの、サイレンスが財布の口を開くとすぐさま手を出してきた。

「この女はおまえが面倒見てやれ」そうハリーに言う。「御頭《おかしら》のところへ自分で連れていけよ」

ハリーは素直にうなずいた。「ああ。さあ、こっちだ、お嬢さん」そう言って扉を開ける。

玄関に足を踏み入れたとたん、サイレンスは思わず立ちどまって息をのんだ。

背後でハリーがくっくっと笑った。「信じられないだろ？」

声も出ず、ただうなずくしかなかった。彼女は黄金の壁に囲まれていた。

玄関は広くはないものの、アーチ形の天井は高く、床から天井まで金で覆われていた。足元は七色のモザイク模様の大理石だ。頭上では黄金の天井からクリスタルのシャンデリアがさがっている。燦然と輝く金に明かりが幾重にも反射し、目もくらむほどの富をまざまざと見せつけていた。

「盗まれる心配はないの？」サイレンスはよく考えもせずにつぶやいた。

これほど贅を尽くした場所は見たことがない。宮殿にだって黄金の間などないだろうに！

ハリーが笑った。「チャーミング・ミッキーからなにかを盗もうなんてやつがいたら、救いようのないばかだ。翌朝死んでもかまわないっていうなら話は別だがな」

彼女は息をのんだ。「そう」

ハリーがまじめな声になって言った。

「ほんとにチャーミング・ミッキーに会いたいのか？　今なら引き返せるぞ」

「けっこうよ」サイレンスは背筋を伸ばした。「彼に会うまでは帰らないわ」

匙《さじ》を投げたと言わんばかりに広い肩をすくめ、ハリーはサイレンスを連れて豪華な玄関広間を横切った。奥には曲線を描いて階上へ伸びる階段がある。床と同じ多色使いの大理石から切りだされたらしく、どこかの皇帝の夢にでも出てきそうな代物だ。ハリーが先に立って、ふたりは階段をのぼった。のぼりきったところに両開きの扉が向かいあっていた。

ハリーが一方の扉をノックする。

扉についている小さな四角い窓が開き、片目がのぞいた。「なんだ？」

「御頭に会いたいっていうレディが来ている」

小窓からのぞく目が動き、サイレンスを見た。「その娘の体はあらためたか？」

ハリーがため息をつく。「彼女が殺し屋に見えるか、ボブ？」

ボブと呼ばれた男がまばたきした。「見えるかもな。一流の殺し屋ってのは、まさかと思うようなやつかもしれない」

ハリーはただ小窓の目をにらみ返しただけだった。

「わかった、わかったよ」ボブはいったん口をつぐんでから気まずそうに言った。「でも、その娘がおかしなまねをしたら、おまえの責任だぞ」

ハリーはサイレンスを見た。「おかしなまねはするな、わかったか?」

彼女は無言でうなずいた。自分がしようとしていることを思い、喉が詰まってしまったのだ。

室内は豪奢な造りだった。

色鮮やかな大理石の床は大きな部屋のなかまで続いていたが、黄金の壁はまばゆいばかりの白い大理石に取って代わられていた。壁に目を凝らし、サイレンスは息をのんだ。大理石には宝石がはめこまれていた。黄金の天井からはクリスタルのシャンデリアがいくつもさがり、朝日のような輝きを放っている。そして、部屋のいたるところに財宝がぎっしりと並べられていた。大理石のテーブルには鮮やかな絹の反物が積みあげられ、彫りの入ったマホガニー材のサイドボードの前に象眼細工の書きもの机が押しやられている。梱包《こんぽう》用の箱からは藁がこぼれ、陶器の食器や繊細な翡翠《ひすい》の調度品が見えていた。東洋風の容器に入ったためずらしい香辛料の香りがあたりに漂い、優美な大理石の彫像が醒めた目で鎮座している。宝の部屋の奥まったところには一段高くなった大きな壇があり、背もたれの高い椅子があった。赤のビロード張りで、肘掛けには彫刻が施され、金箔《きんぱく》が張られている。まさしく玉座としか呼びようのない椅子だ。

つまり、そこに座る男性は王——盗賊王だ。

チャーミング・ミッキーは片方の脚を肘掛けにのせて、ゆったりと座っていた。髪は結わえもせず、黒い巻き毛を額と肩の上に垂らしている。素肌にはおった麻のシャツは前が開いていて、浅黒い胸を繊細なレースが縁取っていた。ズボンは黒のビロードで、足元は腿のなかほどまで届く、よく磨きあげられたブーツだった。

もしまわりで大まじめに仕えている男たちがいなければ、滑稽《こっけい》なほど華麗ないでたちの彼を見て笑ってしまったかもしれない。右側には痩せた背の低い男が控えていた。かつらをかぶっていない頭は禿《は》げあがり、小さな丸眼鏡をかけている。左側には武装したいかにも腕っぷしの強そうな男たちが五、六人、集まっていた。チャーミング・ミッキーのすぐかたわらには菓子をのせた銀のトレーを持った少年、そして正面には大男がいる。その男は玉座の前でひざまずき、どうやら命の危険を感じているようだった。

「どうかお許しを！」大男はハム並みに大きなこぶしを膝の上で握りしめていた。「神にかけて、心からお詫びします！」

チャーミング・ミッキーの右側にいた小男が腰をかがめ、首領の耳になにごとかささやいた。

ミッキーはうなずき、目の前で哀願する男を見た。

「ディック、おまえの詫びなど犬の糞《くそ》ほどの価値しかない」

ディックと呼ばれた大男は文字どおり震えあがった。

チャーミング・ミッキーは右の肘を椅子の肘掛けにのせ、親指と中指を気だるそうにこすりあわせながら、しばらくディックをじっと見ていた。宝石のついた指輪がきらめく。

やがて、手下に向かってぱちんと指を鳴らした。

合図を受けた二名がすぐさま前に進みでると、ひざまずいていたディックがわめきはじめた。

「やめてください！　どうかお願いです！　うちには子供たちもいるんです。女房の腹には三人目が――」

泣き叫ぶ大男は扉の向こうに引きずられていった。扉が閉まり、叫び声は唐突に途切れた。

ふいに訪れた静寂が室内に広がる。

サイレンスはいつのまにかとめていた息を吐いた。ああ、なんてところに飛びこんでしまったのかしら。

ハリーに肘をつかまれて、彼女は玉座のほうへ進みはじめた。歩きながら、ハリーがほとんど口を動かさずにささやいた。「怯えた顔はするな。臆病者《おくびようもの》は嫌われる」

やがてサイレンスはチャーミング・ミッキー・オコーナーの正面に立った。不運なディックがひざまずいていた、まさにその場所に。

チャーミング・ミッキーが菓子のトレーを持っている少年に手で合図をした。少年がトレーを前に差しだす。ミッキーは指輪をはめた手をトレーの上にさまよわせ、菓子を選んだ。ピンクの糖衣がかかったボンボンだった。

上品な指で砂糖菓子をつまみ、しげしげと眺める。「その女は誰だ？」

ハリーはうなずき、出し抜けに投げかけられた質問にも落ち着いて答えた。

「御頭と話がしたいと申している者です」

チャーミング・ミッキーが目をあげた。その目が黒に見えるほど濃い茶色であることにサイレンスは気づいた。「それは見ればわかる、ハリー。わたしが訊いているのは、なぜ彼女がこの部屋にいるのかということだ」

サイレンスがちらりと見ると、ハリーは初めて動揺した顔をしていた。自分をここまで連れてきてくれた彼のために、話に割って入るべきだろう。

「わたしがこちらにうかがったのは、あなたに話があるからです。わたしの夫、ウィリアム・ホリングブルック船長のことと、あなたが彼の船〈フィンチ号〉から盗んだ積荷について」

かたわらでハリーが鋭く息を吸った。菓子のトレーを持った少年はたじろぎ、チャーミング・ミッキーの右側にいる小男は丸眼鏡越しに好奇のまなざしで彼女を見た。

もっとましな言い方をすればよかったのかもしれない、とサイレンスは思った。でも、もう手遅れだ。チャーミング・ミッキーの目が彼女に向けられた。隅から隅まで舐めるように視線が動く。彼はピンクのボンボンを口にほうりこみ、ゆっくりと嚙んだ。顎の筋肉を動かし、まぶたを半ば閉じて味わう。

砂糖菓子をのみ下して、チャーミング・ミッキーはほほえんだ。なぜ彼が〝チャーミング〟と呼ばれるのか、サイレンスはふいに納得した。笑顔の彼は、これまで会った誰よりもハンサムだった。年齢はどう見ても三〇前で、なめらかな肌は小麦色に日焼けしている。黒い眉は弓形で、まっすぐな鼻は上品な形だ。唇はふっくらと優雅な曲線を描いていた。ほほえむと口のすぐ横にえくぼが浮かぶせいで、無邪気にさえ見える。

でも、その罠に落ちるわけにはいかない。それはサイレンスにもわかっていた。笑顔がどんなふうに見えようが、この男性が無邪気なわけなどない。

「〝盗んだ〟とはずいぶんな言いぐさだな」チャーミング・ミッキーは長く伸ばすような話し方で言った。アイルランド訛《なま》りがあり、まるで愛撫のような響きがした。「言っておくが、ミセス・ホリングブルック、その言葉をわたしの前で口にすることは原則として許されない」

彼女は思わず謝りそうになったが、ぐっとこらえた。この男のせいで夫は窮地に陥っているのだ。

チャーミング・ミッキーが首をかしげた。漆黒のつややかな長い巻き毛が肩に滑り落ちる。

「わたしにどうしてほしいんだ？」

サイレンスは顎をあげた。「積荷を返してもらいたいんです」

彼は困惑したように目をしばたたいた。「なぜわたしがそんなことをしなきゃならない？」

鼓動が激しくなり、その音が相手に聞こえているに違いないと不安になった。それでも言うべきことは言わなくては。

「なぜなら、積荷を返すことが正しい行ないだからです。もしあなたが積荷を返してくれなかったら、わたしの夫は牢屋に入れられてしまいます」

チャーミング・ミッキーは片方の眉をつりあげ、悪魔のような顔をした。

「ご亭主はきみがここにいることを知っているのか？」

サイレンスは唇を噛んだ。「知りません」

「ほう」彼は少年をまた手招きし、別の砂糖菓子を選んだ。

サイレンスは口を開きかけたが、ハリーに肘で突かれて警告に従った。

チャーミング・ミッキーが菓子をゆっくりと食べるあいだ、室内にいる者たちはじっと待っていた。彼のすぐ後ろに黒い大理石の彫像が立っていることにサイレンスは気づいた。ローマ神話の女神像で、ティアラをつけて真珠の首飾りを裸の胸に垂らしている。

「実はこういうことなんだ」ミッキーがいきなり話しはじめたので、サイレンスはびくっとした。彼はまたあの無邪気な笑みを浮かべていた。「ご亭主が船長を務めている船の持ち主とわたしとのあいだで、ちょっとしたいざこざがあった。船主は積荷の十分の一税を払わなくていいと思ってる。こっちとしては……まあ、そんな方針はのめない。わたしに言わせれば、コケにされたってことだ。だから〈フィンチ号〉の積荷を没収させてもらった。こちらが本気だと向こうに知らしめるためにな。過激な手段だと思われるかもしれない。たしかにそうだろう。それでもこうするしかなかったんだ。結局はあの男がまいた種だから、やつが自分で刈らなくてはいけない」

チャーミング・ミッキーは優雅な身のこなしで肩をすくめた。この件はもう自分に関係ないと言わんばかりに。

それで終わりだった。サイレンスの謁見は終了した。ハリーが腕に手をかけ、彼女を部屋から連れだそうとした。チャーミング・ミッキーはすでに頭をかしげ、痩せた小男がささやきかける話に耳を傾けている。けれども、ここであきらめるわけにはいかない。せめてもう一度だけでもがんばってみないと。ウィリアムのために。

サイレンスは深く息を吸いこんだ。そうしながらも、腕をつかむハリーの手に力がこもり、警告されていることに気づいていた。

「お願いです、ミスター・オコーナー。うかがったお話によれば、あなたが不満を抱いているのは船主に対してであって、わたしの夫に対してではないのでしょう。夫のために積荷を返してくれませんか？　わたしのために？」

チャーミング・ミッキーがゆっくりと首をめぐらし、彼女を見た。もはやほほえんではいなかった。冷たい目をして、口元には笑みではなく残忍な気配を浮かべている。

「いいか。きみは無礼にもわたしに爪を立てたが、一度は無傷で逃がしてやった。のこのこ戻ってくるなら、どうなっても知らないぞ」

サイレンスは唾をのみこんだ。その脅しにうなじの毛が逆立った。命の危険にさらされているのだと初めて気づき、しっぽを巻いて逃げだしたくなった。

だが、そうはしなかった。

「どうかお願いです。夫やわたしのためではだめなら、あなたご自身のためにお願いします。積荷を返してください。あなたの不滅の魂のために。どうか頼みを聞いてください。そうすればきっと後悔はさせません。それはお約束します」

チャーミング・ミッキーは冷ややかにサイレンスを見ていた。そっけない無表情な目だった。室内は水を打ったように静まり返り、彼女は自分の息遣いさえ聞こえた。横にいるハリーはすっかり息をとめてしまったようだ。

やがてチャーミング・ミッキーがゆっくりとほほえんだ。「心から愛しているんだな、そのホリングブルック船長を、すばらしき夫君を」

「ええ」サイレンスは誇らしげに応えた。「愛しています」

「彼も同じようにきみを愛しているのか？」

彼女は驚いて目を見開いた。「もちろんです」

「ほう、そうか」チャーミング・ミッキーがつぶやく。「ということは、この問題を解決する別の方法があるかもしれない。きみとわたしの、互いの利益のために」

サイレンスのかたわらでハリーが身を硬くした。

彼女にはわかった。チャーミング・ミッキーがなにを言いだそうと、それは最悪な提案だということが。おそらくこの部屋から、この途方もなく豪華な家から、心身ともに無事で逃げだすことはできないだろう。

「もちろんそれは」ミッキーは悪魔のようにささやいた。「きみが心から、心からご亭主を愛しているならの話だが」

ウィリアムはこの世のすべてだ。彼を救うためならなんだってできる。

サイレンスは悪魔の目をのぞきこみ、顎をあげた。

「ええ、心から愛しています」

11

メグはそれから心ゆくまで体を洗い、かなりきれいになってすっきりした気分でその夜、眠りにつきました。そして明くる日の朝、王に呼びだされました。王は彼女を見てやや驚いた様子でした。メグが煤だらけでなかったため、すぐには彼女とわからなかったのでしょう。しかし、たちまちいつものしかめっ面に戻りました。王の御前には、上等な毛皮やビロードや宝石を身につけた立派な廷臣がずらりと並んでいました。

王は集まった廷臣たちに尋ねました。「その方たちは余を愛しておるか?」前日の熟練した衛兵たちと違って声はそろっていませんでしたが、廷臣たちはみな一様に「はい!」と答えました。

王はメグを嘲笑《あざわら》いました。「どうだ! さあ、己の非を認めるがよい」

『偏屈王』

「彼とまた会うつもりなのか?」その晩、ウィンターが静かな声で尋ねた。

「ええ」テンペランスはメアリー・リトルの美しい亜麻色の髪を編み終えて、少女にほほえみかけた。「さあ、できたわ。ベッドにお行きなさい」

「ありがとうございます」

メアリー・リトルは教えられたとおり膝を折ってお辞儀をすると、スキップしながら調理場を出ていった。ウィンターは子供たち全員がベッドに入ったあとで階上にあがり、彼らの祈りを聞くことになっている。

「さあ、今度はあなたの番よ、メアリー・チャーチ」少女がこちらに背を向けると、テンペランスはブラシをつかみ、豊かな栗色《くりいろ》の巻き毛を強く引っぱらないように気をつけながらとかしはじめた。

残る三人のメアリーはシュミーズ姿で暖炉の前に座り、刺繡をしながら髪を乾かしていた。入浴日は手間がかかって大変だが、それでもテンペランスにとっては楽しかった。子供たちがみな体を洗ってきれいになると、こちらまで心地よい気分になれるからだ。

今日もそう感じるはずだったのだが。

彼女はため息をもらした。「今夜はどうしても出かけなければならないの」

テンペランスもウィンターも穏やかで丁寧な口調を保とうと努めていたが、ふたりの口論は少女たちに筒抜けだった。とくに気をつけなければならないのはメアリー・ウィットサンだ。彼女はテンペランスの隣に座り、二歳のメアリー・スイートの巻き毛をとかしつけていた。その視線は手元に注がれているものの、眉間に皺が寄っている。

テンペランスはふたたびため息をついた。できればこの話は弟とふたりきりでしたかった。

けれども、ケール卿が今夜連れていってくれると約束した舞踏会に出席するには、まず子供たちを寝かしつけ、ネルから借りたドレスに大急ぎで着替えなければならない。ただ、今夜を楽しみにしているのは、純粋に孤児院のためだけではなかった。ケール卿にふたたび会えると思うと早くも胸が高鳴る。彼女はふと不安になって、炉棚の古い時計に目をやった。これだけ急いでいても間に合うかどうか心配だ。

「ごめんなさい。でも今夜、ある紳士に会いたいの」

暖炉をじっと見つめていたウィンターがこちらを向いた。「それは誰だ？」

テンペランスはメアリー・チャーチのもつれた髪を見おろして顔をしかめた。

「音楽会のときにケール卿から紹介されたヘンリー・イーストン卿よ。この孤児院にずいぶん興味を持ってくださって、奉公に出される男の子たちのことや子供たちの服装についても質問されたわ。彼を説得して後援者になってもらおうと思っているの」

ウィンターは興味津々で聞き耳を立てる少女たちをちらりと見た。

「そうか。で、その人が期待に応えてくれる確証はあるのか？」

「ないわ」メアリー・チャーチの髪をブラシで強く引っぱってしまったらしく、少女が悲鳴をあげた。「ごめんなさい、メアリー・チャーチ」

「テンペランス――」ウィンターがなにか言いかけた。

だが、彼女は低い声ですばやく遮った。「確証はないけれど、それでも行かなければならないの。わかるでしょう？　最終的に期待を裏切られることになったとしても、可能性がある限り、すがらずにはいられないのよ」

ウィンターは唇を引き結んだ。「わかったよ。だが、決してケール卿のそばを離れるんじゃないぞ。本当は貴族の舞踏会になんて行ってほしくないんだ。その手の――」少女たちを一瞥《いちべつ》して、言葉を選びながら続ける。「舞踏会でどんなことが起こるか、噂に聞いているからね。くれぐれも気をつけてくれ」

「もちろん気をつけるわ」テンペランスは弟にほほえんでから、その笑顔をメアリー・チャーチに向けた。「さあ、できたわよ」

「ありがとうございます」

メアリー・チャーチは同様に三つ編みをしてもらったよちよち歩きのメアリー・スイートの手を取って、調理場から連れだした。

「よし、あとは三人のおちびさんの三つ編みをするだけだな」ウィンターは暖炉のそばに残った少女たちにほほえみかけた。

三人の女の子はウィンターを見てくすくす笑った。弟はいつだってやさしいが、そんなふうに明るい口調で話すことはあまりなかった。

「じゃあ、ぼくは階上にあがって、今夜の詩編を読み聞かせてくるよ」ウィンターが言う。

テンペランスはうなずいた。「おやすみなさい」

ウィンターが通りしなに一瞬テンペランスの肩に手をのせると、彼女は安堵の吐息をついた。ふたりの兄よりも弟からの非難は応える。ウィンターとはきょうだいのなかで一番年が近く、一緒に孤児院を運営しているので仲がよかった。

テンペランスはかぶりを振ると、残りの少女たちの三つ編みを手早くすませ、それぞれをベッドに送った。そしてメアリー・ウィットサンだけが残った。最後に彼女の髪を編むのが、ふたりのあいだで一種の儀式と化している。テンペランスが少女の髪をとかすあいだ、どちらも口を開かなかった。テンペランスは、メアリー・ウィットサンが孤児院に来て以来、九年間髪を編んでやっていることにふと気づいた。でも、近々この子の奉公先が決まれば、こんなふうに暖炉のそばで一緒に過ごし、三つ編みをしてやることもなくなるのだ。

そう思うと胸が痛んだ。

三つ編みにリボンを結んでいる最中に、玄関の扉を叩く音がした。

テンペランスは立ちあがった。「誰かしら？」ケール卿が訪ねてくるにはまだ早すぎる。

メアリー・ウィットサンを従えて戸口に急ぎ、閂を外した。お仕着せを着た従僕が布に覆われた大きなバスケットを抱えて、玄関先の階段に佇んでいた。

「あなたへのお届け物です」従僕はテンペランスの手にバスケットを押しつけると踵《きびす》を返した。

「待ってちょうだい！」彼女は呼びとめた。「これはなんなの？」

すでに数メートル先まで遠ざかっていた従僕が半分振り返った。「今夜それを身につけてほしいと、ご主人さまがおっしゃっていました」

そう言うなり、従僕は姿を消した。

テンペランスは扉を閉めて閂を差してから、バスケットを調理場へ運んだ。テーブルに置き、無地の亜麻布の覆いを外すと、黄色や深紅や黒の繊細な花の刺繍が施された青緑色の絹のドレスが現われた。彼女は思わず息をのんだ。これに比べたら、ネルのすてきな緋色《ひいろ》のドレスも布袋に見えてしまう。ドレスの下には絹のコルセット、シュミーズ、長靴下、刺繍入りの靴が入っていた。絹のあいだから小さな宝石箱も見つかった。震える指で持ちあげたものの、開ける勇気が出ない。こんな贈り物は受け取れないわ。でもケール卿と豪華な舞踏会に出席するなら、自分のみすぼらしい衣装のせいで彼に恥をかかせたくない。

それで決心がついた。

テンペランスは目を丸くしたメアリー・ウィットサンのほうを向いた。

「ネルを呼んできてちょうだい。舞踏会に行く身支度をしないと」

その晩、テンペランスと腕を組んで舞踏室に足を踏み入れたとたん、ラザルスはうなじの毛が逆立つのを感じた。彼が贈った青緑色のドレスに身を包んだ彼女は、えも言われぬほど美しかった。頭のてっぺんに結いあげられた黒髪は、ラザルスがバスケットに入れた黄褐色のトパーズのピンでとめられていた。輝く絹のボディスに締めつけられた胸は、気をそそるようにふっくらとしている。テンペランスは美しいだけでなく魅力的で、舞踏室にいるすべての男がそのことに気づいていた。ラザルスはそれをひしひしと意識せずにはいられなかった。食べ物のかけらをひとり占めしようとする汚らしい犬さながらに、彼女を守ろうとして喉の奥からうなり声がもれる。

わたしは愚か者だ。

「さあ、行こうか？」彼女に向かってつぶやく。

テンペランスが不安そうにごくりと唾をのみこむのが見えた。「ええ」

ラザルスはうなずくと、人々でごった返す舞踏室を一緒にぶらつきはじめた。テンペランスの獲物は部屋の奥の窓辺にいるが、いそいそと近づくのは得策ではない。

その場にはロンドンの名だたる貴族が勢ぞろいしていた――もちろんラザルスの母親も含めて。スタンウィック伯爵夫人といえば、豪華な舞踏会を開くことで有名だが、今夜の催しも盛大だった。オレンジ色と黒のお仕着せを身につけた従僕の一団が招待客たちに応対しており、彼らの仰々しい制服や報酬に大金が費やされていることは明らかだ。いたるところに飾られた温室の花は、室内の熱気で早くもしおれかけていた。傷んだ薔薇や百合《ゆり》の香りが、蠟の燃える匂い、汗ばんだ体臭、香水の香りと入りまじり、頭がくらくらするほど不快な臭気が漂っている。

「今夜の舞踏会が終わったら、このドレスはお返しするわ」テンペランスが馬車のなかで始めた言い争いを蒸し返した。

「さっきも言ったとおり、きみがそんなことをしても、わたしはドレスを燃やすだけだ」ラザルスは穏やかに言い返し、テンペランスの胸に視線を注ぐ紳士に向かって歯をむいた。彼女がいつものような黒いドレスをまとっていたら、誰も目もくれなかったに違いない。ひっそりと暮らしていたテンペランスを、着飾った狼の群れのなかに連れこむなんて、まったくうかつだった。「きみがそんなふうに物を無駄にするとは正直がっかりしたよ、ミセス・デューズ」

「あなたって、どうしようもない人ね」彼女は通り過ぎるレディにほほえみながら、押し殺した声で嚙みついた。

「わたしはどうしようもない男かもしれないが、きみを今シーズンで一番人気の舞踏会に連れてきてやったじゃないか」

しばし沈黙が落ち、ラザルスは厚化粧の老婦人の一団を迂回《うかい》するようにテンペランスを導いた。

ややあって、彼女がつぶやいた。「そのとおりね。あなたには感謝しているわ」

ラザルスはテンペランスをさっと横目で見た。彼女の頰は桃色に染まっているが、それは頰紅によるものではなかった。「感謝などしてくれなくていい。わたしはきみと交わした約束を果たしているだけだ」

こちらに向けられた彼女の薄茶色の瞳は、やけに聡明《そうめい》で謎めいた光を放っていた。

「あなたは約束以上のことをしてくれたわ。この美しいドレスや髪飾り、靴やコルセットまでくださった。どうしてそのことに感謝してはいけないの？」

「わたしがきみを狼たちの巣窟《そうくつ》に連れてきてしまったからだ」

テンペランスがびくっとして目をみはるのが見て取れた。

「いくらわたしが世間知らずだからといって、舞踏会をそこまで危険だと言うなんて」

彼は鼻を鳴らした。「ここにいる連中は多くの点で、セントジャイルズの通りで出くわす輩《やから》に負けないくらい凶暴だよ」

彼女が懐疑的な目でこちらを見た。

「たとえばあそこの紳士は――」ラザルスはさりげなく顎で指した。「まあ、紳士といっても名ばかりの男だが、去年決闘でふたり殺している。その隣にいるのは勲章を受けた将軍だ。あの男の無謀な突撃命令によって、多くの部下が犠牲になった。それから今宵《こよい》の女主人はメイドに激しい暴力を振るい、口封じのために一〇〇〇ポンド払ったことがあるという噂だよ」

テンペランスは衝撃を受けたに違いない。そう思って見おろしたラザルスを、彼女は悲しみのにじむ目でまっすぐ見返した。「あなたは特権階級のお金持ちが必ずしも人徳を備えているわけではないと言いたいだけでしょう。それならもうわかっています」

頬がほてるのを感じて、ラザルスは頭をさげた。

「わかりきったことを言って退屈させてすまない」

「あなたに退屈させられることなんて絶対にないわ。ご自分でもわかっているくせに。わたしはただ、お金で人徳は買えなくても、食べ物や服は手に入ると指摘したかっただけよ」

「つまり、ここにいる連中はセントジャイルズの住民より幸せだというのか？」

「当然でしょう」彼女は肩をすくめた。「飢えや寒さは人格をも破壊するもの」

「だが」ラザルスは考えこんだ。「ここにいる金持ちは、路上で暮らす貧しい人々より幸せなのだろうか？」

テンペランスが唖然《あぜん》として彼を見た。

ラザルスは彼女に向かってほほえんだ。「正直、満腹であろうとなかろうと、人は幸せを、あるいは不満の種を見つけるんじゃないかな」

「それが真実だとしたら、とても悲しいことね。すべての欲求を満たされた人は幸せであるべきなのに」

彼はかぶりを振った。「人間は気まぐれで恩知らずな生き物なのさ」

それを聞いて、テンペランスの口元がゆるんだ。やっと笑顔になったぞ！「あなたのような上流階級の人々のことは理解できないわ」

「理解などしなくていい」明るく応える。

「たとえば、あなたは――もうわたしの助けなど必要としないのに、まだわたしを同行させている。それはなぜなの？」

ラザルスは前方の人だかりをじっと見つめ、彼女を眺める男たちを確認した。「なぜだと思う？」

「わからないわ」

「本当に？」

テンペランスがためらった。ラザルスは目を向けなくても、彼女の一挙手一投足が感じ取れた。そわそわとボディスの胸元をたどる指先、激しく脈打つ喉元、ふたたび口を開いた瞬間も。

彼女に身を寄せて低い声で繰り返す。「本当にわからないのか？」

テンペランスが息を吸った。「ホワイトサイド夫人の館で、あなたはわたしに無理やり見させたでしょう……」

「それがなにか？」なんという混雑ぶりだ。ぎゅうぎゅう押されて息が詰まりそうになる。しかしその反面、彼女とふたりきりでガラス玉のなかにいるようにも感じた。

「どうしてあんなことをしたの？」テンペランスが問いただした。「なぜ無理に見させたの？どうしてわたしに？」

「なぜなら、きみに惹《ひ》かれたからだ。きみはやさしい女性だが、決してひ弱ではない。それにきみに触れられると、ほろ苦い痛みを感じる。きみは胸の奥に重大な秘密を抱えているのだろう。毒蛇のようなその秘密に体を蝕まれても、それを絶対に手放そうとしない。わたしはきみの腕のなかから、その毒蛇を取り除きたい。血だらけの傷口から毒を吸いだし、きみの痛みを体内に取りこんで自分のものにしたいんだ」

テンペランスが隣で身を震わせた。彼と組んだ腕からその振動が伝わってくる。

「わたしには秘密なんてないわ」

ラザルスは頭をさげて彼女の髪にささやいた。「まったく、嘘つきだな」

「嘘じゃない――」

「しいっ」背筋に寒気が走り、振り向くまでもなく母が近づいてくるのがわかった。ラザルスはテンペランスを連れて、ふたりの紳士と佇むヘンリー卿に近づいた。さりげなく彼女をその輪に押しこんでから、ちょっとした口実をもうけて席を外し、向きを変えたとたん、レディ・ケールに腕を強く叩かれた。

「ラザルス」

「マダム」彼は会釈をした。

「またあの女性を連れてきたのね」

「相変わらず記憶力がよくてなによりですね」ラザルスはそつなく言った。「大半の人は、年を取るにつれて記憶が薄れると言いますが」

冷ややかな沈黙が流れ、これで母親を追い払えるだろうと確信した。ラザルスが見守るなか、ヘンリー卿が身を寄せてきたテンペランスの胸元に視線を落とした。

次の瞬間、レディ・ケールが震えながら息を吸った。

「あなたからこんなに嫌われるなんて、わたしがいったいなにをしたの？」

心底驚いて、彼は母親に視線を戻した。「別になにも」

レディ・ケールはため息をもらした。「だったら、どうして顔を合わせるたびに冷たい態度を取るの？　いったいなぜ――」

ラザルスのなかでなにかがぷつんと切れた。小柄な母親を長身で威嚇するように一歩踏みだす。「本当は答えなど知りたくないくせに質問するのはやめてくれ」

レディ・ケールは息子とそっくりな青い目を見開いた。「ラザルス」

「母上はなにもしなかった」こわばった声で静かに言う。「父上がわたしを乳母のもとに置き去りにしたときも。五年後に舞い戻った父上が、泣き叫ぶわたしを乳母から引き離したときも。わたしが唯一の母親と慕う乳母を求めて泣いたせいで、父上に鞭で打たれたときも。それにアネリスが猩紅熱《しょうこうねつ》で死にかけているときも――」

ラザルスは言葉を切り、テンペランスのほうにじっと見入った。彼女はヘンリー卿に腕に触れられ、かすかに眉間に皺を寄せていた。

レディ・ケールが彼の腕に手をかけた。

「わたしもアネリスの死を悲しんだと思わないの？」

ラザルスは息をのんで母親に向き直り、冷笑を浮かべた。

「アネリスが高熱にうなされて瀕死の状態だったとき、冷血な父上は五歳の娘にたくましさを身につけさせようと医者を呼ぶことを認めなかった。そのとき、母上はなにをした？」

母が黙ってこちらをじっと見つめた。そのとき初めて、母の青い瞳の目尻に細かい皺が刻まれているのに気づいた。

「では、わたしが答えよう。母上はなにもしなかった」ラザルスはヘンリー卿がほかの紳士たちからテンペランスを引き離すのを視界の隅でとらえた。舞踏室の奥に連れていくつもりらしい。「母上は決まって傍観していた。だから、わたしが母上になんの感情も抱かないからといって非難するのはやめてくれ」

母親の手を袖から引き離す。

ぱっと振り向いたときには、すでにテンペランスとヘンリー卿の姿は消えていた。くそっ! ラザルスは人込みを縫うようにして、彼女を最後に目にした部屋の隅に向かった。テンペランスをあの男のもとに置き去りにすべきではなかった。ほかのことに注意を奪われてはいけなかったのだ。誰かに腕をつかまれて振り払うと、非難がましい叫び声があがった。やがて彼女を最後に見かけた片隅にたどりつき、しおれかけた花の山を脇に押しのけた。てっきりその背後に、通路か恋人たちの逢《あ》い引きの場所が見つかると思いきや、なにもなかった。花の陰にあったのは無地の壁だけだった。

ラザルスはぐるりと舞踏室を見まわし、青緑色のドレスや堂々と顔をあげたテンペランスの姿を探した。しかし、目に入るのはロンドン社交界の間抜け面ばかりだった。

テンペランスは忽然《こつぜん》と姿を消してしまった。

テンペランスはヘンリー卿の人柄を読み違えていたことにすぐさま気づいた。だが、暗い部屋に連れこまれて警戒心が募っても、なかなか希望を捨てられなかった。もしこれが単なる被害妄想で、ヘンリー卿が本気で孤児院に関心を持っているとしたら、彼を侮辱するのは賢明ではない。けれども、彼が孤児院にまったく興味がなかった場合、わたしは非常に危険な状況に陥ることになる。

だから部屋に入ったとたん、大きな肘掛け椅子を挟んでヘンリー卿と向かいあうように移動した。

「あなたがこの話を内々になさりたいお気持ちは、ケール卿もわたしもよく承知しております」テンペランスはできるだけ愛想よく言った。「ですが、せめてもう少し明るい部屋を見つけたほうがよろしいのではありませんか？」

「いや、念には念を入れなければ」ヘンリー卿の返事は彼女の不安を解消してくれるものではなかった。「他人に立ち聞きされる恐れがある場所では話したくない」

彼が後ろの扉を閉めると、室内は暗闇に包まれた。

テンペランスは息を吸った。「でしたら本題に入りましょう。〈恵まれない赤子と捨て子のための家〉には現在三人しか職員がおりません。わたしと、弟のウィンター・メークピース、メイドのネル・ジョーンズだけです」

「ほう」ヘンリー卿の声がさっきよりも近くで聞こえた。

肘掛け椅子から離れて扉に近い左側に少し移動したほうがよさそうだ、とテンペランスは判断した。「ですが充分な資金があれば、もっと職員を雇い、より多くの子供たちを救うことができます」

「逃げたな、わたしの子鼠め」ヘンリー卿の一本調子の声が不快に響いた。

「ヘンリー卿、あなたは本当にわたくしどもの孤児院に関心がおありなのですか？」彼女は苛立ちながら尋ねた。

「もちろんだとも」彼の声がやけに近くで聞こえた。

テンペランスがびくっと右側に飛びのいたとたん、男の腕が巻きついてきた。汚らわしい濡れた唇が頬をかすめる。「孤児院はきみと会うためのいい口実になる」

今度は歯に唇が押しつけられた。

嘆かわしいことに、不意打ちをされて真っ先に感じたのは怒りではなく失望だった。あの音楽会以来、ヘンリー卿が後援者になってくれれば孤児院がどれほど助かるだろうと期待していたのだ。これでまた一から後援者探しを始めなければならない。テンペランスはうんざりしてヘンリー卿の胸を思いきり突いたが、相手はびくともしなかった。それどころか、彼は分厚い舌を彼女の口に滑りこませようとした。

テンペランスはこの一〇年間、男の子のしつけを行なってきた。たしかに普段相手にする男の子はヘンリー卿ほど背も高くなければ毛深くもないが、相手が大人であろうと子供であろうとしつけに大差はないはずだ。

彼女は伸びあがって、ヘンリー卿の左耳をぎゅっとつかむと思いきりひねった。

彼が幼い少女さながらに悲鳴をあげた。

その瞬間、扉が大きな音をたてて開いた。何者かが身をかがめて飛びこんできたかと思うとテンペランスを押しのけ、ヘンリー卿に殴りかかった。ふたりの男性はそのまま床に転がった。彼女は暗闇に目を凝らした。こぶしで殴る音に続き、ヘンリー卿の口から喉が詰まったようなうめき声がもれた。

やがて、室内は静寂に包まれた。

テンペランスはケール卿に腕をつかまれ、乱暴に部屋から連れだされた。目をしばたたきながら、引っぱられるようにして廊下を引き返す。舞踏室に近づくにつれ、なかのざわめきが大きくなった。

彼女はつかまれた腕を引き抜こうとした。「ケール卿」

「あのろくでなしと暗い部屋に行くなんて、いったいなにを考えていたんだ？　きみには分別がないのか？」

テンペランスはケール卿に目をやった。顎に赤い痣をつくった彼は逆上しているようだ。

「髪がほどけているわ」

彼はふいに立ちどまり、テンペランスを廊下の壁に押しつけた。「家族以外の男とは絶対にどこへも行くな」

彼女は眉をつりあげてケール卿を見あげた。「じゃあ、あなたはどうなの？」

「わたしか？　わたしはヘンリー卿よりもはるかに危険な男だ」彼が身を寄せてきて、その息がテンペランスの頬を撫でた。「きみはもう二度とわたしに近づかないほうがいい。今すぐ逃げだすべきだ」

ケール卿の鮮やかな青い目は燃えあがり、顎の筋肉が痙攣《けいれん》していた。見るからに恐ろしい形相だ。

テンペランスは爪先立ちになり、痙攣する顎にそっとキスをした。彼はびくっとして凍りついた。彼女の唇の下で顎がもう一度ぴくりと動き、震えがおさまった。テンペランスは彼の口へと唇を滑らせた。

「テンペランス」ケール卿がうなるように言う。

「しいっ」彼女はささやき、ふたたび唇を重ねた。

不思議だわ。ついさっき別の男性からされたキスと、ケール卿に唇を押しつける感覚はまったく違う。彼の唇は温かく引きしまり、頑固に閉じられていた。テンペランスは彼の広い肩に両手をのせ、さらに体を密着させた。ケール卿の肌は異国の香辛料の匂いがする。ひげを剃ったあとに塗っているのだろうか？　唇はくらくらするようなワインの味がした。テンペランスは彼の唇の合わせ目をそっと舐めた。

ケール卿の口からうめき声がもれた。

「口を開いて」唇に向かってささやくと、彼は求めに応じた。

テンペランスは探るようにケール卿の唇の内側や歯を舐めたあと、彼の舌に触れた。舌を滑らせてから引っこめると、彼の舌が追いかけてきた。その舌をそっと吸いながら、引きしまった頬を両手で挟む。

彼女のなかのなにかが粉々に崩れ、すばらしいものに生まれ変わった。それがなんなのかはわからないが、手放したくなかった。このまま暗い廊下にとどまって、永遠にケールとキスしていたい。

廊下の突きあたりから聞こえる人の声が徐々に近づいてきた。

ケール卿が顔をあげて舞踏室のほうに目を向けた。

扉が開閉する音がして、話し声がやんだ。

彼はテンペランスの手をつかんだ。「さあ、行こう」

「ちょっと待って」

ケール卿が片方の眉をあげて振り返り、テンペランスは彼の背後にまわった。彼の黒いビロードのリボンがほどけかかっていたのだ。注意深くリボンをほどき、銀髪を指ですいてから、ふたたびリボンを結ぶ。

ケール卿の前に戻ると、彼はまだ眉をあげていた。「満足したか？」

「ええ、とりあえず今は」テンペランスが腕に手をかけると、彼は彼女を連れて舞踏室へ引き返した。

「また一から後援者を探すことになったわ」舞踏室のなかをぶらつきながら、テンペランスは言った。

「そのようだな」

彼女はケール卿を見あげた。「ほかのパーティーや音楽会にも連れていってくれる？」

「ああ」

テンペランスはうなずいた。彼は当然だと言わんばかりの口調だった。

「またセントジャイルズに行くつもり？」

予想に反してケール卿は即答せず、しばらく無言で歩いた。テンペランスが彼のほうをうかがうと、かすかに眉間に皺が寄っていた。

「わからない」ようやく彼が口を開いた。「これまでに二度も襲撃されたことが気にかかる。まあ、裏を返せば、それだけマリーを殺した犯人に近づいているということだが。とはいえ、きみの身を危険にさらしたくない。この件はじっくり考えて、調査を進める最善の方法を見つけなければならない」

テンペランスは視線を落とし、青緑色の美しいドレスの皺を伸ばした。こんなにすばらしい生地を目にしたのは生まれて初めてで、自室の小さな鏡に映った自分の姿を見たときは思わず息をのんだ。ケール卿は筋金入りの皮肉屋だけれど、彼の振る舞いはさまざまな面で思いやりにあふれている。ケール卿が立ちどまったが、テンペランスは目を向けなかった。彼を見ることができなかったのだ。

「わたしは今まで誰も愛したことがない」

それを聞いて彼女は顔をあげた。ケール卿は身をこわばらせて前方を凝視している。

「誰も?」

彼はうなずいた。「ああ、アネリスが亡くなってからは」

その告白にテンペランスの胸が震えた。誰も愛さずに生きることなどできるのだろうか?

「でも、あなたは何カ月もマリーを殺した犯人を捜しているわ」そっとつぶやく。「彼女はきっとあなたにとって意味のある存在だったのよ」

「わたしが犯人を捜しているのは、おそらくマリーが自分にとって大切な存在であるべきだったからだ。彼女を愛していて当然だったのに、そうではなかったからだろう」ケール卿は顔をしかめた。「もしかしたら、わたしは霞《かすみ》のようなまぼろしの感情を追い求めているのかもしれない。単に自分を欺いているだけかもしれないな」

テンペランスはケール卿を抱きしめ、この冷酷で孤独な男性を慰めたい衝動に駆られた。けれども、ここは人々であふれ返る舞踏室だ。彼女は代わりに彼の腕をぎゅっとつかんだ。痛みを与えてしまったかもしれないが、誰しも人にまったく触れられずにいることなど不可能だ。たとえケール卿であっても。

ダンスフロアの脇で立ちどまると、テンペランスの前を銀色のドレスに身を包んだ美女が通り過ぎた。目を奪われるほど美しいその女性は、ウェークフィールド公爵の妹、レディ・ヘロだった。

「踊らないか？」ケール卿が訊いた。

彼女はかぶりを振った。「ダンスのしかたを知らないの」

彼はテンペランスを見おろした。「本当に？」

「孤児院ではダンスをする機会がめったにないから」

「おいで」ケール卿はふたたび彼女を引っぱって歩きだした。

「どこに連れていくつもり？」

「薄暗い部屋ではないと約束するよ」

舞踏室の奥にたどりつくと、ひんやりした夜気が入るように両開きの扉が少しだけ開いていた。彼はそれを押し開け、屋敷の裏手に沿って伸びるバルコニーへテンペランスを連れだした。

「では、始めよう」ケール卿は彼女の隣に立ち、つないだ手を持ちあげた。

「まあ」その瞬間、彼がなにをするつもりなのか気づいた。「ここではだめよ」

「なぜだ？　誰もいないじゃないか」

たしかにひとけはない。寒すぎて、誰もバルコニーに出る気にならなかったようだ。

テンペランスは唇を嚙んだ。舞踏室の人々はみな、息をするように自然に踊ることができる。ダンスを習った経験のない自分が恥ずかしくなるほどだ。「でも……」

ケール卿がふいにほほえみ、ハンサムで邪な紳士の顔になった。

「わたしに不器用だと思われるのを恐れているのか？」

テンペランスは彼に向かって舌を突きだした。

「気をつけたほうがいい」笑みを浮かべたまま、ケール卿が声を落とした。「わたしはダンスのレッスンなど放棄して、もっと自分の好きなことをきみに手ほどきするかもしれないぞ」

そのからかいの言葉をどう受けとめればいいかわからず、彼女は目をみはった。

「さあ、始めよう。そんなに難しいことはない」

ケール卿の声音がやわらいだ。彼は人一倍洞察力にすぐれ、こちらの感情を敏感に読み取るようだ。

テンペランスは息を吐き、彼のやさしさに胸を打たれながら、すっと目をそらした。

ケール卿が彼女の手を取った。「いちばん大事なのは、常に火かき棒が――」ちらりと横目で彼女を見る。「背中に入っているように見せることだ。さあ、よく見て」

彼は忍耐強くダンスのステップを披露し、開いたバルコニーの扉からもれ聞こえてくる音楽に合わせて自分の動きをまねるように指示した。テンペランスはケール卿の優雅なダンスをしげしげと眺め、それをまねようとしたが、彼には生まれつき備わっているように思えるステップでも、実際やってみると頭が混乱するほど難しかった。

「ああ、もう、こんなこと絶対に無理よ」数分後、彼女は叫んだ。

「大げさだな。きみはずいぶん上手だと思うよ」

「だけど、いろんなステップにまごついてばかりいるわ。あなたが踊るとすごく自然なのに」

「たしかにわたしは……自然に踊ることができる」ケール卿はにべもなく言った。「幼いころ、何時間もステップを練習させられたからね。間違えたりすれば、ダンスの教師にふくらはぎをステッキで叩かれたものさ。おかげでまたたくまに上達したよ」

「まあ」テンペランスはそれしか言えなかった。

ふたりの世界はあまりにもかけ離れている。彼女が幼いころ料理や縫い物や倹約のしかたを学んだのに対し、ケール卿はこの複雑きわまりない間抜けなステップを身につけたのだ。少年時代の彼が広々とした優雅な舞踏室で、意地悪なダンスの教師を前にひとり踊っている姿を、テンペランスは想像した。

そしてぶるっと身を震わせた。

すぐにケール卿が眉根を寄せた。「冷えたようだね。もう部屋に戻ろう」

彼女はありがたくうなずいた。

屋内に戻ると、舞踏室はさらに混雑していた。

「パンチを持ってこようか？」彼が訊いた。

テンペランスはまたうなずいた。ケール卿は大きな花瓶のそばに空いている椅子を見つけ、彼女が腰をおろすのを待って飲み物を取りに行った。すっかり夜もふけ、半分溶けた蠟燭の匂いが部屋を満たしている。テンペランスは扇であおぐレディたちを見て、自分にも扇があればいいのにと思った。だが、今夜ケール卿にこれだけ贈り物をもらいながら、さらにほしがる自分を叱りつけた。彼の言うとおり、人はどれほど物に恵まれても不満を覚えるものなのかもしれない。

視界の隅に動く人影をとらえてそちらを見ると、ヘンリー卿が人込みを縫うように歩いていた。いやだわ！　彼に見つかったらひどく気まずい思いをするだろう。とっさに顔をそむけ、トパーズのピンがまだちゃんとついているか確かめるように髪飾りに手をやった。

「なにか落としたの？」近くで女性の声がした。

びくっとして見あげると、レディ・ヘロの大きな灰色の瞳と目が合った。彼女は隣の椅子に腰をおろし、ほほえみはしなかったものの、愛想のいい表情を浮かべた。

テンペランスはレディ・ヘロを凝視していたことに気づき、彼女の質問を思いだした。「い、いえ、お嬢さま」

「誰かからわたしの正体を聞いたのね」レディ・ヘロが言った。

「はい」

「そう」レディ・ヘロは膝に視線を落とした。「いずれそうなるのはわかっていたけど」顔をあげ、かすかに苦笑いを浮かべてテンペランスの視線をとらえる。「みんなわたしの名前を知るなり、態度が一変するのよ」

「まあ」テンペランスは返答に窮した。レディ・ヘロの言うとおり、公爵令嬢はほかの人とは扱われ方が違うはずだ。

レディ・ヘロの顔に笑みが広がった。「わたしはテンペランス・デューズです」距離が近いせいで、公爵令嬢の鼻に散らばるそばかすが見えた。そばかすのおかげで、肌の白さやなめらかさがいっそう際立っている。

ちょうどそのとき、ヘンリー卿が横を通り過ぎた。ばつが悪そうな彼と目が合ったとたん、テンペランスは視線をそらした。

レディ・ヘロがそれを見て言った。「あの男はヒキガエルよ」

「えっ?」テンペランスは目を丸くした。まさか、聞き間違えたのだろう。公爵令嬢が紳士をヒキガエル呼ばわりするはずがない。

しかし勘違いではなかったらしく、レディ・ヘロはうなずいた。

「ヘンリー・イーストン卿のことでしょう？　たしかに人あたりはよさそうだけど、ヒキガエルみたいな男性だってことは間違いないわ。彼――」かすかに眉をひそめる。「あなたになにもしていないわよね？」

「ええ」テンペランスは鼻に皺を寄せた。「いえ、わたしにキスしようとしました」

レディ・ヘロがたじろいだ。「まあ、ぞっとするわ」

「おっしゃるとおりです。それに、正直がっかりしました。実はヘンリー卿が、わたしの孤児院に興味を持っていると誤解していたんです。わたしが愚かでした」

「そう」レディ・ヘロが聡明な口調で言った。「自分を責める必要はないわ。ヒキガエルのような紳士は、女性が気のあるそぶりをまったく見せなくてもキスしようとするものよ。少なくとも、そう聞いているわ。もちろん、わたしに無理やりキスしようとした紳士はひとりもいないけど。ほら、公爵の娘だから」いくぶんがっかりした声で言う。

テンペランスはほほえんだ。公爵令嬢と話すのがこんなに楽しいとは思いもしなかった。

「ところで、その孤児院について話を聞かせて」レディ・ヘロが言った。「孤児院を運営する女性に会うのは初めてよ」

「まあ！」テンペランスは困惑しながらも喜んだ。「〈恵まれない赤子と捨て子のための家〉はセントジャイルズにあって、現在二八人の子供を世話しています。後援者が見つかれば、もっと多くの子供たちを受け入れられるのですが」彼女は肩を落とした。「それでヘンリー卿に過剰な期待を抱いてしまったんです」

レディ・ヘロはかぶりを振った。

「お気の毒に。その孤児院には女の子も男の子もいるの？」

「ええ。もちろん部屋は分けていますが、性別を問わず九歳までの子供を受け入れています。子供たちは九歳になったら奉公に出るんです」

「そうなの？」レディ・ヘロは膝の上で優雅に両手を組み、身を乗りだしこそしないものの、本心から興味を持っているのが見て取れた。「でも、どうやって——あら、いやだ」

彼女はテンペランスの背後をちらりと見た。

テンペランスが振り返ると、どっしりした体格で横柄な物腰の女性が目に入った。

「いとこのバティルダよ」レディ・ヘロが言う。「きっとディナーを食べようと誘いに来たんだわ。気づかないふりをすると、ますます腹を立てるの」

「でしたら、行かれたほうがよろしいですね」

「そうね」レディ・ヘロは頭をさげた。「お会いできてよかったわ、ミス・デューズ」

「ミセスです」テンペランスはすばやく言った。「未亡人なので」

「ミセス・デューズ」レディ・ヘロが立ちあがる。「ぜひまたお会いしたいわ」

テンペランスは〝いとこのバティルダ〟のもとに向かうレディ・ヘロを見送った。視線を戻すと、パンチのグラスを手にしたケール卿が目の前に立っていた。

「わたしのいない隙に、立派なご令嬢とお近づきになったようだね」

テンペランスは彼に向かってほほえんだ。「彼女は信じられないほどいい人よ」

ケールはレディ・ヘロのほうを見てから、やさしい笑みを浮かべて振り返った。「本当かい？　さあ、パンチを飲んで。きみに贅沢きわまりないごちそうを食べさせてから家に送るよ。きっときみの弟は今ごろ、玄関のそばを行ったり来たりしているはずだ」

それから一時間ほどして、ようやくケール卿の馬車にたどりついた。豪華な食事や極上のワインを口にしたテンペランスは、大きなあくびをしていた。彼はテンペランスを椅子に座らせてから馬車の屋根を叩き、隣に腰かけて彼女を抱き寄せた。テンペランスはケール卿とともに毛皮にくるまれると、馬車がロンドンの通りを駆け抜けるなか、うとうとしはじめた。

まるで夢のようだ。ケール卿の腕のなかは温かく安心感があり、彼の力強い鼓動が聞こえた。彼は自分とは別世界の人間で、綿菓子のようにすてきな世界に暮らす貴族だけれど、鼓動はほかの男性となんら変わらない。

そのことにテンペランスは慰められた。

次に気づいたときには馬車がとまっていて、ケール卿にそっと肩を揺さぶられていた。

「眠れる美女よ、さあ、起きてくれ」

テンペランスはまぶたを開いてあくびをした。「もう夜明けなの？」

彼が窓に目をやる。「ああ、じきに空が白みだす。太陽が顔を出す前にきみを送り届けないと、きみの弟に皮をはがれてしまう」

それを聞いて、彼女はさらにはっきり目が覚めた。あわてて身を起こし、髪が乱れていないか確かめた。「靴が片方脱げてしまったわ」

床を見ようと身をかがめたが、それより先にケール卿がひざまずき、足元に手を這わせていた。「ほら、あったよ」

彼は長靴下に包まれたテンペランスの足をつかみ、そっと靴を履かせた。彼女はぼうっとしたまま、ケール卿の銀髪を見おろした。

その視線に気づいたらしく、彼が翳《かげ》りを帯びた目で見あげた。しかし、ただこう言っただけだった。「準備はいいか?」

テンペランスは声を出せるか自信がなく、黙ってうなずいた。

ケール卿は馬車からおりる彼女に手を貸し、孤児院へと導いた。徐々に空が白みかけているが、まだ通りに人影はない。玄関にたどりつくと、テンペランスは振り向いて彼の胸に手をのせた。

「ケール……」なにを言うつもりか自分でもわからなかったけれど、そんなことはどうでもよかった。

彼は顔をさげて唇を重ねた。「おやすみ、ミセス・デューズ」

そうささやくと踵を返した。

ケール卿の広い肩が灰色の朝靄《あさもや》のなかに消えるのを見送ってから、テンペランスは孤児院の玄関の鍵を開けた。あくびをしながら扉に閂をかけ、ヒールの高い靴を片方ずつ脱ぐ。そのあと調理場にぶらりと足を踏み入れた。

とたんに四人の男性が振り返った。テンペランスは目をみはった。まさか兄弟たちはわたしの帰りをひと晩じゅう待っていたわけではないわよね？　だが、そこにはただならぬ空気が漂っていた。四人目の男性は義弟のウィリアムで、目が真っ赤だった。

彼女はさっとウィンターに目をやった。「サイレンスは？」

弟はやつれた様子で、実年齢より何歳も老けて見えた。

「昨日の午後から行方不明だ」


彼に命じられてボディスの紐をほどき、髪をおろした。

サイレンスは髪を背中に垂らしたまま、チャーミング・ミッキー・オコーナーの寝室を出た。その寝室は昨日通された部屋の上の階にあり、廊下に出たとたん、メイドと鉢あわせした。この建物のなかで女性の使用人を目にしたのはそれが初めてだった。メイドはサイレンスを凝視してからすばやく視線をそらし、大理石の床をまた磨きはじめた。サイレンスは一瞬、思いをめぐらせた。誰かほかに床磨きを手伝ってくれる人はいるのだろうか？　それとも彼女は日がな一日、この仕事だけに追われているの？　何メートルもの美しい大理石の床をひたすら磨いているのかしら？　だとしたら、彼女の仕事をうらやましいとは思えない。

「さあ、こっちだ」男性の声がした。

サイレンスが顔をあげると、ハリーが待っていた。そのまなざしは同情にあふれている。

彼女は胸を張った。「ありがとう」

ハリーがためらいがちに言った。「身なりを整えるかい？」

彼は開いたボディスからのぞく胸元には決して目を向けなかった。

「いいえ」サイレンスはささやいた。「気遣ってくれてありがとう」

チャーミング・ミッキーから、身なりを整えてはいけないとはっきり言い渡されている。ハリーはしばし困った顔で彼女を見つめてからうなずいた。それから向きを変え、先に立って大理石の螺旋階段をおりはじめた。夜が明けてずいぶんたつので、ほかの人たちも起きていた。サイレンスを目にした人々の反応はさまざまだった。ハリーのように同情する者もいれば、なかには嫉妬の目を向けてくる者もいた——女性の多くがそうだった。しかし、大半は侮蔑の表情を浮かべた。そのうちのひとりがずうずうしくもサイレンスにウインクをして、ハリーに壁に叩きつけられた。それからあとは、彼女が通るとみな顔をそむけた。

玄関にたどりついて、ハリーが扉を開けた。

「なにか必要なものがあれば遠慮せず言ってくれ」サイレンスが脇を通り過ぎるとき、彼はつぶやいた。

「ありがとう」彼女は礼儀正しく応えた。「でも、目的のものはすべて手に入れたわ」

サイレンスは容赦なく照りつける明るい日差しのなかに足を踏みだした。

チャーミング・ミッキーの指示どおりに、彼女は長い髪を風に吹かれながら、薄汚いセントジャイルズの通りの真ん中を進みだした。脇目も振らず、家路につく娼婦たちから口汚く罵られても、じっと前方を見据えたままでいた。

耳や心を閉ざし、なにも聞かず、なにも見なかった。涙に濡れたテンペランスの顔が目の前に現われるまでは。

そのとたん、あえぎ声がもれ、サイレンスの目に涙がこみあげた。

しかし、そのときにはもう通りの端まで来ていたので泣いても大丈夫だった。サイレンスはミッキーの指示に従い、言われたことをすべてやり遂げた。今度は彼がふたりの取り決めに従って約束を果たす番だ。

ただし、サイレンスの人生はもう二度ともとには戻らない。

12

メグはため息をもらしました。「あれは愛ではありません、陛下」

小さな青い鳥にケーキのかけらをやっていた王は凍りつきました。「だったら、なんなのだ？」

「恐怖です」メグは率直に答えました。「廷臣たちは陛下を恐れています」

王はぶつぶつ言うと、物思わしげな顔つきになりました。「この娘を地下牢に連れていけ」王は衛兵に命じました。「メグ」

「なんでしょう、陛下？」

「今度会うときは、髪をちゃんととかしておけ」

「でしたら、櫛と髪飾りのピンが必要です」メグは静かに言いました。

王がせっかちにうなずき、メグはふたたび地下牢へ連れていかれました。

『偏屈王』

テンペランスは借りた馬車でワッピング地区に向かいながら、サイレンスを抱きしめてやさしくボディスの紐を締めてやっていた。サイレンスはぐったりとし、息遣いが荒かった。テンペランスは指先に涙を落としつつ、妹の身なりを整えた。

「お医者さまを呼んだほうがいい？」テンペランスはついに口を開いた。

「いいえ、わたしは大丈夫よ」サイレンスがささやく。

それが嘘であることは一目瞭然《いちもくりょうぜん》だった。テンペランスは新たに涙がこみあげるのを感じて、手首でぐいと目元をぬぐった。今は自分の恐怖や後悔の念に打ちのめされている場合ではない。サイレンスのために強くならなければ。

「いったい――」テンペランスはいったん口をつぐみ、息を吸わなければならなかった。

「いったい彼になにをされたの？」

「なにもされなかったわ」サイレンスが淡々と答えた。「触れられもしなかった」

テンペランスはさらに問いただそうとして思い直した。サイレンスがチャーミング・ミッキーになにかされたことはたしかだが、今はそれについてとても話せないのだろう。それからの数分、テンペランスは妹の長い赤褐色の髪を指でとかすことに専念した。髪を分けて三つ編みにし、自分のピンを使って頭のてっぺんにまとめてやる。

テンペランスは自分の胸にもたれるサイレンスの額を撫でた。まるで妹がまだ幼子であるかのように。

かなりたってから、テンペランスは沈黙を破った。

「サイレンス、なぜあんな男のところに行ったの？」

サイレンスは途方に暮れ、孤独でたまらないようにため息をもらした。

「ウィリアムを救わなければならなかったからよ」

「でも、どうしてまずわたしに会いに来てくれなかったの？　ふたりで話しあえば、ウィリアムを助ける別の方法が見つかったかもしれないのに」平静な口調を保とうとしたが、つい失望の念がにじんだ。

「姉さんはすごく忙しそうだったでしょう」サイレンスが静かな声で言った。「孤児院や、子供たちや、ケール卿や、新しい後援者探しで」

その言葉がテンペランスの胸に鋭く突き刺さった。実の妹が助けを求めに来るのをためらうくらい、ほかのことに気を取られていたなんて。

「でも、そんなことは関係ないわ」サイレンスは目を閉じてささやいた。「いずれにしろ、わたしはひとりでチャーミング・ミッキーを訪ねて、一対一の取引を交わさなければならなかったのよ。おかげでうまくいったわ」

「どういうこと？」

「わたしがチャーミング・ミッキーに会って取引したおかげで、彼は〈フィンチ号〉から盗んだ積荷を返してくれると約束したわ」

テンペランスはまぶたを閉じた。盗賊の首領が約束を守ることを願うが、たとえそんな奇跡が起きたとしても、サイレンスの状況は変わらない。

妹の名は汚れてしまった——今もこれからも永遠に。

その日の午後、ラザルスが目を覚ました直後に、寝室の外で言い争いが始まった。ズボンとゆったりしたシャツをまとって座っていた彼が机から顔をあげたのと同時に、扉が勢いよく開いた。

とたんにテンペランスが飛びこんできた。スモールがその背後でうろうろしている。彼女の泣きはらした顔をひと目見るなり、ラザルスは近侍に嚙みついた。

「もうさがっていい」

スモールがお辞儀をして寝室の扉を閉めた。

ラザルスはゆっくりと立ちあがった。「いったいなにがあったんだ？」

テンペランスは薄茶色の瞳に打ちひしがれた表情を浮かべてこちらを見た。

「サイレンスが……。ああ、ラザルス、サイレンスが」

ラザルスはテンペランスが初めて彼の名を口にしたことにぼんやりと気づいた。

「さあ、話してくれ」

詳細を語る前に心を落ち着かせようとしたのか、彼女は目を閉じた。

「サイレンスが夫のウィリアムの積荷を取り戻そうとして、ミッキー・オコーナーという盗賊団の首領に会いに行ったの……」

セントジャイルズをうろつくあいだに、その大胆不敵な泥棒の噂を小耳に挟んだ覚えがあった。たしか危険な男だったはずだ。ラザルスは眉をひそめた。「それで？」

テンペランスのまぶたの下からあふれた涙が、午後の日差しにきらめいて床に落ちた。

「彼は船の積荷を返すことに同意したわ……でも、条件があったの」

幼いころから皮肉屋だったせいで、条件の内容はだいたい察しがついたが、それでも尋ねた。「どんな条件だったんだ？」

彼女がまぶたを開くと、金色の斑点が浮かぶ薄茶色の瞳がきらめいた。

「あの男は、妹にひと晩一緒に過ごすことを強要したの」

予想どおりの答えにラザルスは息を吐いた。サイレンスという女性には一度も会ったことがなく、彼女のことはなにひとつ知らないし、たとえ知っていたとしても気にかけるとは思えない。ただ、彼女はテンペランスの妹だ。

それによって状況は一変する。

この共感という感情は不思議なものだ。これまでは一度も抱いたことがなかった。けれども、テンペランスが傷つくと自分も傷つき、彼女が血を流すと自分の心も切り裂かれたように痛むことにラザルスは気づいた。

彼女に向かって両腕を広げる。「おいで」

腕のなかに飛びこんできたテンペランスを受けとめると、開いたシャツからのぞいた素肌に痛みが走った。彼女は夜明けと女性の甘い香りがした。

「お気の毒に」なじみのない言葉をそっとささやく。「本当に気の毒でならない」

テンペランスはすすり泣いた。「今朝帰宅したとき、サイレンスがゆうべ家に戻らなかったとウィリアムから知らされたの。彼はサイレンスがオコーナーに会いに行ったのではないかと思ったけれど、あまりに危険すぎて夜中に盗賊の縄張りには踏みこめなかったそうよ」

ラザルスは内心思った。もし行方不明になったのがテンペランスで、彼女が盗賊の根城で危険にさらされているとわかったら、自分はなにがあろうと助けに行っただろう。

「わたしたちは夜明けを待って馬車を借りたわ」テンペランスは彼の肩先にささやいた。彼女の息がかかると、ラザルスの肌に緊張の震えが走った。「オコーナーの家が視界に入ったちょうどそのとき、サイレンスがなかから出てきたの」

彼はテンペランスの髪を撫でた。彼女はまだラザルスから贈られた黄褐色のトパーズのピンを差していたが、ドレスは別のものに着替えていた。

テンペランスはそのときのことを思いだしたらしく身を震わせた。

「妹は髪をおろして、ボディスの紐もほどけた状態だった。オコーナーは娼婦の焼き印を押すように、サイレンスにその格好で通りを歩かせたの。妹はわたしを見たとたん、泣きだしたわ」

ラザルスはまぶたを閉じてテンペランスの痛みを自分のなかに取りこみ、今言えるたったひとつの言葉を繰り返した。「気の毒に」

「サイレンスはなにもなかったと言うの。オコーナーの寝室にひと晩いただけで、触れられたりはしなかったと。ああ、ケール、あの子がそう言い張るのがあまりにも痛々しくて、とても真実を問いただす気にはなれなかった。抱きしめることしかできなかったわ」

ラザルスは彼女を抱く腕に力をこめた。「かわいそうに」

テンペランスが身を引いて彼の目を見つめた。「でも、最悪だったのは孤児院に戻ったときよ。ウィリアムがわたしたちの帰りを待っていたんだけど――」

「彼は同行しなかったのか？」ラザルスは眉間に皺を寄せた。

彼女はかぶりを振った。「もし自分がオコーナーの家のそばで目撃されたら、盗賊の仲間だという噂を裏づけることになってしまうとウィリアムは言っていたわ」

ラザルスは黙ってテンペランスの背中を撫でた。どうやらウィリアム・ホリングブルックは腰抜けのようだ。

「わたしたちが到着すると、ウィリアムはサイレンスを見るなり顔をそむけたの。ああ、ケール――」彼女は疲れたようにまぶたを閉じた。「あのときは胸が張り裂けそうだった」

そうせずにはいられなくなり、ラザルスは頭をさげてそっと口づけをした。「心から気の毒に思うよ」

キスを受け入れながら、テンペランスは彼の肩に力なく頭を預けた。彼女の唇はやわらかく、涙の味がした。ラザルスはテンペランスの頬に唇を滑らせ、そこにも涙の味を感じて、彼女の悲しみを舌でぬぐった。

「ケール」テンペランスの口からため息がもれた。

「なんだ？」

「すごく疲れたわ」幼い少女のように彼女が言った。おそらく、ゆうべラザルスが家に送り届けて以来、寝ていないのだろう。

「だったら、しばらく一緒に横になろう」彼はささやいた。

テンペランスを子供のように抱きあげ、寝具が乱れたままのベッドに運んでそっと横たえてから、ラザルスは隣にもぐりこんだ。テンペランスを抱き寄せ、シャツに覆われた胸に彼女がすり寄ってくると、痛みのような感覚を覚えた。

テンペランスがふたたびため息をもらす。「不思議よね」

「なにが？」ラザルスは彼女の髪に指を差し入れた。トパーズのピンを外し、ベッドの脇のテーブルに置く。

「ウィリアムから連絡があったの。彼がサイレンスと一緒に帰り、わたしの兄たちが口喧嘩をしてエイサが飛びだしていったあとに」

「なんの知らせだったんだ？」テンペランスの髪から小さなピンをひとつずつ外し、きっちりとめられていた長い髪をそっと指ですいた。

「船の積荷のことよ。ミッキー・オコーナーが約束を守ったの。今朝すべての積荷が船に戻されていたそうよ。まるでずっとそこにあったみたいに」

ラザルスはベッドの天蓋《てんがい》をじっと見つめ、盗賊の不義や道義心、女性が愛する男のために払ったかもしれない代償について思いをめぐらせた。ふたたび見おろしたとき、テンペランスは官能的な口をわずかに開き、穏やかな寝息を立てていた。黒い髪が絹の毛布のように彼の肩やベッドに広がっているのを見て、心の底から満足感を覚えた。

ラザルスは髪のひと房を指に巻きつけて見とれた。口元がふっとゆるむ。こんな光景を目にすれば、男は自分自身をも欺くだろう。

彼は腕をおろした。テンペランスをさらに抱き寄せ、目を閉じる。

そして眠りに落ちた。

テンペランスは暗い部屋で目を覚まし、まぶたを開けようとしたとたん、なにか恐ろしいことが待ち受けている予感に襲われた。

だから、まぶたを開けるのをやめた。

なにも考えず、目も開けず、平穏な眠りにしがみつこうとした。隣に横たわる大きな温かい体にだけ意識を集中する。ケールはまだ眠っているらしく呼吸が深かった。そのかすかな息の音がありがたかった。ひとりきりではないと思わせてくれるからだ。薄闇のなかでうとうとしながら、いつまでもこうしていたかった。しかし、否応《いやおう》なく意識がはっきりして現実に引き戻され、目を開いたとたん苦痛にあえいだ。

たちまち彼女を抱くケールの腕に力がこもった。

テンペランスは彼のほうに顔を向け、麝香《じゃこう》の香りを吸いこむと、不覚にもまた涙がこみあげてくるのを感じた。末っ子のサイレンスは家族のなかでいちばん純真だった。だからこそ、妹の身に降りかかったことは耐えがたく、あたかも世界じゅうの明かりが消えてしまったかのような気分だった。

　ケールが重々しいため息をもらし、彼女の背中を撫でおろしてヒップをぎゅっとつかんだ。

「テンペランス」

　彼の体は燃えるように熱かった。その背中に手を這わせた拍子に、自分の指と彼の肌を隔てているのは薄い絹だけだと気づいて、テンペランスは少し驚いた。「ケール」

　まだ眠そうにゆっくりと彼が唇を重ねてきた。テンペランスは暗闇のなかで、彼のキスに慰められた。今この瞬間、彼女はテンペランスではなく、ケールもはるかに身分の高い貴族ではなかった。この夜と昼の狭間《はざま》では、ただの男と女だ。

　テンペランスはひとりの女性として、彼と重ねた唇を開いた。

　ケールが胸の奥で満足げな声を出し、舌を滑りこませてきた。テンペランスは素直にそれを受け入れた。今はまだ扉の外の世界と向きあいたくない。ただこうして感じていたい。

　こんな感覚に身を任せるのは久しぶりだ。

　たちまち、テンペランスは強烈な欲望にのみこまれた。昔から性的なことに敏感で、それを人に悟られないよう常に気を引きしめていた。けれども今、彼女はその戒めを解いた。

　ケールの背中に両手を広げ、てのひらの下ですべすべした絹が滑る感触を堪能する。彼は筋肉質で肩幅が広く、背骨がくっきりと浮きでていた。

　ケールが息を切らして唇を離し、彼女のボディスを引っぱった。「これを脱いでくれ」

　暗闇のなかでまごつき、テンペランスが身をくねらせると、コルセットがウエストのあたりでよじれた。ケールは紐の下にするりと指を差し入れて、穴から引き抜きはじめた。紐が外れるたびに音がして、解放された胸のふくらみが揺れる。彼はコルセットをはぎ取り、シュミーズを頭から脱がせた。

次の瞬間、テンペランスは生まれたままの姿になっていた。

「これを脱いでちょうだい」彼のシャツをつかんでささやく。

「すまないが、それはできない」ケールがそうつぶやくのを聞いて、テンペランスは彼の肌がひどく敏感だったことを思いだした。

彼女はケールの目をのぞきこんだ。その瞳は悲しげにテンペランスを見おろしていた。

「わたしのせいで痛みを感じるの？」

「いや、違う」彼は唇の端にキスをした。「きみとはもう痛みを感じない。ただ……不快なだけだ。素肌に触れられたときだけ」

「わたしの肌に触れるときは？」

ケールがゆっくりとほほえむ。「その場合はいっさい痛みは感じない」

テンペランスはもどかしさを覚えたが、ケールに身をすり寄せ、胸の先端で絹の感触を味わった。

彼がうなり声をもらして手を伸ばしてくると、テンペランスは自制心を解き放った。ケールの上に片脚をのせ、彼の脚にふくらはぎを何度も滑らせる。ズボンのざらついた生地を感じたあと、むきだしの膝下に触れた。その瞬間、ケールが身をこわばらせた。彼に不快な思いをさせているのはわかっていたが、それでもやめられなかった。自分のやわらかな体とは対照的なケールのたくましさに胸がときめいた。

ふいに彼が身を翻して、テンペランスを組み敷いた。

「ああ」彼女はあえいだ。「いいわ」

しかし、ケールは予想外の行動を取った。テンペランスの両手をつかんだかと思うと、頭上のマットレスに押しつけ、彼女が動けないようにのしかかってきた。

「お願い」テンペランスは息を切らした。この恍惚《こうこつ》とした状態からわれに返って、日常や罪悪感や悲しみと向きあいたくない。

「そんなにあわてる必要はない」ケールが彼女の喉元でつぶやいた。

「いいえ」憤慨して言い返す。「あるわ」

だが、彼は笑って聞き流し、テンペランスの鎖骨に沿って唇を走らせた。彼の息を浴びて肌がうずく。ケールはいったいなにをするつもりだろう？　ほかの男性のように衝動に駆られないのだろうか？　ケールのあの——男性特有の部分には、とても興味をそそられる。テンペランスの腹部に押しつけられたそれは、ズボン越しでも熱く硬かった。続いて、彼が下のほうに移動しはじめた。

ケールのさまよう唇と熱いこわばりに注意を引き裂かれて、テンペランスは混乱した。腰をあげて押しつけようとしたが、ケールは含み笑いをもらし、片方の腿をずらして彼女の動きを封じた。

「いったいなにをしているの？」苛立ちまじりに叫んだ。

「なにって、わかるだろう、ミセス・デューズ」彼が物憂げに言う。「きみは結婚していたんじゃないのか？」

「ええ、そうよ」テンペランスは苛々して言った。今は亡き夫のことは考えたくない。

「だったら、男女の営みについて多少は知識があるはずだ」そうささやくなり、ケールは彼女の乳首を熱い口に含んだ。

テンペランスは頭が真っ白になって、快感に文字どおり体が震えた。ああ、男性にそこを強く吸われるのは何年ぶりだろう。あまりに官能的で圧倒されそうだ。

ケールが顔をあげ、濡れた舌をのろのろと胸に滑らせて彼女の心をかき乱した。

「実は、わたしはこの手のことに関しては初心者なんだ」ゆったりとした口調で言う。

「えっ？」彼女は暗闇のなかで目をみはった。「この手のことって？」

「愛を交わすことだよ」ケールは平然と答え、彼女のもう片方の胸の頂をやさしく噛んだ。甘美な痛みにテンペランスはすすり泣き、体の奥の疼きが一段と激しくなった。しかし、彼は動いてその疼きを癒してくれそうにない。

その代わり、ケールはしゃべり続けた。

「人の話によると、愛の営みはすばらしいものらしい」穏やかに言う。「だが、わたしが不慣れでもどうか大目に見てくれ。これまで大勢の女性とベッドをともにしてきたが、愛を交わしたことは一度もない。でも、きみは愛の営みに精通しているんだろう」

最後は質問のようだったが、たとえ頭が働いていたとしてもテンペランスは答えられそうになかった。わたしはケールとひとつになりたいだけなのに、彼はなぜこんな駆け引きをするのかしら？

「あせるんじゃない」テンペランスが苛立ちの声をあげると、ケールはたしなめた。続いて彼女の腿を乱暴に押し開き、そのあいだに身を横たえる。「さあ、これでいいか？」

完璧ではないものの、さっきよりはよかった。ズボンのなかで硬くなったものが秘所に触れ、敏感な部分が生地にこすられる感覚がたまらない。ケールが発する熱や、物足りないくらいそっと押しつけられるものにうっとりして、テンペランスはまぶたを閉じた。

「ほら」彼がなだめるように繰り返す。「こうしたらどうだ？」

ケールはふたたび乳首をくわえると、そっと歯をあてて吸いはじめた。

テンペランスも彼に触れて胸毛に指を滑らせ、肩をつかみ、ズボンに手を差し入れたかった。けれども、いまだに両手をつかまれている以上、黙って待つしかなかった。

そして降伏するしか。

「脚をもっと広げるんだ」静まり返った闇のなか、ケールが低い声でささやく。

彼女は求めに応じた。

「少し持ちあげてくれ」

またも従うと、彼は満足げにうなった。さらに体を密着させ、秘所の襞のあいだに下腹部のこわばりを押しあてる。

テンペランスは固唾《かたず》をのんで、次の動きを待った。

「次は……これかな」ケールはふたりのあいだに手を伸ばし、ズボンの前を開いて屹立《きつりつ》したものをあらわにした。ふたたびテンペランスにのしかかると、それを熱く濡れた部分にこすりつけ、彼女の気をそらしているあいだに唇を奪った。

口を開いたキスは、暗闇のなかだとなおさら親密に感じられた。ケールはテンペランスに覆いかぶさって胸のふくらみを胸板で押しつぶし、やわらかな秘所に欲望の証《あかし》を密着させた。そして心ゆくまで彼女の唇を味わった。

テンペランスの下唇をそっと噛んでささやく。「開いてくれ」

彼女はケールの舌を迎え入れ、なすすべもなく長々と舌を吸われた。官能的なキスに注意を奪われて、彼が動きだしても気づかなかった。しかし、気づくやいなや体をこわばらせ、ぴったりと押しつけられたケールの下腹部に全神経を集中させた。やがて唇の端をそっと噛まれて、われに返った。

「ちゃんと感じて」彼の息は乱れていた。

ケールの声がしゃがれていることや、洗練された彼からそんな反応を引きだしたことに、テンペランスの女性としての部分が喜びに震えた。口を開いてお返しにケールの唇を噛むと、彼が鋭く息を吸った。次の瞬間、ケールは自制心を失ったかのように荒々しく唇を押しつけてきた。まさに雌を──自分の雌を──支配しようとする雄さながらに。

ふたたびケールが体の位置をずらした。そして腰を引き、熱く潤った部分を見つけると、屹立したものを先端だけ入れた。わずかに頭をあげてささやく。「よし、今だ」

彼が勢いよく腰を突きだした。

硬いものがやわらかな襞を押し分けて、何年も空っぽだった場所に侵入してきた。テンペランスは心身ともに圧倒されてあえいだが、ケールが唇を重ねて彼女の息を吸いこんだ。彼は何度も突いて奥深くまで進み、テンペランスの大きく広げた腿に下半身を密着させた。

一瞬、彼女は不安に襲われた。この男性はいったい誰？　わたしはなぜ彼の下に横たわって、己の悪しき衝動に身を任せているの？　やがてケールが動きだし、すべての思考は消え失せた。彼の動きは浜辺に打ち寄せる波や、丸石の上を吹き抜ける風を彷彿《ほうふつ》させた。その営みはこの世でもっとも古く普遍的であると同時に、新鮮かつ純粋なものだった。

ケールが深いキスを続けるなか、テンペランスは彼とひとつに溶けあおうと身を弓なりにした。

彼はテンペランスの頬に唇を這わせながらもなめらかに腰を動かし、やがて耳元でささやいた。「わたしの腰に両脚を巻きつけてくれ」

その指示に従ったとたん、ふたりの体はしっかりとからみあった。ケールが少し体を離した拍子に、テンペランスは思わずあえいだ。彼が身を沈めてじわじわと腰を引くたびに、もっとも敏感な部分がこすられる。ふいに、暗闇のなかとはいえあまりにも無防備に身をさらしている気がして、テンペランスは顔をそむけた。だがケールがふたたび顔を寄せて、彼女の唇の端にそっと唇を押しつけた。何度も繰り返される抑制の利いた突きに五感を狙い撃ちされ、耐えがたいほどだ。彼女は叫んでケールをやめさせたかった。その反面、もっと早くと急かしたかった。そんな不安を察したのか、彼が速度をあげて力強く押し入ってきた。

テンペランスは唇を離してあえぎ、つかまれた両手をよじった。「やめて」

「だめだ」彼が見えない亡霊のごとくささやく。「自分を解き放つんだ」

「無理よ」

「きみならできる」ケールがさらに体を持ちあげて腰をねじりながら突きはじめると、なぜか切迫感と快感、情熱と胸の高鳴りが一気にはじけた。

テンペランスは粉々に砕け散り、すすり泣いて、まばゆいばかりの解放感を味わった。なにも考えられず、歓喜のうずきしか感じられない。ケールが息をのむ音がぼんやりと聞こえ、彼がリズムを乱して自制心を失うのが伝わってきた。テンペランスは激しく貫かれながらふわふわと漂い、さらなる高みへ押しあげられた。

ケールの口から荒々しい息がもれる。

彼はさらに一、二度突いてから動きをとめ、がくりと頭を落として唇を重ねてきた。テンペランスは恐ろしく不適切な言葉を口にしたい衝動に駆られた。この営みが自分にとってどんな意味を持つかを伝えたかった。

ケールが両方の手首を放しても、疲れ果てた彼女は腕をおろせなかった。

「実にすばらしかった」息を切らしつつ、彼が深い声でつぶやく。

その言葉をじっくり分析して、返事をすべきだとわかっていた。

だがそうする間もなく、テンペランスは眠りに落ちた。

女性の隣で目を覚ますのは生まれて初めてだ。

それが翌朝、ラザルスの頭に真っ先に浮かんだことだった。普段ベッドをともにする愛人たちは、本質的に仕事の取引相手のようなものだ。彼女たちは体を売り、彼はそれを買う。単純明快な取引で個人的要素はいっさい介入しない。あまりに素っ気ない関係なので、相手の本名を知らないこともままあった。マリーのように何年も愛人として囲っていた女でさえも。今はそのマリーのためにセントジャイルズで殺人犯を捜している。

しかし、マリーの隣で眠ったことは一度もない。彼女のぬくもりを感じたり、寝息を聞いたりしたこともなかった。

ラザルスはまぶたを開けて横を向き、テンペランスを眺めた。彼女は今も両手を頭上に投げだしていた。深紅の唇、紅潮した頬、夜明けの光を浴びて金色に輝く肌。彼の隣に横たわるにはあまりにも美しく、生身の人間とは思えない。ただ、もつれた黒髪のおかげで完璧ではなかった――ありがたいことに。以前、いわゆる完璧な女を買ってベッドをともにしたこともあるが、もう興味がない。今、彼の血をたぎらせるのは本物の女性だ。

ひと房の髪が頬から首筋に垂れて汗ばんだ肌に張りつき、むきだしの胸の上でカールしている。丸いふくらみ、やわらかく突きでた乳首。そこに触れ、ビロードのような感触に驚いていると、たちまち先端がつんと尖った。

テンペランスのあえぎ声が聞こえて、さっと彼女のほうを見る。彼女はラザルスのベッドのなかにいることに驚いたような顔で、こちらを凝視していた。

いや、実際にびっくりしているのだろう。

「おはよう」彼は口を開いた。陳腐な台詞だが、ほかにどう言えばいいのかわからない。

テンペランスは上掛けをはねのけたかと思うと、仰天した子鹿《こじか》さながらにベッドから飛びだした。「わたしのシュミーズはどこ？」

彼は頭の後ろで手を組んだ。「さあ、どこかな」

テンペランスは振り向いてラザルスをにらんだが、生まれたままの姿の彼女はなんとも魅力的だった。「あなたがはぎ取ったんだもの、どこにあるか知っているはずよ」

「いや、わたしはほかのことに気を取られていたものでね」実に残念だ。下半身に目を向けるまでもなく、屹立したものがゆうべの営みを繰り返したがっているのは明らかなのだが。

彼はテンペランスに目をやった。彼女はまだシュミーズを探しているらしく、ひざまずいてヒップを突きだしながら椅子の下をのぞきこんでいる。たまらない光景だが、彼女にその気はなさそうだ。

テンペランスはいきなり身を起こすと、彼の視線に気づいてにらんだ。

「家に帰らないと。あなたに会いに行くとウィンターに告げたときは、まさかここで一夜を明かすことになるとは思っていなかったわ！　きっと弟は心配しているはずよ」

「そうだろうな」彼女をなだめようとして言う。「だが、まだ夜が明けたばかりだ。そんなにあわてて帰らずに朝食を食べていったらどうだ？」

「いいえ、もう帰らなくては。わたしたちが恋人同士だと弟に思われたら困るもの」

ラザルスは口を開いたが、生存本能のおかげで、自分たちは紛れもなく恋人同士だと指摘するのを踏みとどまった。

その代わり忍耐強く言った。「呼び鈴を鳴らして、きみの身支度をメイドに手伝わ――」

「まあ、大変！」テンペランスがよじれたコルセットを掲げた。

彼はたじろいだ。「まいったな。メイドに新しいコルセットを買ってこさせよう」

「そんなことをしたら何時間もかかるわ！」彼女がまたこちらをにらんだ。

ラザルスはため息をついた。昔から早起きは苦手だが、今朝はゆっくり寝かせてもらえそうにない。

上掛けをはねのけて起きあがり、ズボンを押しあげるふくらみを見たテンペランスが顔を真っ赤にする様子に満足感を覚える。彼は部屋を横切って呼び鈴を鳴らし、スモールを呼んだ。戸口でひそひそと指示を出すあいだ、テンペランスはベッドに引き返していた。近侍がメイドからコルセットを調達してきた三〇分後には、彼女はもとのきちんとした身なりに戻っていた。

ラザルスは椅子でくつろぎながら、テンペランスがマントの紐を顎の下できつく結ぶのを眺めた。寸分の乱れもない髪に白い帽子をかぶってつんと澄ました姿は、どこから見ても孤児院を運営する立派な未亡人そのものだ。

彼はその格好が無性に気に入らなかった。

「待ってくれ」テンペランスが扉の取っ手をつかむと、ラザルスは呼びとめた。

彼女はじれったそうに振り返ったが、近づいてくるラザルスを見て用心深い表情になった。

「今夜はちょっと調べなければならないことがある。ゆうべ帰宅したら、尋問したほうがよさそうな男の情報が入った」

テンペランスが唇を噛む。「わかったわ」

彼はうなずいた。「では、八時に出かけられるように準備しておいてくれ」

「でも……」

ラザルスは頭をさげて彼女の唇を奪い、口をこじ開けて舌を滑りこませた。

顔をあげると、テンペランスが警戒のまなざしでこちらを見ていた。彼はほほえんだ。

「おはよう、ミセス・デューズ」

ラザルスはテンペランスが向きを変えて寝室から出ていくのを見送った。彼女はぴんと背筋を伸ばし、一度も振り返らなかった。ふたりで過ごした一夜を忘れ去ることにしたのだろう。

だとしたら気の毒なことだ。なにしろ、わたしは必ずやまた彼女とベッドをともにするつもりなのだから。

13

その後、メグは亜麻色のもつれた長い髪をいそいそと櫛でほぐしました。翌日の早朝、髪を編み、金色の王冠のように頭の上に巻きつけました。最後のピンを差そうとした矢先、衛兵が彼女を王の御前に連れに来ました。今回、謁見室は美しい女性たちであふれていました。どの女性もこのうえなく優雅で、まばゆいほどの美貌を際立たせようと繊細な化粧をしています。

美女に囲まれてくつろぐ王は大柄で男らしい一方、孤独に見えました。王はすぐさまメグに目を向けました。

王は妾たちに訊きました。「その方たちは余を愛しておるか？」

女性たちはそろって王のほうを向き、作り笑いを浮かべて答えました。「ええ、陛下！」

『偏屈王』

わたしはなんということをしてしまったのだろう？

燦々と陽光が降り注ぐロンドンの通りをケールの馬車で駆け抜けながら、テンペランスは窓の外をぼんやりと眺めた。情欲の誘惑に屈し、夫ではない男性とベッドをともにしてしまった。そんなことをしたのは人生で二度目だ。罪悪感や悲しみや不安に襲われて当然なのに、そういった感情はまったくわいてこなかった。それどころか胸の奥に喜びの火が灯り、さまざまな懸念にかき消されることなく燃えていた。

ケールとの一夜で幸せな気分になったのはたしかだ。

それでも孤児院の近くで馬車がとまったときは、ウィンターからの非難に対して身構えた。馬車からおりると案の定、弟が玄関の前に立っていた。ああ、なんてこと。

ウィンターは近づいてくるテンペランスをじっと見据えていたが、姉がそばまで来るとぽつりと言った。「おかえり、姉さん」

彼女はしゅんとして弟のあとに続いた。ゆうべ外泊したことについて問いただされると思いきや、調理場に導かれた。そこには朝食の準備を取り仕切るネルと、メアリー・ウィットサンがいた。ネルはテンペランスを見るなり、ぐるりと目をまわしてみせた。どうやら質問が山ほどあるのに訊けなくて、うずうずしているようだ。

ウィンターが出ていこうとしたが、テンペランスはその腕に手をかけた。

「サイレンスは？」

弟はかぶりを振って顔をそむけた。「積荷が戻ったという知らせをよこして以来、サイレンスからもウィリアムからも連絡はない」

彼女は息を吐いた。「エイサは？」

「わからない。あれ以来、エイサともコンコードとも口を利いていない。エイサはまた姿をくらましたのかもしれないな」

テンペランスは憂鬱《ゆううつ》な気分でうなずいた。わずか数日のあいだに、きょうだいがばらばらになってしまった。

「ぼくは学校に行かないと」ウィンターが言った。

「そうね」彼女は手をおろした。

弟がためらった。「本当に大丈夫かい？　姉さんのことが心配だよ」

テンペランスはうなずき、靴に視線を落とした。わたしは弟にどう思われているのだろう？

ウィンターは慰めるように彼女の頭をそっと撫でると、調理場から出ていった。

「ゆうべはあなたがいなくて、みんな寂しがっていました、ミセス・デューズ」メアリー・ウィットサンがつぶやいた。少女は火にかけた粥をかきまぜるのに忙しく、テンペランスと目を合わせようとしなかった。

テンペランスはため息をもらし、話をはぐらかそうかとも思った。でも、それではお互いのためによくないだろう。「ごめんなさい。あなたたちをほったらかしにしてしまって。昨夜はあんなふうに置き去りにするつもりはなかったの」

メアリー・ウィットサンが不可解な目でこちらを見た。一二歳にしてはあまりにも大人びた顔つきだ。「気にしないでください」

テンペランスはたじろいだ。

「それと……」メアリー・ウィットサンが粥をまぜる手をゆるめ、鍋のなかで木のスプーンがとまりかけた。「昨日の夕方、ミスター・メークピースから、あるご婦人が女の子の奉公人を探していると言われました。わたしによさそうな奉公先だと」

テンペランスの胸がぎゅっと締めつけられた。まだメアリー・ウィットサンを手放す心の準備はできていないけれど、自分の立場というものをわきまえなければならない。

「そう」すぐには言葉が続かず、咳払いをした。不自然な間を隠すように明るくほほえむ。「それはいい知らせね。ミスター・メークピースと話して、そこがあなたにとって本当にいい奉公先かどうか確かめるわ」

メアリー・ウィットサンはうなだれて肩を落とした。「はい、ミセス・デューズ」

テンペランスは涙を隠すために背を向けた。

その後は料理や掃除をしたり、子供たちに指示したり、彼らをやさしく叱ったりして、日常業務に追われた。夕方になるころには疲れ果てて苛立ち、ケールとの再会を心待ちにしていた。それなのに彼が裏口の扉を叩いたときには、まだ顔を合わせる準備が整っていなかった。

テンペランスは扉を開けて、薄れゆく夕日のなかに佇むケールを見つめた。つややかな銀髪はうなじでひとつにまとめられているが、彼女の指はその絹のような感触を覚えていた。

いつもと同じく黒いマントをまとった彼が、サファイア色の目で三角帽の下からこちらを見つめ返してくる。テンペランスはもう、両脚のあいだに彼が身を横たえたときの感覚を知っていた。ケールが絶頂に達すると口のまわりの皺が深くなることも。自分のなかで彼のものがどんなふうにふくらみ、精を放つかも。

彼女は息を吸い、普段の礼儀正しい表情を保とうとした。

その内なる葛藤《かっとう》を察したのか、ケールの官能的な唇の片端がわずかにあがった。「ミセス・デューズ、今宵はご機嫌いかがかな?」

「おかげさまで、ケール卿」ついとげとげしい口調になってしまった。彼に触れたくてたまらないのに触れられないせいで。

ケールが笑みを押し隠しているのは一目瞭然で、扉をばたんと閉めてしまいたい気持ちと、彼をつかんでキスしたい気持ちとで心が引き裂かれた。

癪に障るったらないわ!

テンペランスは咳払いをした。「出かける前に、なかにお入りになってお茶でもいかが?」

「いや、けっこう」彼女同様、ケールも堅苦しい口調で応えた。「今夜の調査は一刻の猶予もならない」

彼女はうなずいた。「わかりました」

用意しておいたマントを肩にかけると、調理場のテーブルで無関心を装っているネルに向かってうなずき、孤児院を出た。ケールがすぐさま歩きだした。テンペランスは追いつこうと急いだが、数歩も行かないうちにいきなり暗い戸口へ引っぱりこまれた。

「なにを――」

驚きの叫びはケールの口に封じられた。彼は独占欲もあらわに思う存分キスをすると、ゆっくり頭をあげた。「このほうがいい」

いかにも満足そうな声だ。

「まったく」

ケールはふたたび歩きだしたが、今度はせっかちな歩調ではなかった。先日の晩と違い、テンペランスにはどこへ向かっているのか見当もつかなかった。今回先導しているのはケールだった。裏通りをたどって十字路に出ると、彼の馬車が待ち構えていた。

彼女は驚いてケールを見やった。「どこに行くつもり？」

「ホワイトサイド夫人の娼館にいた男を訪ねる」彼が平然と答える。

テンペランスは立ちどまった。「それならわたしは必要ないはずよ」

「わたしがどれほどどきみを必要としているか、きみには想像もつかないだろうな」ケールはつぶやき、馬車に乗る彼女に手を貸した。

しかたないわ。自分自身にそう言い聞かせ、テンペランスは座席に腰をおろした。もっとも名目はなんであれ、彼と一緒にいたいというのが本音だった。

ケールが向かいに座るのを見て、彼女は失望の念を押し殺した。

馬車が走りだすと、テンペランスは彼の視線を感じながらも膝にのせた両手を見おろした。

「大丈夫か？」ややあって、ケールがそっと尋ねた。

「ええ」

「わたしが訊いたのは、ゆうベベッドをともにしたあとのことだ」

「まあ」顔がほてった。なんて無遠慮な言い方かしら！「おかげさまで、わたしは大丈夫です」

「きみの妹は？」

テンペランスは眉根を寄せ、涙ぐみそうになった。「あれ以来、連絡はありません」

「そうか」

彼女は伏せたまつげ越しにケールを盗み見て、薄暗い馬車のなかで表情を読み取ろうとした。彼はテンペランスを気遣うような口調だった。またゆうべのように体を重ねるつもりかしら？それとも、あれは忘れ去るべき一夜限りの情事だったの？とはいえ、もしテンペランスに興味がなければ、こんなふうに同行させないはずだ。ふたたびケールの手で胸を愛撫されたり、首筋にキスされたりすることを想像して、彼女の体は燃えあがった。

馬車がぐらりと揺れてとまり、はっと顔をあげる。「ここは――」

質問を言い終えないうちに馬車の扉が開き、灰色のかつらをかぶって半月形の眼鏡をかけた長身の男性が乗りこんできた。

「ミセス・デューズ、わたしの友人のミスター・セントジョンを覚えているか？」ケールがなめらかな口調で訊いた。

「もちろん覚えています」彼女は困惑を押し隠して答えた。

ミスター・セントジョンが会釈をした。「こんばんは」

「セントジョンは親切にも、今夜の調査に加わることに同意してくれた」

セントジョンがそっと鼻を鳴らすのを見て、テンペランスはケールがどうやって友人の同意を取りつけたのか気になった。好奇心を覚えて、男性たちをしげしげと眺める。ケールとセントジョンは友人同士に見えない。ケールが自由奔放で危険な香りを漂わせる一方、セントジョンは厳格な学者然としていた。

「おふたりがどういういきさつで親しくなられたのか、うかがってもよろしいかしら？」彼女は尋ねた。

答えたのはケールだった。「セントジョンとはオックスフォード大学で出会った。当時のわたしは安物のワインを飲んでばかりいたが、セントジョンはギリシア人哲学者の難解な本を訳そうとしたり、退屈な仲間と政治談義に花を咲かせたりしていた」

セントジョンがまたも鼻を鳴らしたが、ケールは気にもとめずに話し続けた。

「ある晩、わたしは六人のごろつきがセントジョンを取り囲んで袋叩きにしている場面に遭遇した。それで、そいつらに腹を立てたのさ」

テンペランスは続きを待ったが、男性ふたりはもう話し終えたような顔つきでこちらを見ている。

彼女は目を丸くした。「要するに酒場の喧嘩で出会ったの？」

めた。

ケールは考えこむように天井を見あげた。「というより、路上の喧嘩かな」

「いや、路上の乱闘だよ」セントジョンが肩をすくめる。

「とにかく、それがきっかけで親しくなったのね」ふたりの代わりに話を締めくくった。

「ああ」ケールが応えると、当然じゃないかと言わんばかりにセントジョンがまた肩をすくめた。

「理解できないわ」テンペランスは小声でつぶやいた。

ケールが聞きつけて説明した。「おそらくセントジョンがつむじを殴られたのがきっかけだよ。血がそこらじゅうに飛び散ったからね。あれで絆《きずな》が芽生えた」

彼女はまた目を丸くした。「あなたは無傷だったの?」

それを聞いて、セントジョンも黙っていられなくなったようだ。

「ケールは鼻を折られて、両目のまわりに青痣をこしらえた」いかにも満足げな口ぶりだった。「唇もひどく腫れあがって、一カ月は舌がもつれていたな」

「一週間の間違いだろう」ケールが口を挟む。

「いや、少なくとも六週間だ」セントジョンが穏やかに言い返した。「五月祭のときもまだ舌がもつれていたじゃないか。あのときは……」

「夜明けに泥酔状態でアイシス川を漕《こ》いで下ったな」ケールが言った。「教師から盗んだ犬と一緒に」

「ああ」セントジョンがつぶやく。

テンペランスは目をみはった。「まあ」

ケールがにやりとした。「そういうわけで、人手が必要になった場合に備えて彼を助っ人《すけっと》に呼んだんだ」

「そうなの」彼女は弱々しく言った。

「その後の二年間、オックスフォードでセントジョンにもっとワインを飲ませ、あまり勉強させないようにした」ケールが言った。

「ぼくはその二年間、きみが悪しき衝動に屈するのを阻止しようとした」セントジョンは重々しい声で言い、ケールをちらりと見た。「いっとき、きみには自殺願望があるんじゃないかと思っていたよ」

「ああ」ケールがささやく。「あったかもしれない」

馬車が揺れてとまった。

窓の外に目をやるなり、ケールは真顔になった。「着いたようだ」

先日セントジャイルズで襲撃されたあと、ラザルスはもう二度とテンペランスの身を危険にさらすまいと心に誓った。その一方で、彼女と会い続ける口実を必要としていた。犯人捜しは危険だが、口実にはうってつけだった。

それで今夜、セントジョンに同行してもらうことにしたのだ。

ただ自ら手配したとはいえ、友人が付添人になったせいで、テンペランスを追い求める自分が滑稽に思えてきた。だがテンペランスの身の安全も、彼女への……求愛も妥協する気はなかった。

〝求愛〟という言葉にラザルスは躊躇《ちゅうちょ》した。これは求愛なのか？　そうかもしれない。金をちらつかせずに女性を求めるのは初めてだ。そう思うと妙に謙虚な気持ちになった。テンペランスは彼からなにを得られるかも考えずに身をゆだねてくれた。そんな彼女には、自分に備わる魅力しか利用できない。

しかし、わたしは魅力に乏しい。

「今夜は誰に会うつもりだ？」三人そろって馬車をおりると、セントジョンが訊いた。彼は学者ではあるが、大学時代からつきあいのあるラザルスは、必要とあらば戦える男だと知っていた。

「フォーク卿ジョージ・エピンガムだ」ラザルスは目の前の今にも崩れそうな屋敷を眺めた。ここウェストミンスターはかつて上流階級の町だったが、今や裕福な元住民の大半は西部に移り住んでいる。「彼は目隠しの布を好んで用いるらしい」

セントジョンから投げかけられた視線を無視して、ラザルスは玄関の扉を叩いた。長い沈黙が続いた。

「どうやってこの男を見つけたんだ？」セントジョンが険しい声で訊いた。

ラザルスは乾いた笑みを浮かべた。「娼館の女主人に教えてもらったのさ」

セントジョンがテンペランスをじっと見つめているのに気づいたが、ラザルスが懸念を口にする前に扉が開いた。

こぎれいとは言えないメイドが、三人を見てぽかんと口を開けた。

「ご主人に面会したいのだが」ラザルスは言った。

メイドは息をのんで片方の腕を掻き、返事もせずに踵を返した。三人はそのあとに続き、かつては手入れが行き届いていたと思われる屋敷に入った。すり減った木の床はつやがなくなっていた。暗い隅には埃《ほこり》がたまっている。廊下の突きあたりの部屋にたどりつくと、メイドは声もかけずにいきなり扉を開けた。机の向こうに座ったフォークはすり切れた茶色のシャツをまとい、剃った頭に防寒用の帽子をかぶっていた。手紙を書くためか、指なしの手袋をはめている。ラザルスは貧弱な暖炉に目をとめた。ここは屋敷全体が冷えきっている。

「誰だったんだ、サリー？」フォークはそう尋ねてからようやく顔をあげ、しばし三人を凝視した。その両目は氷に覆われているようだった。「おまえたちに渡す金はない」

ラザルスは片方の眉をあげた。「われわれは借金取りじゃない」

「ほう」フォークは恥ずかしがるそぶりも見せなかった。「では、なんの用か聞かせてもらおうか？」

「共通の友人について尋ねたいことがある」

フォークが片方の眉をつりあげた。彼はラザルスが想像していたより若かった。おそらく四〇そこそこだろう。ハンサムな男だが、過酷な貧困生活が顔に深く刻まれ、顎もたるんでいる。あと一、二年もすれば、端整な顔立ちは失われてしまうに違いない。

「マリー・ヒュームという女性と面識は?」

「いや、知らないな」フォークは即座に答えた。視線は揺らがなかったものの、机の上で片方の手が握りしめられた。

「右目の目尻に生まれつき赤くて丸い痣がある美しい女性だ」ラザルスは穏やかに続けた。

「二カ月ほど前、彼女の遺体がセントジャイルズで発見された」

「セントジャイルズではしょっちゅう娼婦が死んでいる」フォークが言う。

「ああ」ラザルスは応えた。「だが、わたしは彼女が娼婦だとはひと言も言っていない」

フォークが無表情になった。

部屋がしんと静まり返ると、ラザルスはテンペランスの腕をつかんで傾いた長椅子に一緒に座らせた。セントジョンは戸口のそばにとどまった。

フォークは彼女とセントジョンをちらりと見たが、そのふたりは無視することにしたようだ。

「この訪問の目的はなんだ?」フォークはラザルスに尋ねた。

「マリーはわたしの友人だった。だから彼女を殺した男を見つけたい」

血色の悪いフォークの顔がさらに青ざめた。「彼女は殺されたのか?」

人は演技で顔色まで変えられるのだろうか? いや、そんなはずはない。ラザルスはその可能性を打ち消した。「彼女はベッドに縛りつけられ、腹を切り裂かれた状態で見つかった」

フォークはラザルスをじっと見てからいきなり身じろぎし、椅子の背にぐったりともたれた」

「マリーには数人の客がいた。彼女は、その、一風変わった求めにも進んで応じる女性だった。「知らなかった」

「彼女に会ったことは？」

フォークがうなずく。「五、六回ある。だが、彼女の客はわたしだけではなかった」

ラザルスは黙って続きを待った。

フォークの顔色がもとに戻った――最初から血色はよくなかったが。

邪な秘密を共有するように、フォークが訳知り顔でラザルスを見た。もっとも、長年その〝秘密〟を抱えてきたラザルスは、もはや当初の羞恥心《しゅうちしん》を失っていた。

ラザルスは冷ややかに相手を見つめ返した。「ほかの客の名前は知っているか？」

「さあな」

しばしフォークを見据えたあと、ラザルスはセントジョンに目を向けずに言った。

「ミセス・デューズを馬車に連れていってくれ」

テンペランスが隣で身をこわばらせたが、おとなしくセントジョンに導かれて出ていった。

ラザルスはふたりの背後で扉を閉めた。

そのあいだじゅう、ラザルスはフォークから目を離さなかった。

「さあ、教えてもらおうか」

「彼をフォーク卿とふたりきりにして大丈夫でしょうか?」テンペランスは気をもみながらセントジョンに尋ねた。

彼は足取りを乱すことなく屋敷の正面階段をおりた。「ケールは自分がなにをしているか、重々承知してますよ」

「でも、フォーク卿がさらに使用人を呼び寄せてケール卿を数で圧倒したら?」

セントジョンは彼女を馬車に乗せて、その向かいに腰をおろした。「ケールひとりで対処できるはずです。それに、あの無能なメイド以外、使用人がいるとは思えません」

その返事に納得できず、テンペランスはそわそわと窓の外を眺めた。

「彼のことが心配なのですね」セントジョンがつぶやいた。

テンペランスは驚いて彼を見た。「心配に決まっているじゃありませんか」

ふいにセントジョンの顔に満足げな表情が浮かんだ。彼はテンペランスがケールの身を案じていることを喜んでいるようだ。

彼女は両手を見おろして、より穏やかな声で繰り返した。「もちろん心配しています」

「よかった。もう長いあいだ、ケールのことを気にかけてくれる人はひとりもいませんでした」

「あなた以外は、でしょう」静かに言う。

セントジョンの眉間にかすかな皺が寄った。テンペランスは彼の思慮深い灰色の目が、よそよそしくも魅力的なことに気づいた。「たしかにぼくはケールのことを気にかけていますが、あなたの場合とは違います。ぼくには自分の家族がいますから」ふいに目をしばたたき、なにかを思いだしたようにびくっとする。「いや、少なくとも以前はいました」

気まずい沈黙に包まれた。セントジョンが深い悲しみを背負い、それを口にしたくないと思っているのは明らかだった。

少しして、テンペランスは息を吐いた。「彼はまだ出てきませんね」

セントジョンが腕組みをした。「そのうち出てきますよ」

「あなたは彼女をご存じだったんですか？」出し抜けに訊いた。「マリーのことを？」

頬骨が高く彫りの深い彼の顔が、うっすら桃色に染まった。

「いえ、一度も会ったことはありません」さらに赤みが増していく。「ケールは――その手のことを上手に隠していたので」

「彼は一度も結婚したことがないんですか？」

「ええ」セントジョンは考えこむように眉根を寄せた。「ぼくの知る限り、ケールがきちんとした女性に関心を持ったことはありません」目をあげてテンペランスを見る。「少なくとも、今までは」

今度は彼女のほうが頬をほてらせ、両手をじっと見おろした。

見るまでもなく、セントジョンが少し身を乗りだすのがわかった。

「ケールは辛辣な皮肉屋で、ときに残酷に思われるかもしれません。ですが、傷つきやすい一面も持っています。どうか彼を傷つけないでほしいのです」

テンペランスは驚いて顔をあげた。「わたしは決してケール卿を傷つけたりしません」

しかし、セントジョンはすでにかぶりを振っていた。

「今はもちろんそうおっしゃるでしょう。ですが、覚えておいてください。ケールも心から血を流すことがあるんです。どうかあいつをそんな目に遭わせないでください」

馬車が揺れたかと思うと、ケールが勢いよく扉を開けて乗りこんできた。

セントジョンはテンペランスに警告のまなざしを投げかけたあと、椅子の背にもたれた。

「目当ての情報は手に入ったのか?」

「ああ」ケールは天井を叩いてから友人の隣に腰を落ち着けた。「フォークは少なくとも三人の客を知っていた」

セントジョンが疑わしげに眉をつりあげる。「たいした手がかりじゃないな」

「だが、新たな情報だ」

セントジョンは嘲った。「それで、その三人をどうやって見つけるつもりだ?」

「聞きこみ調査を行なう」ケールが尊大な口調で答えた。

「聞きこみ調査だって!」

男性たちは言い争いを始めたが、テンペランスはふたりが楽しんでいることに気づいた。もっとも、彼ら自身は絶対にそれを認めないだろう。彼女は窓の外に目を向けてセントジョンから言われたことを思いだし、物思いにふけった。きっと彼は勘違いしているに違いない。ケールのような男性に弱点があるとは思えなかった。テンペランスは伏せたまつげ越しにケールのほうをちらりと見た。彼はセントジョンに向かってなにか主張していたが、彼女の視線に気づくと、友人と議論しながらもまぶたを半分閉じて、口の端に官能的な笑みを浮かべた。

テンペランスは息をのみ、あわてて目をそらした。ちらりと見られただけでこんなにどぎまぎするなんて、傷つく可能性を警告されるべきはわたしのほうよ。

それからほどなくして、馬車がセントジョンの屋敷の前でとまった。

「おやすみ、ケール、ミセス・デューズ」セントジョンが会釈をした。

彼女も頭をさげた。

「おやすみ、今日は助かったよ」ケールが言った。

セントジョンが肩をすくめる。「お安いご用さ」

彼の背後で扉が閉まると、馬車はふたたび走りだした。テンペランスはケールが隣に移動してくると半ば予想したが、彼は向かいから彼女を眺めるだけで満足している様子だった。テンペランスは視線を浴びて落ち着かない気分になり、ここ数日頭の隅にあった疑問をぽろりと口にした。

「彼女がほかの男性と会っていたことを知っていたの？」

唐突な質問だったが、ケールはその問いを難なく理解したようだ。「いや」

「でも――」眉をひそめながら、テンペランスは折りたたんだマントを見おろし、その縁をこすった。「マリーはあなたの愛人だったんでしょう。だったら、彼女があなたとだけつきあうことを期待していたはずよ」

「そうだな」思わずきつい口調になってしまった。なぜ彼は無頓着でいられるのだろう？

「マリーはわたしが金を払って囲っていた愛人だ」ケールが冷ややかに言った。「それだけの女だよ」

「何年続いたの？」

「二年近く」

「どのくらいの頻度で彼女と会っていたの？」

彼はじれったそうに身じろぎした。「週二回、彼女のもとに通っていた」

テンペランスはケールを凝視した。胸にこみあげる感情が沈黙の壁を崩した。

「あなたは二年にわたってマリーと週二回会い、数百回愛を交わして――」

「愛を交わすという言葉は、彼女との行為にあてはまらない」ケールが鋭く遮る。

彼女は手を振って聞き流した。「あなたはマリーを愛していなかったと以前言っていたけれど、彼女に対してなんらかの感情は抱いていたはずよ」

彼は無言でテンペランスを見つめた。

「マリーを殺した犯人を見つけるために、何度も命を危険にさらしたくらいだもの」彼女はてのひらで座席を叩いた。「彼女はあなたにとって単なる愛人以上の存在だったはずだわ」

「だから彼女を愛していたに違いないというのか？」ケールが静かに尋ねた。

不可解な怒りに襲われ、テンペランスは前かがみになった。「たぶんあなたはマリーを愛したかったのよ。きっと愛というものに憧れていたのね。でも、それがなんなのかまるで理解していなかった。セントジャイルズであなたが探しているのは、感情の源や人間の情念の本質じゃないかしら」

「なんとすぐれた洞察力だ」ケールがわざとゆっくり言った。「知りあって一カ月足らずだというのに、もうわたしの心の底まで見透かすとは」

たちまちテンペランスの怒りが消え失せた。「ラザルス……」

「なんだ？」彼の顎が引きつった。「わたしになにを言ってほしいんだ？」

彼女はまぶたを閉じた。「なんでもいいわ。マリーは最愛の女性だったと言ってちょうだい。あなたの愛人だった女性に、ほかの愛人や弟がいたことを知らなかったわけを説明して。お願い、なにか言って、ケール。なにか感じてほしいの」

「わたしに言えることはなにもない」動じた様子もなく、彼はつぶやいた。「犯人捜しも単なる気まぐれだろう。わたしは生まれてこのかた、誰かを愛したことなどないのかもしれない。おそらく誰も愛せないんだ」

テンペランスは傷ついてぐったりしながら彼を見つめた。

「そんなこと信じない。誰だって人を愛せるものよ」

ケールはのけぞって耳障りな笑い声をあげた。

「誰だって人を愛せる？　なんと子供じみた言い草だ。娼婦は人を愛するのか？　殺人者はどうだ？　教えてくれ、きみの妹を陵辱した男も人を愛せるのか？」

テンペランスは思わず彼に飛びかかり、首や肩をやみくもに叩いた。

「やめて！　やめてちょうだい！」

ケールは彼女の両手をさっとつかんだ。

「すまない。きみがわたしになんと言ってもらいたいのかわかっているが、それは口にできない。わたしが与えられるのはこれだけだ」

彼は黒いマントを鳥の羽のようにテンペランスに巻きつけ、唇を奪った。

14

王はメグのほうを向き、挑むように眉を動かしました。

けれども、メグはにべもなく言いました。「これは愛ではありません」

「では、なんなのだ、麗しいメグ?」

笑みを押し殺そうとして、彼女の唇がひくつきました。「欲望です、陛下。妾たちは陛下に欲望を抱いているのです」

王が大声で毒づくと、青い鳥がとまり木の上で羽をばたつかせました。「もうさがってよい。それから、今度余に呼ばれたときは、謁見室にふさわしいドレスを必ず身につけてくるように」

メグは膝を折ってお辞儀をしました。「申し訳ありませんが、わたしが持っている服は今身にまとっているこの一枚だけです」

「この娘にきちんとした格好をさせろ」王がそう命じると、メグはふたたび地下牢へ連れていかれました。

『偏屈王』

ケールの舌が口に押し入ってきて、テンペランスはもがいた。激しく憤り、戸惑い、叫びたい反面、すすり泣きたい衝動に駆られる。なぜ彼はなにも感じないのだろう？　どうして人を愛せないの？　なぜわたしが必要とするものを与えてくれないの？

だが、ケールに強く唇を押しつけられると、彼のキスにわれを忘れた。気がつくと、身を振りほどこうとする代わりにしがみついていた。どうせ放してもらえないなら、奪われるだけでなく奪いたい。

テンペランスはケールの帽子を馬車の床に落として銀髪に指を差し入れ、リボンを外した。絹のようになめらかな輝く銀髪には強く心を引かれる。その髪をつかんで、彼が首をのけぞらせるまで引っぱった。唇が離れた拍子に、ケールの口からうめき声がもれた。首筋に開いた口を這わせると、彼がまたうめいた。テンペランスは彼に痛みを与えようがかまわない気分だった。夜気で冷えた肌は塩気と甘さが入りまじっている。彼女はケールを舐めて味わううちに嚙んでみたくなった。手放すことも、完全に自分のものにすることもできない彼をむさぼりたい。

テンペランスは口を開き、彼の首筋を思いきり嚙んだ。

ケールの罵声が馬車のなかに響いた。彼はテンペランスを引き離そうと両手で顔を挟んだが、考え直したようだ。なおも罵り続けながら、いきなりスカートをまくりあげた。

テンペランスは彼の肩にしがみつき、乱暴に膝の上にのせられてもバランスを保った。スカートがウエストのあたりまでまくられるのを感じたが、まぶたを閉じてケールの肌を味わい続けた。むきだしになった内腿に、手探りする彼の手がぶつかる。彼女は頭の片隅で思った。ケールはこの狭い空間でなにかできると本気で思っているのかしら？

次の瞬間、屹立したものがじかに触れてきた。

テンペランスは目を開いてのけぞり、呆然と彼を見つめた。

ケールは無言で彼女と視線をからませると、ふたりのあいだに欲望の証を導いた。彼女は襞をこすられて秘所を探りあてられ、こわばりを押しつけられた。

そこで彼が動きをとめた。

高ぶりの先端だけを押しこまれた状態で、テンペランスはケールを見つめた。満たされぬ思いで待ちながら。

「きみがやるんだ」彼がしゃがれた声で言った。

彼女はわれに返ったように目をしばたたき、周囲を見まわした。嘘でしょう、走っている馬車のなかなのよ。

「だめだ」ケールは彼女の頬に手をあて、ふたたび自分のほうを向かせた。「今さら尻込みしても遅い。わたしを置き去りにせずに、きみのなかに入れてくれ」

「でも……」

彼が手を滑らせ、指先で秘所に触れた。

テンペランスは目を見開いた。

彼女の視線をとらえたまま、ケールはうずめたもののまわりを指でゆっくりとなぞり、続いて彼女の敏感な突起を親指と人差し指でつまんだ。

彼女は思わずあえいだ。

「テンペランス」みだらで邪悪な悪魔さながらに彼がささやく。「テンペランス、わたしと愛を交わしてくれ」

彼女は身を弓なりにし、大きくて執拗なこわばりを感じた。ケールの指は大胆かつ容赦なかった。こんなことは間違っている。とんでもない過ちだとわかっているけれど、えも言われぬほど心地いい。

「テンペランス」ふたたびケールがささやき、左手の親指を彼女の唇に滑らせながら右手の親指で突起をこすった。

彼女は口を開いてケールの親指を舐めた。

「テンペランス」

彼女は何度か腰を動かし、首をのけぞらせてのぼりつめながら、あふれでる蜜でケールを覆った。絶頂に達した瞬間まぶたを開いて、伏せたまつげ越しに彼を見つめる。ケールは唇を引き結び、苦悶の表情で顔を引きつらせていた。

「いつまでも気をもませないでくれ」彼が言った。

けれども奔放になったテンペランスは、自分の欲求を満たすことしか考えられなかった。ケールを見つめてかすかにほほえみ、腰をまわして互いをじらした。

彼がうめく。「テンペランス」

馬車が轍《わだち》を乗り越えて揺れた拍子に彼女は腰をさげ、少しだけケールを迎え入れた。しかし高ぶりの先端しか秘所に触れないよう、すぐさま腰をあげた。

ケールが毒づき、唇の上には玉の汗が浮かんでいる。

テンペランスは低い笑い声をもらした。生まれてこのかた、そんな声をあげたことはなかった。薄暗い馬車のなかでなにかに取り憑《つ》かれ、明確な目的地もないまま異世界へ旅している気分だ。背中を反らし、またほんの少し彼を迎え入れてから、思いきり腰を落とした。

「くそっ、テンペランス」普段はいたって冷静なケールの声がかすれた。

彼女はほほえんで前のめりになり、ケールに身をすり寄せて、彼の熱く硬い体で自らの欲望をあおった。頭をさげて彼の下唇を軽く嚙む。

ケールが意味をなさない罵声を発したが、その意図は明白だった。彼はテンペランスの腰をしっかりつかんで持ちあげたかと思うと、もう片方の手でそそり立ったものを押しこみ、彼女を一気に引きおろした。

ああ、最高だわ！　この体勢だと、ケールに押し広げられて隅々まで満たされる。まさに至福の快感だ。テンペランスは身を弓なりにしてケールの肩をつかみ、下半身を押しつけて腰をまわしたが、彼はなにか別のものを求めているようだった。

ケールがスカート越しに彼女のヒップを叩いた。「さあ、腰を上下に動かすんだ」

テンペランスは唇を尖らせた。「いやよ」今のままそっと腰をまわして、肌がこすれあうすばらしい感触にひたっていたい。

「いいから、言うとおりにしろ」敏感な突起に親指を押しつけられ、彼女は一瞬めまいがした。

次の瞬間、ケールが親指を離した。

「やめないで」テンペランスはうめいた。

「だったら腰を上下させろ。頼む」

貴族のケールが懇願する姿を見おろして、テンペランスは情けを示すことにした。膝立ちになっていったんこわばりを解放し、ふたたび腰をさげる。

馬車が車体を揺らして暗い夜道を駆け抜けるなか、彼女はあえぎながら腰を揺らしてケールを激しく攻めたてた。彼はそんなテンペランスに視線を注ぎ、スカートの下を愛撫し続けている。馬車が大きく揺れたり車輪が滑ったりするたび、彼女は徐々に速度を増して性急に腰を動かした。絶頂を目指して。

ケールが汗ばんだ顔で歯を食いしばる。首の筋肉を隆起させ、ごくりと唾をのみこんで腰を突きあげた。

自分にとって彼がどれほど大切か、テンペランスは伝えたかった。それも大声で。けれどもリズムを乱してケールの上にくずおれ、こらえきれずに身を震わせた。意識が朦朧《もうろう》とするなか、彼がテンペランスのヒップをつかんで何度も押し入ってきた。全身の力が抜けた彼女はケールの肩に顔をうずめてすすり泣き、体の中心を燃えあがらせて待った。情け容赦なく攻めるケールを見おろし、彼が天井を見あげて無言の叫びに歯をむきだしにするのを目のあたりにした。

次の瞬間、彼女のなかでケールが爆発した。

背中を反らした彼が腰を突きあげて精を放つと、テンペランスの膝が座席から落ちそうになった。

突然、ケールの体から力が抜けた。

そのとたん、彼女の膝が座席にぶつかった。ケールが精も根も尽き果てたようにのろのろと腕をあげ、テンペランスを抱きしめる。ケールのものはやわらかくなったが、依然としてふたりの体はつながっていた。テンペランスは彼の肩に頭を預けたまま、通り過ぎる深夜のロンドンの物音に耳を傾けた。


ラザルスはなめらかな秘所に高ぶりをうずめたまま、テンペランスの温かい体を膝に抱えていた。

まぶたを閉じて愛の営みの香りを吸いこむ。その素朴で控えめな匂いは、彼女を彷彿させるものとしてこれから一生忘れないだろう。ラザルスはテンペランスの背中を撫でおろし、彼女がまだ身につけている毛織のマントのざらついた手触りを感じた。馬車のなかで愛を交わしてしまった。その軽率な行為に、思わず口の端が震えた。まるで賭け金を積まれて挑発された青二才ではないか。しかしどこにいようと、テンペランスには欲望をかきたてられてしまう。

テンペランスが顔をあげてラザルスを押しのけようとしたが、彼は抱擁を解かなかった。

「しいっ」

「もうすぐ孤児院に着くわ」彼女がささやいた。

そのとおりだったが、テンペランスを手放したくなかった。彼女と離れたくない。だが、彼のものはもうやわらかくなっていた。彼女がふたたび身じろぎをすると、ラザルスはするりと引き抜かれた。彼はため息をもらして両腕をゆるめた。

あわてて膝からおりたテンペランスは、馬車が角を曲がった拍子に床に落ちそうになった。

「危ないじゃないか」ラザルスは支えようとしたが、彼女はすぐさま反対側に移動して向かいの席に腰をおろした。

そして、すっと顔をそむけた。

堅苦しいミセス・デューズに戻ったわけか。ラザルスはうんざりして椅子の背に頭を預けた。

「身なりを整えたほうがいいわ」こちらには目もくれずに、テンペランスが彼の下腹部のあたりを指した。まるで見るのも不快だと言わんばかりに。

ラザルスは視線を落とした。たしかに、彼のものが湿ったままだらりとズボンから出ていて、とても上品な格好とは言えない。

「お願い」彼女がぽつりと言う。

「ハンカチはあるかい？」

テンペランスは袖のなかを探ってハンカチを見つけると、彼に差しだした。

ラザルスはそれを受け取って自分のものにゆっくりと巻きつけ、湿り気を拭き取った。そしてハンカチを彼女に返す。「ありがとう」

テンペランスはまるで彼がウェストミンスター寺院で小便でもしたかのようにぞっとした顔で、ぽかんと口を開けた。

ラザルスは吹きだしそうになったが、滑稽というより悲惨な状況だった。なぜテンペランスは男女の営みに対して、こんなにも頭が固いのだろう？　彼は目を細めた。亡くなった夫がお上品ぶった男だったか、技量不足だったのかもしれない。考えてみると、彼女は夫を愛していたと主張するわりには、めったに亡夫のことを口にしない。故人について尋ねようとラザルスが口を開いた矢先、馬車がとまった。窓の外を見ると、メイデン通りの突きあたりだった。

テンペランスは早くも馬車から出ようとしていた。

ラザルスも立ちあがった。

「大丈夫よ」彼女があわてて言う。「ひとりでおりられるから」

彼は冷ややかな笑みを浮かべた。「それは疑う余地もないが、玄関先まで送るよ」

「えっ、でも……」異を唱えようとしたテンペランスは、ラザルスの顔を見るなり言葉を切った。「そう」

彼女はおとなしく馬車をおりた。

通りにおり立ったとたん、ラザルスは置き去りにされないよう、テンペランスの腕をつかんだ。どちらも押し黙ったまま歩を進め、孤児院にたどりつくころには、不可解な怒りを抱えていた。戸口のそばまで来ると、テンペランスはいきなり背を向け、別れの挨拶もせずになかへ入ろうとした。

その瞬間、ラザルスのなかでなにかがはじけた。小声で悪態をつくなり彼女を振り向かせ、唇を奪った。テンペランスのやわらかな唇、彼に舐められて彼女がもらす小さなうめき声。それこそラザルスが求めるもの、内なる獣をなだめるものだった。自分でもよくわからない強烈な欲求がこみあげてきた――理性的に理解することなど不可能な欲求が。その衝動に彼は内側から引き裂かれた。テンペランスを、彼女のなにかを求めているのだが、それがなんなのか定かでない。わかっているのは、このすさまじい欲望が満たされなければ、自分のなかのなにかを失ってしまうということだけだ。困惑して顔をあげると、テンペランスも戸惑いの表情を浮かべていた。彼女も不可解な衝動にとらわれているのだろう。テンペランスがなにか言いたげに口を開いた。

しかし、結局なにも言わずに向きを変えて歩きだした。

「テンペランス」なにを求めているのかもわからないまま、懇願するように呼びかける。

彼女は背を向けたまま立ちどまった。「わ、わたしには……無理よ。おやすみなさい」

そう言って孤児院の扉を叩いた。

くそっ！　ラザルスは踵を返し、でこぼこした舗道を蹴った。お互いこんな状態を続けることはできない。いずれどちらかが破滅するのが落ちだ。自分と彼女、どちらが破滅するほうが耐えられないだろう？

帰途は長く、疲れを覚えた。屋敷に到着したときには、すでに真夜中をまわっていた。帽子とマントとステッキを執事に渡し、階段に直行すると、執事が咳払いをした。

「ご主人さま、お客さまがお見えです」

ラザルスは振り返って執事を見据えた。

執事がお辞儀をした。「レディ・ケールが図書室でお待ちかねです」

名状しがたい不安に動悸《どうき》を覚えながら、ラザルスは図書室へ向かった。扉を開けたとたん、母親の姿が目に入った。長椅子に腰かけた母はきらめく水色のスカートを広げ、頭をだらりと肩にのせている。待っているあいだに眠りこんでしまったらしい。

なぜか起こすのをためらい、忍び足で長椅子に近づいた。母に気づかれずにまじまじと眺めるのはいつ以来だ？　数年、いや、数十年ぶりかもしれない。母はいつ見ても美しいが、これからもそれは変わらないだろう。だが、貴族風の整った顔にも顎と上まぶたにかすかなたるみが見て取れる。ほかにも変化がないかラザルスは頭をさげてのぞきこみ、オレンジの香りを吸いこんだ。母が昔からつけている香水が子供部屋の記憶をよみがえらせた。七、八歳のころ、お茶の時間に母が会いに来たことや、立ち去る前に頬にキスしてくれたことを。

レディ・ケールが身じろぎをすると、彼は即座に後ろへさがった。

「ラザルス」母がまぶたを開き、青い瞳で鋭く見あげた。「答えを知るのが怖くなければ、今までどこにいたのか訊くところよ」

「マダム」彼は炉棚にもたれた。「わざわざお越しいただいたご用件はなんでしょう？」

母は愛想よくほほえんだが、一瞬唇が震えたように見えた。「母親が息子をぶらりと訪ねてはいけないの？」

「今夜は疲れているんです。単なる気まぐれで訪ねてきたのなら、失礼してベッドに入らせてもらいますよ」そう言って戸口のほうを向いたが、呼びとめられた。

「待って、ラザルス」

振り向くと、母親のほほえみは消え、唇がわなわなと震えていた。

身構えるように、レディ・ケールが息を吸いこんだ。「ワインはある？」

ラザルスはしばし母親を見つめてから、ため息をもらした。こんな深夜だからか、あるいは疲れているせいか、自分も飲みたい気分だった。ただしワインではない。デカンターに歩み寄り、ふたつのグラスにブランデーを注ぐ。

「母上はこちらのほうがお好みでしょう」彼はグラスを差しだした。

「えっ？」母は驚いた顔でグラスを受け取った。「どうして知っているの？」

ラザルスは肩をすくめて向かいの椅子に座った。

「ある晩、父上の書斎にいた母上を見かけたからですよ」

レディ・ケールは眉をつりあげたが、なにも言わなかった。ふたりはしばらく無言でグラスを傾けた。

ついに彼女が咳払いをした。

「あの女をスタンウィック伯爵夫人の舞踏会に連れていったわね」

ラザルスはグラスの縁越しに母親を見つめ、淡々と応えた。「彼女はテンペランス・デューズという女性で、セントジャイルズで孤児院を運営しています」

「孤児院ですって？」レディ・ケールがぱっと顔をあげた。「捨て子たちのために？」

「ええ」

「そう」唇をすぼめて、彼女はグラスを見つめた。

「今夜はいったいなんのご用なんです、母上？」穏やかに尋ねる。

母親が例のごとく芝居がかった怒りを爆発させるのではないかとラザルスは思った。辛辣な皮肉を並べ立てるのではないかと。けれども予想に反し、母はしばらく押し黙っていた。

やがて口を開いた。「わたしはあの子を愛していたわ」

二五年前に亡くなったアネリスの話だとわかった。

「わたしは三度流産したの」母が低い声で言う。「あなたが生まれる前に一度、そしてアネリスの前に二度」

ラザルスは母親に鋭い目を向けた。「知りませんでした」

母がうなずく。「当然よ。あなたは幼かったし、わたしたちは仲のよい家族ではなかったから」

彼はあえて応えなかった。

レディ・ケールは話を続けた。「だからアネリスが生まれたとき、あの子がかわいくてしかたがなかった。もちろん、あなたのお父さまは女の子など必要ないという考えの持ち主だったけれど、そのほうがかえってよかったの」さっとラザルスを見あげて、ふたたびグラスに視線を落とす。「お父さまはまだ乳飲み子のあなたをわたしから取りあげて、自分の跡取りにした。だから、わたしはアネリスを自分のものにしたのよ。あの子の乳母を屋敷に住まわせ、毎日会いに行ったわ。可能なときは一日に何度も」

彼女はブランデーのグラスを長々と傾けて目を閉じた。

ラザルスは黙っていた。今、母が話したことは覚えていないが、当時は子供だったし、自分の小さな世界に関係することしか興味がなかった。

「あの子が病気になったとき……」いったん言葉を切って、レディ・ケールは咳払いをした。「最後にアネリスの具合が悪くなったとき、お医者を呼んでほしいとあなたのお父さまに懇願したわ。結局断られたけれど、自分で呼ぶべきだった。それはわかっていたの。ただ、あの人は頑として譲らなかった……。あなたも実の父親がどんな人だったか覚えているでしょう」

たしかによく覚えている。非情で卑劣な父親だった。いかなるときも自分が正しく、無敵だと信じきっていた。そして、とことん冷たい人間だった。

「とにかく」母は静かに言った。「あなたに話しておくべきだと思ったの」

レディ・ケールがなにかを待つようにこちらを見つめたが、ラザルスは母の期待に応える気になれず無言で見つめ返した。永遠にその気にはなれないかもしれない。

「さて」母はブランデーを飲み干してグラスをテーブルに置くと立ちあがった。そしてラザルスに満面の笑みを向けた。「もうこんな時間だから帰るわ。明日は新しいドレスの仮縫いがあるの。午後のお茶会にも出席する予定だから、美しく見えるように睡眠を取らないと」

「そうでしょうとも」彼は物憂げに言った。

「おやすみなさい、ラザルス」レディ・ケールは戸口のほうを向き、少しためらってから肩越しに振り返った。「覚えておいてちょうだい。態度に示さないからといって、愛情を感じていないわけではないのよ」

彼が返事をする間もなく、母は出ていった。

ラザルスはふたたび腰をおろしてグラスを見つめ、幼い妹の茶色い瞳とオレンジの香りを思いだしながら、残ったブランデーをまわした。


もうこれ以上、こんな状態は続けられない。

サイレンスは寝たふりをして、夫が起きあがるのを見守った。ゆうべは同じベッドで眠ったが、別々に暮らしているも同然だった。ウィリアムは夜中に転げ落ちるのではないかと心配になるほどベッドの端に寄って、死体のようにじっと横たわっていた。暗闇のなかでサイレンスがそっと身を寄せると、夫の全身がこわばった。ウィリアムが本当にベッドから落ちるのを恐れて、彼女は傷つきながらも距離を置いた。

しかし、眠りにつくまで何時間もかかった。

そして今は、夫がサイレンスのほうには目もくれずにひげを剃って身づくろいするのを見守っている。彼女のなかでなにかがしぼんで消えた。夫の船の積荷は、なくなったときと同じく突然戻った。船主は大喜びで、ウィリアムも窃盗罪で投獄されずにすみ、ようやく報酬を受け取った。

ふたりは有頂天になってもおかしくなかった。

それなのに、いつしかこの小さな家は絶望の霧で覆われていた。

ウィリアムは靴のバックルをとめると寝室を出て、静かに扉を閉めた。サイレンスは一瞬間を置いてから起きあがり、忍び足で部屋を横切って身仕度をした。昨日、夫は挨拶もせずに出ていった。今日も彼女が寝室を出たときにはもう帽子をかぶっていた。

「まあ」

ウィリアムが玄関に向かう。

「あの……朝食を作るわ」彼女はあわてて言った。

彼はサイレンスを見もせずにかぶりを振った。

「その必要はない。どうせ今朝は仕事が入っている」

夫はこの半年留守にしていた。仕事があるというのは、あながち嘘ではないだろう。でも、朝の七時に？

「あの男はわたしに一度も触れなかったわ」サイレンスは低い声で言った。「母のお墓に誓って本当よ。わたしは……」

必死に部屋を見まわし、幼いころ父にもらった聖書をつかんだ。

「ウィリアム、わたしは聖書に誓って――」

「やめてくれ」ウィリアムが近づいてきて聖書を取りあげた。「もうやめてくれ」

サイレンスは呆然と彼を見つめた。何度訴えても、夫は目をそむけるだけだった。

「嘘じゃないわ」声が震える。「あの男はわたしを寝室に連れていき、彼のベッドでひと晩過ごせば翌朝積荷を返すと誓った。約束どおり、わたしには触れなかった。本当よ、ウィリアム！　彼は暖炉のそばの椅子で眠っていたわ」

サイレンスは口をつぐみ、ウィリアムがその言葉を受け入れてくれるように無言で祈った。こちらを向いて唇を重ね、彼女の頬をそっと叩いて、ばかげた誤解だったと言ってくれるように。彼女のウィリアムに戻ってくれるように。

しかし、夫は顔をそむけた。

「どうして信じてくれないの？」サイレンスは叫んだ。

ウィリアムが頭を振る。夫のやつれた姿は、怒りをぶつけられるよりも恐ろしかった。

「ミッキー・オコーナーは礼儀や同情心などかけらも持ちあわせていないと評判の悪党だ。きみを責めるつもりはない。ただ、ぼくに任せてくれればよかったのにと思うだけだ」ようやく彼がこちらを向いたが、その目が潤んでいるのを見て、サイレンスは不安に駆られた。

「きみがあそこへ行かなければよかったのにと」

ウィリアムはまっすぐ玄関へ向かい、乱暴に扉を開けた。

「あなたに愛されているのかと彼に訊かれたわ」サイレンスは叫んだ。

夫が足をとめて固唾をのむ。

「わたしは、もちろんです、と答えた」彼女はささやいた。

ウィリアムは無言のまま家を出て扉を閉めた。

サイレンスは両手をじっと見おろしてから、小さな古い部屋を見まわした。かつてここはくつろげる場所だった。でも、今はわびしさしか感じない。彼女は近くの椅子に座りこんだ。チャーミング・ミッキーに、夫はわたしを心から愛していると告げたとき、彼はにやりとしてこう言った。〝それが本当なら、ご亭主はきみを信じるはずだ〟

わたしはなんてばかだったのだろう。

正真正銘の愚か者だわ。

翌日の晩、ラザルスは暗い通りを歩きながら思った。これまではマリーを殺した犯人を捜している理由を考えないようにしてきた。セントジョンからは調査に取り憑かれていると指摘され、テンペランスからはマリーを愛していると思いこんでいるせいだと決めつけられた。わたしは愛がなにかもわからないというのに。だが、ふたりのどちらかが正しいのだろうか？　ひょっとすると、わたしは明確な理由もなく騎士気取りで調べているだけかもしれない。人生に退屈するあまり、愛人が惨殺されたことが一種の気晴らしになっているのか？　なんとも気が滅入る考えだ。

マリーはラザルスからもらった金で生活しながら、ほかの男たちとも会っていた。そのことに衝撃や怒りを覚えてもおかしくなかったが、彼は好奇心をそそられただけだった。彼女はわたしが気前よく与えていた生活費のほかにも金が必要だったのだろうか？　それとも単に別の男にも抱かれたかったのか？

ラザルスは路上に倒れている痩せこけた男をよけた。気絶しているか、あるいは死んでいるのかもしれない。もうすぐセントジャイルズだ。道幅が狭くなるに従って、より不潔でみすぼらしくなってきた。通りの中央の水路は有害な瓦礫《がれき》が詰まり、肌に染みつきそうなひどい瘴気《しょうき》を発している。

フォークから名前を聞きだした客のひとりはもう見つかった。そのおどおどした細身の男は、話すあいだ一度も目を合わせなかった。女を縛らなければ欲情できない男なのかもしれないと、ラザルスは勘繰らずにはいられなかった。しかしそう思ったとたん、不愉快な気分になった。わたしもその手のたぐいなのだろうか？　ベッドの相手の目をまともに見られない臆病者なのか？

もっとも、テンペランスだけは目を見ることができた。彼女には縄も目隠しも必要なかった。テンペランスといるときは自由になれた。正常になれたのだ。

こうして彼女のもとに向かっているのもそのせいだろう。

セントジャイルズに足を踏み入れたときにはとっぷり日も暮れ、不穏な空気が漂っていた。この地区で三度も襲われたことを思いだし、ラザルスはステッキをしっかりと握り直した。これまでは犯人捜しに躍起になり、手がかりをたどることにばかり気を取られていたが、自分が襲撃された日時や場所にもっと注意を払うべきだろう。

そして襲撃の理由にも。

前方の曲がり角からごろつきの集団が現われた。ラザルスはすっと脇道に入り、近づいてくる連中を用心深く見守った。男たちは金時計と巻き毛のかつらのことで言いあっていた。今夜すでに少なくともひとりの紳士が、彼らの餌食《えじき》となったらしい。

男たちの声が夜の静寂に消えるのを待って、ラザルスはふたたび歩きだした。

一〇分後、孤児院の調理場へ続く裏口にたどりついた。しばしためらい、屋内の物音に耳を澄ませる。なにも聞こえないのを確認すると、ステッキをひねって短剣を引き抜き、扉と戸枠の隙間に刃を差しこんだ。慎重に刃を動かして閂を外す。

そっと扉を開けてなかに入り、閂をもとの位置に戻した。暖炉の火に灰がかぶせられているところを見ると、テンペランスはもう床についたのかもしれない。忍び足で階段をのぼることも可能だが、どれが彼女の寝室か見当もつかない。下手なことをすれば、ほかの人々を起こしてしまうだろう。それにティーポットと粗末な紅茶の缶がテーブルに並んでいるところを見ると、彼女は夜中に紅茶を飲みに来るはずだ。

ラザルスはテンペランスと出会った晩に足を踏み入れた小さな居間に移動した。火床が冷えきっていたため、調理場からこよりを取ってくると、ひざまずいて火をおこした。それから椅子に座り、恋に悩む求愛者さながらに待った。ふっと笑いがもれる。なんと的を射た表現だろう。今のわたしは、愛しい女性が姿を見せるのをひたすら待ちわびる求愛者そのものだ。性欲を満たしたいとすら思っていない。ただテンペランスと一緒にいることだけを望んでいる。美しい薄茶色の瞳にさまざまな表情がよぎるのを見つめ、彼女の声を聞くことだけを。

なんともみじめな男だ。

調理場で物音がして、ラザルスは頭を傾け、目を閉じて耳を澄ませた。テンペランスだろうか？　そう仮定し、彼女がケトルを火からおろして茶葉に湯を注ぐところを想像した。だらりと座ったまま、無言でテンペランスに呼びかけ、全身で彼女を求めた。

扉がきしむ音がしてまぶたを開けると、テンペランスがこちらを凝視していた。彼は思わず頬をゆるめた。

「まあ」途方に暮れた様子で彼女が言う。「ここでなにをしているの？」

「きみに会いに来たのさ。今夜もセントジャイルズへ行くことになったから、一緒に来てもらいたい」

テンペランスはしばしラザルスを見つめてから、調理場に引き返した。あとを追うと、彼女はもうマントを身につけていた。「なぜわたしが必要なの？」

「またマザー・ハーツイーズの酒場へ行くからだ」

「どうして？」マントの紐を結びながら、テンペランスは眉をひそめて彼を見た。「あそこにはもう二度も行ったでしょう。手に入る情報はすべて得たはずよ」

「そうかもしれない」調理場のすり減ったテーブルに指を滑らせる。「だがマリーの愛人のひとりを訪ねたとき、彼女とはあの酒場で出会ったと言われたんだ」

「なんですって？」テンペランスが目をみはった。「でも、マザー・ハーツイーズはマリーになんて会ったこともないという口ぶりだったわ」

「実際ふたりは面識がないのかもしれない」ラザルスは肩をすくめた。「しかし、マリーがあの酒場の常連だったことがどうも腑《ふ》に落ちない。彼女は普段、紳士を相手に商売をしていた。あんな店に足を踏み入れるとは思えないんだ」

「たしかに変ね」テンペランスが階段に近づき、階上にそっと呼びかけた。「メアリー・ウィットサン」

物音がして、二階から足音が聞こえてきた。

「それにマーサ・スワンのこともある」ラザルスは言った。

テンペランスが怪訝そうな顔で彼を見た。

彼はいたずらっぽくほほえんだ。「ばかげていると思うかもしれないが、よく考えてくれ。われわれはなぜマーサ・スワンの自宅付近で襲われたんだ？」

彼女は肩をすくめた。「わたしたちが彼女と話すのを阻止するためでしょう」

「だが、あの女はすでに死んでいた」

テンペランスが眉をひそめたとき、メアリー・ウィットサンが寝間着姿で現われた。

「なんでしょう、ミセス・デューズ？」少女は戸惑った顔でラザルスと彼女を交互に見た。

「わたしが出たあと戸締まりをしてちょうだい」テンペランスが言う。「それがすんだらベッドに戻りなさい」

少女がうなずくと、ふたりは路地に出た。

吹きつける風にテンペランスのマントがはためいた。

「わたしたちとマーサ・スワンが話すのを妨害するためでないなら、襲撃の理由はなにかしら？」

「わからない」ラザルスは足早に歩きながらも、常に彼女の真横から離れないようにした。

「あの酒場でわれわれを目にした誰かが、いろいろかぎまわられたくなかったんだろう。それが誰であれ、マリーはその人物とあの酒場で出会ったに違いない」

テンペランスが彼に懐疑的なまなざしを投げかけた。

「あるいは、すべてが単なる偶然かもしれない」

それから目的地に到着するまで、ふたりは沈黙を保った。ラザルスは隣にいるテンペランスのぬくもりや華奢な体をひしひしと感じた。今夜は連れてくるべきではなかったかもしれない。しかし考えれば考えるほど、あの酒場に答えがひそんでいるという確信が強くなる。そして、あそこの連中から話を聞きだすには彼女の存在が欠かせない。

一五分後、ふたりはみすぼらしい酒場に足を踏み入れた。一見これまで訪ねたときと変わりないように思えた。客でにぎわう店内は暑く、煙突が詰まった暖炉のせいで黒ずんだ梁のあたりに煙が漂っている。ラザルスは女主人の部屋がある酒場の奥へ突き進もうとした。だが、テンペランスに腕をつかまれてとめられた。彼女が耳打ちできるよう、ラザルスは頭をさげた。「なんだか変よ。今夜はやけに静かだわ」

頭をあげると、たしかにテンペランスの言うとおりだった。船乗り連中の酔っ払った歌声も、男たちが言い争ったり議論したりする声も聞こえない。それどころか客たちはみな身を寄せあい、誰ひとりラザルスと目を合わせようとしなかった。

彼はテンペランスに視線を向けた。「いったいなにがあったんだ?」

彼女は当惑の表情を浮かべてかぶりを振った。「さあ、さっぱりわからないわ」

カーテンで仕切られた奥の広間から、バーテンダーを務める片目の若い女給が現われた。カーテンが閉まる前に、ラザルスは広間に三人の男がいるのを確認した。なぜ女主人は用心棒を三人に増やしたのだろう? 女給はうなだれ、涙で頬を濡らしていた。ふたりに気づくなり、首をすくめて脇に寄った。

ラザルスに促されるまでもなく、テンペランスが女給に駆け寄った。必死に話しかけ、首を振って背を向けた女のあとを追う。女はテンペランスに触れられるとその手を振り払い、激しい口調でなにか言った。テンペランスがふいに背筋をまっすぐにして目をみはった。

ラザルスは即座に隣へ移動した。「どうしたんだ?」

彼女はかぶりを振った。「ここでは話せないわ」

テンペランスは彼を酒場の外に連れだし、不安げにまわりをうかがった。ラザルスはマントの下に彼女を引き寄せて両腕をまわした。「さあ、話してくれ」

見あげたテンペランスの顔が、夜の闇に青白く映った。

「あの女給はマリーのことを話そうともしなかったわ。また殺人があったそうよ——被害者は娼婦ですって。ベッドに縛られて、おなかを……」彼女はあえぎ、口をつぐんだ。

「しいっ」心臓が乱れ打つなか、ラザルスは周囲のどんなささいな気配も見逃さず、どんな物音も聞き逃すまいと神経を研ぎ澄ました。

テンペランスがしがみついてきた。「みんなはセントジャイルズの亡霊の仕業だと言っているそうよ」

「なんだって？」

「あの人を幽霊だと思う人もいれば、生身の人間だと考える人もいるけれど、いずれにしろ彼が殺人犯だと信じているみたい」

ラザルスはかぶりを振って歩きだした。「なぜだ？」

「理由はわからないって。亡霊がなにかの復讐をもくろんでいるとか、罪人を罰するために遣わされたとか、ただ人殺しを楽しんでいるとか、いろんな憶測が飛び交っているわ」テンペランスは身震いした。「妙だと思わない？　セントジャイルズの亡霊が殺人犯で、わたしたちを殺したがっているとしたら、このあいだ襲撃されたとき、なぜ彼はあなたに加勢したのかしら？」

「たしかに」ラザルスはつぶやいた。「妙だな」

それから一〇分ほどで孤児院にたどりついた。ラザルスはその建物を見て、これほどほっとしたことはなかった。テンペランスが閂を外すと、あとについて調理場に入った。

彼女が小さなケトルを水で満たし、炉床の上に吊してから火をおこすのを眺める。

「セントジャイルズの亡霊が殺人犯だという証拠はなんだ？　あの女給はなにか言っていたか？」

茶器を用意していたテンペランスが、当惑のまなざしを投げかけてきた。

「彼女自身はなにも知らないみたいだったわ。ただ、みんながそう話していると繰り返すだけで」

「そうか」調理場のテーブルを指で叩く。「ならば、何者かがその噂を流している可能性もあるな」

「でも誰が？」

ラザルスはかぶりを振った。「いずれにせよ、もうきみをセントジャイルズに連れていくわけにはいかない。殺人犯がつかまるまでは」

その言葉に眉をひそめながらも、テンペランスは黙ってうなずいた。彼女はおとなしく従うだろうか？　それともあとになって逆らうのか？　ラザルスは自問しながら落ち着かない気持ちになった。自分にはテンペランスに対する絶対的な力はない。彼がどう思おうと、どれほど心配しようと、彼女は好きに振る舞うことができる。

ほどなく湯が沸き、テンペランスがティーポットに注いだ。ラザルスは彼女のあとについてこぢんまりした居間に入り、テンペランスがスツールに座ると、しゃがんで暖炉に火をつけた。椅子に座り、彼女がカップに紅茶を注いで砂糖を入れるのを見て、やけに満ち足りた気分になった。テンペランスが熱い紅茶をひと口飲み、くつろいだ様子で半分まぶたを閉じるのを見守りながら、これから一生毎晩こんなふうに過ごしてもかまわないと思った。

「妹は元気か？」ややあってラザルスは尋ねた。

テンペランスが驚いたように顔をあげるのを見て、彼は苛立った。

眉をあげて言う。「たしかサイレンスという名前だったな。彼女はミッキー・オコーナーとの一件から立ち直ったのか？」

「わからないわ」テンペランスがため息をもらした。「あれ以来、妹からまったく連絡がないの。ウィンターも口を利いてくれないし。弟はわたしとはなにも話しあわずに黙々と働いているわ。兄のコンコードはすっかり腹を立てていて、とにかく批判的なのよ」

「孤児院の子供たちは？　彼らは元気なのか？」

彼女は両手でカップを包んだ。「普段と変わりなく見えるわ。ただ、メアリー・ウィットサンが影のようにわたしのあとをぴったりついてくるの。まるで、見失ったらわたしが消えてしまうと恐れているみたいに」

ラザルスはどう応えればいいかわからずにうなずいた。家族間のつきあいや感情に関して、嘆かわしいほど経験不足だったからだ。

彼女は息を吸った。「あなたは？　肩の具合はどう？」

「ほぼ完治したよ」

テンペランスはしばらく黙りこんでから静かに訊いた。

「どうしてマリーはあなたに弟さんのことを話さなかったのかしら？」

「わたしが彼女の家族について一度も尋ねなかったからじゃないかな」ラザルスは肩をすくめた。「実は彼女とはほとんど会話をしなかった。われわれの関係に言葉は必要なかったから」

「つまり、彼女と会うときは、ただ……」

「ベッドをともにしただけだ」ラザルスはテンペランスに目を向け、彼女の顔に嫌悪の表情が浮かぶのを待った。「彼女にはそれ以外なにも求めなかった」

「わたしに対しては？」テンペランスがささやく。

彼は息を吸いこんだ。「きみにははるかに多くを求めている」

15

その日は誰も現われず、メグは地下の小さな独房でひとりきりで過ごしました。忙しく独房の掃除をしてから、バケツの水で体を洗い、長い金髪をとかしました。床につこうとした矢先、独房の扉を叩く音がしました。やってきたのは三人の侍女と優雅な美容師でした。気がつくと、メグはきらびやかな青いドレスと真珠の髪飾りを身につけ、踵《かかと》の高いすてきな靴を履いていました。
「これはいったいどういうことですか？」彼女は仰天して叫びました。
美容師がお辞儀をして答えました。「あなたは今夜、陛下とお食事をすることになりました」

『偏屈王』

テンペランスはケールを凝視した。まったく異なる世界で生まれ育ったこの風変わりな男性は、わたしにもっと多くを求めていると言う。もっと多くとは、あとどのくらいだろう？尋ねたいけれど、答えを聞くのが怖い。

彼女はカップを置いた。「わかったわ」

ケールはうなずき、暖炉の火に見入った。今のやりとりがなにを意味するにせよ、彼は満足そうだ。テンペランスの下腹部にじわじわと熱が広がった。彼女ももっと多くを求めていた。

「あなたから家族の話を聞いたことは一度もなかったわね」

ケールが苛立たしげにかぶりを振った。

「そんなことはない。妹や母のことを話したじゃないか」

「でも、お父さまの話は聞いていないわ」低い声で応えた。突然、ケールの秘密をなにもかも知りたいという衝動が、どこからともなくこみあげてきた。殺人犯がセントジャイルズをうろついていることが判明し、危うく死にそうな目に遭ったからかもしれない。唯一わかっているのは、自分の体に迎え入れたこの男性について、もっと知りたいということだけだ。

ケールが身をこわばらせた。「父は貴族だった。ほかに言うべきことはない」

テンペランスは頭を傾けてケールを見つめた。彼の目が燃えあがったところを見ると、話すべきことが山ほどあるのは明らかだ。

「お父さまはどんな風貌だったの？」

彼はびくっとしてテンペランスを見た。「父は……大柄だった」

「あなたよりも背が高かった？」

「ああ」ケールが眉間に皺を寄せた。「いや、違う。オックスフォードから戻ったときには、わたしのほうが高かった。ただ父は……大きく見えた」

「どうして？」

「父の話はしたくない」

「あなたはわたしに多くを求めているんでしょう。だったら、わたしもあなたに多くを求めていいはずよ」

ケールが唇をゆがめてほほえんだ。「きみは手ごわい交渉相手だな、ミセス・デューズ。いったいわたしのなにが知りたいんだ？」

「すべてだと言ったら？」大胆にもそう答えた。

「人は他人のすべてを知ることなどできるのだろうか？」

「おそらく無理ね」テンペランスは立ちあがった。

彼女が二歩進んで自分の目の前に立つのを、ケールはじっと見守った。

「人間はみな、誰ともひとつになれず、孤独なまま一生を終えるのかもしれない」テンペランスはつぶやきながら、彼の開いた膝に座った。クラバットの襞に触れ、それをほどきはじめる。「他人を真に理解することなどできない。あなたはそう言いたいんでしょう？」

ケールは咳払いをした。「それについて深く考えたことはなかった」

「いいえ、あったはずよ」彼女はやさしくからかった。「あなたは知的な紳士だもの。しかもとびきりの皮肉屋。あなたは世界や、自分がいかに孤独かについて考えることに途方もない時間を費やしてきたに違いないわ」

彼がごくりと唾をのみこみ、テンペランスの指の下で喉が動いた。「そうかな？」

「きっとそうよ」ケールの顔をちらりと見てから、クラバットを外すことに意識を戻す。

「だからあの人たちを縛るの？」

「あの人たちって？」

「まったく、あなたがこんな臆病者だとは思いもしなかったわ、ラザルス」

彼はため息をついてまぶたを閉じた。「いや、そうなのかもしれない」

テンペランスはケールのベストのボタンを外しはじめた。

「なぜ自分が女性を縛るのかわからないの？　それとも、その理由を認めたくないの？」

「なんと手厳しい女性だ」彼の言葉が警告の響きを帯びた。

「ええ、そうよ」手元に目を向けたままうなずく。「そうでないと、あなたから答えを聞きだすのは不可能だもの。あなたはあの人たちに近づくと痛みを感じるの？　彼女たちやほかの人々と距離を感じるから、他人に触れられるのが苦痛なの？」

「きみの洞察力には恐れ入るよ」ケールはベストを脱がせようとする彼女に手を貸した。

「自分でも、なぜ痛みを感じるのかはわからない」

「痛みは身体的なもの？　それとも精神的なもの？」

「両方だ」

テンペランスはうなずき、続いてシャツのボタンを外しにかかった。彼の肌のぬくもりが伝わってきて、高級な亜麻布越しに黒い胸毛が透けて見えた。彼女は体の奥が疼くのを感じた。「だったら、ベッドの相手を縛るのは痛みを味わわされないようにするためね」

「そうかもしれない」

「あるいは――」視線をあげてケールと目を合わせる。「そうすれば相手の人間性を認めずにすむからかも」

彼が片方の眉をあげた。「それではまるでわたしが悪魔みたいじゃないか？」

「そうかしら？」テンペランスは穏やかに聞き返した。

ケールはすっと目をそらした。

「彼女たちの視線が怖いの？　目隠しをするのはそのため？　そうすれば相手の目を見ずにすむから？」

「というより、自分の目を見られたくないのかもしれない」

「どうして？」

「たぶん、心の奥の闇を見透かされたくないからだ」

テンペランスはしばしケールのきれいな青い瞳をのぞきこんだ。彼は無言でなにかを伝えようとするように、その視線を受けとめた。

やがて彼女は目をそらした。

「あなたはわたしを縛らなかった」鼓動が速まるのを感じる。彼のシャツをはぎ取りたいけれど、痛みを与えたくない。シャツに両手を滑らせて生地越しに温かい筋肉に触れた。その胸板は広くて立派だった。がっしりとした肩はたくましい腕につながっている。

「それはほかの女性に比べてわたしが大切だから？　それとも大切じゃないから？」

「ああ」

「大切だからに決まっているだろう」

テンペランスはケールに触れた両手を見つめてうなずいた。自分が彼にとって大事な存在だとわかり涙がこみあげた。

「わたしはきみにとって大切な存在か？」彼が静かに尋ねた。

もちろんそうよ。だが、彼女はその質問を聞き流した。今、興味があるのはケールの弱みであって、自分自身のことではない。「こうされると痛い？　服の上から触れられると？」

「いや」

身を乗りだして彼の肩にキスをした。「うれしいわ」

「わたしはきみの質問に答えたが、きみはまだわたしの問いに答えていない」

テンペランスは首を振った。

「答えられないわ。今はまだ。どうか無理やり聞きだそうとしないで」

「なぜ――」彼女が頭をさげてシャツ越しに片方の乳首をそっと舐めると、ケールの言葉が途切れた。

彼は息を吸った。「いつか答えてもらうぞ」

「たぶん、いつか」乳首のまわりを舌でなぞる。濡れたシャツが透けて茶色の突起が見えた。

「ああ」

彼女はシャツに向かってほほえんだ。

「テンペランス」

「無理じいしないで」もっとよく見ようと、ケールの胸にシャツを押しつけた。すると硬くなった乳首が浮きあがった。

「きみがわたしにするようにか？」

「わたしは無理じいしているの？」

「ああ、間違いなく」

テンペランスは叱りつけるように彼の髪を引っぱった。

ケールがぶつぶつ言う。「きみはなぜわたしに無理じいするのか自問したことがあるか？」

「いいえ」両手を滑らせ、彼のおなかにてのひらをあてる。引きしまった腹部は熱かった。

「だったら自問したほうがいい」

「そう」一瞬、彼女はベルトやズボンの前側に気を取られた。

「テンペランス……」

「いやよ」彼女はケールの膝からするりとおりて両脚のあいだにひざまずいた。続いてズボンの前のボタンを外す。「今は痛みを感じる？」

「うん？」彼がつぶやいた。ズボンの前に触れるテンペランスの指に目を奪われているようだ。彼のものはズボンの生地を押しあげていた。それを直接目のあたりにすることを想像すると、口のなかが乾いた。

でも、彼をあっさり解放する気はない。

「ラザルス？　わたしはあなたに痛い思いをさせている？」

「だとしても、甘美な痛みだ」

「よかった」テンペランスはズボンの前を開いた。高ぶりを覆う下着が盛りあがっている。

「ラザルス……」

「なんだ？　ああ……」

彼女は下着のなかのものに指を巻きつけ、ちらりとケールを見あげた。

「いつかわたしも縛りたい？」

彼はわれに返ったように目をしばたたき、用心深い目つきになった。

「いや、とんでもない」

「あら、今度は誰が嘘をついているのかしら？」こわばりをそっと握りしめて硬さを確かめる。「下着から出して触れたら痛い？」

ケールが息を吸いこんだ。「いや、耐えられそうだ」

「本当に？」

「頼む」

かすれた声で懇願されて、テンペランスの心は決まった。慎重な手つきで下着のボタンを外して前を開き、無言でじっと見つめる。

くたびれた肘掛け椅子に座り両脚を広げて下腹部をそそり立たせたケールは、うっとりするほどすてきだった。まだシャツやズボン、靴下や靴を身につけているせいで、黒い茂みや赤くそそり立ったものにいっそう欲望をかきたてられる。なんとも衝撃的で親密な光景だ。ケールは己の権力に絶対の自信を持つ尊大な王そのものに見えた。

「あなたを眺めるのが好きだわ」テンペランスは言った。

「ほう」彼がささやき、低く男らしい声で喉を鳴らす。

テンペランスはケールを見あげるやいなや、屹立したものを握った。

「本当にわたしをベッドに縛りつけたくないの？　あなたの欲求に対して無力で無防備な状態にしたくないの？」

彼はまぶたを半ば閉じて頬を紅潮させた。「ああ……たぶん」

「たぶん？」テンペランスは聞き返し、両手に包みこんだものに視線を戻した。正直、ゲームへの興味は薄れてしまった。「あなたが自分の求めるものや欲望に確信を持てない人だとは思わなかったわ」

彼女は慎重にケールのものを握り、表面のやわらかさや、その奥の鋼のような硬さを確かめた。

うめき声とともに彼が腰を反らし、テンペランスの手に高ぶりを押しつける。

「もっと近くに来い」ケールがそう命じて彼女を抱き寄せた。

彼は顎の下にテンペランスの頭を引き寄せ、髪を撫でながらしばらくじっとしていた。それからスカートをまくりはじめた。無言のまま容赦なく脚をあらわにして、スカートを腰のあたりまでたくしあげる。

ケールが下を見たので、テンペランスはその視線をたどった。彼女の黒い茂みを白い肌が際立たせていた。こんなふうに明かりに照らされた体を男性に見られることに慣れていないテンペランスは、スカートを引きおろしてむきだしの肌を隠そうとした。

「だめだ」ケールが彼女の手をつかみ、命令するように見据える。「きみが見たい」

テンペランスは首を振ったが、その動きは弱々しかった。

ケールの手が腿のつけ根に伸びてくると、彼女は彼の肩に顔を押しつけた。

「脚を開くんだ」彼が静かに言う。

その指示に従って浅く息をしながら、彼女はケールが触れてくるのを待った。あまりにもそっと触られたので、一瞬気づくのが遅れた。ケールは内腿をかすめ、彼を待ち構える秘所のそばまで来ると迂回するように腹部をたどり、茂みの縁にしか触れなかった。

「こっちを見ろ」

テンペランスはかぶりを振った。「無理よ」

「いや、ちゃんと見るんだ」

ケールは彼女の両脚のあいだに手をのせ、独占欲もあらわに指を広げた。

「目をそらすな、さもないと手をとめるぞ」

彼の指がそろそろと茂みの奥へ向かうのを、テンペランスは固唾をのんで見守った。指が襞を広げると、恥ずかしいほど湿った濃い桃色の内側があらわになった。

「なんてやわらかいんだ」ケールは襞に人差し指を滑らせた。

彼の指が敏感な突起のまわりをなぞるのを見つめながら、テンペランスはあえいだ。ケールが突起をそっと叩く。

「こうされるのは好きか？」

彼女はかぶりを振って目をそらしたかったが、そんなことをすればケールは愛撫をやめるだろう。そう想像しただけで死にたい気分になった。

「テンペランス」低く甘い声で彼がつぶやく。「こうされるのが好きかどうか教えてくれ」

物足りないほど軽く突起を押した。「テンペランス？」

「もっと強く」彼女は息を吐いた。

「なんだって？」

テンペランスは唾をのみこんだ。「もっと強く。もっと強く触れてちょうだい」

ケールがふたたび突起を押す。「こんなふうに？」

ああ、最高だわ！　彼女は無意識に腰を持ちあげて、せっかちにうなずいた。

彼は絶妙な強さで押しながら円を描いた。「さあ、見るんだ。わたしの手をじっと見つめて、まぶたを閉じるんじゃないぞ。さもないとやめるからな。わかったか？」

ケールの指に見とれつつ、テンペランスはうなずいた。体の奥がますます潤ってくる。居間の静寂に響くのは自分の乱れた息遣いと、彼の手が奏でるかすかな湿った音だけだ。ケールの指の動きが速くなるにつれ、まぶたが重くなり、目を開けているのが困難になってきた。

わき起こる甘美な歓びに体じゅうが燃えあがった。

そのとき、ケールがいきなり手をねじった。

二本の指が深々と差し入れられ、テンペランスは目を見開いてその光景と感触にあえいだ。同時に親指で突起を押されると、彼女は砕け散った。手足にまで熱が広がって首をのけぞらせ、かすむ目で彼の愛撫を見つめる。ああ、こんなにみだらな気分になったのは生まれて初めてだ。ケールの腕に抱かれて身を震わせ、脚をばたつかせたが、彼の指はなおもテンペランスのなかで暴れ続けた。

ケールはもう片方の手で彼女を自分のほうに向かせると、いきなり唇を重ねてきた。口を開いて激しいキスを交わしつつ、熟練した指の動きをゆるめる。

「テンペランス」彼があえぐように言った。「きみがほしい。今すぐに」

ケールはテンペランスを持ちあげ、まるでぬいぐるみでも扱うように荒々しく彼女の脚を引き寄せた。彼女はもう自力で動けない状態だった。

彼はテンペランスを抱いたまま立ちあがり、ふたりの位置を入れ替えて彼女を大きな肘掛け椅子に座らせた。テンペランスのヒップが椅子の縁にのり、足が床についた格好になる。続いてケールが彼女の前にしゃがんだ。その下腹部はふたたびそそり立っている。彼はこわばりを片手で握ると、テンペランスの両脚のあいだに導いた。そして広げられた脚の下に肩を入れて身を起こし、彼女を無防備な体勢にさせた。

テンペランスが見守るなか、ケールは彼女に欲望の証の先端を近づけ、息を切らして一気に押し入ってきた。耐えがたい苦痛に襲われたかのように、彼は首をのけぞらせた。今にも命尽きるかのように。

「ああ」切れ切れに言う。「もう……耐えられない……」

ケールが激しく突きはじめた。テンペランスは椅子に押しつけられて両脚をつかまれ、なすすべもなく攻められた。

もっとも、抗うことなど望んでいなかったが。

ケールの手によってめくるめく絶頂に達した直後に何度も満たされ、テンペランスの体はふたたび燃えあがった。快感の波が次々と押し寄せ、感覚が麻痺してくる。ケールが膝立ちになり、彼女の腰を完全に持ちあげて根元までうずめてくるのをぼんやり感じた。彼はそのまま精を放った。

指を広げた大きな両手がテンペランスのヒップをつかんでいる。ケールはいくら味わっても足りないとばかりに、彼女に押しつけた腰をまわした。永遠につながっていたいと言わんばかりに。しかしそんなことができるはずもなく、ケールは彼女をそっと椅子におろすと、がくりとくずおれた。肩にのせたテンペランスの脚を外し、椅子の背にもたれる彼女の隣に頭を預ける。

「テンペランス」満足しきった様子で彼女にのしかかりながら、ケールがつぶやいた。「テンペランス」

彼女は小さな居間の天井を見あげた。ケールが自分にとってどんな存在か伝える言葉を、なんとしても探さなくてはいけない。それを口にしなければ、彼を失うのは目に見えている。どれほど苦痛で困難でも伝えるしかない。人生の岐路に立った今、決断を下さない限り、すべてを失ってしまう。明日。明日になったら伝える方法を見つけよう。

彼女はまぶたを閉じた。

明くる日の早朝、テンペランスは目を覚まし、ベッドに横たわったまま狭い自室の天井を見つめた。まだ起きあがる気になれない。彼女の寝室があるのは屋根裏だった。その階には三部屋しかなかった。テンペランスとウィンターとネルの寝室だ。ネルは保育室で乳幼児の世話をする必要がないときだけ自室で寝ていた。三部屋とも天井が低く傾斜している。雨が降ると、テンペランスの部屋は天井の隅が雨もりした。冬は寒く、夏はうだるように暑かった。

ときどき、どこかへ飛んでいきたくなる。だからケールとの危険な情事を楽しんでいるのかもしれない。妊娠して婚外子を産む恐れがあるだけでなく、自分の魂も危険にさらしているというのに。彼があまりに魅力的で、どうしても拒否できない。長年自分の本性に抗ってきたせいで限界に達したのだろう。もともと無駄な抵抗だったのかも――。

隣のウィンターの部屋からどすんという音がした。テンペランスは眉をひそめて起きあがった。

なにかが隣の部屋の扉にぶつかったようだ。

廊下に飛びだし、弟の寝室の扉を叩く。「ウィンター？」

返事はなかった。

さらに強く叩いても物音ひとつしない。テンペランスはこぶしを握りしめ、ふたたび扉を叩いた。「ウィンター！　大丈夫？」

取っ手をつかむと鍵がかかっていた。その寝室はウィンターが孤児院で唯一ひとりきりになれる場所だった。どうやって扉をこじ開けるか思案していると、いきなり内側から開いた。

「大丈夫だよ」戸口に立つウィンターはなだめるように言ったが、明らかに具合が悪そうだった。額に切り傷があり、青白い顔に血が滴って足元がふらついている。

テンペランスは弟を支えようと腰に両腕をまわした。「いったいなにがあったの？」

ウィンターは自分の顔に触れ、指についた血を見てびっくりしたようだ。「た、たぶん転んだんだと思う」

そのためらいがちな口調に彼女の警戒心が募った。「覚えてないの？」

「ああ……」弟は言葉を濁し、独房のような狭い部屋を見まわした。「ちょっと座ったほうがよさそうだ」

テンペランスはウィンターに手を貸してベッドに座らせた。その部屋には椅子を置く場所すらなかった。気遣わしげに弟を見おろす。

「具合が悪いの？　最後に食事をとったのはいつ？」

額に手の甲をあてようとすると、ウィンターはいつになく苛立った様子でその手を払いのけた。「ぼくはいたって元気だよ。ただ――」

「転んで、その理由を覚えていないだけだというの？」彼女は憤慨して言った。「ゆうべはなにを食べたの？」

ウィンターの額に皺が寄る。「ええと……」

「ウィンター！　まさかなにも食べなかったの？」

「スープを飲んだ気がする」そう応えたものの、弟は彼女と目を合わせなかった。

テンペランスはため息をもらした。ウィンターは昔から嘘をつくのが下手だった。

「ここで待っていて、朝食と包帯を持ってくるから」

「でも、学校が――」ウィンターがむっとしたように言う。「授業をしないと」

「いいえ」立ちあがろうとした弟を、彼女はベッドに押し戻して横たわらせた。「一日ぐらい休校にしてもかまわないはずよ」

「そんなことをしたら授業料が減ってしまう」

テンペランスはウィンターを凝視した。たしかに弟の言うとおりだ。学校を休みにすれば、学生はその日の分の授業料を払わずにすむ。「一日ぐらい休んでもなんとかなるでしょう」

真っ青な顔で、弟はかぶりを振った。「ケール卿からもらった金は、もうほとんど使いきってしまった」

「なんですって？」彼女は愕然《がくぜん》として聞き返した。

「肉屋や銀行に借金があって」ウィンターがささやく。「それに一一月に子供の靴を修繕してもらった代金をまだ払っていなかったんだ」

テンペランスは室内を見まわしたが、代わりに決断を下してくれる人はひとりもいなかった。「大丈夫だから、とにかく寝ていて。いいわね、ウィンター？」

「わかったよ」弟はうなずき、彼女が部屋を出るころにはもうまぶたを閉じていた。

かなり切羽詰まった状態だとわかっていたけれど、まさかここまで深刻だとは思いもしなかった。テンペランスは階段を駆けおり、やるべきことの優先順位を整理しようとしたが、ウィンターが病気だということや、弟がいなければ孤児院の運営は不可能だということが何度も頭をよぎった。

動揺したまま調理場に足を踏み入れた彼女は、そこにいた面々を見るなり足をとめた。ネルの隣にポリーが佇み、ふたりとも怯えた顔をしている。部屋の隅にうずくまったメアリー・ウィットサンの顔は真っ青だった。ポリーはじっと動かない小さな包みを抱えていた。

「どうしたの？」テンペランスはささやいた。

「すみません」ポリーが言った。「ゆうべまでお乳を飲んでいたんですが、突然この子が……」毛布の端を引きさげる。なかから現われたメアリー・ホープの顔は真っ赤で、汗に濡れていた。

ポリーが青ざめた顔をあげた。「熱を出したんです」

16

その晩、メグは立派な食事室に連れていかれました。ごちそうが並ぶテーブルに座っているのは王だけで、そのかたわらには小さな青い鳥が入った金の鳥籠が置かれています。

王は衛兵をさがらせると、自分の右側の椅子を指しました。「ここに座るがよい」メグは美しいドレスを踏まないよう注意しながら腰をおろしました。

「さて、メグ」王は金色の皿を手に取り、肉や、砂糖のかかった果物をのせました。「その方に訊きたいことがある」

「なんでしょう、陛下？」

王は自ら料理をよそった皿を彼女の前に置きました。「余が知りたいのは、愛とはいったいどういうものかだ……」

『偏屈王』

「もっと軽い木がいいな」その日の昼さがり、ラザルスは思案しながら言った。「象眼細工の施されたものがいい」

彼は今、ピアノ製作者のミスター・カークと書斎にいた。カークが持参した数種類の木板は、どれも繊細な装飾がなされていた。ラザルスは自分が選んだ見本に手を滑らせた。それは華美ではないものの女らしいデザインだった。

テンペランスのように。

「さすが、いいものをお選びになりましたね」カークは見本を集めて特注の入れ物にしまった。「たしか、その材質でほぼ仕上がったピアノがございます。二週間後にこちらへお届けすればよろしいでしょうか？」

「いや。これは贈り物だから、届け先を知らせるよ」

「かしこまりました」カークは恭しくお辞儀をし、部屋から出ていった。

ラザルスは妙に心が軽くなり、くつろいだ気分で椅子の背にもたれた。女性に贈り物をしたことはこれまでにもあった。彼女たちへの報酬として。しかし、自ら品物を選んだことはない。正直、ラザルス自身が選んだかどうかは、彼や相手にとってどうでもいいことだった。女性たちは彼からもらった装身具や宝石を、やがて来る別れのときのための保険の一種――容易に換金できる資産――と見なしていたからだ。だが、テンペランスには彼からの贈り物を一生の宝物と思ってほしかった。いつかふたりの関係が……。

ふたたび書斎の扉が開き、その夢想は遮られた。顔をあげたラザルスは一瞬、テンペランスのことを考えていたせいでどこからともなく彼女が現われたのかと思った。

彼は立ちあがった。「テンペランス。いったいどうしたんだ?」

「わたし……」ぼうっとしながら、彼女は書斎を見まわした。「あ、あなたに会いに来たみたい」

ラザルスは眉をひそめた。「大丈夫か?」

「ええ、わたしはいたって元気よ」だが、下唇が震えている。

なぜ嘘をついているのだろう? 「とにかく座ったらどうだ? 呼び鈴を鳴らしてワインを運ばせ——」

「やめて!」テンペランスが近づいてきた。「お願い、どうか誰も呼ばないで。わたしはただあなたと一緒にいたいだけなの」

彼女の顔は真っ青だった。ラザルスのほうに歩いてくる途中で、手にしていたつばの広い帽子を床に落とした。

「ここまでどうやって来たんだ?」

「歩いてきたわ」息を切らしながら答える。

「セントジャイルズから?」彼はかぶりを振った。「テンペランス、いったいなにがあったのか話してくれ。わたしは——」

「いや」彼女はラザルスの顔を両手で挟んだ。「しばらくそのことは考えたくないの。なにも考えたくないわ」

そう言うなり、テンペランスは彼の顔を引き寄せ、唇を重ねてきた。そっと誘惑するのではなく、貪欲《どんよく》にむさぼる情熱的なキスだ。ラザルスの体は彼女だけに仕えるよう訓練されたかのごとく反応した。気がつくとテンペランスを抱きしめ、舌を滑りこませていた。机に押しつけられた彼女が唇を重ねたまま満足そうにうめく。スカートをわしづかみにした瞬間に、彼は書斎の扉に鍵がついていないことを思いだした。

「くそっ」唇を引き離してテンペランスを抱きあげる。

ラザルスは彼女をすばやく書斎から連れだし、仰天している執事の脇をすり抜けて階段をのぼった。寝室の扉を蹴り開けたとき、スモールがまだなかにいた。

「出ていけ」自分のものとは思えない声で命じる。

近侍は黙って退室した。

ラザルスはテンペランスをベッドに横たえ、隣にもぐりこもうとした。

「だめ」息も絶え絶えに彼女が言う。

彼は凍りついてテンペランスを見つめた。

「今回は……」彼女は唇を舐めた。「あなたのやり方でしたいの」

遠まわしな言い方だったが、ラザルスはテンペランスの意図を瞬時に理解した。野蛮な欲望が全身を駆けめぐり、痛いほど下半身が高ぶった。ああ！　想像しただけで頭がどうにかなりそうになる。テンペランスを自分の思いどおりに奪えるのだ。しかも彼女自身がそれを望んでいる。だがラザルスの一部は難色を示し、躊躇していた。テンペランスはほかの女たちとは違う。そんなふうに彼女と交わってはならない。

「本気なのか？」彼は問いただした。

「ええ」

仕留める直前の獲物に目を光らせる鷹のごとく、テンペランスの上にかがみこんだ。

「本当にそうしたいのかよく考えてくれ。ある一線を越えたら最後、わたしは身を引くことができない。そうなったら、きみにわたしをとめることは不可能だ」

彼女がごくりと唾をのみこむ。「お願い。あなたがどんなふうにするか知りたいの。直接感じたいの」

ラザルスはテンペランスの胸中を推しはかろうとしばし見つめてから、ベッドに手を突いて立ちあがった。その両手は震えていた。

「いいだろう」彼女に触れるのが怖くて一歩さがる。自制心を失ってしまいそうだ。「服を脱ぐんだ」

テンペランスは息をのんで頬を染めたが、いそいそとボディスの紐に手を伸ばした。ラザルスは両脇に垂らした指を動かしながら、彼女がボディスやコルセット、スカートと靴を脱ぐのを見守った。テンペランスが細い脚を突きだしてゆっくりと長靴下を脱ぐと、じらされている気がしてきた。彼女がシュミーズを上品に頭から脱いで床にほうった瞬間、それは確信に変わった。彼女はピンを外し、髪をふんわりさせてから指ですいた。そして生まれたままの姿でベッドに座り、堂々と胸を突きだして脚を組むと、次の命令を待つように黙って彼に視線を向けた。

今度はラザルスがごくりと唾をのみこんだ。ああ、果たしてわたしにできるだろうか？だがテンペランスはわたしのやり方で抱かれることを望み、そうしてほしいと頼んだ。

彼は自分の考えが変わらないうちに向きを変え、すばやく戸棚へと移動した。いちばん上の引き出しには、きちんとたたまれたクラバットが詰まっている。それをひと握りつかんでベッドに引き返した。

「横になれ」しゃがれた声で命じる。

テンペランスは指示に従ったあと、促されるまでもなくヘッドボードの両端の柱に向かって両手を伸ばした。ラザルスは手首を片方ずつ柱に結びつけながら、腕を持ちあげたせいで高く突きだされた彼女の胸や、開いた口には目を向けないようにした。

「脚を広げろ」

テンペランスが大きく脚を開くと、ラザルスはベッドの足元の柱にそれぞれ足首をつないだ。最後に一枚残ったクラバットを手に、身を起こして彼女を見おろす。テンペランスは神への供え物のようだった。緑と茶色の上掛けとは対象的なピンク色に染まった肌、枕に広がるつややかな長い髪。

瞳は怯えていないものの、大きく見開かれていた。

指のあいだにクラバットを滑らせながら、ラザルスはベッドの頭のほうに移動した。

「では、目隠しをするとしよう」

テンペランスはクラバットを手にかがみこんでくるケールを見つめた。いかめしい面持ち、きつく引き結ばれた官能的な口元、翳りを帯びたサファイア色の目。不安に駆られても当然なのに期待しか感じない。

胸の高鳴りしか。

折りたたまれたやわらかい亜麻布を目の上に置かれたとたん、視界は真っ暗になった。自分の息遣いがやけに大きく聞こえるなか、目隠しを結ばれた。ケールの手が離れると、テンペランスは頭を傾けて物音に耳を澄ませた。彼はベッドの足元に移動して立ちどまったようだ。彼女はおずおずとヘッドボードの彫刻に触れた。ケールはいったいなにをするつもりなのだろう？　なにをぐずぐずしているの？　両脚を開いたテンペランスの秘めやかな部分は冷気にさらされていた。

「なんと美しい」すぐ左からケールの低い声がして、彼女はびくっとした。

「落ち着いて」彼がつぶやき、テンペランスは左肩になにかを感じた。指先かしら？　あまりにもかすかな感触で、実際に触れられたのか定かでないほどだ。

「きみの肌はビロードのようになめらかだ」ケールが耳元でささやく。彼の指先が胸へと滑り、そのまわりをゆっくりたどった。「桃色に染まって真珠さながらの光沢を放ち、あまりにも甘美だ」

指が離れたが、解放されたのは一瞬だった。

次の瞬間、なにか湿ったものが胸の頂に触れた。

突然のことに、テンペランスは息をのんだ。きっとケールの舌に違いない。今、触れているのは舌先だけだ。彼は乳首の周囲を舐めてから口にくわえて吸った。甘い戦慄《せんりつ》が体の奥へと走る。テンペランスはとっさにもがいたが、手足を縛られているせいでほとんど身動きできなかった。ケールの愛撫を待ち、それに屈するしかない。彼が次になにをしようと、なにを望もうと、屈するほかないのだ。

それこそが魅力なのかしら？　どきどきしながら無防備に待つことが？

ケールが唐突に乳首を放すと、濡れた肌にひんやりした空気を感じた。テンペランスはぶるっと身を震わせた。乳首は両方とも尖っている。

「なんて甘いんだ」彼がささやき、その息が腹部にかかった。

テンペランスの広げた脚のあいだのマットレスが沈んだ。恥ずかしいほど湿った秘所のすぐそばに、ケールが座ったか横たわったかしたのだろう。つかのま沈黙が落ちると、彼がすべてをさらけだして待つテンペランスに熱いまなざしを注ぐ光景が頭に浮かんだ。

体の奥がますます潤う。

「きみは――」右膝のすぐ上に指先がそっと触れた。「どこもかしこも甘いのか？」

テンペランスが息を詰めていると、ケールは彼女の腿にゆったりと指をさまよわせた。

「味見をしてみようか？」物憂げな声で訊く。

彼女は息をのんで唇を噛んだが、答えなかった。

「テンペランス？」彼が低い声で尋ねた。「味見してもいいかな？」

もし目隠しをされていなければ、今ごろ顔を覆っていただろう。ケールはわたしに懇願させたいのだ。

「ここにしようか？」彼は敏感な部分の襞を人差し指でなぞりながらささやいた。「それともここか？」続いて突起のまわりを撫でる。

「お願い」テンペランスは喉を詰まらせた。

「なんだって？」ケールは聞き返したが、その指は今もじれったいくらいやさしく彼女に触れていた。「なにか言ったかい？」

「お願い、わたしを味わって」テンペランスはあえいだ。

「ああ、なんでも仰せのままに」

次の瞬間、濡れた舌がぴったり押しつけられた。ケールは力強く舐め、震えているテンペランスの感じやすい肌をあますところなくしゃぶった。ついに彼が突起にたどりつき、舌を密着させてきたときには、テンペランスは頭がどうにかなりそうだった。拘束された身をよじり、意味をなさない言葉を切れ切れにつぶやく。体が燃えあがってとろけ、快感が全身を駆けめぐった。身を弓なりにして恥ずかしげもなくケールの顔に下腹部を押しつけると、彼は二本の指と舌を駆使して彼女を絶頂へと導いた。

テンペランスはもう充分満足していたが、ケールはやめる気がなさそうだった。突起を口に含まれて吸われるうちに、彼女はとうとうむせび泣きながら降伏し、幾度となく歓喜の波にのまれた。

体は熱くほてってぐったりしているものの、今も手足を縛られて彼の欲望の標的であることに変わりはなかった。

「そろそろ――」ケールの低くしゃがれた声が響き、濡れた秘所に息がかかる。「わたしを受け入れる準備ができたんじゃないか」

ズボンに内腿をこすられ、彼の重みを感じた次の瞬間、テンペランスは深々と貫かれていた。ケールのものは硬くなめらかだった。彼は腕をついて上半身を支えているらしく、両脇のマットレスが沈んだ。ケールがゆったりと腰を動かしながら、左の乳首に口をつける。力強く抜き差しするものの、急ぐ気配はない。あたかもテンペランスが彼専用のおもちゃで、心ゆくまで楽しもうと思っているかのようだった。

彼は右の乳首にも舌を這わせ、そのあいだも絶えず突き続けた。テンペランスはもう限界だった。腰を突きあげようとしても、手足を縛る布に阻まれてしまう。

「お願い」思わず泣き声をあげた。

「なにをしてほしい？」悪魔のようにケールが耳打ちする。

「お願いよ」

「はっきり言うんだ」彼は耳にキスをした。

「もっと激しく奪って」

一瞬間が空いて、低い罵り声が響いた。ケールはぐいと腰をあげ、完全に自制心を失ったかのように勢いよく押し入ってきた。テンペランスの希望どおり激しく。至福の歓びがあふれた。まぶたの裏で目もくらむ白い光が炸裂《さくれつ》し、彼の唇に口をふさがれていなければ叫んでいただろう。ケールはむさぼるようにキスをしながら動き続け、無防備な彼女の体から快感を得ていた。

ケールが体をこわばらせて唇を引き離し、テンペランスの首筋に顔をこすりつけた瞬間、彼も絶頂に達したのだとわかった。さらに何度か身を沈めてから、ケールは彼女の上にくずおれた。

テンペランスはしばらくそのまま彼と横たわっていたが、やがて目隠しを外された。目をしばたたいて、サファイア色の瞳をのぞきこむ。

「さあ、なにを思い悩んでいるのか話してくれ」ケールが言った。

テンペランスとこんなふうに愛を交わすなんて、まるで夢のようだ。だが、なにかが欠けている気がした。ラザルスはその小さななにかが頭の奥に引っかかっていたが、彼女の目隠しを外したとたん、それがなんなのか気づいた。テンペランスの瞳だ。彼女と愛を交わしながら、その瞳に浮かぶ金色の星を見つめていたかったのだ。そして、彼女にも自分の目を見つめていてほしかった。

彼自身を。

テンペランスが美しい瞳をそらした。「いったいなんのこと?」

そのあからさまな言い逃れにむっとしてもおかしくなかったが、逆にやさしさが胸にこみあげた。ラザルスは彼女の顔にかかった髪を払いのけた。「ごまかすのはやめて真実を話してほしい」

テンペランスは縛られた手首を引っぱった。「これを解いてちょうだい」

彼女の頬に鼻をすり寄せた。「きみが話すまではだめだ」

テンペランスがまぶたを閉じてささやく。「あなたと出会った晩に孤児院へ引き取った赤ちゃんが、メアリー・ホープが死にそうなの」

ラザルスはほっとした。彼女は悩みごとを打ち明けて、彼を受け入れてくれた。

「かわいそうに」

「メアリー・ホープはとても小さくてか弱いの。こうなることは覚悟しておくべきだったんだけれど、あの子が少し元気になったから、つい……」

彼は黙ってテンペランスの心の痛みを受けとめた。

テンペランスはすすり泣いてかぶりを振った。「あの子は今、孤児院で死にかけているわ。苦しそうに息をするのを見るのが耐えられなくて、ネルに世話を頼んできたの」

「いいんだよ」顔をあげて彼女を見つめる。「きみはもう充分すぎるほど耐えてきた」

「いいえ」体のどこかに痛みを感じたように、テンペランスは顔をしかめた。「充分耐えてなどいない。今朝、ウィンターが倒れたの。弟は孤児院のために命を削っているわ。今日こんなふうに飛びだしてきたのは間違いだった。ここに来るべきではなかったのよ」

「たしかにきみは孤児院にいるべきだったのかもしれない。だが、誰しもときには休養が必要だ。そんなに思い悩むんじゃない」

テンペランスは首を振っただけだった。

ラザルスは思案しながら彼女の額に唇を押しあてた。不可解な感情が胸のなかでふくらみはじめた。「きみにとって孤児院は牢屋のようなものだ」

テンペランスのまぶたがぱっと開く。「なんですって？」

ラザルスは彼女の手首の拘束を解こうと手を伸ばした。

「なぜきみが孤児院で働くことに固執するのか、しばらく前から気になっていたんだよ。きみはあそこで働くのが好きなのかい？　孤児院の仕事を楽しんでいるのか？」

「子供たちを――」

「たしかに立派な仕事であることは間違いない。だが、きみは楽しんで働いているのか？」

返事がないので見おろすと、テンペランスは愕然とした顔でラザルスを見つめていた。どうやら彼女をびっくりさせて黙らせることに成功したらしい。

「きみは孤児院の仕事が好きなのか？」やさしく質問を繰り返す。

「好きかどうかなんて関係ないわ」

「そうかな？」

「もちろんそうよ。孤児院は慈善活動だもの。慈善を楽しむ必要はないでしょう」

ラザルスはかすかにほほえんだ。「だったら、好きじゃないと認めても恥じることはない」

「孤児院の仕事を好きかどうか考えたことは一度もなかったわ。もちろん子供たちは好きよ、それにあの子たちにいい奉公先が決まると満足感を覚えることもある。わたしはあの仕事を楽しむべきよね？　そうでなければ極悪人になってしまうもの」自分では答えられないのか、テンペランスは彼に問いかけた。

　ラザルスは肩をすくめた。「いいとか悪いとかいう問題じゃない。孤児院やそこで働くことに、きみがどう感じているかが問題なんだ」

「それはもちろん――」

「いや」鋭く遮った。「嘘をついたりごまかしたりせずに、本音を聞かせてくれ」

「わたしは嘘なんてついていないわ！」

　彼は愛情深くほほえみかけた。「きみは毎日嘘をついている、誰よりも自分自身に対して」

「なにを言いたいのかさっぱりわからないわ」テンペランスはささやいた。

「そうかな？」ラザルスはクラバットを解くのをいったんやめた。「きみはメアリー・ウィットトサンやメアリー・ホープを愛していることを認めようとしない。実際、わたしはきみがあの赤ん坊に触れるのを拒むところも目のあたりにした。きみは本心を押し殺し、強制されない限り楽しもうとしない。絶望感に襲われる仕事をあえて担って寿命を縮めているのは、自分は下劣な人間だと信じこんでいるからだ。きみはわたしが知る誰よりも高潔な女性なのに、自分を罪人だと思っている」

　突然、彼女の口のまわりに皺が寄った。

「よくもそんなことを……」テンペランスがあえいだ。「わたしを高潔だなんて言わないで。

わたしが罪とはなんなのかも知らないみたいに」

彼女は明らかに逆上していた。縛られた手足をがむしゃらに引っぱる。

「説明してくれ」ラザルスは食いさがった。

「放してちょうだい！」

「だめだ」

「わたしのことをなにも知らないくせに！」テンペランスが叫んだ。口は大きく開かれ、目から涙があふれている。「わたしは善人でも聖人でもない。孤児院で働かなければならない人間なのよ」

ラザルスは彼女の鼻に鼻を押しつけた。「なぜだ？」

「そうするのが正しいからよ。わたしが孤児院の仕事をどう思おうと関係ないわ」

「それは贖罪《しょくざい》なんだろう？」彼はささやいた。

テンペランスは真っ赤な顔でかぶりを振った。もつれた髪に涙が流れ落ちる。

「わたしは――」

ラザルスは彼女の顔を両手で挟んだ。「話してくれ」

彼女が息をのみ、まぶたを閉じる。「夫が……ベンジャミンが亡くなったとき……」

テンペランスがすすり泣くあいだ、彼は辛抱強く待った。今、真実が明らかにされようとしている。彼女は夫を愛していなかったのだろうか？　夫の死を願っていたのか？　ラザルスが予想していたのはそんなありふれた告白だったが、彼女の口からもれた言葉はまったく違った。

「わたしは別の男性と一緒にいたの」

ラザルスは目をしばたたき、驚愕して彼女を放した。「それは本当か？」

テンペランスはうなずいた。「彼は……いえ、相手が誰だろうと関係ないわ。わたしはその人の誘惑に身を任せたの。ベンジャミンが醸造業者の荷馬車に轢《ひ》かれたまさにその瞬間、別の男性の部屋でベッドをともにしていたのよ。その罪を夫にどう隠し通すか悩みながら帰宅すると、夫は亡くなっていた」ぱっとまぶたを開く。「もう息を引き取っていたの」

頭の片隅に恐ろしい考えが芽生えて、ラザルスはしばし彼女を見つめた。それからいきなり立ちあがると、机に直行してペンナイフを探した。

「その愛人とは長いつきあいだったのか？」彼はテンペランスの足首を結ぶクラバットを切り裂いた。

「えっ？」彼女は困惑して眉間に皺を寄せた。「いえ、それほど長くはないわ。彼と一緒に過ごしたのはその日が初めてよ。ねえ、いったいどうしたの？」

ラザルスは笑い声をあげたが、決して愉快そうではなかった。

「いや、皮肉だと思っただけだ。きみは生まれて初めて罪を犯したときに厳罰を受けたんだな」

彼は手首の拘束も解いた。

テンペランスがラザルスを凝視した。

「あなたにはわからないのよ。これはささいな過ちではないわ。甘いものを食べすぎたとか、ほかの女性のボンネットをほしがったとかいうたぐいの過ちじゃない。わたしは夫以外の男性とベッドをともにしたの。不義の罪を犯したのよ」

ふいに疲労感を覚えて、彼はため息をもらした。

「わたしがその人間的な弱さを非難すると思ったのか？」

「あれは単なる弱さではないわ」テンペランスは身を起こして上掛けを体に巻きつけた。それを見て、なんて美しい女性だとラザルスは冷静に思った。これまで出会った誰よりも美しい。「わたしは夫を裏切った」

「そしてきみ自身も」彼は静かに言った。

テンペランスは目をしばたたいた。「ええ、わたし自身も」

「密通によってきみは堕落した。夫以外の男と親密な関係になったことが、きみの人生最大の罪というわけか」

「ええ」彼女がささやく。

ラザルスは一瞬まぶたを閉じ、今さらながらテンペランスを問いつめなければよかったと思った。「きみは決して自分自身を許さない、そうだろう？」

「それは……」内なる葛藤を淡々と言いあてられ、彼女は戸惑った様子だった。

「きみにとって密通はもっとも許しがたい罪だ。だから自分を罰しなければならないと思ったとき、その最悪の罪を利用した」

ラザルスは目を開き、テンペランスを見つめた。美しく強い女性を。彼が女性に求めるすべてを備えた人を。こみあげる感情を、ラザルスはついに理解した。これは苦痛だ。胸を射抜かれたように、テンペランスに深く傷つけられた。

「きみは自分自身を罰するためにわたしを利用したんだな？」

彼女の表情はどんな言葉よりも雄弁だった。ラザルスに刺さった矢が、胸をえぐるようにさらに深く突き刺さる。それでも最後の問いを口にせずにはいられなかった。

「わたしはきみにとって処罰の道具でしかなかったのか？」

17

『偏屈王』

メグは王国一の権力者に目を向けました。「陛下、なぜ愛について知りたいと思っておられるのか、お訊きしてもよろしいでしょうか？」

王の眉間に皺が寄りました。「余は戦場で死に直面するのがどういうことか知っている。広大な王国を統治したり、人を処罰したり、慈悲を示したりする方法も。それなのに、愛がなんなのかはわからない。だから教えてもらいたいのだ」

メグは食事をしながら王の質問について考えました。どうすれば陛下に愛を説明できるだろう？　ようやく顔をあげると、王は小さな青い鳥にナツメヤシの実を与えていました。

「鳥籠の扉を開けてください」メグは言いました。

「処罰の道具ですって？」テンペランスはケールを凝視した。

彼女は生まれたままの姿だったが、ケールは今も服を着ていた。彼は上着も脱がずに愛を

しを責めている。いったいなんのために？

サイレンスにさえも話したことのない人生最大の罪を打ち明けたというのに、ケールはわた

交わしたのだ。テンペランスはこのうえなく不利な立場に置かれている気がした。誰にも、サイレンスにさえも話したことのない人生最大の罪を打ち明けたというのに、ケールはわたしを責めている。いったいなんのために？

彼女は当惑してかぶりを振った。「あなたを処罰の道具だなんて思っていないわ」

「そうかな？」ケールはいつになく物静かでよそよそしかった。「だったら、なぜ急に縛ってほしいと頼んだりしたんだ？」

彼の視線を遮るように、テンペランスは上掛けを引きあげてむきだしの肩を覆った。

「そ……そのほうがあなた好みのやり方だと思っただけよ。それに興味もあったし。なぜ今夜そう頼んだのかはわからないわ」

「わたしにはわかる」ケールはこちらに背を向けて背後で手を組んだ。「きみにとっては自分をおとしめる行為だったんだろうな」

「そんなことないわ！」考えもせずに叫んだ。

しかし、彼は耳を貸してくれなかった。

「きみは……男女の営みを求め……必要としているが、それはきみにとって罪でしかない。この世でもっとも醜悪な罪でしかないんだろう。だから欲望を満たすために、それを卑猥《ひわい》なものにする必要があった」

「違う！」裸だということもおかまいなしに、テンペランスは上掛けをはねのけた。彼はどうしてそんなことを――。

「自尊心をおとしめるようなものにしたかったんだ」ケールが振り向いてこちらを見ると、彼女は上掛けから半ば起きあがったまま凍りついた。「さもないと、純粋な歓びの行為となってしまうからな。きみはそんなことを自分に許すわけにいかなかった」

もはや弁解もせずに、テンペランスはマットレスに腰をおろした。ケールが言ったことはあたっているのだろうか？　わたしはそんな卑劣なやり方で彼を利用したの？

「わたしは――」彼がいたって冷静な声で言う。「きみがどう感じようと、どうでもいいはずだった。実際、ベッドをともにした相手の気持ちを考えたことなどこれまで一度もない。そういう関係において、女たちの感情は取るに足りないものだった。だが妙なことに、きみがどう思うかは気になるんだ」

ケールは言葉を切って両手を見おろし、ふたたび彼女を見つめた。その顔には、悲しみや苦悩やあきらめがありありと浮かんでいた。

それを見て、テンペランスは胸を締めつけられた。なにか言いたいが、口を開くことができない。

「きみはわたしにとって大切な人だ。わたしは多くの面でろくでなしだし、普通とは言えない邪な欲求も抱えているが、それでもこんなふうに利用されるいわれはない。たしかにわたしは良心の欠けた人間かもしれない。しかし、きみはこんなまねをするほど卑劣ではないはずだ」

ケールは向きを変えると、部屋を出て静かに扉を閉めた。

テンペランスは呆然と扉を見つめることしかできなかった。彼を追いかけて謝り、さっき口にできなかった言葉を伝えてどうにか説明したかったが、今も裸のままだ。見おろすと、上掛けが膝まで落ちていた。

あわててベッドから抜けだして身支度を始めたものの、シュミーズが頭上でからまり、長靴下の片方が見つからなかった。何本もピンを差して髪を結いあげたときには三〇分が経過していたが、ケールは依然として戻らなかった。

テンペランスは扉を開けてこっそり廊下に出た。屋敷内は不気味なほど静まり返り、ケールがどこにいるのか見当もつかない。書斎かしら？　ここには彼専用の居間や図書室があるの？　廊下を進みながら、ひとつひとつ部屋をのぞいていった。その結果、図書室は階下にあるらしいとわかって、階段をおりはじめた。

明かりに照らされた玄関広間に足を踏み入れると、スモールが執事とともに立っていた。

「ケール卿を見かけなかった？」顔が赤らんでいるのを承知で尋ねた。使用人たちにどう思われただろう？　ほつれた髪をピンでとめた未亡人が独身男性の屋敷をうろついているなんて。

だが、スモールの返事を聞いて羞恥心が消え失せた。「ご主人さまは外出されました」

「そう」テンペランスは呆然と宙を見つめた。ケールは彼女といることに耐えられなくなって出ていったのだろうか？

「ケール卿の指示で、あなたをお送りする馬車はご用意してあります」スモールは立派な使用人らしく無表情の仮面を顔に張りつけていたが、そのまなざしは同情的だった。

テンペランスはふいに泣きだしたくなった。もうおしまいなの？　これでケールと分かちあったものがすべて失われてしまうの？

彼女は頰の内側を嚙んだ。泣き崩れるわけにはいかない。せめて今はまだ。

「ありがとう。ケール卿は……ご親切ね」

スモールは、テンペランスが貴族の愛人に捨てられた醸造業者の娘ではなく、真の貴婦人であるかのようにお辞儀をした。彼女は夕日のなかに踏みだすと、精いっぱい威厳を漂わせながら玄関前の階段をおりた。けれども大きな馬車に乗りこんで扉がばたんと閉まり、詮索する視線から逃れてひとりきりになったとたん、背筋から力が抜けた。馬車がロンドンの通りを駆け抜けるなか、座席の隅に縮こまって身を揺らす。

わたしは自分を善良な人間だと思ってきた。だからこそ、夫以外の男性に誘惑されて身の破滅を招いたときは衝撃を受けた。道を踏み外したのは己の欠点のせいだとわかっていた。そして抗えないほどの欲望こそが、その欠点だと思ってきた。でも、それがはるかに重い罪の片鱗《へんりん》だったとしたら？

真の欠点は自分のプライドだとしたら？

通り過ぎるロンドンの町並みをぼんやりと眺めながら、遠い過去の結婚生活に思いを馳せた。父の弟子だったベンジャミンは物静かで、実年齢をはるかにうわまわる威厳があった。一時は聖職を目指して学んでいたが、父と出会ったときは貧乏な教師だった。そんな彼に父は孤児院に住みこみで働く機会を与えた。テンペランスは当時一六歳だった。なんて若かったのだろう！　ベンジャミンは大人びていて容姿も魅力的だったし、父も彼のことを認めていた。だからベンジャミンと結婚するのが当然に思えた。

結婚生活は充分に幸せだったはずよ。ベンジャミンは誰からも好かれるいい人だったし、幸せに感じて当然だもの。夫はベッドのなかでもやさしく、情熱的なことも何度かあった。ベンジャミンは愛の営みを夫婦のあいだの神聖な行為ととらえていた。それは思いやり深く行なうもので、あまり頻繁にするものではないと。彼が唯一テンペランスに苛立ちをぶつけそうになったのは、彼女からもっと体の絆《きずな》を深める回数を増やしたらどうかと提案されたときだけだ。夫はやたらと性欲を満たそうとする女性は哀れだと切り捨てた。

テンペランスは自分の人間性に問題があることを、あの当時から知っていた。目を光らせておくべき衝動を内に秘めていることも。それなのに男性に誘惑されると、たいして抗いもせずに屈した。ジョンは若い弁護士だった。テンペランスは眉をひそめた。今、彼の姿を思いだそうとしても、手の甲が毛深かったことしか思いだせない。当時の彼女はそれを男らしさの象徴と感じて胸をときめかせた。あのころは激しい恋に落ちた気分になり、悲劇的な運命にすっかり酔いしれていたが、今はぼんやりとした記憶しか残っていない。誘惑に身を任せたあの昼さがり、テンペランスはジョンとベッドをともにしなければ死んでしまうと、実際に具合が悪くなって命を落とすと本気で思いこんでいた。

だから彼と体を重ね、その後、人生は崩壊した。

ジョンが借りていた粗末な部屋から帰宅すると、ベンジャミンが、ハンサムで威厳のある夫が最後の息を引き取るところだった。醸造業者の大きな荷車の車輪に胸を押しつぶされたのだ。彼は意識が戻ることなく亡くなった。それ以降のことはほとんど覚えていない。家族がベンジャミンの葬儀を取り仕切り、テンペランスの面倒を見て慰めてくれた。数週間後、ジョンが別れも告げずに部屋を引き払ったことを知った。

だが、なんとも思わなかった。

あれ以来、自分の罪をひた隠し、欲望の誘惑を忘れるために働いてきた。そうこうするうちに偽善者になっていたのだろうか？　ケールの腕のなかに慰めを見いだすことを望んだが、自分の悪しき過去にとらわれるあまり、彼の気持ちを考えもしなかった。

ケールの言うとおり、わたしは彼を利用したのだ。そう思ったとたん、テンペランスは罵りの声をあげたくなった。体調を崩したウィンターや、彼女を誘惑したジョン、無鉄砲なことをしたサイレンス、テンペランスを口説いたケール、自分以外の全員を責めたくなった。己がこんなに卑しい人間であることがいやでたまらない。本当にケールの言うとおりだ。わたしは快感を得るために彼を利用し、しかもそれを認める勇気すら持っていなかった。

そしてケールをひどく傷つけ、彼との行為を下劣だと思っていると誤解させてしまった。言い訳したい誘惑に駆られたが、ごまかしや嘘をのみこんだ。テンペランスはふたつのことを心に誓った。第一に、孤児院を救うこと。第二に、ケールに負わせた心の傷をどうにか癒すこと。たとえ自分が傷つく恐れがあっても、彼に心を開こう。ケールにはそうするだけの借りがある。さもないと永遠に彼を失ってしまう。ケールへの思いを果たして打ち明けられるだろうか？　もはや確信が持てない。自分の気持ちをはっきり口にすることを想像しただけで、背中が汗ばんでくる。

でも、わたしにできることがなにかあるはずだ。

テンペランスは立ちあがって馬車の屋根を強く叩いた。

「とまってちょうだい！　お願い、とまって！　別の場所に行きたいの。ミスター・セントジョンのところにやってちょうだい」

ラザルスは自分を愛すべき人間だと思ったことはなかった。テンペランスが彼を愛していないとわかっても衝撃を受けるべきではない。もちろん驚いてなどいないが……彼女が少しでも好意を抱いていてくれたらよかったと思っただけだ。

テンペランスを残して屋敷を飛びだした翌朝、ラザルスは黒い牡馬《ぼば》にまたがってロンドンの混雑した通りを進みながら、いまいましい渇望について考えをめぐらせた。どうやら胸に芽生えた感情が新たな欲求――愛されたいという思い――を生みだしたようだ。まったくもって陳腐だな。だが陳腐であろうとなかろうと、この思いは変わらない。

皮肉めかした笑みが口の端に浮かぶ。結局、わたしもほかの男どもと同類らしい。

馬がためらうのを感じて、ラザルスは顔をあげた。今朝の訪問先は、自宅の屋敷からさほど離れていなかった。この界隈は新しく開発された地域で、洗練された優雅な建物はさぞ家賃が高いに違いない。彼は馬からおりると、待ち構えていた少年に一シリングの硬貨を添えて手綱を渡した。真っ白な正面階段をのぼり、玄関の扉を叩く。

五分後、豪華で居心地のいい書斎に通された。深紅の革張りの椅子は、男でもゆったり座れるくらい大きかった。本がやや散らかっているところを見ると、実際に読んでいるのだろう。磨きこまれた巨大な机が部屋の隅を占めていた。

ラザルスは屋敷の主人を待ちながら書斎を歩きまわった。やがて扉が開いたとき、彼はキケロの弁論集を手にしていた。

書斎に入ってきた男は、肩までの長さの白髪のかつらをかぶっていた。目尻や口の端や下顎が目に見えない糸で引っぱられたようにさがっているせいで、愛想のいい猟犬を思わせる顔つきだった。

男はこちらを見ると、ラザルスが手にした本を指すように灰色の眉をつりあげた。

「わたしになにかご用とか？」

「はい」ラザルスは本を閉じて脇に置いた。「ハドリー卿ですね？」

「ああ」ハドリーは軽くお辞儀をすると、長い上着の裾を払って革張りの椅子にどっかりと腰をおろした。

ラザルスは会釈をしてから向かいに座った。「ケール卿ラザルス・ハンティントンです」

ハドリーは片方の眉をあげて続きを待った。

「お力を貸していただければと思って来ました」ラザルスは続けた。「わたしたちには共通の知りあいがいます、いや、いました。マリー・ヒュームです」

ハドリーの顔色は変わらなかった。

ラザルスは頭を傾けた。「彼女は金髪で、ある種の娯楽を専門としていました」

「どんな娯楽かね？」

「縄と目隠しです」

「ああ」ハドリーは過激な言葉に恥ずかしがるそぶりも見せない。「彼女なら知っている。わたしといるときはマリー・ペットと名乗っていた。たしか亡くなったと思うが」

ラザルスはうなずいた。「三カ月ほど前にセントジャイルズの家で殺害されました」

「残念なことだ。だが、それがわたしとなんの関係が？」

ラザルスは頭をさげた。「わたしは殺人犯を見つけたいんです」

そこでハドリーが初めて感情をのぞかせた。好奇心をそそられたようだ。彼はポケットから琺瑯の小箱を取りだし、とんとんと叩いてひとつまみの嗅《か》ぎ煙草を出すと、それを吸いこむなりくしゃみをした。洟をかみ、かぶりを振ってハンカチをしまう。「なぜだ？」

ラザルスは驚いた。「なぜ、とは？」

「なぜあの娘を殺した犯人を見つけたいのだ？」

「彼女はわたしの愛人でした」

「だからなんだね？」ハドリーは手のなかの嗅ぎ煙草入れをもてあそんだ。「マリーがなにを専門としていたか知っているのなら、きみもわたしと同じ目的で彼女を利用していたのだろう。さっきも言ったとおり、彼女が亡くなったのは残念だが、われわれの特殊な要求を満たしてくれる女はほかにもいる。それなのに、なぜわざわざ犯人を捜すんだ？」

ラザルスは目をみはった。「わたしは彼女と……マリーといっときをともに過ごしました」

「彼女を愛していたのか？」

「いいえ、愛したことはありません。ですが、彼女はひとりの人間です。わたしが犯人を見つけてマリーを殺した罪を償わせなければ、彼女は誰からも敬意を払われません。そうなれば……」

そうなれば、なんだ？

ハドリーが代わりに言葉を継いだ。「そうなれば、きみも敬意を払ってもらえないと言いたいのかね？　われわれに敬意を払う者などひとりもいないよ。わたしたちは誰にも気にかけてもらえないまま、風変わりな形で人と交わる孤独な生き物にすぎない」

ラザルスはやや啞然として相手を凝視した。

ハドリーが口元をゆるめると、頬が皺だらけになった。

「わたしはこの件に関して、きみより少しは長く考えてきた」

ラザルスはうなずいた。「ほかに誰が彼女のもとを訪ねていたかご存じですか？」

「マリーが弟だと言っていた、あのろくでなしのほかにか？」

「トミーのことですか？」

「ああ、そうだ」ハドリーは口をすぼめ、不快そうな表情を浮かべた。「マリーを訪ねると、ほぼ毎回トミーが近くをうろついていた。一度は年配の女性を連れてきたこともあったな。その女は赤い軍服のコートを着ていた。柄が悪そうな女だったが、わたしはマリーの私生活に立ち入るつもりはなかった」

「そうですか」ラザルスは眉をひそめた。マリーの弟は姉とはほとんど会っていないと言っていた。あれは嘘だったのだ。それに、マザー・ハーツイーズはこれにどうかかわっていたのだろう？　調査を進めるたびに、彼女やあの酒場のことが話題にのぼる。

「少しはお役に立てたかな？」ハドリーが礼儀正しく訊いた。「彼女のほかの客に会ったのはこれが初めてだ」

「ええ、とても助かりました」ラザルスは立ちあがった。「お時間を割いていただき、率直なご意見をうかがえて感謝しています」

ハドリーが肩をすくめる。「お安いご用だ。よければワインを一杯どうだね？」

ラザルスはお辞儀をした。「ありがとうございます。今朝はもう一件用事があるので、また別の機会にぜひ」

お互いそれが単なる社交辞令であることはわかっていた。ハドリーの顔にうっすらと感情が浮かび、ラザルスが読み取る前に消えた。

「もちろんだとも」ハドリーが言った。「では、ごきげんよう」

ラザルスはもう一度お辞儀をして書斎の扉に向かった。ふとある考えが頭をよぎり、戸口で立ちどまって振り向く。「もうひとつお訊きしてもよろしいでしょうか？」

ハドリーはかまわないと言うように手を振った。

「あなたはご結婚なさっていますか？」

ハドリーの顔に先ほどと同じ表情が浮かび、肌がたるんで皺が深くなった。

「いや、一度も結婚したことはない」

無礼な質問をしてしまったことに気づき、ラザルスはふたたびお辞儀をした。優雅な豪邸から朝日のなかに踏みだして自問する。わたしの顔にも孤独の皺が刻まれているのだろうか？


翌朝、サイレンスは孤児院の前に立ってほほえんだ。こんなのではだめよ。足元に視線を落とし、頬の筋肉の動きを意識しながらふたたび笑顔を作った。変ね。数日前まではごく自然にほほえんでいたのに、今はとても違和感を覚える。きちんと笑顔になっているのかどうかもわからない。

「歯が痛いの？」

サイレンスが顔をあげると、薄汚れた顔の男の子が目に入った。ジョセフ・スミス？　それともジョセフ・ジョーンズかしら？　ああ、もう、どうして兄と姉は男の子は全員ジョセフ、女の子は全員メアリーで始まる名前にしたの？　まったく、どうかしているわ。

男の子は汚れた指をくわえたまま、今も彼女を見つめていた。

「そんなことするのはやめなさい」思わずきつい口調になり、サイレンスは男の子ともどもびくっとした。これまで孤児を叱りつけたことなど一度もなかったのに。

男の子は即座に指を引き抜き、用心深い目でこちらをうかがった。

サイレンスはため息をもらした。「名前はなんていうの？」

「ジョセフ・ティンボックス」

彼女は鼻筋に皺を寄せた。「どうしてそんな名前をつけられたの？」

「ここに来たとき、手首にブリキの箱《ティンボックス》を結びつけられていたからだって」

「ええ、そうでしょうとも」サイレンスはつぶやき、笑顔を作るのをあきらめた。「ジョセフ・ティンボックス、わたしはミセス・デューズに会いに来たんだけど、彼女がどこにいるか知らないかしら？」

「知ってるよ」

ジョセフ・ティンボックスがくるりと向きを変えて孤児院の扉を開けた。今日は鍵がかかっていないらしい。彼はサイレンスをなかに招き入れた。騒々しい調理場に足を踏み入れたとたん、テンペランスが目に入った。姉はほつれた髪を耳まで垂らし、なんとかその場の混乱に対処している。部屋の隅の少年の一団は天使のような高い声で代わる代わる歌いながら、テンペランスやネルが背を向けるたびに小突きあっていた。ネルが週に一度の入浴を監督するあいだ、三人の少女が火にかけられて湯気を立てる大きな鍋を見張っていた。

テンペランスが振り向き、ひと房の巻き毛をかきあげた。

「サイレンス！　ああ、よかった。ちょうどあなたの手を借りたかったところよ」

「あら」サイレンスは調理場を見まわした。「そうなの？」

「ええ」テンペランスがきっぱりと言う。「まだウィンターの具合が悪いの。このトレーを部屋まで持っていってもらえる？」

「兄さんは病気なの？」サイレンスはトレーを受け取った。

「そうなのよ」テンペランスは歌っている少年たちを見て顔をしかめた。「もう一度最初から歌ってちょうだい。ジョセフ・スミス、ジョセフ・リトルを小突くのはやめなさい」そう言ってサイレンスに向き直る。「あなたに伝えるのを忘れていたわね。昨日はいろんなことがありすぎて。とにかくこの食事を運んで。それから、なにがあってもウィンターをベッドから起きあがらせてはだめよ」

姉の断固とした顔つきを見て、サイレンスは思わず敬礼したくなったが、賢明にも思いとどまった。急いで調理場をあとにし、屋根裏のウィンターの部屋へ直行する。テンペランスには予知能力があるらしい。扉を開けると、ウィンターがズボンをはいていた。

いや、厳密に言えば、はこうとしていた。

サイレンスが部屋に入って扉を閉めると、兄は汗まみれになりながら青白い顔でベッドに座りこんだ。

「少しくらいひとりきりにしてくれたっていいだろう」ウィンターらしくない皮肉だ。

「兄さんが逃げだそうとしているときはだめよ」ベッドの横の小さなテーブルに積み重なっ

た本の上に、恐る恐るトレーをのせる。

「どうせ姉さんに聞いたんだろう」ウィンターが苦々しい声で言った。

「兄さんが病気だってこと？　ええ、そうよ」

サイレンスは同情して鼻に皺を寄せた。たしかにテンペランスはいばり散らすところがある。ただ、今回は完全に姉の言い分が正しい。ウィンターはずいぶん具合が悪そうだ。着替えようとしたらしく寝間着を脱いでいたが、むきだしになった上半身はあばら骨が数えられるほど痩せ細っていた。ウィンターが身を折り曲げて床から寝間着を拾おうとしたのを見て、彼女は鋭く息を吸った。

兄はあわてて身を起こしたが、サイレンスは背中に走る長い傷跡を見逃さなかった。

「まあ、ひどい！　その傷はどうしたの？」

ウィンターは頭から寝間着をかぶった。ふたたび顔を出したときにはしかめっ面をしていた。

「たいしたことないよ。テンペランスには黙っていてくれ。姉さんをさらに心配させるだけだから」

サイレンスは眉をひそめた。「でも、どこで怪我をしたの？　切り傷みたいに見えるけど」

「これはそんな傷じゃない。このあいだ路上で転んだだけさ」兄は恥ずかしそうな顔をした。

「荷馬車の鉄車輪の上に倒れたせいで上着が裂けてしまったんだ」

「変ね。まるで誰かにナイフか……剣で切りつけられたみたい」彼女はウィンターの背中をよく見ようとしたが、兄はややたじろいで枕にもたれた。「もう傷口は消毒したの？」

「本当に大丈夫だって」ウィンターは唇をゆがめてほほえんだ。「怪我をしたとき、すぐに手当てをしなかったから気を失ってしまったが、今は順調に回復している」

「でも――」

「心配ないよ。それより、おまえが今どういう状況なのか教えてくれ」

「ああ」スープがこぼれないよう、慎重に兄の膝にトレーをのせた。「ウィリアムがまた旅立ったわ」

ウィンターはスープをすくったスプーンから目をあげた。「帰ってきたばかりなのに？」

サイレンスは顔をそむけ、せわしげに上掛けの乱れを直した。「ある船の船長が突然病気になったんですって。今回は急な仕事だから、報酬をかなり弾んでもらえるとウィリアムが言っていたわ」

「ふうん」ウィンターがぽつりと言った。

「それから、先日コンコードの家で夕食をごちそうになったわ。でも、兄さんはひどく冷たい態度だった。エイサも来ることになっていたけど結局現われず、連絡もよこさなかった」

サイレンスは枕をつかんでふくらませようとした。「わたしはきっぱり否定したのに、ミッキー・オコーナーに誘惑されたんだろうとコンコードにほのめかされたわ。最後まで兄さんは信じてくれなかった。テンペランスもそうみたい」

つい思いきり叩いてしまったらしく、枕の端から白い羽毛が数枚飛びだした。

「そうか」少し破れた枕を見つめて、ウィンターはゆっくりと言った。

「ごめんなさい」サイレンスは枕をベッドに戻してそっと叩いた。「でも、兄さんは信じてくれるでしょう？　わたしはミッキー・オコーナーに指一本触れられていない。ひと晩一緒に過ごすよう命じられただけなのよ。たしかに、わたしは彼の部屋で一夜を過ごした。でも、なにも起こらなかったわ。まったくなにも！　信じてくれるわよね、兄さん？」

立ちあがって身を守るように胸の前で腕を組み、彼女は不安そうに兄を見つめた。

「おまえは」ウィンターがゆっくり話しはじめた。「ぼくの妹で、なにがあろうとぼくはおまえを愛し、そばにいるよ。それだけは忘れないでくれ」

「ええ」サイレンスはささやき、不覚にも涙がこみあげた。ウィンターの言葉はこのうえなくやさしい反面、残酷だった。明らかに兄は彼女を信じていないのだ。

「サイレンス……」

「わかったわ」ウィンターを見ずに応える。目を向ければ泣きだすか叩くかしてしまいそうで、そのどちらも避けたかった。「調理場に戻ってテンペランスを手伝ってくるわ」

「サイレンス」戸口のところで呼びとめられた。

彼女は前を向いたまま取っ手をつかんだ手を見つめ、ぶっきらぼうに訊いた。「なに？」

「おまえはもっと本格的に孤児院を手伝おうと思ったことがあるかい？」

その問いに不意を突かれて、サイレンスは振り返った。

兄はいかめしい目つきで彼女を見つめ返した。

「おまえが手伝ってくれるとありがたいんだが」

「なぜそんなことを言うの?」サイレンスはささやいた。

ウィンターは目をしばたたき、スープの皿に視線を落とした。

「お互いのためになると思ったからさ」

兄は彼女が身を持ち崩したと思っているのだ。そのことに気づき、サイレンスは憤慨するあまり呆然となった。

ウィンターが視線をあげて目を合わせた。そのまなざしは後悔と悲しみにあふれていた。

「せめて考えてみてくれないか?」

彼女はぞんざいにうなずき、すばやく部屋を出た。答えることなどできなかった。

サイレンスが指一本触れられずにミッキー・オコーナーの寝室をあとにしたことを、誰も信じてくれない。彼女が通るたびにひそひそ話をする隣人たちも。サイレンスが店に来るたびに背を向けて忙しいふりをする店主たちも。彼女が見守るなか、無言で荷造りをして旅立ったウィリアムも。エイサも、コンコードも、ベリティも、テンペランスやウィンターでさえも。実の家族ですら、サイレンスが恐ろしい罪を覆い隠すために嘘をついていると思いこんでいる。

サイレンスを信じてくれる人は、この世にひとりもいなかった。

18

王は困惑顔になりました。「だが、鳥籠の扉を開ければ、小鳥が飛び去ってしまうかもしれぬぞ」

「愛を理解したければ、扉を開けなければなりません」メグは言いました。

王は鳥籠の扉を開けました。とたんに小さな青い鳥ははばたき、開いた部屋の窓から飛び去っていきました。

王がメグを見て眉をつりあげました。「これでわかったのは、どうすれば鳥を失うかだけだ」

「そうでしょうか？　今、どんなことをお感じですか？」

王の眉間に皺が寄りました。「喪失感やむなしさだ」

『偏屈王』

「でしたら、実現できると思われますか？」ミセス・デューズが身を乗りだした。その表情は明るく、美しい薄茶色の瞳は意欲的に輝いている。

セントジョンは彼女のみなぎる活力にびっくりしてうなずいた。驚かずにはいられなかった。この女性は二階でじっと横たわるクララと天と地ほども違う。

忌まわしい考えを振り払い、彼はミセス・デューズとの会話に意識を集中させた。

「もちろんです。すでに孤児院見学の招待状は秘書に発送させました」

ミセス・デューズが唇を噛んだ。「何通お出しになったんですか？」

「一〇〇通ちょっとです」

「まあ！」彼女は椅子の上で凍りつき、目を丸くしながらも、ネルというメイドの手首をつかんだ。

ミセス・デューズが訪ねてくるのはこれで二度目だが、セントジョンはメイドの存在に少しばかり戸惑っていた。一度目の訪問はミセス・デューズひとりだった。彼女は孤児院の後援者候補の関心を引くために見学会を開くことを思いつき、有頂天になっていた。それは大胆かつ抜け目ない計画だった。最近、ロンドンでは刑務所や病院などの恵まれない人々を訪問することが流行している。見学者の多くは気の毒な人たちをじろじろ見て忍び笑いをもらすだけだが、現状を目のあたりにして寄付を約束する者も少なくない。

「ずいぶん大勢に送ったんですね」ミセス・デューズがメイドの手首を放して言った。

「ええ、ですが、送り先は良家ばかりです。貴族のあいだでは今、慈善活動が流行していますからね」セントジョンは意味ありげに眉をあげた。

「おっしゃるとおりですわ」ミセス・デューズは黒いスカートの皺を伸ばした。その手が震えているのを見て、彼は歩み寄って慰めたい衝動に駆られた。

「当日までに準備は整いそうですか？」セントジョンは背後で両手を組んだ。

「大丈夫だと思います」話題が変わって、彼女は少しほっとした面持ちだった。「すでに壁や床をぴかぴかに磨いて、ウィンターは子供たちにさまざまな詩を暗唱させ、ネルは大急ぎで子供たちの服を繕っています」

「それはよかった。見学会の前日、わが家の料理人に大量のパンチとジンジャーブレッドを作らせて、当日の早朝に届けさせますよ」

「いいえ、あなたにはもう充分よくしていただきました」ミセス・デューズが叫んだ。「これ以上、ご迷惑をおかけするわけにはいきません」

「子供たちのためです」セントジョンはやさしく言い聞かせた。「この計画に貢献しなければ、自分をふがいなく思わずにはいられません。どうか気にしないでください」

「でしたら、ご厚意に甘えさせていただきます……」彼女ははにかむようにほほえみ、瞳を生き生きと輝かせた。

ケールがなぜこの女性をみすみす手放してしまったのか、セントジョンには見当もつかなかった。彼はあわてて向きを変え、炉棚に置かれた磁器の時計を眺めるふりをした。

「今日のご用件は以上でしょうか？」

「えっ、ええ」ミセス・デューズがやや傷ついたように答えた。「長々とお邪魔して申し訳ありませんでした、ミスター・セントジョン。わたしや孤児院のために力を貸してくださって、本当にありがとうございます」

彼は歯を食いしばり、たどたどしい謝罪の言葉をのみこむと、ぎこちなくお辞儀をした。

「ごきげんよう、ミセス・デューズ」

彼女は膝を曲げて優雅なお辞儀をするやいなや退室したが、メイドは肩越しに好奇心旺盛《おうせい》なまなざしでセントジョンを振り返った。書斎の扉が閉まるのを待って、彼は通りを見おろせる窓辺に移動した。ミセス・デューズは上品な軽い足取りで通りを渡っていた。風が強いのか片手でボンネットを押さえている。メイドは背後ではなく隣を歩き、女主人となにか話しているようだ。黒ずくめのミセス・デューズの姿が徐々に小さくなり、ロンドンの雑踏に消えた。

セントジョンは持ちあげていたカーテンをおろした。

書斎を見まわすと、書物や新聞で散らかっているにもかかわらず、ミセス・デューズが立ち去ったあとはがらんと物寂しく見えた。彼は部屋を出て、二階まで階段をあがった。クララが夜に熟睡できず、たいてい遅くまで寝ているため、この時間帯に妻のもとを訪れることはあまりない。しかし、今日は会いに行かずにはいられなかった。いずれ――おそらく近い将来――この階段をのぼって彼女に会いに行けなくなる日が来ると、頭の片隅でわかっているからだ。

セントジョンはノックをしてから妻の部屋の扉を開けた。クララに付き添う年配のメイドがベッド脇の椅子から顔をあげ、立ちあがって暖炉の火をかきまぜに行った。

彼はベッドに近づいて見おろした。白い枕に髪が広がっているところを見ると、クララは髪を洗ってもらったばかりなのだろう。やや赤みがかった栗色の巻き毛には、今や白いものがまじっている。セントジョンは無意識に妻の髪を撫でていた。以前クララから髪が自分のいちばんの取り柄だと言われたときは、女性たちが自らの個性を外見で分類することに驚いたものだ。その一方で、愉快にも感じた。

「ゴドリック」クララがささやいた。

視線を落とすと、妻の茶色の瞳が彼を見つめていた。かつてその瞳はミセス・デューズに負けないほど美しかった。しかし、今は苦痛に彩られている。

セントジョンは身をかがめ、妻の額にそっとキスをした。「クララ」

彼女の青白い唇にかすかな笑みが浮かんだ。「こんな時間にどうしたの?」

妻の耳元にささやく。「この世でもっとも美しい女性にひと目会いたくてね」

クララはやわらかな笑い声をあげたが、やがて咳《せ》きこんで身を震わせた。とたんに看護師が飛んでくる。

セントジョンはあとずさりして、彼女の発作が徐々におさまるのを忍耐強く見守った。ようやく咳がとまったときには髪が汗でびっしょり濡れ、顔は枕より白かったが、妻は彼を見てほほえんだ。

セントジョンは喉のつかえをのみこんだ。

「邪魔してすまなかった。ただ、きみに愛していると伝えたかったんだ」

クララが震える手を差しだした。

その手をつかみ、妻の口が〝わかっているわ〟と動くのを見つめる。

作り笑いを浮かべて踵を返し、セントジョンは妻の寝室をあとにした。


それからほぼ一週間後の夕方、テンペランスはポリーの部屋の扉を叩いた。メアリー・ウィットサンともども見学会の準備に追われていたが、ウィンターの体調が回復した今、今日はどうしてもポリーを訪ねなければならなかった。

玄関の戸を開けたポリーはショールを肩にかけ、すやすやと眠るメアリー・ホープを腕に抱いていた。「ミセス・デューズ、メアリー・ウィットサン、さあ、入ってください。おふたりに会えてうれしいわ」

「メアリー・ホープの具合はどう？　少しはよくなった？」テンペランスは狭い部屋に足を踏み入れながらささやいた。ちらりと見ると、ポリーの赤ん坊たちがベッドで眠っていた。メアリー・ウィットサンが忍び足でベッドに近づき、子供のひとりが蹴飛ばした毛布をかけ直してやった。

「ええ」ポリーはメアリー・ホープを見おろして顔を輝かせた。「熱がさがってからはよくお乳を飲んでます。この調子なら助かりそうですよ」

「ああ、よかった」テンペランスはほっとしてまぶたを閉じた。赤ん坊の死は日常茶飯事だ。こんないたいけな子が高熱に耐え抜くとはうれしい驚きだった。

とはいえ、まだ完全に峠を越したわけではない。「あなたのお子さんたちは?」

「幸い、熱を出したことはありません」ポリーが答えた。「わたしの子供は子犬に負けないくらい元気です」

「ありがとう、ポリー」テンペランスは乳母に報酬を弾まなければと心に書きとめた。

「ちょっとこの子を抱いていてもらえますか?」ポリーが言った。「ついさっきまで起きていたので、わたし、身支度も整えられなかったんです」

赤ん坊を差しだされた瞬間、テンペランスはケールの言葉を思いだした。〝わたしはきみがあの赤ん坊に触れるのを拒むところも目のあたりにした〟一瞬ためらったのち、小さな温かい包みを受け取った。メアリー・ウィットサンもテンペランスの腕のなかをのぞきこみ、ふたりして桃色の頰に広がる小さな指に驚嘆のまなざしを注ぐ。テンペランスの目につんと涙がこみあげた。

「大丈夫ですか?」ポリーがボディスにショールをたくしこみながら、気遣わしげに尋ねた。

「ええ」テンペランスはつぶやき、肩で頰をぬぐった。「ただ、もう少しでこの子を失うところだったから」

「本当にそうですね」乳母は慰めるように言って赤ん坊を受け取った。

「愛さないようにがんばっても無理よね?」テンペランスはささやいた。メアリー・ウィットサンをちらりと見ると、少女は今も赤ん坊の顔に目を奪われていた。

「しょせん無駄な抵抗ですよ」ポリーが応える。「赤ん坊のちっちゃな顔を見たら、誰だってとりこにならずにはいられません」

「まったくそのとおりだわ」

テンペランスはいとまを告げ、ポリーの部屋を出て扉をそっと閉めた。顔をあげると、メアリー・ウィットサンがこちらを見つめていた。

「あの子は助かりますか、ミセス・デューズ？」

テンペランスはほほえんだ。「そう思うわ」

「よかった」メアリー・ウィットサンは真剣な声で言った。

ふたりはぐらぐらする階段をおりて外へ出た。テンペランスは空を見あげた。もう日が暮れかけている。「暗くなる前に急いで帰りましょう」

隣のメアリー・ウィットサンも歩を速めた。「日が落ちたあと、セントジャイルズの亡霊が現われて少女たちを襲うっていう噂は本当ですか？」

「どこでそんな話を聞いたの？」

少女が首をすくめる。「肉屋の男の子から聞きました。噂は本当なんですか？」

テンペランスは眉間に皺を寄せた。「数人の少女が傷つけられたのは事実よ。でもあなたが孤児院にいる限り、夜に外を出歩かなければ、なにも心配する必要はないわ」

「あなたも出かけずに孤児院にいますか？」

テンペランスはメアリー・ウィットサンをさっと見た。少女は歩きながら地面をじっと見つめている。「あれこれ片づけなければならない用事があるし、もちろん――」

「でも、もし夜中に別の赤ちゃんが助けを必要としたら？」メアリー・ウィットサンが唇を噛んだ。

「セントジャイルズの幼い孤児を助けることがわたしの使命よ」テンペランスはやさしく言った。「わたしが引き取りに行かなかったら、メアリー・ホープは今ごろどうなっていたかしら？」

メアリー・ウィットサンは黙っていた。

「でも、日が暮れたあとに外出しなければならないことなんてめったにないわ」きびきびとした口調で言う。「だから心配は無用よ」

少女はうなずいたが、依然として不安げな顔つきだった。

テンペランスはため息をついた。メアリー・ウィットサンを安心させてやりたいけれど、殺人犯がつかまらない限り、それは難しい。

孤児院に戻ってもまだ仕事が待ち構えていたので、テンペランスは廊下の壁を拭く幼い少女たちの監督をメアリー・ウィットサンに任せた。

その晩、眠りにつこうと自室にあがったときには、もうすっかり夜もふけていた。見学会の準備はかなりの労力を要した。ほぼ準備が整ったと思うたび、やるべきことが新たに見つかって、それに対処するはめになるのだ。

きしむ階段の角をまわりながら、手すりをしげしげと眺める。磨いたほうがよさそうだけれど、あまりきれいにしたら、この孤児院に援助は必要ないと見学者たちに思われてしまうかもしれない。そのため、孤児院の片づけや掃除に関して決断を下すときは毎回悩んだ。ウィンターから姉さんはちゃんとやっているからそんなに気に病むことはないと冷静な口調で言われても、ひとつひとつの決断をあとから悔やんでしまうのだ。そうした不安の奥底には、消えることのない悲しみが横たわっていた。率直に認めれば、ケールが恋しかった。自分が下した数々の決断を彼はどう思うだろうと考え、いろいろな問題やささやかな喜びを伝えたい気持ちに駆られた。ただケールと一緒にいたかった。

それなのに、わたしは彼との関係を壊してしまったのだ。そう思って肩を落とし、テンペランスは老朽化した階段の最後の角をまわって最上階へと進んだ。恥ずべき欲求を満たすためだけにケールを求めていると彼に思われてしまった。たしかにまた抱きしめたくてたまらないけれど、彼への思いはそんな薄っぺらいものではない。

手にした一本の蠟燭があたりを照らすなか、テンペランスは最上段でぴたりと足をとめ、前々からわかっていた事実をついに認めた。ケールに抱いている感情がただの欲望ではないことを。

こらえきれずにすすり泣きがもれた。ケールが現われる前、テンペランスの人生はこのうえなく孤独だった。彼がいなくなった今、その寂しさがことさら身に染みる。もちろん、きょうだいや孤児たちやネルはいるけれど、実の家族にさえ距離を感じる。さまざまな欠点も含めてありのままの自分でいられるのはケールと一緒のときだけだ。彼はテンペランスが性的な欲望やキリスト教徒らしからぬ衝動を持っていることを承知のうえで好意を抱き、求めてくれた。ケールといるだけで彼女は自由になれた。すべてをさらけだしても、彼が背を向けないとわかっていたからだ。

薄汚れた暗い廊下を見まわし、彼女は孤独感に襲われた。わたしはひとりぼっちだ。


見学会が始まり、テンペランスは三〇分ほど経ってようやく、おおむね順調だと胸を撫でおろした。

最初の訪問者が現われたときは先行きが不安だった。開始予定時刻の五時ちょっと前、巨大な羽根飾りを髪に挿したレディと、高齢にもかかわらず不自然なほど真っ黒なかつらを肩まで垂らした恰幅《かっぷく》のいい紳士が到着した。ジョセフ・ティンボックスが玄関をノックする音に気づいて扉を開けたものの、最初はふたりを追い返そうとした。まだ早すぎるからきちんとした時間に出直してくるように、と言い張ったのだ。

幸い、ジョセフ・ティンボックスを捜していたネルがその現場を目撃した。彼女が平謝りしてミスター・セントジョンのパンチを振る舞ったおかげで、憤慨した男女の怒りはおさめることができた。その後は良家の人々が絶え間なく訪れた。あまりの人数に、いっときメイデン通りは見学者の立派な馬車で突きあたりまで埋まってしまったほどだ。地元住民は大いに興味をかきたてられ、なかには椅子を持ちだして道端に座り、行き交う貴族たちを眺める者まで現われた。

たしかに万事順調だ。このままパンチがなくならず、悪趣味な黄色の上着をまとってばかげた主張を振りかざす若い紳士とウィンターが政治談義を始めるのを阻止できれば、今日一日を乗りきれるだろう。

テンペランスはほほえみ、濃紫色のドレスをまとった快活なレディと握手をした。その女性は去り際に〝なんて哀れな子たちかしら〟と叫び、言動は大仰だったが、孤児院の現状に真に心を動かされているようだった。

「あれは誰です？」ネルがテンペランスの背後でつぶやいた。

「さあ、でも熱心な人だったわね」

「違いますよ。わたしが言っているのはあの人です」

テンペランスが見学者たちの頭上を見渡すと、不愉快そうに口をゆがめて石畳を横切ってくるレディ・ケールの姿が目にとまった。彼女は完全に場違いな金と青の錦織《にしきおり》のドレスをまとい、赤毛のかつらに薄紫色の上着を身につけた紳士の手をつかんでいた。メイデン通りの野次馬たちもすっかり目を奪われ、彼女が通り過ぎると肘で小突きあっている。ミスター・セントジョンが近づいてくるレディ・ケールに気づき、みすぼらしい孤児院の建物を指差して足止めしているようだ。だが、永遠に彼女を引きとめておくのは無理だろう。

「大変だわ！」テンペランスはうめいた。

「なんです？　いったいどうしたんです？」ネルが興奮して鋭く息を吸う。

「あれはレディ・ケールよ」テンペランスはつぶやいた。「すごく感じが悪い女性なの」

背後から忍び笑いが聞こえてきた。

振り返ると、ネルとふたりきりでなかったことが判明した。そこには銀色の光を放つ美しい青のドレスをまとったレディ・ヘロが立っていた。細い廊下から入ってきたらしく、どうやら今の会話を立ち聞きしたようだ。

「まあ、失礼しました」テンペランスは膝を折ってお辞儀をし、あわてて立ちあがった。「あの……あんなことを言うつもりは……」

「たしかに感じが悪い人よね」レディ・ヘロがほほえんだ。「でも以前、彼女が恵まれない子供たちの窮状について語るのを聞いたことがあるわ」

「本当ですか？」さっと通りに目をやると、レディ・ケールは立ちどまって連れの男性と言い争っていた。テンペランスはレディ・ヘロに視線を戻した。「つまり、レディ・ケールは本気でこの孤児院に関心をお持ちだと？」

「ええ、そう思うわ。その点ではわたしも彼女と同じよ」レディ・ヘロの口調ががらりと変わった。「あなたも知っていると思うけど、八歳まで孤児だったから」

「すみません、まったく知りませんでした」

レディ・ヘロは謝罪の言葉を受け流した。「もう昔の話よ。でも、恵まれない子供に多かれ少なかれ関心を寄せる女性は大勢いるわ」

「そうなんですか」テンペランスは気の利いた言葉が返せなかった。女性の後援者を探すことなど考えもしなかった。スタンリー・ギルピン卿のようなお金持ちの年配男性しか想定してこなかったけれど、資産家という点だけに目を向けるべきだったのかもしれない。彼女はレディ・ヘロに向かってほほえんだ。「それはすばらしいわ！」

レディ・ヘロもにっこりした。「だったら、施設のなかを案内してもらえないかしら？」

「ええ、喜んで」テンペランスがそう応えたとき、ウィンターが階段をおりてきた。

「姉さん、メアリー・ウィットサンを見なかったかい？」弟は眉間に皺を寄せていた。

「いいえ、今朝見かけたきりよ」テンペランスはネルに向き直った。

メイドは肩をすくめた。「捜してきましょうか？」

「そうしてもらえるかい？」ウィンターが言う。

ネルは急いで階段をのぼった。

「あなたがミスター・メークピースですね」

「ウィンター、こちらはレディ・ヘロ・バッテンよ」テンペランスは紹介した。

「お会いできて光栄です」ウィンターがお辞儀をした。

「ミセス・デューズとちょっと話していたのですが――」レディ・ヘロが切りだしたとき、ネルがふたたび駆けこんできた。ジョセフ・ティンボックスの腕をつかんでいる。

「さっきわたしに話したことをミセス・デューズにも伝えなさい」ネルが命じた。「メアリー・ウィットサンがどこに行ったかを」

「メアリー・ウィットサンなら出かけたよ」ジョセフ・ティンボックスは言った。茶色の目は見開かれ、青白い顔にそばかすが浮きあがっている。「大丈夫だって言ってた。みんなは忙しすぎて無理だからって」

テンペランスの胸が氷のように冷たくなった。「なにが無理なの？」

「女の人が来て、赤ちゃんを引き取りに来てほしいって言ったんだ。だからメアリー・ウィットトサンはその人についていった」

テンペランスは戸口に目をやった。すでに日が暮れはじめ、町には夜の闇が忍び寄っている。

ああ、なんてこと。恐ろしい殺人犯がうろついているというのに、メアリー・ウィットトサンが夜のセントジャイルズに出ていってしまった。


夕方、ラザルスはセントジャイルズの通りを歩いていた。太陽が沈みはじめ、背の高い建物や突きだしたひさし、風に揺れる無数の看板を照らす夕日が一気に薄れていく。彼は側溝の猫の死体を飛び越えて歩き続けた。

マリーを殺した犯人を見つけるまであと一歩だ。セントジャイルズには何度も足を運んだが、よくも悪くもこれが最後になるだろう。この界隈には危険がひそみ、そのかぎ爪を研ぎながら、彼が過ちを犯すのを待ち構えているようだ。

危険であろうとなかろうと、心の奥のなにかが公正な裁きを求めていた。テンペランスと新たな一歩を踏みだす前に、殺人犯に処罰を受けさせなければ。ラザルスは彼女にまた会いたかった。無性に会いたくてたまらない。もう二度とテンペランスに触れることも、彼女と話すことも、あの美しい瞳に浮かぶ本物の感情を見ることもできないなら、彼の息はとまってしまうだろう。

とにかく、殺人犯を見つけるのが先だ。

そのために先週は三度もトミー・ペットに会いに来た。あの少年は姉とマザー・ハーツイーズの関係についてなにか知っているはずだ。しかしホワイトサイド夫人の館に行っても、なぜか決まってトミーは不在だった。きっと日暮れどきに訪ねれば会えるに違いない。

一五分後、ランニングマン通りに入り、曲がりくねった道をたどってホワイトサイド夫人の娼館がある中庭に出た。だが近づくにつれ、泣き叫ぶ声や怒号が聞こえてきて、ラザルスは駆けだした。

中庭で彼を待ち受けていたのは異様な光景だった。夜の女たちや少年たちが集まり、多くは蠟燭や角灯を手にしていた。言い争う者やすすり泣く者、呆然と立ち尽くす者。そのときパンジーが用心棒のジャッキーを従えて娼館から出てきた。ジャッキーが頭上で手を叩いて中庭の人々を黙らせるなか、ラザルスは人込みをかき分けて進みだした。

「建物のなかをくまなく捜したけど、誰もひそんでいなかったわ。もう安全よ」パンジーが低い声で言う。「さあ、みんな、なかに戻ってちょうだい」

ジャッキーがふたたび手を叩くと、娼婦たちは気の進まない様子でひとり、またひとりと娼館に入っていった。

紫色の絹のドレスをまとった体格のいい女が両手を腰にあてた。

「でも、どうして安全だとわかるの?」

パンジーが鋭くにらんだ。「わたしがそう言ったからよ」

女は顔を真っ赤にし、足を引きずるようにして建物に向かった。

ラザルスが歩みでると、パンジーが彼に気づいて顎を振った。

「あなたは招かれざる客ですよ」

彼は引きさがらなかった。歓迎されようがされまいが、娼館のなかに重要な手がかりがひそんでいる気がする。

「いったいなにがあったんだ？」ラザルスは尋ねた。

「あなたが気に病むようなことはなにもありません」パンジーは背を向けて歩きだした。

彼女が建物のなかへ姿を消す前にラザルスは肩をつかんだが、ジャッキーが殴りかかってくる気配を感じた。用心棒は大柄なだけに俊敏ではなかった。ラザルスは難なくパンチをかわし、相手のみぞおちを思いきり殴った。ジャッキーがどすんと両膝をつく。

パンジーがうろたえた声をあげ、大男の肩に細い腕をまわした。「やめて！」

ラザルスは後ろにさがったものの、両のこぶしはゆるめなかった。ジャッキーを侮るのは禁物だ。

パンジーがため息をもらす。そのゆがんだ顔は灰色がかっていた。「どうせわたしはもう死んだも同然よ。さあ、入って」

ジャッキーはよろよろと立ちあがり、ラザルスをにらみつけたが、脇によってなかに通した。

ラザルスはうなじの毛を逆立たせながら娼館に入った。用心棒は彼を殺したいと思っているはずだ。それを押しとどめているのはパンジーの意向にほかならない。

パンジーは何も言わず、先に立って階段をのぼりはじめた。数人の娼婦がまだ廊下でおしゃべりをしていたが、パンジーを見るなりそれぞれの部屋に引っこんだ。二階の廊下の中ほどにある部屋の前で彼女は立ちどまり、ラザルスに謎めいた視線を投げかけてから扉を押し開けた。

そのとたん、はらわたと血の強烈な匂いに襲われた。マリー同様、ベッドの上の死体は内臓を引きだされていた。黒ずんだ床の染みに注意しながら近づいて青白い顔をのぞきこむと、それはトミーだった。むごい殺され方をしたにもかかわらず、その表情は妙に穏やかだ。

ラザルスはパンジーを振り返った。彼女はベッドの上の惨状を凝視していたが、彼の視線に気づくと顎をぐいと動かした。「階下におりましょう。お茶を飲みたいわ」

パンジーが扉を閉め、彼らは無言で階段をおりて、彼女の小さな居間に入った。パンジーは自分専用の特注の椅子に座ってから、ラザルスに向かいの椅子を勧めた。

「お茶をお願い、ジャッキー」大男が動かずにいると、彼女はやつれた顔でうなずいた。「大丈夫よ。ケール卿はわたしに暴力を振るったりしないから」

用心棒はぶつぶつ言いながら出ていった。

「トミーはマリーやほかの娼婦と同じ手口で殺されている」ラザルスは静かに口を開いた。「あの子は殺人犯の正体を知っていたに違いない」

「ふん」パンジーは頬杖をつき、物思いにふけっているようだった。

「パンジー」

重々しいため息をつくと、彼女は顔をあげた。「ええ、そうよ。もちろんトミーは犯人が誰か知ってたわ」

ラザルスは目を細めた。「きみもだろう」

パンジーは彼の視線をまっすぐ受けとめた。「ええ」

「誰なんだ、パンジー？」

そのとき扉が開き、彼女が手をあげた。ジャッキーが大きな手で繊細な茶器のトレーを持って入ってきた。

パンジーはトレーを置く用心棒にほほえみかけた。「ありがとう、ジャッキー。部屋の前で見張りをしていてもらえる？」

大男はラザルスに疑念のまなざしを投げかけてから、のろのろと出ていった。

扉が閉まるのを待って、パンジーがラザルスに目を向ける。

「殺人犯はこの娼館の所有者よ。彼女がセントジャイルズ界隈の娼婦全員を牛耳っているの。娼婦たちはたとえ数ペニーでも稼ぎの一部を彼女に渡さなければならない。マリーはそれを拒んだ。そして、あのばかなトミーは……」

彼女はうんざりしたようにかぶりを振り、カップに紅茶を注いだ。

ラザルスは忍耐強くじっと座っていた。

パンジーはなみなみと紅茶を注いだカップを手に取りながらも、口をつけずにじっと見つめた。

「きっとトミーは彼女を脅迫しようとしたのよ。それで逆鱗に触れたのね。今夜、彼女はトミーに会いに来て、そそくさと立ち去った。トミーは自分の姉が誰に殺されたのか、最初かららわかっていたんでしょう。だからあなたが調査を始めたとき、彼女が口止め料を払ってくれるに違いないと思ったんだわ。あの子は見た目はよかったけど、頭のほうはいまいちだったから」

ラザルスはまぶたを閉じた。まもなく真実が明らかになる。「犯人は誰なんだ？」

「マザー・ハーツイーズよ」

彼の鼓動が速くなった。やっと犯人の正体が判明した。「あの酒場を切り盛りする女主人のことか？」

パンジーの唇が引きつった。「マザー・ハーツイーズはただの酒場の女主人じゃないわ。この界隈では、もっとも力のある女性よ。そして誰よりも危険な人物。あなたもトミーを見たでしょう。彼女は大勢の人間がいたこの建物で、あんな凶行に及んだのよ。よほどの怒りに駆りたてられたんでしょうね、自らあと戻りできない状況に陥るなんて」

「だが、なぜあんな派手なやり方でマリーやほかの娼婦を殺したんだ？」

パンジーは肩をすくめた。「競争相手や仲間、娼婦、ありとあらゆる連中が自分に歯向かわないよう、怯えさせるつもりだったんじゃない」

彼は眉をひそめた。「きみの身も危険なんじゃないか?」

「あの女は一週間以内にわたしを殺すでしょうね」パンジーは淡々と言い、ついに紅茶をひと口飲んだ。「わたしだけじゃなく、マザー・ハーツイーズが裏切り者や邪魔者と見なす人間はひとり残らず。あなたも気をつけたほうがいいわ。彼女がトミーを始末したのは、あなたと話をさせないようにするためよ。それにミセス・デューズも――」

ラザルスは警戒心を募らせて眉をあげた。「ミセス・デューズがどうかしたのか?」

パンジーは注意深くカップをトレーに戻した。「マザー・ハーツイーズはミセス・デューズに敵意を抱いているの。彼女が売ったり売春させたりしたい子供たちをミセス・デューズが救っていることが我慢ならないのよ」

「あの女はミセス・デューズも狙うと思うか?」

「もう狙ってるわ」

「なんだって?」ラザルスは仰天して身をこわばらせた。

パンジーは恐ろしい運命を受け入れたかのような目つきで彼を見た。

「今夜、マザー・ハーツイーズは孤児院の女の子をひとり連れてきたの。ミセス・デューズがかわいがっている子を」

「メアリー・ウィットサンか?」

「ええ。マザー・ハーツイーズはあの子を連れて出ていったわ」

ラザルスがさっと立ちあがって戸口に駆けだすと、背後からパンジーの最後の言葉が聞こえた。

「きっとマザー・ハーツイーズはあの女の子を使って、ミセス・デューズを痛めつけるつもりよ」

19

『偏屈王』

「陛下が今抱かれた感情は喪失の悲しみです」メグは言いました。「それこそが愛なんです。そして――」小さな青い鳥がふたたび舞い戻り、王の手にちょこんととまりました。「それも愛です」

「いったいなにが言いたい？」王は尋ねました。

「今はどんなお気持ちですか？」メグは訊きました。

王は眉間に皺を寄せながら、小鳥の頭をやさしく撫でました。「うれしいし、幸せな気分だ」

「それこそが愛の喜びです」メグはほほえみました。「小鳥への愛を実感するには、快く自由にしてやらなければなりません。そうすれば、小鳥は舞い戻って陛下に愛を示してくれるでしょう……」

ああ、なんてこと。

テンペランスは恐ろしさのあまり膝から力が抜けた。メアリー・ウィットサンが、わたしのかわいいメアリー・ウィットサンが……。

ネルがそんなテンペランスに腕をまわして支えた。レディ・ヘロも心配そうな顔をしている。レディ・ケールとその連れを孤児院に迎え入れたミスター・セントジョンは、ウィンターと短く言葉を交わすとテンペランスに真剣なまなざしを投げかけ、レディ・ケールたちを二階に案内しはじめた。ウィンターがその場にいる一同を調理場へ導いた。テンペランスはぐったりと椅子に座りこんだ。メアリー・ウィットサンをなんとしても助けなければならない。でも、居場所もわからないのにどうすればいいのだろう？

「メアリー・ウィットサンを捜そう」ウィンターが言った。「あの子はどこに赤ん坊を引き取りに行ったんだ？」

そのとき、誰かが裏口の戸を叩いた。「テンペランス！」

ケールの声だった。彼女はさっと立ちあがって戸口に駆け寄り、震える手で閂を外した。勢いよく扉を開け、ケールの腕のなかに飛びこんで、身を震わせながらもたれかかる。もっとも必要としているときに来てくれたケールは、とても頼もしく温かかった。

彼はテンペランスをきつく抱きしめた。「大丈夫か？」

「いいえ」ケールの胸に顔をうずめたまま首を振る。「メアリー・ウィットサンが行方不明なの」

ケールはテンペランスの顎をあげさせた。「ああ、知っている。あの子をさらったのはマザー・ハーツイーズだ」

「なんですって？」

「ついさっきホワイトサイド夫人の館に行ってきた。マザー・ハーツイーズとホワイトサイド夫人は同一人物だったんだ。どうやら彼女は娼婦のひとりに協力させて、メアリー・ウィットサンをあそこに誘いだしたらしい」

「今すぐ助けに行かないと」テンペランスは戸口にかけてあったマントに手を伸ばした。

「待て。まだ話は終わっていない」ケールは彼女の腕をつかみ、ウィンターに向かって言った。「マザー・ハーツイーズが殺人犯だった」

テンペランスはケールを凝視した。「マリーを殺した犯人ってこと？　彼女が……？」

彼はうなずいた。

すすり泣きをもらしながらも、テンペランスは平静を取り戻そうとした。

「だったら、一刻の猶予もないわ」

「ああ」ケールがやさしく言う。「だが、罠かもしれない。あの女はきみをひどく嫌っているらしい」

ウィンターが身じろぎをした。「それなら姉さんは行かないほうがいい」

彼女はかっとなって弟に食ってかかった。「なにを言うの？　さらわれたのはメアリー・ウィットサンなのよ！　罠だろうがなんだろうが、あの子をあんな女のもとにいさせるわけにはいかないわ」

反論しようとしたウィンターにケールが目を向けた。

「わたしが同行してテンペランスを守る」

「約束できるか？」

「ああ、この命にかけて」

「わたしの従僕も連れていっていいわよ」

一同が声のしたほうに振り向くと、レディ・ケールが連れの男性とともに調理場へ入ってきた。その背後にはがっしりとした体格の従僕がふたり立っている。彼女はしばしケールと目を合わせた。

彼はうなずいた。「ありがとう」

ケールはテンペランスの手をつかみ、従僕たちを引き連れて夜の闇に踏みだした。

「マザー・ハーツイーズはメアリー・ウィットサンをどうするつもりかしら？」急ぎ足で目的地を目指しつつ、テンペランスは息を切らした。

ケールはかぶりを振った。「あの子はただのおとりかもしれない。だとしたら、彼女の身に危険が及ぶことはない」

テンペランスは身震いした。「でも、マザー・ハーツイーズはわたしを嫌っているんでしょう」

「パンジーはそう言っていた」ケールはあたりをうかがってから角を曲がった。「マザー・ハーツイーズはトミー・ペットを殺した」

「なんてひどいことを」こみあげる恐怖をなんとか抑えこむ。なぜメアリー・ウィットサンに、どれほど愛しているか伝えてやらなかったのだろう？　どうしてあの子と距離を置いたりしたの？　「だったら、わたしへの腹いせにあの子を殺しかねないわ」

ケールが黙ってテンペランスの手をぎゅっと握った。

何時間もかかったような気がしたが、ほんの数分でマザー・ハーツイーズの酒場にたどりついた。

ケールは戸口を見据え、ステッキから短剣を引き抜いた。

「わたしの背後から離れるな」彼はテンペランスに言った。「おまえたちは——」ふたりの従僕に顎をしゃくる。「わたしの両側にいろ」

テンペランスはうなずき、ケールが扉を蹴り開けるのを見守った。

店内の様子は奇妙だった。閑散としていて、乱闘があったらしくテーブルが引っくり返ったり椅子が壊れたりしている。床に横たわるふたつの死体は店の用心棒だった。片目の女給はテーブルの残骸《ざんがい》の下で身を縮めている。中央ではセントジャイルズの亡霊が用心棒の最後のひとりの喉元に剣を突きつけていた。テンペランスたちが店に足を踏み入れると、亡霊は黒い仮面越しにこちらを見たが、それ以上動こうとはしなかった。

「彼女の居場所は知らない！」用心棒が泣きながら叫んだ。「マザー・ハーツイーズはあんたがやってくると聞いて裏口から逃げだしたんだ。今ごろどこにいてもおかしくない」

仮面の男は黙ったまま、相手の喉になおも切っ先を突きつけた。用心棒が甲高い悲鳴をあげ、ひと筋の血が首を伝った。

「やめて！」女給が叫ぶ。「どうかデイビーを傷つけないで！」

ふたりの従僕が不安そうにケールを見た。

「だったら、マザー・ハーツイーズの居場所を彼に教えるんだ」ケールが冷静な声で告げた。

テンペランスは仮面の男の唇の端があがって承認するような冷笑が浮かぶのを見た。

「彼女の次の標的はあなたよ」女給がテンペランスを指した。

「マザー・ハーツイーズはどこに行ったの？」テンペランスは尋ねた。

「あなたの孤児院よ。あなたをセントジャイルズから永遠に追い払うと言ってたわ」

テンペランスは眉をひそめ、ケールと困惑のまなざしを交わした。

「彼女はひとりだった？　少女を連れていなかった？」

「あなたの孤児院の女の子と一緒だった」女給が言う。「さあ、わたしのデイビーを放してちょうだい。あの女はもうここにいないと言ったでしょう！」

「孤児院に引き返したほうがいい」ケールがいかめしい顔で言った。

「マザー・ハーツイーズはいったいなにをするつもりなの？」テンペランスは叫んだ。あの女主人がメアリー・ウィットサンを連れ去ったという事実に背筋が凍る。

「わたしにもわからない」ケールは仮面の男に目を向けた。「きみも来るか？」

男はうなずくと、するりと外に飛びだして軽やかに通りを駆けだした。

「急げ！」ケールが従僕たちに呼びかける。彼はまたテンペランスの手をつかみ、もと来た道を引き返した。

あたりには夜の帳《とばり》がおりていた。頭上の看板が風に吹かれて揺れながら不気味な音できしむ。ときおり、流れる雲の合間から丸い月がぼんやりと見えた。前方を走る仮面の男の足音はほとんど聞こえなかった。孤児院のそばまで来ると、奇妙なオレンジ色の光が屋根でまたたいているのが見えた。近づくにつれ、その光が明るさを増していく。

テンペランスは煙の匂いに気づいた。

「ああ！」こみあげる不安は言葉にならなかった。

角をまがったとたん、炎に包まれた孤児院が目に飛びこんできた。恐怖に襲われ、テンペランスにはあわただしい物音しか聞こえなかった。メイデン通りにひとり立ち尽くすレディ・ケールが見える。ケールの母親は片手を口にあて、孤児院の屋根を見あげていた。その光景に、テンペランスははっとわれに返った。人々が口々に叫び、ネルが腕を振っている。屋内の混乱状態を暗示するように煙の匂いが漂ってきた。

「子供たちは？」テンペランスは大声でネルに訊いた。メイドのまわりを子供たちがうろついている。「全員避難したの？」

「わかりません！」ネルが答える。

「人数を数えなさい！」テンペランスは叫んだ。

メイデン通りは騒然としていた。人々は悲鳴をあげて逃げ惑い、孤児院の見学に来た貴族たちはセントジャイルズの庶民とまざりあっている。すでにバケツで消火にあたる人々の列もできていた。水の入ったバケツが、隣の地下室に住むみすぼらしい身なりの靴の修理人からお仕着せを着た従僕に託され、魚屋の女房を経由して真っ白なかつらをかぶった貴族に渡っていく。なんとも奇妙な光景だった。テンペランスは向きを変え、孤児院を振り返った。とたんに息をのんだ。

上階の窓から炎が噴きだし、黒い煙が立ちのぼっている。ちょうどそのとき、ウィンターとセントジョンがよろよろとなかから出てきた。

「ウィンター!」テンペランスは叫んだ。

弟は幼い男児を腕に抱えていた。「育児室にはほかに誰もいなかった。全員救出したはずだ。もう子供たちの人数は数えたか?」

テンペランスはネルに向き直った。

「二十六人です。メアリー・ウィットサン以外、全員います」

テンペランスはケールの腕をつかんだ。

「メアリー・ウィットサンはどこ? マザー・ハーツイーズはあの子をどこに連れていったの?」

しかし、彼は建物を見あげていた。「なんてことだ」

テンペランスはケールの視線をたどった。すり切れた赤い軍服のコートをまとった、ひょろりと背の高い女性が屋根板の上を歩いている。

仮面の男がふたりの横を駆け抜け、孤児院の隣の建物のなかに消えた。

「メアリー・ウィットサンはどこなの？」テンペランスは片手を握りしめて胸にあてた。まさか、そんなはずはない。どんな人であろうと、あの炎のなかに子供を置き去りにできるわけがない。

だが、マザー・ハーツイーズは明らかにひとりだ。

テンペランスはわっと泣きだした。メアリー・ウィットサンが燃えさかる建物のなかで死にかけている。

「くそっ」ケールがつぶやき、彼女がなにも言わないうちに駆けだした。

炎上する孤児院に向かって。


下の階は比較的視界が利いたが、階段をあがるにつれて急速に煙の濃度が増してきた。マントを頭からかぶり、その端で口を覆っても、ほとんど効果はない。ラザルスは喉を詰まらせながらも、新鮮な空気を求めて引き返したい衝動に抗った。息をするどころか、ほとんどなにも見えない。すべてが灰色の煙で覆われている。彼は子供たちの寝室がある階を見てまわった。

「メアリー！」

叫んだとたん激しく咳きこみ、その言葉は炎の音にかき消された。メアリー・ウィットサンはここにいないかもしれない。こんな命知らずなまねをするなんて無謀だっただろうか。

だが、絶望したテンペランスを見るのは耐えられなかった。もしあの少女がここにいるなら、絶対に見つけだしてみせる。

灼熱《しゃくねつ》地獄は生き物のようにうなり声をあげ、テンペランスやウィンターの寝室がある階にまで広がりつつあった。ラザルスは煙でひりひりする目を細め、ぐらつく階段をのぼった。この地獄を生き延びたら、必ずもっと立派な孤児院を建て直してやる。頬を伝う涙がまたたくまに熱気で蒸発していく。

屋根裏は煙が充満していた。

あの狂気に取り憑かれた女は少女をどこに隠したのだろう？　涙で視界がかすむなか、ラザルスは膝をついて這いはじめた。メアリー・ウィットサンの姿はどこにもない。まだ煙に包まれていないテンペランスの部屋を確かめてみよう。

手を伸ばして取っ手をまわし、肩で扉を押し開けた。「メアリー！」

それに応えるように泣き声がした。

ラザルスはもう目が見えなかったが、手探りで小さな足をつかんだ。メアリー・ウィットサンは縄で縛られ、ベッド脇の床に横たわっていた。少女が小さな体を押しつけてくると、彼女に抱かれた猫が身をくねらせるのがわかった。ラザルスはステッキから短剣を引き抜いて手足の拘束を解いた。それから彼女の体に片腕をまわし、引きずるようにして階段へ向かった。顔に吹きつける炎が喉を舐め、彼を内側から燃やそうとしている。肺に痛みが走った。

轟音《ごうおん》が響き、建物が崩壊しかけていることがわかった。メアリー・ウィットサンの腕のなかから猫が飛びおりる。

テンペランスはこの少女を愛している。自分では決して認めようとしないが。せめてこの子だけでも助けなければ。

ラザルスはメアリー・ウィットサンの体を前に押しやった。「逃げろ！　さあ、早く！」

もっと言葉をかけようとしたが、次の瞬間、地獄がぱっくりと口を開けて彼をのみこんだ。

孤児院は今にも崩れそうなのに、ケールとメアリー・ウィットサンは出てこない。

テンペランスの目の前で、屋根の一部が滑って石畳に落下した。一瞬、ふたりの人影が炎のなかに見えた。マザー・ハーツイーズの痩せこけた体と、すばやく移動するセントジャイルズの亡霊の影が。やがてふたりの姿は見えなくなった。彼らがどうなったのか、テンペランスは考える余裕すらなかった。ケールとメアリー・ウィットサンのために全身全霊で祈っていたからだ。

炎が割れた窓を舐め尽くし、室内は黄金色に燃えあがっていた。炎の音が高まるにつれ、群衆は畏怖の念を覚えたように押し黙った。勇敢な消火活動は今も続けられていたが、それが功を奏しているようには見えない。

ふいに甲高い悲鳴があがり、テンペランスが目を向けると、仮面の男がマザー・ハーツイーズを隣の建物から引きずりだしているところだった。それは異様な光景だった。男は暴れる女主人の腕を難なくつかんでセントジョンのほうに押しやり、誰の仕業か説明するように手袋をはめた手で燃えさかる孤児院を指して、その指先をわめきちらす女に向けた。セントジョンは顔をこわばらせ、そばにいたふたりの従僕とともに殺人犯を拘束した。セントジャイルズの亡霊は黙って群衆のなかに姿を消した。それに異を唱える者はひとりもいなかった。

テンペランスも気にしなかった。

「ふたりを助けに行かないと」そうつぶやいて足を踏みだそうとした瞬間、ウィンターに腕をつかまれた。

「行かせてちょうだい」彼女は弟のほうを向いて懇願した。

ウィンターの目は涙で濡れていた。「いや、姉さんはここにいないとだめだ」

「でも、彼が焼け死んでしまう」テンペランスはささやき、炎に背を向けた。「そんなの耐えられないわ」

彼女ががくりと膝をついても、ウィンターはなにも言わなかった。泥だらけの石畳にくずおれ、愛する男性の死を傍観しながら、テンペランスは絶望に襲われた。今ならケールを愛しているとわかるのに、本人に伝えるにはもう遅すぎる。彼は今まで出会った誰よりも強い反面、傷つきやすい人だった。テンペランスの欠点も、怒りも、欲望も、彼女が善人ぶっていることも理解したうえで、それを受け入れた。不思議ね、わたしは長所だけに目を向けてくれる男性を好きになるとずっと思ってきたけれど、実際に心を奪われたのは自分のよい面も悪い面もすべて見透かした人だった。

でも、もう手遅れだ。

喉がひりつき、テンペランスは自分が叫んでいることに気づいた。這い進もうとしたが、ウィンターに腕をつかまれてとめられた。

そのとき、炎と煙のなかから小さな人影が姿を現わし、こちらに近づいてきた。燃えさかる孤児院から出てきたメアリー・ウィットサンは、まさに奇跡そのものだった。彼女はテンペランスを見るなり駆け寄ってきた。テンペランスはメアリー・ウィットサンを引き寄せ、少女の顔に涙まじりのキスをして、悲しみと喜びに胸を引き裂かれながら強く抱きしめた。やがて、メアリー・ウィットサンが涙に濡れた顔をあげた。「あの人が、ケール卿がまだなかにいます。わたしを助けに来て、階段の下に押しやってくれました。ケール卿はまだあのなかです」

なにかが砕けるようなバリバリという音がして、孤児院の正面半分が崩壊した。

20

王はすっかり満足し、愛について教えてくれたメグに褒美を与えることにして、なんでもほしいものをやると約束しました。この世のなんでもかまわないと。

メグはほほえみました。「ありがとうございます、陛下。わたしは小さなポニーとひと袋の食料だけもらえれば充分です。この広い世界を、ぜひ見てまわりたかったんです」

メグのことを少なからず気に入っていた王は、それを聞いて顔をしかめました。しかし、どれほど思いとどまらせようとしても、彼女は翌日冒険の旅に出ると言って譲りませんでした。

王は機嫌をそこね、すばらしいごちそうを食べながらも、メグにぶっきらぼうな態度を取り続けました。一方、彼女は王の皮肉を聞き流して陽気に振る舞っていました。

食事がすむと、メグは席についたままの王をひとり残して立ち去りました。

『偏屈王』

最初、雨足は穏やかだった。母親がすやすやと眠る子供にするキスのように、やさしく降っていた。炎が鋭い音をたてるまで、テンペランスは雨粒に気づかなかった。次の瞬間、頭上の雲がぽっかりと口を開けたようにいきなり土砂降りが始まり、雨粒が石畳にぶつかって跳ね散った。炎も負けじとうなり声をあげ、もくもくと煙が立ちのぼる。しかし雨の勢いのほうが強く、火は徐々に衰えはじめた。

そのさなか、マントをはためかせた黒ずくめの人影が煙のなかから姿を現わし、足を引きずりながらもしっかりと歩いてきた。

テンペランスは立ちあがり、喉の奥で叫び声をあげた。銀髪が煤で汚れているものの、それは紛れもなくケールだった。ウィンターの手を振りほどき、彼女は濡れた路面に足を滑らせつつ、雨や涙でよく見えないまま愛する人のもとに走った。毛の焦げた猫が身をよじって彼のマントの下から逃げだし、メアリー・ウィットサンのもとに走っていった。

ケールが咳きこんだ。「猫は大嫌いなんだ」

テンペランスはすすり泣きをもらした。

彼はテンペランスを引き寄せ、マントの下でしっかり抱きしめると、煙の味がする口でキスをした。降りしきる雨のなか、みんなの目の前で。

「愛しているわ」彼女はむせび泣きながらケールの顔や髪に両手を這わせ、本物かどうか確かめた。「あなたは死んでしまったかと思った。そんなこと、とても耐えられない。だから、わたしも死ぬつもりだったのよ」

「きみのためなら炎のなかだって歩いてみせる」ケールがしゃがれた声で言った。「だからそうした」

テンペランスが思わず吹きだして喉を詰まらせると、彼はまた唇を重ねてきた。煙や炎の味が入りまじる情熱的なキスだった。かつて味わったことのない最高のキスだ。なにしろ彼が生きていたのだから。

ケールは生き延びたのだ。

彼は唇を離してテンペランスの額に額をつけた。

「テンペランス・デューズ、きみを愛している。この命よりも」

ケールはさらになにか言おうとしたが、彼女はふたたびキスをした。今度はやさしく口づけて、思いの丈を唇だけで伝えようとした。

「失礼」誰かが近くで咳払いをした。

ケールが唇を離してつぶやく。「なんですか、母上？」

テンペランスが目をしばたたいて横を向くと、レディ・ケールが隣に立っていた。連れの男性が寒さに震えながら彼女の頭上に上着を掲げ、優雅な白い髪飾りを守ろうと無駄な努力をしている。彼女はびしょ濡れで、体の芯《しん》まで凍え、傷ついているように見えた。

「ケール」テンペランスはささやいた。

彼が頭をあげて母親をちらりと見た。「なんです？」

「人前でいちゃつくのがすんだら――」レディ・ケールが言った。「子供たちの面倒を見たほうがいいわ。それに放火と連続殺人の実行犯だという女性がいるのよ。ゴドリック・セントジョンがそう言っているわ」

「相変わらず、わたしのことなどちっとも気にかけていないんですね」

ケールがそう言うのを聞いて、テンペランスは彼の耳たぶをぎゅっとつねった。

「痛いっ」ケールが彼女を見おろす。

貴族ときたら、ときどきなんて間抜けなのかしら！

「あなたのお母さまは心の底から心配なさっていたわ」

ケールが眉をつりあげた。

「愛しているわ、ラザルス」レディ・ケールは揺るぎない声で言ったが、その下唇は震えていた。「あなたはわたしの息子なのよ。わたしは愛情表現が豊かなほうではないけれど、だからといってあなたを愛していないわけじゃない」

ケールは呆然と母親を凝視した。テンペランスがふたたび耳をつねらなければ、そのままぽかんと見つめ続けていたに違いない。

「痛いよ」彼がテンペランスを見おろしてにらんだ。

彼女は眉をあげてみせた。

「母上」ケールは慎重に頭をさげて母親の頬にキスをした。「ある聡明な女性から、態度に示さないからといって、愛情を感じていないわけではないと言われたことがあります」

レディ・ケールの目が涙で潤んだ。「じゃあ、あなたもわたしを愛しているの？」

彼は口の片端をきゅっとあげた。「ええ、そのようです」

「わたしの話など聞いていないと思っていたわ」

「母上が口にした言葉は——」ケールがささやく。「一語残らず心に刻まれていますよ」

祝福の言葉を与えられたかのように、レディ・ケールはまぶたを閉じた。

そして、ぱっと目を開いた。「そう。ところで、あの子たちはどうするの?」

テンペランスは孤児院のほうに目をやった。ほぼ鎮火したようだが、そこには煙がくすぶる建物の残骸しかなかった。ああ、どうしよう。そのとき初めて、二七人の子供を連れていける場所がどこにもないことに気づいた。今朝は孤児院の後援者を見つけようとしていたが、今やその孤児院自体を失ってしまった。

「わたしの住まいに連れていってもかまわないが」ケールが心もとなげに言った。

レディ・ケールが鼻を鳴らす。「独身貴族の家に? とんでもない。子供たちの大半はわたしの屋敷で一カ月引き取るわ」

「わたしも預け先を何箇所か見つけられると思います」いつのまにかレディ・ヘロも近くに来ていた。「兄の屋敷は今、ほとんど人がいません。兄は夏のあいだじゅう田舎に行っているので」

「まあ、ありがとうございます!」寛大な申し出に、テンペランスは胸がいっぱいになった。

「わたしが幼い子たちの面倒を見ます」メアリー・ウィットサンが言った。下唇が震えている。「奉公先が決まるまでは」

テンペランスは少女の煤だらけの髪をそっと撫でた。「孤児院をどこに立て直すかわからないけれど、あなたは孤児院にとどまって、好きなだけわたしたちを手伝ったらどうかしら？」

メアリー・ウィットサンの目が輝いた。「ぜひそうしたいです」

「よかったわ」テンペランスは目をしばたたき、新たにこみあげた涙を押し隠した。

レディ・ヘロがふたりを見てほほえんだ。赤い髪はびっしょり濡れ、肩のまわりで広がっていたが、今も公爵の妹らしい威厳を漂わせている。「あなたが落ち着いたら、孤児院の再建について話しあいたいわ」

「わたしもよ」レディ・ケールが言った。ふたりの貴婦人は見つめあった。

「もっと大きな建物のほうがいいとお思いになりませんか？」レディ・ヘロがつぶやく。

「ぜひ、そうすべきね」

「子供たちの遊戯室もあったほうがいいですよね？」

「ええ、同感だわ」レディ・ケールは断固とした口調で言い、年下の相手にほほえんだ。

ふたりは無言の協定を結んだようだ。

「ありがとうございます」テンペランスはぼうっとしながら言った。

「大変なことになったな」ケールが耳打ちした。「わたしの母親と公爵の妹がきみの孤児院に首を突っこむなんて」

そのからかいの言葉は聞き流し、テンペランスは有頂天になって彼を抱きしめた。今や孤児院には、ひとりだけではなくふたりも後援者がいるのだ！

「きみがかまわなければ、わたしもなんらかの形で貢献したいと思っている」ケールがいつになく真剣な口調で言った。

テンペランスは彼を見あげた。「ありがとう。あなたにも後援者になってもらえるなんて、このうえなく光栄だわ」

ケールはすばやくキスをしてからため息をもらした。「あれを片づけなくてはいけないな」セントジョンと従僕たちが拘束しているマザー・ハーツイーズのほうを顎で指し示す。

「ここにいてくれるかい？」

テンペランスは彼を見あげてにっこりした。「いやよ」

ケールがふたたびため息をついた。「ちょっと失礼」母親とレディ・ヘロに向かって軽くお辞儀をする。

「わたしたちも子供たちの預け先の手配をしないといけませんね」レディ・ヘロはそう言うと、レディ・ケールに向かって眉をあげた。

レディ・ケールがうなずき、ふたりの女性はくるりと向きを変えてネルと子供たちのもとへ歩いていった。

ケールが怯えたように身を震わせてみせる。「あのふたりは手に負えなくなるぞ」

「まさにわたしたちの後援者にうってつけだわ」テンペランスは満足げに言った。

彼はテンペランスを引き寄せ、まだセントジョンともみあっているマザー・ハーツイーズに近づいていった。

セントジョンがケールに目を向ける。

「いったいどういうことだ？　なぜこの女は孤児院に火をつけたんだ？」

「彼女がマリーを殺した犯人だ」ケールがいかめしい顔で応えた。「そして脅迫してきたマリーの弟も殺した。この女はわれわれが事件の真相に迫っていると気づき、ミセス・デューズのことも始末しようとしたんだろう」

テンペランスは痩せこけた女主人に憎悪のまなざしを向けた。

「子供たちはみな、孤児院のなかにいたわ。彼女のせいで、わたしだけでなくほかにも大勢亡くなっていたかもしれないのよ」

「ああ。この女はそんなことおかまいなしだった」ケールはセントジョンにうなずいた。

「彼女の酒場を捜索すれば、殺人の証拠が見つかるかもしれないぞ」

「その必要はない」セントジョンがマザー・ハーツイーズの古ぼけた赤い軍服のコートをぱっと開くと、ドレスの前側に赤茶けた血痕が飛び散っていた。

「まあ」テンペランスはささやき、口元を手で覆った。

マザー・ハーツイーズが怒り狂ったように、下品な言葉を叫びながら飛びかかってこようとした。実際、正気を失っているのだろう。従僕ふたりが彼女のばか力で前に飛ばされた。ケールはテンペランスを背後に押しやり、女主人の手が届かないよう数歩さがった。

「ぼくの馬車でこの女を刑務所に連れていく」わめき散らす女に負けないよう、セントジョンが声を張りあげた。

ケールはうなずいた。「しっかり縛っておいたほうがいい」

「そうするよ。絶対に逃がすわけにはいかないからな」

男たちは厳重にマザー・ハーツイーズを縛りはじめた。

「行こう」ケールがテンペランスにささやいた。「きみはびしょ濡れで凍えているし、わたしもそうだ。貸し馬車を見つけて家に帰ろう」

「でも、ウィンターが……」テンペランスはあたりを見まわし、子供たちの世話をする弟を見つけた。

ウィンターは彼女の視線に気づくと手をあげて駆け寄ってきた。

「ぼくはレディ・ケールとレディ・ヘロを手伝って、子供たちを預け先へ連れていくよ。とくに男の子たちはウェークフィールド公爵の屋敷に滞在することになったから、面倒を見てやる人間が必要だ」

「わたしも手伝うわ」テンペランスは言った。

弟は彼女の肩に手をのせた。「いや、その必要はない。使用人とネルとぼくで手は足りる」

ケールがテンペランスの頭上でうなずいた。

「わたしは彼女を家に連れていって、温かい風呂に入れさせるよ」

ウィンターは黙ってケールを見据えてから、手を差しだした。「ありがとう」

ケールがその手をつかんでしっかりと握手をする。「礼には及ばない」

弟はケールとテンペランスを交互に見て眉をあげたが、こう言っただけだった。

「姉の面倒を頼むよ」

ケールはうなずいた。「任せてくれ」

ウィンターはテンペランスの頰に音をたててキスすると、子供たちのもとに駆け戻っていった。

「さあ、馬車を見つけよう」ケールがそうつぶやいて顔をしかめた。「しまった。マザー・ハーツイーズをつかまえてくれたセントジョンに礼を言うのを忘れた」

「つかまえたのは彼じゃないわ」テンペランスは声をあげた。

ケールが彼女に目を向ける。

テンペランスは思わず吹きだした。一連の事件の最後に起きた出来事は、あまりにも予想外だった。「あなたがまだ孤児院のなかにいたとき、セントジャイルズの亡霊が彼女を連れて出てきたのよ」

「あいつがみんなの前に現われたのか？」

「ええ、セントジョンのもとに行って、マザー・ハーツイーズを引き渡したわ。誰もが仰天してしまって、彼を引きとめなかったの」

「その場にセントジョンもいたんだな？」

「ええ」彼女は問いかけるようにケールを見た。

彼はかぶりを振った。「わたしもそこに居あわせたかった。あの仮面の裏の顔を暴けたら最高だっただろうに」

テンペランスはケールの腰に腕をまわして馬車へと歩きだした。「その謎を解くのは、またの機会までお預けね」


胸が高鳴ってそわそわしていなければ、テンペランスはケールの屋敷に向かう途中、馬車のなかで居眠りしていただろう。彼に愛していると伝えたけれど、まだやらなければならないことがある。ケールへの愛を態度で示さなければ。

屋敷の前で馬車がとまると、彼の手を取り、黙って家のなかに導いた。

「体じゅうに煙の匂いが染みついている」テンペランスとともに立派な階段をのぼりながら、ケールがぼやいた。

「わたしは気にしないわ。今日はもう少しであなたを失うところだったんですもの」

あのときのことを思いだすと鼓動が乱れ、気を失いそうになる。わたしは二度目のチャンスを与えられたのだ。ケールがそのチャンスをくれた。どうするにせよ、失敗は許されない。

寝室に入ると、テンペランスは注意深く扉を閉め、彼の隣に立った。

「あなたをどれほど愛しているか……示したいの、どうかそうさせて」彼女はつぶやいた。

「先週はずっとそのことを考えていたわ。わたしにとってあなたとの愛の営みが自分をおとしめるものだと、あなたに思わせてしまったことを」

ケールがなにか言おうとしたが、その唇を人差し指で封じた。

彼の眉がつりあがる。

「さあ」息を吸いこんで勇気を振りしぼり、ケールの唇から顎、首にかけて指を滑らせた。

「わたしに身を任せて」

ケールはじっと立ち尽くし、ほとんど息をしていなかった。彼に痛みを与えているとわかっていたが、それでもテンペランスはやめなかった。人に――とりわけ彼女に――触れられることは苦痛ではなく歓びだとケールに教えなければならない。唯一思いついた方法は、実際にやってみせることだった。

「あなたに――」目を合わせたまま、マントの紐を解く。「苦痛を与えずに触れる方法がないかどうか試してみたいの」

彼はかぶりを振った。「痛みを感じようが感じまいがかまわない」

「わたしにとっては重要なことよ」

かすかな音をたてて紐がほどけた。テンペランスはケールのマントを脱がし、椅子の上に置いた。向き直ると、彼は立ち尽くしたまま興味深げに彼女を見つめていた。自ら服を脱ごうともせずに。

「あなたはわたしの心の傷を癒してくれた」彼女は息を吸いこんで、ケールの肩に両手をのせた。彼は痛みをこらえているのか、苦痛が少しやわらいだのか、今回はそれほどびくっとしなかった。「長年苦しみ続けてきたわたしは、あなたのおかげでありのままの自分を取り戻せたわ。だから、あなたにも同じことをしてあげたいの」

焦らずにやさしい手つきで上着やベストを脱がせ、クラバットを取り去った。シャツのボタンを外しはじめると、指先にケールの震えが伝わってきた。一瞬、勇気がくじけそうになる。こうして無理やり触れることで、彼をさらに過敏にしているとしたら？　さらなる痛みを与えているとしたら？

彼女はケールの顔をのぞきこんだ。

「わかった。だが、うまくいかなくてもがっかりしないでくれ。なにがあろうと、わたしがきみを愛していることに変わりはないのだから」

テンペランスや彼女の求めを穏やかに受け入れるその言葉に目頭が熱くなった。なにがあろうとケールも一緒だと思えば安心できた。

ほぼ沈黙に包まれた室内で、テンペランスは彼の服を一枚ずつ脱がせていった。下着に取りかかるころには、彼女は息を切らし、布地に覆われたケールの下腹部はすでに高ぶっていた。震える手で最後の一枚をはぎ取る。

一歩さがって、テンペランスは彼に目を向けた。

ケールの裸体はすばらしかった。銀髪が肩のまわりに広がり、毛先が茶色の乳首をかすめている。髪とは対照的に体毛は黒かった。ダイヤモンド形に広がる胸毛も黒だ。引きしまった腹部には毛が生えていないが、臍の真下からふたたび黒い毛が細く伸び、高ぶりを取り囲んでいる。長くたくましい脚、筋肉質な広い肩。そして、なんと美しい瞳！　彼はきらめくサファイア色の目でテンペランスを見つめながら、無言で次の動きをうかがっていた。

「わたしが行きすぎたまねをしたり――」彼女はささやいた。「痛みが耐えがたくなったり、やめたいと思ったりしたら教えてちょうだい」

深いサファイア色の瞳には信頼の色が浮かんでいる。「ああ、そうするよ」

テンペランスはケールの胸に両手をあて、そっと押してベッドに座らせた。彼がたじろぐのがわかったが、それでも温かい肌から手を離さなかった。ケールが落ち着いてから、てのひらをゆっくりと下に這わせ、なめらかな肌や体毛のくすぐったい感触を味わう。彼の目が濃いミッドナイトブルーに変わると、テンペランスはいったん手をとめて、また胸へてのひらを戻した。

「あなたは本当に美しいわ」彼女はささやいた。「この胸をいつまでも見つめていたいくらいよ」

ケールは口元をゆがめたが、なにも言わなかった。その代わり息を吸って胸をふくらませ、彼女のてのひらを押しあげた。今この瞬間、生命力に満ちあふれる彼はテンペランスだけのものだった。

彼女はケールをやさしく押してベッドに横たわらせた。

目を細めながらも、彼はおとなしく従った。

テンペランスは戸棚のところに行き、きちんとたたまれたクラバットを見つけだした。五本取りだして、大きなベッドに引き返す。「あなたに縛られたとき、わたしはただあなたの愛撫を受け入れるしかなかった。あれと同じことをあなたにもしたいの」

ケールは目をみはったが、一度だけきっぱりとうなずいた。

テンペランスは彼の右足をベッドの足元の柱に結びはじめた。それがすんだところでケールを見た。呼吸は速くなっているものの、目は落ち着いている。彼女はもう片方の足と両手も柱に結びつけた。結び目はゆるくしておいた。ケールがその気になればクラバットは引きちぎれるはずだ。でも、そんなことは関係ない。彼に無防備な気分を味わわせることができればいいのだから。

その目的を果たすべく、クラバットの最後の一本を指のあいだに滑らせながらベッドに近づいた。

きらめくサファイア色の目の上にクラバットをのせ、頭の後ろでしっかりと結ぶ。続いて彼の頰に指を滑らせた。「大丈夫?」

ケールは咳払いをした。「ああ」

今後の展開を思い描いているように官能的な声だ。

テンペランスは後ろにさがり、自分が縛った結び目に視線を走らせた。大きなベッドを占領するケールは、両手首を一本の柱に結びつけられている。頭上に伸びた両手は固く握りしめられ、上腕の筋肉が浮きでていた。目隠しのクラバットが眉から鼻の半ばまでを覆っている。彼はわずかに口を開き、テンペランスの次の動きを探りながら、物音を頼りにこちらへ顔を向けた。彼女は身を震わせた。自分が目隠しをされたとき、闇によって神経が研ぎ澄まされたことを思いだしたのだ。ケールの広い胸が波打った。白く平らな腹部には、赤みがかった太い高ぶりが横たわっている。

彼を眺めているだけで、テンペランスの体は潤った。彼女は欲情する自分を初めて素直に受け入れた。半分まぶたを閉じ、重くなった胸や太腿をこすりあわせる感覚に恍惚となる。気に入ろうが気に入るまいが、わたしは男女の営みを求め、必要とし、それを心から楽しむ女性なのだ。今夜はこれまでずっと嫌悪してきた自分のそんな一面を利用して、愛するこの男性を癒そう。

テンペランスは静かにボディス、コルセット、ドレス、ペチコート、長靴下、靴を脱いでいった。シュミーズを脱ぎ捨てた瞬間、ケールの鼻孔が広がった。彼女の欲望の香りに気づいたのだろうか？　テンペランスにも、そのかすかな香りがわかった。普段なら自分の体の匂いや蜜が恥ずかしくてたまらないのだが、どうにか羞恥心を振り払った。

目的のためには、大胆かつ恐れ知らずに振る舞わなければならない。

彼女はしばしベッドの脇に佇んだ。ケールには触れず、身動きもせず、ただ呼吸しながら自分の体を意識し、彼を眺めた。それから人差し指でケールの乳首に触れた。彼が以前そうしたように。そのとたんケールの胸が波打ったが、彼は声を発しなかった。

「愛しているわ」小さな茶色い突起のまわりを指先でなぞる。テンペランスが触れると、それはつんと尖った。ふいに胸が締めつけられ、息を吸いこんだ。心身ともに強く孤独な男性が、彼女のなすがままになっている。もしここで過ちを犯せば、ケールをひどく傷つけかねない。自分には彼を傷つけるだけの力がある。それは不可解な驚くべき事実だった。

どういう奇跡かわからないが、テンペランスは彼にとって大切な存在となったのだ。

「あなたのすべてを」前かがみになってケールの胸に口を押しつけ、思いの丈を伝えようとキスの雨を降らせた。乳首を舐め、そのまわりを舌でなぞり、彼を味わう。肌をついばみ、軽く歯をあて、速くなったケールの呼吸に注意深く耳を澄ませた。

「居間で待ち構えていたあなたに驚かされた、あの最初の晩から愛していたんだと思うわ」

テンペランスも息が乱れはじめたが、まだ充分ではなかった。とても充分とは言えない。彼女はベッドの上にのぼってケールにまたがった。ケールが体を押しつけてきても無視し、彼の太腿を両脚で挟んで下に身をずらした。

「あるいは、馬車のなかで初めてあなたにみだらなことを言われたときからかもしれない」

ケールに覆いかぶさって、熱い高ぶりを胸で押しつぶす。彼の両脇に手をつき、できるだけ体を密着させた。「あなたは覚えてる？」

「あ、ああ」ケールが鋭く息を吸う。

彼の震えが伝わってきて、そっと触れるだけでも痛みを与えていることに気づいたが、それでも体を押しつけた。胸を舐め、力強い鼓動を唇に感じたとたん涙があふれる。ケールに苦痛を与えているのがいやでたまらない一方、テンペランスはありったけの愛で彼を傷つけていた。

「あのとき、あなたがどんなふうに話したか覚えている？　わたしが目の前にひざまずくことについて」

ケールはぶるっと身震いした。

テンペランスは髪をおろして彼の胸に広げるように垂らし、臍のまわりにキスをした。ケールがうめき声をもらしたが、彼女はやめなかった。高ぶりのそばの特別な場所、腿のつけ根へ舌を滑らせ、猫のように舐める。身をくねらせてさらに下へ移動し、彼の脚に沿って両脚を伸ばした。片方の足がベッドの端から垂れさがり、胸がケールの硬い太腿に押しつけられた。

「それで、あなたの前にひざまずいたら、わたしはどうするのかしら？」

彼の全身が凍りついた。テンペランスは屹立したものを隅々まで舐め、それが舌の下で跳ねるのを感じた。丹念に舌を這わせながらも、口には含まなかった。ケールの呼吸が荒々しくなったが、それが欲望のせいか苦痛のせいかはわからない。

もはやどうでもよかった。

「あなたの言葉にすっかりそそられて――」テンペランスはささやいた。「恥ずかしくてたまらない反面、とてもどきどきしていたわ。あなたは新たな世界への扉を開いてくれた。わたしが自由になれる世界への扉を。だから、あなたにも自由を味わってほしいの」

ケールの腿のつけ根にそっとキスをして、男らしい麝香の匂いを吸いこんだ。横を向いて片方の太腿に唇を滑らせてから、もう一方にも同じことを繰り返す。意外なほど優美な弧を描く足にたどりつくころには、テンペランスの体は熱く潤っていた。ケールはもう震えていなかったが、ベッドの頭のほうに目をやると、彼の両手がヘッドボードの柱を折ってしまいそうなほど強く握りしめられているのが見えた。

今だわ。

テンペランスはさっと這いあがってケールの肩に片手をつき、もう一方の手で彼を自分のなかに導いた。ケールが押し入ってきた瞬間、ふたりとも息をのんだ。

「愛しているわ」彼女はうめいた。

体の奥にケールを迎え入れながら涙があふれた。いったん腰をあげ、身をよじってふたたび彼の上におろす。ぴったりと身を重ねて、できるだけケールの体を覆った。ほてった高ぶりに貫かれたままじっと横たわり、彼の胸に頭を預けて乱れた鼓動に耳を傾けた。

ケールは彼女の下であえいでいる。

テンペランスは少し頭を持ちあげ、彼の顎にキスをして落ち着かせようとした。

「大丈夫?」

返事はなかった。ケールの両手は握りしめられたままで、動きを封じられた腕の筋肉が盛りあがっている。テンペランスは硬いものが自分のなかで脈打つのを感じながら、彼がクラバットのまわりで両手を動かすのを見て、それを引きちぎるかどうか見守った。

しばらくたってもケールがおとなしく横たわっていたので、彼女は動きだした。腰でゆるやかな円を描き、身をなめらかに上下させる。

愛を交わしながら彼の喉を舐め、なだめるように小声でハミングした。ケールはテンペランスのなかでほとんど動かなかった。彼女はこの営みをいつまでも続けたいと願う一方、己の欲望を募らせていった。ケールに身をすり寄せて快感を得ながら、自分にとって彼がどういう存在か伝えようとした。

ケールの口からすすり泣きのような声がもれる。テンペランスはまぶたを閉じて、濡れた顔を彼の顎にこすりつけた。

「テンペランス」ケールが顔を寄せ、唇を奪った。「ああ、テンペランス！」

彼女は喜んでキスに応え、口のなかに舌が押し入ってきても抗わず、ケールにささやかな主導権を与えた。

高ぶりを包みこむ体の奥だけが脈打つようになるまで、テンペランスは動きをゆるめた。完璧に満たされて、内腿に密着するケールの腰や、口のなかの彼の舌に意識を集中させる。日の出のように体の中心で芽生えたぬくもりが、徐々に全身に広がっていった。秘所がきゅっと収縮するまでそれに気づかず、唇を重ねたまま無言ですすり泣いた。彼女のなかで高ぶりが跳ねあがったかと思うと、ケールの全身がこわばった。彼ものぼりつめようとしているのだと察し、テンペランスはやさしいキスを続けた。ありったけの思いをこめて。

ケールの震えがとまり、体から力が抜けた。今も彼に覆いかぶさるテンペランスは互いの汗で体が湿り、感じやすくなっていた。それでも、手を伸ばして彼の手の拘束を解くだけの思考は残っていた。

ひとつに結ばれたまま、ケールの顎の下に頭をつけ、じっと横たわってささやく。

「愛しているわ、ラザルス・ハンティントン。心から愛してる」

「わたしに触れられると今でも痛い？」かなり経ってから、テンペランスは尋ねた。すでにケールと入浴をすませ、食事をとり、ふたたび愛を交わして、今は生まれたままの姿で彼のベッドに横たわっている。脇腹を下にしてケールと脚をからませ、いくら触れても飽き足らないように彼の胸をてのひらで撫でながら。

ケールがこちらを向き、サファイア色の目と視線が重なった。

「いや、もうきみに触れられても痛みは感じない。きみは本当にわたしを治してくれたようだ。多少はひりひりするが、それは痛みではない」テンペランスの手をつかみ、その指を自分の乳首に滑らせる。「実を言うと、その反対だよ」

喜びが金色の光のように体を貫いたが、彼女は真剣な表情を崩さなかった。

「本当に？　もっと耐えられるか試してみたほうがいいんじゃない？」

ケールはにやりとすると、テンペランスの指を口元に引き寄せ、彼女がのたうちそうになるまで一本一本の指にゆっくりとキスをした。「それはわたしに対する挑戦か？」

彼との戯れに胸をときめかせつつ、テンペランスは取り澄ましてまつげを伏せた。

「だったら、きみをがっかりさせないよう努力するとしよう」ケールが真剣な口調になった。

テンペランスが視線をあげると、彼の顔からからかうような表情が消えていた。「絶対にきみを失望させたくないからな」

「そんな心配は無用よ」彼女はささやいた。

苦痛を感じたかのようにケールが目を閉じる。「わたしはきみに選んでもらえるような男ではない」

テンペランスは彼の頬に手をあてた。「なぜそんなことを言うの？」

ケールはまぶたを開くなり、いきなり彼女を組み敷いた。

「それはわたしが自分勝手で虚栄心の強い、堕落した男だからさ。実際、きみやきみの兄弟とは天と地ほどもかけ離れている。わたしがその事実に気づいていないと思ったのか？　わたしはきみにふさわしくないが、そんなことはどうだっていい。きみはわたしを愛していると言ってくれた。だから金輪際、心変わりはさせない」

彼はテンペランスの広げた腿のあいだに身を置いている。いつでも愛を交わせるよう、下腹部はそそり立っていた。まさに是が非でも自分の意を通そうとする構えだ。

テンペランスはケールを見あげてほほえんだ。

「どうしてわたしがあなたを選ばないと思うの？」

彼の黒い眉根が寄った。「えっ？」

テンペランスは輝く銀髪に指を滑りこませた。「あなたはわたしが求め、必要とする男性そのものよ。正直で、たくましくて、恐れを知らず、わたしを大胆不敵にさせてくれる。あなたはわたしが言い逃れをしたりごまかしたりすることを許さず、自分自身やあなたときちんと向きあうように仕向けてくれた。愛しているわ、ラザルス。本当に愛してる」

「ならば結婚してくれ」ケールが荒々しい口調で言った。

彼女は息をのんだ。手を伸ばせば触れられそうなほど近くに幸せの可能性が輝いている。

「でも、あなたのお母様は？」

ケールが眉をあげる。「わたしの母がなんだ？」

テンペランスは唇を噛んだ。「わたしは貴族でも、その端くれでもないわ。父はビールの醸造業者だった。あなたのお母様や社交界は、わたしとの結婚なんて認めないはずよ。それにあの火事のせいで、わたしは自分の名前と今日身につけていた服以外、なにも持っていないわ！」

「いや、それは違う」彼が物憂げに言い、カーテンで囲まれた暗いベッドのなかでサファイア色の目が光った。「きみは高級なピアノを持っている」

「ピアノ？」

「そうだ」ケールは彼女の鼻にキスをした。「きみを驚かせようと思って二週間前に注文した。そのピアノは火事の前には届かなかっただろう？」

「ええ」

「だったら」彼が尊大な口調で言う。「きみはピアノとひとそろえの服を持っている。わたしと結婚するための持参金はそれで充分だ」

「でも、そのピアノはあなたからもらったものよ！」テンペランスは笑みが顔じゅうに広がるのをとめられなかった。ピアノですって？　ケールは自分のことを自分勝手だと言ったけど、こんなすてきな贈り物をもらうのは初めてだ。

「そのピアノが誰から贈られようと関係ない。きみの所有物だということが重要なんだ。社交界はほうっておけばいい。きっと噂好きな連中にとっては、わたしの妻になるのに同意した女性が見つかったことのほうが衝撃的なはずだ」

「あなたのお母様のことは?」

「母はわたしが結婚できれば、それだけで大喜びさ」

「でも――」

彼が湿った襞に高ぶりを押しつけてきて、テンペランスは口にしかけた抗議の言葉を忘れた。

「ああ!」

顔をあげるとケールがすぐそばにいて、顔の両側に彼の銀髪がカーテンのように垂れさがっていた。

「わたしと結婚してくれないか、ミセス・デューズ?」彼がささやく。「そして、わたしを愛のない孤独な人生から救ってほしい」

「わたしを仕事に追われて楽しさと無縁な人生から救ってくれるなら、あなたと結婚するわ」

ケールは青い目を燃えあがらせ、情熱的にキスしてきた。一瞬だけ身を引いて言う。

「だったら、わたしと結婚してくれ、愛しいミセス・デューズ」

「ええ」彼女は笑い声をあげた。「あなたと結婚して、命尽きるまであなたを愛するわ、ケール卿」

さらに続けようとしたが、ふたたび唇を奪われてどうでもよくなった。唯一大切なのは、ケールがテンペランスを愛し、彼女が彼を愛しているということ。

そして、ふたりがお互いを見つけたことなのだから。

エピローグ

　あれから一年が過ぎ、そのあいだに偏屈王はどんどん気難しくなっていきました。ひと握りの聡明な忠臣を除き、廷臣はひとりずつ解雇されました。王は美しい妾たちにも愛想を尽かして、すすり泣く彼女たちを追い払いました。金色の謁見室のビロードの玉座にひとり座りながら、王はどうして不機嫌なのか自問しました。手元に残したのは小さな青い鳥ですが、小鳥は話すことも笑うこともほほえむこともありません。

　ある日、謁見室の扉を静かに叩く音がして、入室を認めると、なんとあのメイドのメグが入ってきました。

　王は居ずまいを正したものの、すぐに広い肩を丸め、ややすねた顔をしました。

「今までどこにいたのだ？」

「広い世界のあちらこちらです」メグは陽気に答えました。「すばらしい経験でした」

「ならば、また旅に出るのだろう？」

「そうかもしれませんし、そうでないかもしれません」メグは王の足元に座りました。

「わたしがいなくなって、陛下はどんなお気持ちでしたか？」

「途方に暮れ、胸にぽっかり穴が開いたような気分だった」

「では、わたしが戻ってきて、どうお感じになりましたか？」

「幸せや喜びを感じる」王はうなるように言ってメグを膝に抱きあげ、音をたててキスをしました。

「それがなにを意味するかおわかりですか？」メグがささやくように訊きました。

「愛だ」王は答えました。「これは永遠に続く真実の愛だ、愛しいメグ。そなたは余の妃《きさき》になってくれるか？」

「はい。陛下の御前に引き立てられたときから、ずっとお慕いしていました。結婚して、いつまでも幸せに暮らしましょう」

その言葉どおり、ふたりはずっと幸せに暮らしました。


『偏屈王』

三週間後

朝が一番つらいとサイレンスは気づいた。毎朝、起きる理由がどうしても見つからなかった。彼女はベッドに横たわったまま天井をじっと見つめた。ウィリアムは四週間前に出航し、いまだに便りがない。さほどめずらしいことではないけれど、夫は今回一度も手紙をよこさない気がする。コンコードは口を利いてくれず、説教じみた短い手紙を一通送りつけてきただけだ。その手紙は燃やしてしまった。最後まで読めば、兄に対する親愛の情を失ってしまいそうだったから。エイサからは誰のところにも連絡がなかった。

サイレンスはため息をついて横向きになり、寝室の窓にぶつかる蝿をぼんやりと眺めた。テンペランスはサイレンスが行って結婚式の準備を手伝ったらさぞ喜ぶだろう。だが、ケール卿と幸せそうなテンペランスを見ると、ウィリアムとのよそよそしい夫婦関係を痛感させられた。サイレンスは姉に嫉妬する狭量な自分がいやでたまらなかった。

ウィンターはいつものように穏やかな口調で、孤児院の仕事を手伝ってくれないかと二度ほど頼みに来たが――。

そのとき、扉を叩く音がした。

サイレンスは玄関のほうに顔を向けた。寝室にいても聞こえるくらいだから、相当強く叩かれたのだろう。誰が訪ねてきたのかしら？　借金はしていないし訪問者の予定もない。ウィンターがまた説得しに来たのだろうか？　彼女は上掛けのなかで身を縮めた。もしウィンターなら会いたくない。居留守を使おうと決めた矢先、かすかな鳴き声がした。

変ね。玄関先に猫でもいるのかしら？

起きあがって戸口に向かったが、まだシュミーズ姿なので少しだけ扉を開けた。誰もいない。そう思ったとたん、また声がして視線を落とすと、足元に赤ん坊が入った籠が置かれていた。イグサのあいだで見つけたわけではないけれど、まるでモーゼのようだ。サイレンスが眉をひそめて見つめると、その赤ん坊も丸々したこぶしをくわえて眉間に皺を寄せ、顔を真っ赤にした。今にも泣きわめきそうなことは、育児経験のないサイレンスにもわかった。

急いで身をかがめて籠を拾いあげ、家に入って扉を閉める。テーブルに籠を置き、赤ん坊を抱きあげてじっくり眺めたところ、女の子だということが判明した。ドレスを着たその乳飲み子は濃い茶色の瞳で、帽子の下からふわふわした黒髪をのぞかせ、とても愛らしかった。

「わたしは午後二時まで訪問者を受けつけないことにしているの」サイレンスは赤ん坊につぶやいたが、その子は自分の鼻を殴りそうな勢いでこぶしを振りまわしただけだった。

彼女は籠のなかをのぞき、古ぼけたハート形の銀のロケットを見つけた。

「これはあなたの？」そう訊きながら、片手でなんとかロケットを開く。そこには〝ダーリン〟と書かれた紙切れが入っていた。籠を探り、なかに敷かれていた毛布を引っぱりだして振ってみたが、赤ん坊の身元に関する新たな手がかりはなにもなかった。

「なぜわたしの家の前に置き去りにしたのかしら？」頭に浮かんだ疑問を口にすると、乳飲み子はこぶしをしゃぶった。今のところ機嫌がよさそうなので、サイレンスはそのまま抱いていた。不幸な母親がサイレンスと孤児院のつながりをどこかで知ったのかもしれない。

「だったら、ウィンターに引き渡すのがいちばんだわ」彼女は決心して言った。突然、今朝起きるための理由が見つかってうれしくなった。「あなたを見つけたのはわたしだから、わたしが名づけるのが当然よね」

赤ん坊が問いかけるように眉をあげる。

サイレンスはほほえみかけた。「メアリー・ダーリン」

訳者あとがき

ケール卿ラザルス・ハンティントンは愛人を殺害した犯人を見つけるべく協力者を探していた。彼が白羽の矢を立てたのは、セントジャイルズの孤児院で働く未亡人のテンペランス・デューズだった。事件現場であるセントジャイルズの土地勘がないラザルスは、彼女に道案内を頼んでさっそく調査を開始した。しかし、その後も陰惨な事件は続き、ふたりの身にも危険が迫っていた。

テンペランスはケール卿に孤児院の後援者探しを手伝ってもらう代わりに、彼の道案内を務めることにした。だが、ただの取引相手だったはずなのに、ふたりは急速に惹かれあっていく。夫を亡くして以来、彼女は初めて胸のときめきを覚えたが、素直になれない理由を胸に抱えていた……。

ヒストリカル・ロマンスのベストセラー作家、エリザベス・ホイトの新シリーズの第一弾をお届けします。今回の舞台は一八世紀のロンドン、セントジャイルズです。当時、セントジャイルズは犯罪者や娼婦が大勢いる悪名高いスラム街でした。本書は冒頭からその怪しげな雰囲気が漂い、読者を一気に作品の世界にいざないます。ヒーローとヒロインの情熱的なロマンスも読み応え充分ですが、魅力的な脇役が多く、シリーズの今後の展開にも大いに興味をそそられる内容となっています。

このMAIDEN LANEシリーズはすでに本国では第三作まで刊行され、どれも読者から高い評価を得ています。実際、シリーズの最初の二作はロマンティック・タイムズ誌の批評家が選ぶ革新的ヒストリカル・ロマンス部門に二年連続でノミネートされました。今年の夏には第四作が発表されるそうです。

もっと本シリーズについて知りたいと思われた方は、ぜひ著者のHP(http://www.elizabethhoyt.com/)もご覧になってみてください。全作品に関する情報はもとより、登場人物の家系図、作品のイメージ動画、原書の表紙に用いられる写真の撮影風景、物語の舞台背景に関する記述や当時を忍ばせる絵画など興味深い内容が満載です。

さて、シリーズ第二弾の〝NOTORIOUS PLEASURES〟では、本書で登場したウェークフィールド公爵の美しい妹、レディ・ヘロ・バッテンがヒロインとなります。慈善活動に積極的で非の打ちどころのない貴婦人の彼女が、どんな相手と恋に落ちるのか気になるところです。こちらもライムブックスより二〇一二年夏頃刊行される予定なので、どうぞご期待ください。

二〇一二年二月

ライムブックス

聖女《せいじょ》は罪深《つみぶか》き夜《よる》に

著　者　エリザベス・ホイト
訳　者　川村《かわむら》ともみ

2012年3月20日　初版第一刷発行

発行人　成瀬雅人
発行所　株式会社原書房
〒160-0022東京都新宿区新宿1-25-13
電話・代表03-3354-0685　http://www.harashobo.co.jp
振替・00150-6-151594
ブックデザイン　川島進（スタジオ・ギブ）
印刷所　中央精版印刷株式会社

落丁・乱丁本はお取り替えいたします。
定価は、カバーに表示してあります。
 ISBN978-4-562-04429-0　Printed in Japan